공작부인 이야기

나남
nanam

한국학술진흥재단 학술명저번역총서
서양편 261

공작부인 이야기

2009년 1월 10일 발행
2009년 1월 10일 1쇄

지은이_ 제프리 초서
옮긴이_ 김재환
발행자_ 趙相浩
발행처_ (주) 나남
주소_ 413-756 경기도 파주시 교하읍
출판도시 518-4
전화_ (031) 955-4600 (代)
FAX_ (031) 955-4555
등록_ 제 1-71호(79.5.12)
홈페이지_ http://www.nanam.net
전자우편_ post@nanam.net
인쇄인_ 유성근 (삼화인쇄주식회사)

ISBN 978-89-300-8365-2
ISBN 978-89-300-8215-0 (세트)
책값은 뒤표지에 있습니다.

'한국학술진흥재단 학술명저번역총서'는 우리 시대 기초학문의 부흥을 위해
한국학술진흥재단과 (주)나남이 공동으로 펼치는 서양명저 번역간행사업입니다.

공작부인 이야기

제프리 초서 지음 | 김재환 옮김

나남
nanam

▪ 일러두기

1. 본문 가운데 해설은 옮긴이가 작성한 것임.
2. 본문의 각주는 '옮긴이 주'임.

옮긴이 머리말

초서의 대표적 작품으로는 중세문학이 낳은 가장 눈부신 설화시 중의 하나인 《캔터베리 이야기》와 인간의 언어로 씌어진 가장 아름다운 연애시 중의 하나인 《트로일루스와 크리세이드》를 꼽을 수 있다. 그러나 명의와 수련의의 관계가 그러하듯, 이 번역서에 실린 초기의 4대작과 단시들을 통한 수련의 과정이 없었더라면 그런 걸작들은 결코 세상에 나오지 못했을 것이다.

초서가 문학에 눈을 뜨기 시작한 것은 프랑스 문학을 통해서였다. 당시 프랑스에서는 문학적 양식에 커다란 변화가 일어나고 있었는데, 초기에 유행했던 이야기체 문학이 대부분 꿈과 알레고리로 대체되고 있었다. 이 새로운 장르의 가장 좋은 본보기는 초서가 스스로 영역했다고 밝힌 《장미 이야기》이다. 그는 또 자기 시대의 주요한 프랑스 시인들인 기욤 드 마쇼, 장 프르와사르, 위스타슈 데샹 등의 작품에서 알레고리적 글짓기의 여러 모델들을 발견하고 있었다.

그는 다른 프랑스 작가들이 즐겨 사용하던 '사랑의 환상'(*love-visions*)이라는 형식의 시에서도 도움을 얻었다. 이 번역서에 실려 있는 작품들의 프롤로그에서 되풀이해서 나타나는 '사랑의 환상'의 통상적 특징은 다음과 같다. 즉, 잠과 꿈에 대한 논의, 5월제와 봄날의 배경, 환상 그 자체, 안내자(많은 시에서 동물의 형태를 띠고 있다), 의인화된 추상적 개념들 — 사랑(*Love*), 운명(*Fortune*), 자연(*Nature*) 등이 그것들이다. 현대 독자들에게는 이 인위적 관례들이 이야기의 효과를 손상시키고 있다는 느낌을 줄지도 모른다. 하지만 '사실주의'라는 것을 '삶에서 관찰된 사실들에 대한 충실'로 해석한다면, '사랑의 환상'이 심리적으로 중세사회 — 품위 있고, 제의적이며, 상징주의에 골몰하던 — 가 품고 있던 열망의 한 층위를 여실히 반영하고 있다는 점을 인정해야 할 것이다. 중세 프랑스의 궁정생활은 극도로 세련되었고, 의식적 규범에 사로잡혀 있었으며, 또한 꿈과 알레고리의 형식으로 그 아이디어들을 표현하는 데 몰두해 있었다. 그러한 삶에 비추어 보면, '사랑의 환상'이 지닌 불변의 관례들은 오히려 '자연스러운' 것으로 보아야 할 것이다.

'사랑의 환상'의 내용은 대체로 다음과 같은 과정을 밟는다. 한 연인(*Lover*) (때로는 내레이터)이 불면을 호소하면서 그것이 사랑의 곤경에서 비롯된 것이라고 말한다. 그는 불면에서 벗어나기 위해 책을 읽다가 잠이 든다. 그는 꿈을 꾼다(즉, '환상'을 본다). 꿈은 흔히 아름다운 봄의 정원을 배경으로 한다. 그 정원에서 연인은 동물의 형태를 띠는 안내자에게 이끌려 많은 알레고리적 인물들을 만나게 된다. 그러한 만남을 통해 연인은 사랑의 진정한 의미를 깨닫고, 마침내 원기를 회복하여 잠에서 깨어난다.

〈공작부인 이야기〉는 그의 문학적 후원자였던 랭커스터 공작부인의 죽음을 애도하기 위해 집필된 초기의 걸작이다. 꿈에 나타나는 환상의 기법을 도입시킨 이 작품에서 우리는 흑의(黑衣)의 기사가 죽은 애인의 미모와 덕을 회상하며 탄식하는 독백과 대화를 통해 극적 수법을 엿볼 수 있다. 〈명성의 집〉은 이탈리아 문학의 영향이 나타난 최초의 작품이다. 〈공작부인 이야기〉처럼 꿈에 본 환상을 그리고 있으나, 부질없는 세상이야기, 명성, 공훈 따위를 통렬하게 풍자한 알레고리이다. 〈새들의 회의〉 역시 꿈의 양식을 딴 작품이며, 새들을 귀족과 평민으로 의인화하여 연애라는 주제를 가지고 토론시키고 있는 풍자시의 대표적 본보기이다. 〈열녀전〉에도 "프롤로그"에 꿈의 양식이 나온다. "본시"에서 초서는 클레오파트라, 티스베, 디도, 힙시필레와 메데아, 루크리스, 아리아드네, 필로멜라, 필리스, 히페름네스트라 등, 사랑을 위해 몸 바친 여인들의 애절한 삶을 엮어놓고 있다.

초서의 대표작들로 꼽히는 《캔터베리 이야기》와 《트로일루스와 크리세이드》는 이미 번역되어 국내에 소개된 바 있다. 이 번역서가 나오게 되면, 초서의 시작품 전체가 국내에 처음으로 완역되어 소개되는 셈이다. 대본은 근래에 가장 널리 인정받는 《리버사이드 초서》(*Riverside Chaucer*)를 삼았다. 그 대본에는 편자인 래리 벤슨(Larry D. Benson)이 긴 해설과 주석을 달아놓았지만, 이 번역서의 해설과 각주는 순전히 옮긴이가 독자적으로 수행한 작업의 소산이다. 따라서 해설과 각주에 오류가 있다면, 그것 또한 순전히 옮긴이의 몫이다.

외국어로 된 문학작품을, 그것도 중세의 외국어로 된 문학작품을 우리말로 옮기겠다고 덤비는 것은 무모한 성격의 소유자가 아니고서는 불가능한 일일 것이다. 한 가지 더 그런 일을 하게 만드는 요인을 꼽아본다면, 그 원작을 일반독자들에게도 선보이고 싶다는 간절한 소망이라고나 할까. 아무튼 그런 막연한 추동력에 의지해 이 번역작업을 진행했으니, 아무리 꼼꼼하게 살폈다 해도 오류와 졸역의 함정을 피할 수는 없었을 것이다. 혹 그런 부분이 눈에 띄면, 초서 동호인들끼리의 애정으로 서슴지 말고 지적해 주시기 바란다. 개정판이 나올 때 — 아, 그런 일이 가능할까? — 꼭 바로잡을 것을 약속드린다.

2009년 1월

김 재 환

공작부인 이야기

차 례

제 1 장

〈공작부인 이야기〉

▪ 해 설

1. 제작 동기

〈공작부인 이야기〉(*The Book of Duchess*)는 제프리 초서(Geoffrey Chaucer)의 시들 중에서 그 제작연대를 확실하게 매길 수 있는 첫 번째 것이면서 동시에 거의 유일한 작품이다. 이것은 초서가 존 오브 곤트(John of Gaunt)의 부인인 블랜치(Blanche)의 죽음을 추모하는 작품이다. 역사적 기록에 의하면 블랜치 공작부인은 흑사병이 세 번째로 창궐했던 1369년 10월 12일에 사망한 것으로 되어 있다. 그때 공교롭게도 존과 초서는 둘 다 프랑스에 출정중이었는데, 이 시는 그후 수개월 내에 완성되었을 것이다. 그 "착한 공작부인"에게 애도의 시를 바쳤던 시인이 초서 한 사람만은 아니다. 장 프르와사르(Jean Froissart)도 그녀의 죽음을 슬퍼하는 엘레지를 썼다.

초서가 무슨 이유로 죽은 블랜치 공작부인을 예찬하는 시를 쓰게 되었는지는 아마도 영원한 수수께끼로 남아 있을 것이다. 앞서도 말했지만, 존 오브 곤트가 그 작품을 써달라고 부탁했을 가능성은 별로 없기 때문이다. 그 시의 부드럽고 정다운 어조로 봐서 우리는 초서가 그녀에게 바치는 이 헌시를, 보수를 바라서가 아니라 애정 때문에 썼을지도 모른다는 추측을 해 볼 수는 있다. 그 시에 묘사된 대로라면 블랜치는 초서의 다정한 마음에 호감을 살 수 있는 그런 사람이기 때문이다. 그러나 학자들은 블랜치에 대한 초서의 모든 진술이 프랑스의 원전에서 찾아볼 수 있는 것이며, 그 묘사가 순수하게 관례적인 것이라는 점을 입증했다.

2. 프랑스 시의 영향

초서가 〈공작부인 이야기〉를 썼을 때는 프랑스 시인들의 영향을 강력하게 받고 있었다. 그래서 그 시는 아이디어, 어법, 낱말 등에서 수많은 프랑스 작품들의 도움을 직접적으로 받았다. 그러나 이 점을 고려하더라도, 그는 자신에게 영감을 준 그 자료들을 자신의 목적에 맞게끔 수정하는 데 상당한 독자성을 발휘하고 있다. 그의 "꿈의 환상"(*dream vision*)들은 때로 프랑스의 원본을 맹목적으로 베낀 모방작으로 치부되기도 했다. 하지만 초서의 시 한 편을 프랑스의 그것과 비교해 보면 가장 회의적인 사람조차도 그가 모방자가 아니라 혁신자임을 금방 알아보게 된다. 초서에게 있어 꿈은 단지 그 시의 배경을 구성하는 장치로서 끝난 것이 아니었다. 그것은 지속적으로 그의 관심을 끌어, 〈명성의 집〉(*The House of Fame*), 〈새들의 회의〉(*The Parliament of Fowls*), 〈열녀전〉(*The Legend of Good Women*), 그리고 《캔터베리 이야기》(*Canterbury Tales*)의 〈기사의 이야기〉(*Knight's Tale*)와 "지도 신부의 이야기"(*Nun's Priest's Tale*) 등에서 계속 사용되었다. 그 중 어떤 작품에서는 꿈이 도입부의 역할을 하는 데 그치는 수도 있다. 그러나 다른 작품에서는 왜 우리가 각기 다른 종류의 꿈을 꾸게 되는지, 그리고 왜 어떤 꿈은 커다란 의미를 지니는데 다른 꿈은 그렇지 못한지에 관해 의문을 나타내 보인다. 이것은 그가 꿈에 대해서 현대 심리학적 관심을 보여주고 있음을 의미한다.

케익스(Ceyx)와 알키오네(Alcyone)의 삽화는 기욤 드 마쇼(Guillaume de Machaut)의 《사랑의 샘》(*Le Dit de la Fonteinne Amoureuse*)에서 그 세부적 내용을 차용한 것으로 알려져 있지만, 초서는 오비디우스(Ovidius)의 《변신 이야기》(*Metamorphosis*)에 나오는 라틴어 원전에서 직접 따왔을 가능성이 크다. 왜냐하면 초서는 일생을 두고 이 고전 시인에게 많은 신세를 졌기 때문이다. 학자들은 또 초서가 마쇼의 《보헤미아 왕의 판결》(*Jugement du Roy de Behaingne*)을 광범위하게 이용했으며, 《운명의 약》(*Remede de Fortune*)을 비롯한 마쇼의 다른 8편의 시에도 의존하고 있음을 밝힌 바 있다. 아닌 게 아니라 초서는 《캔터베리 이야기》의 〈철회〉(*Retraction*)에서 자신이 한때 이러한 작품들을 번역한 사실이 있음을 시사하고 있다. 그는 또 《장미 이야기》(*The Roman of the Rose*), 장 프르와사르의 《사랑의 낙원》(*Paradys d'Amour*), 작자미상의 《푸른 노래》(*Le Songe Vert*) 등에서도 많은 빚을 졌다. 서문의 서두 부분은 프르와사르의 《사랑의 낙원》의 몇 행과 상당한 유사성을 나타내 보인다. "잠의 신의 후예인 클림파스테르"에 대한 지식은 장 프르와사르의 시를 통해 초서에게 전달된 것이 확실하므로, 그것이 출처일 가능성이 높다. 이 엘레지의 수법들 — 꿈, 이상적 풍경, 노래하는 새, 작가 자신이 가망 없는 사랑에 고통받고 있다는 암시 등 — 은 프랑스 궁정연애 시의 영향을 분명하게 말해준다. 따라서 초서가 이 시에서 프르와사르 및 마쇼의 언어를 많이 흉내내고 있는 것은 놀라운 일이 못 된다. 초서가 《장미 이야기》에서 많은 구절을 따오고 있는 것도 놀라운 일이 아닌데, 그 작품은 초서의 거의 모든 작품에 영향을 끼치고 있기 때문이다.

3. "알레고리"

초서의 초기 작품들이 프랑스의 영향을 보여준다는 것은 앞에서 살펴본 바와 같다. 그가 주로 접했던 프랑스 문학은 중세 초기의 주요한 설화시(*narrative poem*) — 롤랑의 노래나 아서왕의 로맨스 — 가 아니었다. 이 옛 설화시들에 대한 지식을 그가 더러 나타내 보이는 경우가 있기는 하지만, 그의 작품에서 그 시들 자체가 중요하게 이용된 경우는 별로 없다. 물론 13세기와 14세기에도 운문 로맨스들이 계속 씌어지고 있기는 했다. 그러나 당시의 프랑스에서는 문학적 양식에 커다란 변화가 일어나고 있었다. 즉, 초기에 유행했던 설화체 문학이 대부분 꿈과 우의로 대체되고 있었던 것이다. 이 새로운 장르의 가장 좋은 본보기로는 초서가 스스로 영역했다고 밝힌 《장미 이야기》를 꼽을 수 있다. 앞서 말했듯이, 그 번역의 시기가 언제였는지는 알려져 있지 않으며, 현존하는 영역본의 분철들 중에서 그가 번역한 부분이 어느 것인지, 혹은 그런 것이 있기나 한 것인지도 명확하지 않은 실정이다. 그러나 《장미 이야기》의 영향은 그의 문학적 이력의 초기에서부터 명백하게 나타났다. 그는 또 자기 시대의 주요한 프랑스 시인들인 기욤 드 마쇼, 장 프르와사르, 위스타슈 데샹(Eustache Deschamps) 등의 작품에서 우의적 글짓기의 여러 모델들을 발견하고 있었다.

4. 궁정연애의 시

이 작품에서 한 가지 주목할 만한 점은 존 오브 곤트와 블랜치 오브 랭카스터가 부부 사이임에도 불구하고, 이 이야기에는 결혼에 대한 암시가 전혀 없다는 것이다. 이것은 초서가 이 작품을 궁정연애의 일환으로 설정했다는 것을 의미한다. 궁정연애가 부부간의 사랑보다 훨씬 더 낭만적이라는 것은 말할 것도 없는 사실이다. 결혼은 그것을 하나의 엄연한 사실로서 문학적으로 재현해 놓으면 이상하게도 무미건조하게 느껴진다. 《캔터베리 이야기》의 〈학자의 이야기〉(*Clerk's Tale*)는 결혼을 소재로 하고 있지만, 그리셀다(Griselda)가 자식들과 재결합하기까지 그것은 그녀의 관점에서 볼 때 행복한 것이 아니었다. 결혼의 슬픔이 기쁨으로 전환되는 순간을 학자는 단 2행으로 간단히 처리해버리고 만다.

> 영주와 그리셀다는 여러 해 동안
> 평화롭고 단란한 복된 생활을 누렸으며,
> (CT, IV, 1128~1129)

《캔터베리 이야기》의 〈향반의 이야기〉(*Franklin's Tale*)에 나오는 아르베라구스(Arvergus)와 도리겐(Dorigen)은 행복한 결혼생활을 했지만, 그 작품에서 강조하는 것은 두 사람간의 사랑이 아니라 아우렐리우스(Aurelius)와 도리겐 사이의 거래라고 할 수 있다.

〈공작부인 이야기〉는 사랑의 이야기이지 죽음의 이야기가 아니다. 그것이 엘레지인 것은 사실이지만, 죽음은 삶에서 이차적인 것이다. 시인의 주된 관심은 살아있을 때의 블랜치의 사랑스러움이다. 이 작품에서는 무덤의 차가움 대신 살아있는 여성의 따뜻함이 강조되고 있다. 블랜치가 비록 살아있는 사람들의 땅에서는 사라졌지만, 그것에 대한 우리의 슬픔은 매력적이고 귀여웠던 한 여성에 대한 기억에 의해 진정될 수 있는 것이다.

5. 작품의 구조

따라서 위에서 말한 작품들 중 그 어느 것도 〈공작부인 이야기〉의 '출처'로 내세울 수는 없다. 사실 이 시의 전반적 구조는 초서의 독창적 발상에서 나온 것이다. 그 구조조차도 그가 궁정연애를 주제로 한 어느 프랑스 시 — 《푸른 노래》라는 제목의 작자미상의 14세기 작품 — 에서 빌려왔다는 주장이 있었다. 그러나 그 두 시 사이의 구조상의 유사성은 직접적인 차용이라기보다는 오히려 그들이 채용하는 형식의 관례에서 기인한다.

언뜻 보면 이 작품은 구성이 엉성한 것처럼 보인다. 그러나 자세히 보면 이 시가 '사랑의 갈망'(*love-longing*) 이라는 테마를 중심으로 깔끔한 구조와 치밀한 통일성을 지니고 있음을 알 수 있다. 서두에 나오는, 귀부인에 대한 짝사랑에서 오는 오랜 불면증에 대한 초서의 성찰은, 직접적으로는 프르와사르에게서, 그리고 간접적으로는 마쇼에게서 빌려온 것이다. 하지만 초서가 그러한 하소연에 너무나 완벽한 확실성을 부여하는 바람에, 많은 비평가들은 그것을 자전적인 것이라고 믿기까지 한다.

구조적인 면에서 볼 때 초서의 짝사랑은 케익스와 알키오네의 슬픈 이야기와 균형을 이룬다. 또 각 삽화는 다른 삽화들과 통합을 이룬다. 예컨대 사랑의 갈망이라는 테마는 초서, 알키오네, 그리고 흑의의 기사(*the Knight in the black*) 에게 공통된 것이다. 이 작품이 이야기의 진행이 느리고, 클라이맥스에 도달하는 데 지나치게 시간을 끌고 있는 것은 사실이다. 그러나 우리는 그 구조가 언뜻 보기보다는 훨씬 더 긴밀하게 짜여 있다는 점을 인정해야 한다.

꿈의 시작부분은 많은 예찬을 받을 만한 대목이다. 그가 일어나서 말을 타고 옥타비아누스 황제(Emperor Octavianus)의 사냥행렬에 참가하기 위해 문 밖으로 나가는 침실과 갖가지 동물들이 우글거리는 작고 조화된 숲은 모두 리얼리티를 미묘하게 뒤틀고 있다. 이러한 묘사들은 이 꿈을 걸작으로 만들어주기에 충분하다. 사실 꿈을 다루는 문학은 많지만, 대다수는 인위적으로 고안된 장치이다. 꿈이 자연스러움과 신선한 매력을 발휘하는 것은 이 작품 말고 달리 없을 것이다.

사냥 장면에 대한 묘사도 워낙 박진감이 있어서 비평가들은 초서가 실제경험에 의존하는 것이 아닌가 하는 추측을 할 정도이다. 아닌 게 아니라 그는 왕의 향사(*esquire*)였기 때문에 야외 스포츠에는 매우 익숙했을 것이다. 하지만 그가 설사 에드워드 3세(Edward III)의 궁정에서 사냥에 대한 대화를 들었다 하더라도, 그가 묘사하는 대부분의 세부사항들이 프랑스의 원전에 나오는 것이라는 사실이 주목되어야 한다. 길 잃은 작은 강아지에 대한 진술은 얼핏 여담으로 들릴 수도 있겠지만, 사실은 그렇지가 않다. 도망치는 강아지를 따라가는 것은 매우 사실적인 묘사이다. 무리로부터 벗어난 어린 강아지를 붙잡는 것이 당시의 사냥꾼에게는 일종의 의무사항이었다. 이 작은 삽화 속에는 기실 근사한 예술적 기교가 숨어 있다. 즉, 초서는 시의 예비단계를 본단계로 전이시키는 데 그 강아지의 삽화를 사용하는 것이다. 개의 등장은 프랑스 문학에 더러 나타나는 현상이지만, 그처럼 순수한 작은 강아지의 등장은 이 작품이 아닌 다른 작품에서는 찾아볼 수가 없다.

　도대체 요새는 어떻게 사는지 모르겠다.
낮이나 밤이나,
도통 잠을 이룰 수가 없으니 말이다.
잠이 모자라니
자꾸 부질없는 생각만 들고, 5
정말 아무것도 하기가 싫어진다.
세상일이 어떻게 돌아가든,
유쾌한 느낌도, 불쾌한 느낌도 들지 않고,
기쁜 일이건, 슬픈 일이건,
나에게는 모두가 매한가지로 보일 뿐이다. 10
이처럼 아무런 감정도 없는 나는,
말하자면, 쓰러지기 직전에 있는
멍한 존재라고나 할까.
언제나 슬픈 환상들만
내 마음속을 가득 채우고 있다. 15
　그대들도 알다시피, 이런 식으로 사는 것은
자연의 섭리에 어긋나는 일,
자연은 지상의 존재가
잠도 자지 않고, 슬픔 속에서
오랫동안 버티는 것을 20
허용하지 않을 테니 말이다.
밤이건 아침이건, 잠을 잘 수 없는 나는
이러다가 우울증과 공포 속에서
죽을지도 모른다.
부족한 잠과 슬픔이 25
내 활기찬 정신을 죽이는 바람에,

나는 모든 활력을 다 상실해버렸다.
환상들만 머릿속을 가득 메우고 있어서,
정말 어떻게 해야 좋을지 모르겠다.
　사람들은 혹 내가 왜 잠을 못 자는지, 30
뭐가 잘못되었는지를 물어볼지도 모른다.
하지만 그렇게 묻는 사람이 있어도,
그것은 시간낭비에 불과하다.
내 자신도 그 이유를 정확히 모르니 말이다.
하지만 굳이 짐작해 본다면, 35
요 팔 년 동안을 내가 앓아온
그 병 때문이 아닐까 싶다.
그렇더라도, 그 치료는 요원할 수밖에 없다.
그 병을 고쳐줄 의사는 단 하나뿐이니까.
그나마도 때를 놓쳤으니, 40
다음 날로 미룰 수밖에.
있지도 않을 일은 그냥 넘어가버리고,
첫 번째 일[1] 이나 생각해 보는 게 좋겠다.
　최근 어느 날 밤,
침대 위에 일어나 앉은 나는 45
잠이 오지 않을 것 같은 생각이 들어,
사람을 시켜 로맨스를 한 권 갖다 달라고 했다.
그는 그 책을 가져다주면서
밤새 읽어보라고 했다.
나는 체스나 주사위 놀이보다는 50
그러는 편이 더 낫겠다는 생각이 들었다.

1) 불면증.

그 책에는,
자연의 법칙을 사랑하는 동안 새겨 읽어서
마음속에 간직하라고,
옛날 서생들과 시인들이 운문으로 써 놓은 55
이야기들이 실려 있었다.
그것은 왕과 왕비들의 삶을 비롯하여,
그 밖의 많은 역사적 사건들을 다룬
이야기책이었다.
그 중에서 나는 아주 경이롭다고 생각되는 60
이야기 하나를 발견했다.
  그 이야기의 줄거리는 다음과 같다.
케익스라는 이름을 가진 왕과
요조숙녀인 그의 아내가 살고 있었다.
이 왕비의 이름은 알키오네였다. 65
오래지 않아 이 왕이
해외원정을 가게 되었다.
간단하게 말하자면,
그가 배를 타고 항해를 하고 있는데,
무시무시한 태풍이 일어서 70
그 배의 돛대를 꺾어서 떨어뜨렸고,
배가 파손되어 선원들이 모두 물에 빠져버렸다.
배의 널빤지고 사람이고 모조리 사라져서
다시는 발견되지 않았다 하고,
이리하여 케익스 왕은 목숨을 잃게 되었다. 75
  이제 그의 아내 알키오네로 말할 것 같으면,
집에 홀로 남게 된 이 부인은

왕이 너무 오랫동안 집으로 돌아오지 않자,
의아한 생각이 들었다.
그녀는 마음이 아파 오기 시작했다. 80
그가 그처럼 늦는 데
불길한 예감이 들었기 때문이다.
그녀는 왕을 너무나 그리워했다.
따라서 이 고결한 아내의
사무치게 슬픈 마음을 85
말로 표현하는 것은 가슴 아픈 일이다.
아, 그녀는 그를 너무나도 사랑했던 것이다.
그녀는 사방으로 사람을 보내어 찾아보았지만,
아무것도 발견하지 못했다.
"아!" 하고 그녀가 탄식했다. "왜 태어났던가? 90
내 주인, 내 님은 정녕 돌아가셨단 말인가?
단연코, 나의 신에게 맹세하리라,
내 주인의 소식을 듣지 못하는 한,
아무것도 먹지 않겠다고."
이 귀부인의 슬픔이 워낙 커서, 95
이 책을 쓰고 있는 나도
너무나 애처로운 생각이 들어
그녀의 슬픔을 참고 읽어나갈 수 없을 정도다.
정말이지, 그녀의 고통을 생각하면,
아침 내내 마음이 편하지가 않다. 100
　아무도 그녀의 주인을
찾을 수 없었다는 소식에 접하자,
그녀는 몇 번이고 기절했고, "아!" 하고 탄식했다.

거의 미칠 것 같은 슬픔에 잠긴 그녀가
취할 수 있는 행동은 하나뿐이었다. 105
그녀는 무릎을 꿇고 앉아서,
듣는 이의 가슴이 에일 정도로 애절하게 흐느꼈다.
"아, 친애하는 귀부인이시여!"
그녀는 자신이 섬기는 여신 주노에게 말했다.
"저를 이 고통에서 벗어나게 해주세요. 110
저에게 은총을 내리시어
제 주인을 만나게 해주시든지,
아니면 그가 어디에 있는지, 잘 지내는지,
어떤 상태에 있는지를 가르쳐 주세요.
그러면 저는 당신에게 제 몸과 마음과 115
그 밖의 모든 것을 바쳐서,
기꺼이 당신의 것이 되겠어요.
친절하신 귀부인이시여, 그러지 않으시겠다면,
저를 부디 잠들게 하시어
꿈에서라도 확실히 알게 해 주소서, 120
나의 주인이 살아 있는지, 아니면 죽었는지를."
그 말과 함께 그녀는 머리를 숙이고 쓰러져서
차디찬 돌처럼 기절해버렸다.
시녀들이 곧장 그녀를 일으켜서
옷을 벗기고 침대로 데려가 뉘었다. 125
그녀는 울음에 지치고, 수면부족에 지쳐서,
기진맥진해버렸다. 그리하여 자신도 모르게
깊은 잠에 빠져들었다.
주노가 그녀의 기도소리를 듣고서

빨리 잠들게 해주었던 것이다. 130
말하자면, 그녀가 기도한 대로
소원이 이루어진 것인데,
이것은 당장 주노가 사자를 불러서
심부름을 보냈기 때문이었다.
  사자가 나타나자 주노는 이렇게 말했다. 135
"서둘러서 모르페우스에게로 가라.
너도 잠의 신인 그를 잘 알고 있겠지.
내 말을 잘 듣고, 그대로 이행하도록 하라!
나를 대신해서 그에게
당장 큰 바다[2]로 나가라고 말하라. 140
만사를 제치고, 우선
핏기 없이 창백하게 누워 있는
케익스 왕의 시체를 건지라고 명하라.
그리고는 그 시체 속으로 몰래 스며들어가서,
홀로 누워서 잠자고 있는 145
알키오네 왕비에게 가라고 명하라.
그리고 그가 며칠 전에 익사하게 된 경위를
간단하게 설명하라고 명하라.
그 시체가 말을 할 때는,
그것이 살아 있을 때와 똑같이 150
말을 하라고 명하라.
자, 빨리 서둘도록 하라!"
  이 사자는 작별을 고하고 길을 떠났다.
그는 쉬지 않고 걸어서,

---

2) 지중해를 말한다.

마침내 두 개의 절벽 사이에 있는 155
어두운 골짜기에 당도했다.
그곳에는 곡식도, 풀도, 나무도,
쓸모 있는 것은 아무것도 자라지 않고 있었다.
그곳에는 짐승도, 사람도,
그 밖의 아무것도 살고 있지 않았다. 160
다만 절벽에서 몇 가닥 샘물이 흘러내려 오면서,
맥 빠지고 졸린 소리를 내고 있었다.
그 물은 골짜기 사이 바위 아래로
놀랄 만큼 깊이 패여 있는
동굴 속으로 흘러들어 갔다. 165
모르페우스와 에클림파스테르의 두 신이
누워서 잠자고 있는 곳이 바로 그곳,
이들은 잠자는 것 외에는 아무것도 하지 않는
잠의 신들의 후예였다.
이 동굴은 또한 주위가 온통 170
지옥의 심연처럼 어두웠다.
그들은 누가 더 깊이 잠드는가를 경쟁이나 하듯,
코를 골면서 늘어져 있었다.
한 사람은 턱을 가슴에 늘어트려
머리가 보이지 않는, 곧추 선 자세로 잠들어 있었고, 175
한 사람은 옷을 벗고 침대에 누운 채,
세월 모르고 자고 있었다.
　이 사자는 날듯이 달려와 소리쳤다.
"이 보세요! 빨리 일어나세요."
그러나 소용이 없었다. 아무도 듣지 못했기 때문이다. 180

"일어나세요!" 그가 말했다. "거기 누워 있는 사람이요."
그는 그들의 귀에다 대고 나팔을 불고는,
엄청나게 큰소리로 소리쳤다. "일어나세요."
그러자 잠의 신이 한쪽 눈을 뜨고서 물었다.
"누구야? 거기 부르는 사람이." 185
"저예요," 하고 사자가 대답했다.
"주노 여신이 당신에게 내린 분부를 가져왔어요."
그는 주노의 분부를 전달했고,
(그 내용은 앞에서 이야기했기 때문에,
다시 되풀이할 필요가 없을 것이다.) 190
전달을 마친 후에는 제 갈 길로 갔다.
잠의 신은 이내 정신을 차리고,
자신에게 내려진 명령을 수행하기 위해
길을 떠나갔다.
그는 당장 익사체를 건져 올려서, 195
그를 아내이자 왕비인
알키오네에게로 데리고 갔다.
그녀는 날이 새기 세 시간 전까지 자고 있었다.
그는 그녀의 침대 발치께 서서
그녀의 이름을 부르며 말했다. 200
"나의 사랑스런 아내여, 일어나시오!
슬픔을 거두시오. 슬퍼해 보았자
아무 소용이 없으니.
아내여, 나는 분명 죽은 사람이오.
당신 살아생전에는 나를 보지 못할 것이오. 205
하지만, 착한 아내여, 적당한 시간에

내 시신을 바닷가에 묻어주오.
잘 있어요, 세상에서 내게 기쁨을 주던 아내여!
하느님께 기도하겠소,
당신의 슬픔을 덜어주시도록. 210
이 세상에서 누린 우리의 행복이 너무 짧았구려!"
그 순간 그녀가 눈을 떴는데, 아무것도 보이지 않았다.
"아!" 하고 그녀가 슬픔에 겨워 소리를 쳤다.
그녀는 나흘째 아침에 숨을 거두었다.
하지만 그 고통 속에서 어떤 말을 했는지 215
지금은 말해줄 수가 없다.
객담을 너무 오래 끈 것 같으니,
나의 첫 번째 문제인 불면에 대해서나 이야기해야겠다.
하기야 그 때문에 알키오네와 케익스에 관한
이야기를 하게 된 것이지만. 220
내가 감히 말할 수 있는 것은,
방금 전에 이야기한
이 스토리를 찾아 읽지 않았다면,
나는 수면 부족 때문에
죽어서 땅 속에 묻혔을 것임에 틀림없다. 225
그 이유를 말씀드리자면,
행인지 불행인지,
나는 익사한 케익스 왕과
잠의 신들에 관한 이 이야기를 읽고 나서야,
비로소 잠들 수 있었기 때문이다. 230
내가 이 이야기를 읽고서
그 줄거리를 음미해 보니,

그것이 사실이라면, 신기한 일이 아닐 수 없다.
이전에 나는 사람을 잠재우기도 하고,
깨우기도 하는 신들에 관해서는 235
한 번도 들어본 적이 없었기 때문이다.
신이라면 나는 하나밖에 몰랐다.
농담 삼아서 나는 말했다.
(그렇다고 장난의 뜻은 전혀 없었다.)
수면부족 때문에 죽느니 240
차라리 나는 그 모르페우스에게든,
아니면 그의 여신 주노에게든,
아니면 그 누구에게든,
이렇게 말하겠다고.
"누구든 나를 잠들게 하고 편히 쉬게 해주면, 245
나는 그에게 평소에 갖고 싶어 하던
가장 좋은 선물을 주겠다.
나를 잠들 수 있게 해준다면,
지금 당장 그의 손에다 쥐어주겠다.
새하얀 비둘기 깃털로 만든, 250
외국산의 결 고운 검은 공단이 덮여 있고,
황금빛 줄무늬가 있는
깃털 침대를 말이다.
그리고 뒤척이지 않고 편안하게 잠들게 해줄,
렌[3] 산의 천으로 베갯잇을 씌운, 255
여러 개의 베개를 주겠다.
그리고 침실에 필요한 모든 것을 줄 것이고,

3) 프랑스 서북부에 있는 도시.

그의 방들을 순금으로 칠해줄 것이며,
그 방들에 어울리는
여러 장의 벽걸이 융단들을 걸어주겠다. 260
주노 여신이 알키오네에게 했듯이,
나를 당장 잠들게 해준다면,
이 모든 것을 그에게 주겠다는 말이다.
(나는 그의 동굴이 어디 있는지를 알고 있다.)
이처럼 모르페우스 신은 265
여태까지 받아본 적이 없는 가장 근사한 선물들을
나에게서 받게 될 것이다.
그리고 그의 여신 주노 또한
만족할 만한 보답을 받게 될 것이다."
이런 말들이 내 입에서 떨어지자마자, 270
어떻게 된 영문인지
갑자기 잠이 쏟아지기 시작하더니,
나는 책 위로 쓰러져서 잠이 들었다.
잠이 듦과 동시에 나는 너무나 달콤하고
너무나 근사한 꿈을 꾸었다. 275
내가 생각하기에 그 어떤 사람도
내 꿈을 정확히 해석할 만한
지혜를 가지고 있지 않을 것 같다.
우리들은 말할 것도 없고,
정말이지, 파라오 왕들의 280
꿈을 해석했던
이집트의 요셉[4] 조차도.

---

4) 〈창세기〉 41장. 요셉이 파라오의 꿈을 풀이한다.

그리고 마크로비우스[5] 조차도.
(그는 훌륭한 아프리카인인
스키피오 왕의 꿈을 글로 옮겼는데, 285
그때는 그처럼 신기한 일들이
더러 일어나곤 했다.)
그러나 나는 내 꿈의 내용을
말해줄 수 있는데,
그 내용은 다음과 같다. 290

내 생각에 5월 어느 날이었던 것 같다.
새벽 무렵 나는 옷을 벗은 채,
(물론 꿈속이다) 침대에 누워서,
바깥을 내다보고 있었다.
수많은 작은 새들의 지저귐과 295
아름다운 노랫소리가 나를 자극하여
잠을 깨워 놓았기 때문이다.
꿈속에서 그들은 내내
내 침실 바깥의 천장 위에 있었는데,
기왓장 위에 흩어져 앉아 300
각기 자기 식으로 노래를 불렀다.
이것은 사람이 일찍이 들어 본 적이 없는
가장 엄숙한 화음이요,
낮은 음부와 높은 음부가 서로 어울려
조화를 이룬 소리였다. 305
한마디로 간단히 표현하면,

---

5) 에스파니아의 태수였다가 후에 아프리카 총독이 된 아프리카 태생의 고관. 철학적 저작인 키케로의 〈스키피오의 꿈〉에 주석을 단 사람으로 알려져 있다.

천상의 것이 아니고서는
그처럼 아름다운 소리를 나는 들어본 적이 없다.
너무나 즐거운 소리이고, 너무나 아름다운 곡조여서,
정말이지, 튀니스 시[6]에 있다 해도 310
그 소리를 못 들을 리가 없을 것이다.
그들의 노랫소리의 화음이
내 침실 가득이 울려 퍼졌으니 말이다.
세상 어디에서도 그 반만큼 아름다운 소리,
그 반만큼 조화로운 소리가 들린 적이 없을 것이다. 315
왜냐하면 그들 중 건성으로 노래하는
새는 한 마리도 없었고,
각자가 다 애를 써서
신나고 절묘한 소리를 내려고 했기 때문이다.
말하자면, 그들은 모두 목청껏 노래를 불렀던 것이다. 320
사실인즉, 내 침실은
그림으로 뒤덮여 있었고,
모든 유리창에는 맑은 유리들이 끼워져 있어
깨진 구멍이라고는 하나도 없었기에,
그것을 바라보는 것은 큰 즐거움이었다. 325
창유리에는 또 트로이에서 일어난 모든 스토리들,
즉 헥토르[7]와 프리아무스[8] 왕,

---

6) 북아프리카의 공화국인 튀니지 동북부에 있는 도시.

7) 트로이의 프리아무스 왕의 장자이며, 안드로마케의 남편. 트로이 전쟁에서 아킬레스에 의해 살해되었다.

8) 트로이의 왕. 라오메돈의 아들. 헤쿠바의 남편. 파리스, 카산드라, 헥토르, 폴릭세나의 아버지. 트로이 함락 때 피살되었다.

아킬레스[9] 와 라오메돈,[10]
메데아[11] 와 이아손,[12]
파리스[13] 와 헬레네[14] 와 라비니아[15] 의 이야기들이 330
그림으로 그려져 있었다.
그리고 모든 벽에는
《장미 이야기》의 텍스트와 주석이
고운 색깔로 그려져 있었다.
내 유리창들은 모두 닫혀 있었는데, 335
찬란한 황금빛 눈부신 태양이
유리를 통해서

---

9) 트로이 전쟁에서 가장 위대했던 그리스의 용사. 신체에서 유일하게 불사신이 아닌 곳이 발뒤꿈치인데, 그곳을 적장 파리스에게 찔려 피살되었다.

10) 프리아무스의 아버지. 아폴론과 포세이돈이 그를 위해서 트로이 성벽을 만들어주었다고 한다.

11) 이아손의 아내였던 여자 마법사. 남편 이아손이 황금 양털을 손에 넣도록 도와준다.

12) 아르고선(船)의 선장. 삼촌 펠리아스의 부탁을 받고 아르고선을 만들어서 동방의 콜키스로 항해해 갔다. 아내 메데아의 도움으로 콜키스의 왕 아이에테스로부터 황금 양털을 빼앗았다.

13) 트로이의 왕자. 프리아무스와 헤쿠바 사이에서 난 아들로서 카산드라의 동생. 불화의 사과(*apple of discord*)를 아프로디테에게 선사하고 그녀의 도움으로 헬레네(스파르타의 왕 메넬라오스의 아내)를 유괴할 수 있었지만, 이 때문에 트로이 전쟁이 일어난다.

14) 그리스의 여러 왕후(王侯)들로부터 구혼을 받은 끝에 스파르타의 왕 메넬라오스의 아내가 되었다. 트로이의 왕자 파리스는 여신 아프로디테의 도움을 받아 헬레네를 유혹하여 남편이 없는 틈을 타서 그녀를 트로이로 데려간다. 일찍이 그녀에게 구혼했던 자들이 일제히 메넬라오스와 협력, 곳곳에서 군사를 일으켜 트로이로 진격함으로써 마침내 10년 동안이나 계속되는 트로이 전쟁이 일어난다.

15) 로마 전설에 나오는 라티누스의 딸로서 아에네아스의 두 번째 아내.

내 침대를 비추어 주고 있었다.
하늘은 맑게 개어 있었고,
공기는 푸르고, 눈부시고, 깨끗했다. 340
날씨는 춥지도 덥지도 않았고,
온화한 편이었으며,
하늘에는 구름 한 점 없었다.
　나는 이렇게 누워 있다가
사냥꾼의 높고 맑은 뿔나팔 소리를 들었다. 345
그는 나팔 소리가 맑은지 탁한지를
시험해 보는 것 같았다.
그리고 사람, 말, 사냥개 등이
지나가는 소리가 들렸다.
모두들 사냥에 대해서 이야기하고 있었다, 350
사슴을 어떻게 추격해서 죽여야 하는지,
사슴이 어떻게 몸을 숨기는지 등을.
(나는 잘 모르는 내용이었다.)
　그 소리를 듣자마자,
나는 그들이 사냥을 떠난다는 것을 알았고, 355
마음이 들떠서 당장 자리에서 일어나,
말을 타고서 침실 밖으로 나왔다.
나는 들판으로 나올 때까지,
한 번도 말을 멈추지 않았다.
거기서 나는 한 무리의 사냥꾼들과 360
산림지기들을 따라 잡았다.
그들은 교대용·추적용 사냥개를 데리고 있었는데,
그 개들을 숲 속으로 내몰고 있었다.

마침내 그들과 섞이게 된 나는
추적용 사냥개를 데리고 있는 한 사람에게 물었다. 365
"여보시오, 지금 사냥하는 사람이 누구요?"
그가 대꾸해 주었다.
"옥타비아누스 황제이시랍니다.
바로 옆에 계시지요."
"내가 때맞추어 왔군! 자, 달리자!" 370
나는 말을 몰아 앞으로 나아갔다.
우리가 숲가에 당도하자,
모든 사람들은 각기 맡은 바 직분대로
사냥을 하기 시작했다.
사냥꾼 대장은 지체 없이 375
자신의 사냥개들을 풀어놓았고,
커다란 뿔나팔로 세 개의 곡조를 불렀다.
잠시 후 사슴 한 마리가 나타나자,
사냥개들을 부추기는 소리가 들렸고,
긴 추격이 시작되었다. 380
그 사슴은 우회하여 모든 사냥개들을 따돌리고,
비밀통로로 빠져나갔다.
사냥개들은 사슴을 앞질러 나가다가
냄새를 잃고서 멈추어 섰다.
사냥꾼 대장은 마침내 크게 뿔나팔을 불어, 385
사냥감이 도망쳤음을 알렸다.
나는 내 나무[16]로부터 벗어나서 걷고 있었는데,

16) 그가 배치되었던 나무. 사냥개들은 그곳을 향하여 사냥감을 몰아가게 되어 있다.

그때 강아지 한 마리가 나타났다.
자신의 임무도 모르는 채 따라오고 있던 그 강아지는
내가 걸음을 멈추자 꼬리를 흔들었다. 390
그는 마치 나를 아는 것처럼,
겸손한 자세로 살살 기어왔다.
그는 머리를 숙이고 귀를 뒤로 모았으며,
털을 부드럽게 늘어뜨리고 있었다.
내가 그를 붙잡으려 하자, 395
그는 이내 나에게서 도망쳤다.
내가 그를 뒤따르자, 그는 꽃이 만발한,
부드럽고 향기로운 풀들이 무성하게 돋아 있는,
푸르른 길을 따라 내려갔다.
발아래로 수많은 아름다운 꽃들이 피어 있는, 400
그 길은 사람이 다닌 적이 없었던 것처럼 보였다.
꽃들을 자라나게 하는 두 신들인
꽃의 여신 플로라[17] 와 서풍 제피루스[18] 가
그곳에 살고 있을 것이라는 생각이 들 정도였다.
그것을 바라보고 있으니, 405
땅이 하늘보다 더 화사해야 된다는 듯이,
하늘에 있는 별보다
일곱 배나 더 많은 꽃들이
피어있는 듯이 보였다.
그것은 겨울의 고통과 410
겨울이 그 차가운 아침을 통해서 제공했던

---

17) 고대 로마의 꽃과 풍요와 봄의 여신.
18) 의인화된 서풍.

불모의 상태를 잊고 있었다.
눈으로 볼 수 있는 모든 것이 망각되어 있었다.
모든 숲이 초록으로 뒤덮여 있었는데,
달콤한 이슬이 그것을 자라나게 했기 때문이었다. 415
　따라서 그곳의 나무에 잎이 무성한
푸른 가지들이 뻗어나 있었는지 어떤지를
새삼 물어볼 필요는 없을 것이다.
각 나무들은 다른 나무들과
여남은 자의 간격을 두고 서 있었다. 420
갈라진 가지 없이 꼭대기까지 쭉 뻗은,
몇 십 길이나 됨 직하게 키가 큰,
또 빽빽한 만큼이나 넓게 퍼지기도 한,
엄청난 힘을 가진 거대한 나무들이
서로 한 치의 빈틈도 두지 않은 채 서 있어서, 425
그 아래는 온통 그늘이 져 있었다.
수많은 수사슴들과 암사슴들이
앞뒤로 지나가고 있었다.
숲에는 크고 작은 새끼 사슴들과
노루들이 떼를 지어 뛰놀고 있었다. 430
높은 나무 위에는 다람쥐들이 모여 앉아
먹이를 먹으면서 그들만의 잔치를 벌이고 있었다.
한마디로 말해서,
그곳은 짐승들 천지여서,
고매한 수학자인 알구스[19] 가 거기 앉아서 435

---

19) 9세기 아라비아의 수학자. 그의 대수학이 번역되어 소개되는 바람에 아라비아 숫자가 유럽에 널리 알려지게 되었다.

주판을 두드린다 해도,
십진법을 써서 계산한다 해도,
(십진법을 익히면,
누구나 모든 사물의
숫자를 계산할 수 있다.) 440
내가 꿈에서 보았던 신기한 것들의 숫자를
정확하게 계산할 수는 없을 것이다.
그러나 그 짐승들은
놀랍게 빠른 속도로 숲 속을 돌아다녔다.
나는 마침내 엄청나게 큰 떡갈나무에 445
등을 기대고 앉아 있는
검은 옷을 입은 한 남자를 보게 되었다.
"오," 하고 나는 생각했다. "저 사람은 누구일까?
무슨 일로 저기에 앉아 있는 것일까?"
지체하지 않고 가까이 가보니, 450
잘 생긴 기사 한 사람이
꼿꼿하게 앉아 있었다.
(그의 태도로 보아 기사인 듯싶었다.)
균형 잡힌 몸매에 젊음까지 갖춘 그는
스물 네 살쯤 되어 보였다. 455
턱수염은 거의 없었고,
온통 검은 색으로만 된 옷을 입고 있었다.
나는 가만히 그의 뒤쪽으로 걸어가서,
가능한 한 조용히 서 있었다.
그는 나를 보지 못했는데, 460
그가 머리를 숙이고 있었기 때문이었다.

그는 몹시 구슬픈 목소리로
여남은 구절로 된 애가를 읊조렸다.
그것은 내가 일찍이 들었던
가장 애처롭고, 가장 회한에 찬 곡조였다. 465
자연의 여신이 한 인간에게
그와 같이 엄청난 슬픔을 주고도
죽지 않게 한 것은,
정말이지, 놀라운 일이었다.
그는 핏기라고는 없는 창백한 얼굴로 470
곡조나 장단이 없는 노래의 일종인
담시 한 편을 읊었다.
내가 암송할 수 있는
그 시의 시작은 다음과 같다.

"나에게는 이제 슬픔만 남고, 475
모든 낙은 다 사라져버렸네.
내 온 힘을 다 바쳐서 사랑한
눈부신 귀부인이 죽어
영원히 가버렸기 때문이네."
"아, 죽음이여, 너는 어찌하여 480
나를 데려가지 않느냐?
너무나 아름답고, 신선하고,
자유롭고, 착하여서,
비길 만한 이를 찾을 수 없는
내 아름다운 귀부인을 485
데려가 놓고!"

이 비탄의 노래를 읊고 나서
슬픔에 겨운 그의 가슴은 활기를 잃었고,
그의 영혼은 마비상태가 되어버렸다.
두려움에 떠는 그의 몸을 데우기 위해, 490
또 심장이 무서움을 본능적으로 깨닫고서
— 심장이 견딜 수 없는 괴로움을 느꼈으니 —
그것을 편안하게 하기 위해,
피가 심장으로부터 흘러나왔다.
신체의 중요한 기관인 심장은 495
그의 안색을 변화시켜
푸르고 창백한 모습으로 만들어버렸다.
그리하여 그의 사지에는
한 점 핏기라고는 보이지 않았다.
그가 거기에 앉아서 500
좋지 않은 상태가 되는 것을 보고,
나는 그의 정면으로 걸어가서 인사를 했다.
그러나 그는 아무런 대꾸도 없이
자기 자신의 생각에 골몰해 있었다.
너무나도 격렬한 슬픔이 505
자신의 가슴을 차갑게 만든다고 느끼면서,
왜, 어떻게 살아야 할 것인가를
곰곰이 생각하는 것처럼 보였다.
이처럼 진한 슬픔과 번민에 잠겨 있었기 때문에,
그는 내 말을 듣지 못했던 것이다. 510
그는 거의 정신을 잃을 지경이어서,
우리가 자연의 신이라고 부르는 판[20]이 온다 해도,

그의 슬픔에 화를 내지 못했을 것이다.
　그러나 사실대로 말하자면,
마침내 그는 나의 존재를 알아보았다. 515
내가 자기 앞에 서서
모자를 벗고 정중히 인사했다는 사실을.
그가 점잖고 부드럽게 말했다.
"선생, 제발 화내지 마시오.
사실인즉, 나는 선생 말을 듣지도 못했고, 520
선생을 보지도 못했소."
　"아, 훌륭하신 기사 양반," 하고 내가 말했다.
"난 괜찮소. 당신 생각을 방해했다면,
오히려 내가 미안하게 됐구려.
무례하게 굴었다면 용서하시오." 525
　"사과란 가볍게도 할 수 있는 것이지만,
그럴 필요가 전혀 없어요.
무례한 말씀이나 행동을 하신 적이 없었으니까요."
　보라, 마치 딴 사람처럼 말하는
이 기사의 훌륭한 말솜씨를. 530
그는 오만하지도, 무뚝뚝하지도 않았다.
이것을 보고, 나는 그를 다시 보기 시작했다.
자신의 슬픔에도 불구하고,
그는 붙임성이 있는 사람이었고,
놀랄 만큼 신중하고 분별력 있는 사람이었다. 535
나는 그의 마음을
좀더 자세히 알아낼 요량으로

---

20) 목신(牧神). 염소의 뿔과 다리를 가진, 음악을 좋아하는 숲과 목양의 신.

곧바로 그와 대화를 나눌 궁리를 했다.
"기사 양반," 하고 내가 말했다. "사냥은 끝났소.
사슴은 도망쳐버린 것 같소. 540
사냥꾼들은 그 사슴을 찾지 못하고 있소."
"상관없어요" 하고 그가 말했다.
"저는 사냥에는 전혀 관심이 없으니까요."
"오오, 그러셨군" 하고 내가 말했다.
"당신 표정을 보니 그런 것 같소. 545
하지만 내 말 한마디만 들어주시겠소?
몹시 슬픈 일을 당하고 있는 것같이 보여서요.
내 자신 있게 말씀드리는 것인데,
기사 양반의 괴로움을 내게 털어놓아 준다면,
하느님의 도움으로, 힘자라는 데까지 550
그것을 해결해드리도록 하겠소.
정말로 그런지 한번 시험해 보시지요.
당신의 기운을 회복시키기 위해
내 있는 힘을 다해 보겠소.
그러니 그 비통한 슬픔에 대해서 말해주시오. 555
그러면 중병을 앓는 것처럼 보이는
당신의 심장이 편안해질 수도 있지 않겠소."
그 말을 들은 그는 "천만에요. 그럴 리가 없소"
라고 말하는 것처럼 나를 힐끗 쳐다보았다.
"고맙군요. 친절한 분이여," 하고 그가 말했다. 560
"그런 생각을 다 해주시다니.
하지만 그래봤자 아무 소용없어요.
내 안색을 창백하게 만들고,

내 이성을 잃게 하고,
태어난 것을 후회하게 만든 이 슬픔은 565
그 누구도 덜어줄 수가 없어요!
오비디우스의 요법[21] 도
음악의 신인 오르페우스[22] 도
기막힌 기술을 가진 다이달로스[23] 도
내 슬픔을 물리칠 수가 없어요. 570
그 어떤 의사도, 히포크라테스[24] 도 갈레노스[25] 도
나를 치료할 수가 없을 것이오.
하루도 견디지 못할 만큼 고통스러우니까요.
하지만 남의 슬픔에 연민을 느끼게 될지 어떨지를
시험해 보고 싶은 사람이 있으면, 575
나를 만나 보라고 하시오.
지금까지 누리던 모든 행복을
죽음에게 빼앗겨버린 비참한 나는
낮과 밤을 증오하면서,
이 세상에서 가장 불행한 인간이 되고 있소! 580
행복과 서로 적대적인 관계가 된지라
삶과 즐거움이 나에게는 지긋지긋한 것이 되어버렸소.
죽음 그 자체가 나의 적이기 때문에,
내가 죽고 싶어도 죽을 수가 없어요.

---

21) 오비디우스의 《사랑의 요법》에 대한 인유.
22) 그의 음악은 지옥에서 신음하는 사람들의 고통도 덜어주었다.
23) 그는 인조 날개를 만들어 적으로부터 탈출했다.
24) 고대 그리스에서 가장 유명했던 의사. 소크라테스와 동시대인.
25) 고대 그리스의 유명한 의사. 기원전 130년경에 출생했음.

내가 그를 쫓아가면 그는 도망쳐버려요. 585
내가 그를 원해도, 그가 나를 원하지 않아요.
나의 이 고통은 치유책이 없고,
항상 죽어가면서도 막상 죽지는 않아요.
지옥에 누워 있는 시쉬포스[26] 도
이 보다 더한 고통은 모를 거예요. 590
맹세코 말하건대,
나의 이 쓰라린 고통을 보고도
연민을 느끼지 않는 사람이 있다면,
그는 아마 악마 같은 마음의 소유자일 거예요.
아침에 제일 먼저 나를 보는 사람은 595
슬픔 그 자체를 만났다고 말할 거예요.
내가 바로 슬픔이고, 슬픔이 바로 나니까요."
"아! 그 이유를 말씀드릴 게요.
내 노래는 애가로 변했고,
내 웃음은 울음으로 변했어요. 600
내 즐거운 생각은 낙담으로 변했고,
내 평안과 내 휴식은 노고로 변했어요.
내 행복은 고통이 되었고,
내 선은 악이 되었어요.
내 유희는 영구히 분노로 변했고, 605
내 기쁨은 슬픔으로 변했어요.
내 건강은 병이 되었고, 내 안전은 공포가 되었어요.
내 모든 빛은 어둠으로 변했고,

---

26) 코린트의 사악한 왕. 사후에 지옥에 떨어져 큰 바위를 산 위로 밀어 올리는 벌을 받아서 그 일을 한없이 되풀이했다고 한다.

내 지혜는 어리석음으로 변했고,
내 낮은 밤이 되었어요. 610
내 사랑은 증오로, 내 잠은 깨어 있음으로,
내 먹는 재미는 금식으로 변했어요.
내 침착함은 소심함으로 변했고,
내가 어디를 가든, 당황함으로 변했으며,
내 평화는 분쟁과 전쟁으로 변했어요. 615
아, 어쩌다가 이 지경이 되었단 말인가?
아, 슬프도다,
거짓 운명의 여신과 장기를 두다가
내 자존심이 굴욕으로 변해버렸으니.
부정하고 교활한 그 배신자는 620
모든 것을 약속하나, 아무것도 지키지 못하고,
똑바로 가지만, 절뚝거리면서 걸어요.
그녀는 사팔뜨기면서 아름다운 표정을 과시하고,
여봐란 듯이 호의적인 척하면서,
수많은 사람들을 조롱하지요! 625
그녀는 수시로 자신의 진로를 벗어나기에,
거짓으로 묘사된 우상이지요.
그녀는 꽃을 잔뜩 뿌려서 더러움을 감춘
괴물의 머리통이에요.
그녀의 최대의 영광과 명예는 630
거짓말하는 것이지요. 그것이 그녀의 본성이니까요.
믿음도, 법도, 절제도 없이,
한쪽 눈으로는 웃고, 다른 쪽 눈으로는 우는,
그녀는 거짓 그 자체예요.

높이 서 있는 것은 모조리 쓰러트리는 그녀를, 635
나는 부정하고 비굴한 짐승인
전갈에 비유하겠어요.
그것은 머리를 조아려서 경의를 표하지만,
아첨을 하는 가운데서도
꼬리로 상대방을 찔러 독을 뿜는데, 640
그녀가 바로 그런 짓을 하지요.
언제나 거짓이면서 겉으로는 훌륭한 체하는,
그녀는 시기심 많은 자선가지요.
이 세상에 안정된 것은 아무것도 없다고 하면서,
그녀는 거짓 수레바퀴를 645
어떤 때는 이쪽으로, 어떤 때는 저쪽으로 돌리지요.
그녀는 이처럼 많은 사람들을 눈멀게 했어요.
하나로 보이지만, 그렇지가 않은 그녀는
요술의 환영이에요.
부정한 도둑이어요! 그녀가 하는 짓을 650
선생은 믿겠어요? 그러면, 이제 말씀드리겠어요."
"나와 함께 장기를 두던 중에,
그녀는 몇 가지 속임수를 써서
나를 속이고 내 여왕을 빼앗아 갔어요.
여왕을 빼앗긴 나는 655
더 이상 게임을 하지 못하고,
이렇게 말했어요. '안녕, 내 사랑.'
아, 이제는 모든 것이 다 끝장이로구나!"
"그러자 운명의 여신이 말했어요.
'장이야! 장기판 한가운데 있는 660

졸 장 받아라!' 아,
최초로 장기놀이를 했다 해서
그런 이름이 붙여진 아탈로스[27] 보다도
그녀는 장기를 더 잘 두지요.
그리스의 피타고라스[28] 가 알고 있었던 665
장기의 문제들을
한두 번이라도 풀어보았더라면!
그랬으면 나는 장기를 좀더 잘 두었을 것이고,
내 여왕을 지켰을 텐데.
왜 그렇게 하지 않았을까? 670
소망이란 지푸라기만도 못한 것!
하기야, 그래봤자 더 나을 것도 없었어요.
운명의 여신은 오만가지 술책을 지니고 있어서,
그녀를 속일 장사는 없어요.
그녀에게만 책임이 있는 것도 아니어요. 675
나 자신도 똑같은 짓을 했을 거예요.
하느님 앞에서는 나나 그녀나 다 똑같지요.
오히려 그녀의 구실이 더 나을지 몰라요.
여기에 대해서는 이렇게 말할 수 있어요.
내가 하느님이라면, 680
그래서 내 마음대로 할 수 있다면,
나도 그녀가 여왕을 잡았을 때와
똑같은 행마를 했을 거예요.
하느님이 내 영혼을 구한 것만큼이나 확실하게

27) 카파도시아의 왕인 아탈로스 필로메토르. 체스 게임의 발명자로 알려져 있음.
28) 그는 수리적 원리에서 게임에 관심이 있었던 것으로 알려져 있다.

나는 그녀가 최선을 다했다고 감히 말할 수 있어요. 685
하지만 그 행마 때문에 나는 행복을 잃어버렸어요.
아, 세상에 태어난 것이 원망스럽구나!
내 소망에도 불구하고, 기쁨은 완전히 뒤집혔으니,
이제 어떻게 할 것인가?
한시 바삐 죽는 수밖에 없지. 690
이런 생각을 하면서 살다 죽는 것 외에는,
아무것도 할 일이 없구나.
내가 외로울 때,
하늘에 있는 별 중에서,
공기나 땅의 원소 중에서, 695
울음의 선물을 주지 않는 것이 없구나.
잘 생각해 보면,
요모조모로 따져 보면,
슬픔의 문제에 있어,
내가 할 수 있는 것은 아무것도 없구나. 700
고통으로부터 나를 구해줄
기쁨은 남아 있지 않구나.
나는 만족을 잃었고,
따라서 즐거움도 잃었다.
이제 남은 것은 아무것도 없다. 705
이 모든 생각이 한꺼번에 몰려오니,
아, 기가 막힐 뿐이구나!
한번 일어난 일은 돌이킬 수 없는 법.
나는 탄탈로스[29] 보다 더 큰 슬픔을 지녔구나."

---

29) 신들의 비밀을 누설한 죄로 저승의 맨 밑에 있는 타르타로스에 묶이는 벌을

지금까지 말한 대로, 그의 이야기를 710
애처로운 마음으로 듣고 있던 나는
더 이상 견딜 수가 없어졌다.
그 이야기가 나의 가슴을 미어지게 했기 때문이다.
"기사 양반," 하고 내가 말했다. "이제 그만 하시오!
당신을 살아 있는 사람으로 있게 해준 715
그 본성을 불쌍히 여겨서라도.
소크라테스[30]를 한번 생각해 보시오.
그는 운명의 여신의 권능을
지푸라기 세 올만큼도 쳐주지 않았소."
"아니오," 그가 말했다. "그렇게 할 수가 없소." 720
"어째서요?" 하고 내가 말했다.
"제발 그렇게 말하지 마시오.
당신이 열두 명의 여왕을 잃는다 해도,
만약 슬픔 때문에 자살한다면,
이아손에게 배신당하고 725
그의 자식들을 죽인 메데아처럼,
데모폰[31]이 약속을 깨고

받았다. 여기서는 목이 마르고 배가 고파도, 선 채로 턱까지 닿는 물에 잠겨서, 물을 마시려고 하면 그때마다 물이 내려가버린다. 머리 위에는 과일이 주렁주렁 열린 가지가 있지만, 과일을 따려고 하면 손이 닿지 않는 곳으로 물러가버린다.

30) 운명에 대한 그의 무관심은 널리 알려져 있다.

31) 테세우스의 아들. 그리스군의 일원으로 트로이 전쟁에 참가하여 목마 속에 들어간 40명의 장수 가운데 하나. 트로이가 함락된 뒤 할머니 아이트라를 구출하여 귀국하는 도중에 트라키아에 들렀다가 그곳의 공주인 필리스와 결혼을 약속하고 아테네로 갔다.

정해진 날에 나타나지 않자
목을 맨 — 아 애석한 일이다! — 필리스[32] 처럼,
저주받아 마땅할 것이오. 730
또 다른 비극으로 디도[33] 의 슬픈 이야기가 있소.
카르타고의 여왕인 그녀는
아에네아스[34] 에게 배신당하고 자살했지요.
— 아 그녀의 어리석음이여!
에코[35] 는 나르키소스[36] 가 735
사랑해 주지 않는다 해서 죽었고,
그 밖에 많은 어리석은 죽음들이 있었지요.
삼손[37] 은 들릴라[38] 때문에
돌기둥을 무너뜨려 목숨을 끊었어요.
그러나 장기판의 여왕을 잃었다 해서 740
이처럼 괴로워하는 사람은 세상에 없을 거요."

"어째서요?" 하고 그가 말했다. "그렇지 않아요.

---

32) 약속한 날짜에 데모폰이 돌아오지 않자 절망한 필리스는 자살하여 편도가 되었다.

33) 그녀는 트로이 전쟁에서 패배하고 로마 쪽으로 가던 길에 카르타고에 들린 아에네아스를 환대하고 사랑했으나, 그가 자신을 버리고 로마로 떠나자 자살했다.

34) 트로이의 용사로, 안키세스와 아프로디테 사이에서 난 아들. 트로이가 함락되자 로마 쪽으로 가서 로마 건국의 시조가 되었다고 전해진다.

35) 미소년 나르키소스를 사랑한 나머지 몸이 쇠약해져서 끝내 목소리만 남게 되었다는 산의 요정.

36) 샘물에 비친 자신의 모습에 반한 미소년. 충족되지 못하는 소망에 야위어서 수선화가 되었다.

37) 엄청난 힘으로 유명한 이스라엘의 판관. 《성서》 "판관기" 13~16.

38) 삼손의 애인. 그를 속여 블레셋인에게 팔아 넘겼다. 《성서》 "판관기" 16.

지금 잘 몰라서 하시는 말씀이에요
나는 선생이 생각하는 것 이상의 것을 잃었어요."
"어떻게 그런 일이?" 하고 내가 말했다. 745
"기사 양반,
당신이 어떻게, 무엇 때문에, 어디서
행복을 잃게 되었는지,
그 전모를 내게 말해주시오."
"자, 이리 와서" 그가 말했다. "편안하게 앉으시오!" 750
당신이 진심으로 이해심을 가지고
경청해 주겠다면 내 말하겠소.
"그렇게 하지요." "맹세할 수 있겠소?"
"기꺼이." "한눈팔면 안 되오!"
"걱정 마세요. 편안한 마음으로 들을 테니까요. 755
그리고 될 수 있는 한,
온 신경을 집중해서 들을 테니까요."
"제발 그렇게 해주시오" 하고 그가 말했다.
"선생," 하고 그가 말을 시작했다.
"젊은 시절, 처음으로 사랑이 무엇인지 760
내 나름대로
조금은 이해할 만큼 철이 든 이래,
나는 사랑의 신에게 어김없이 복종했고,
헌신적인 마음으로 찬사를 바쳤으며,
그의 마음에 들기 위해 기꺼이, 765
몸과 마음과 그 밖의 모든 것을 통틀어서
그의 종이 되었소.
나는 이 모든 것을 그를 섬기는 데 바쳤으며,

나의 주군에게 한 것처럼
신하로서 충성을 맹세했소. 770
나는 경건한 마음으로 그에게 기도를 올렸고,
그는 나의 마음을 움직여서
나로 하여금 나의 귀부인을 숭배하게 했고,
그것을 자신의 기쁨으로 여겼소."
"내 마음이 한곳에 집중된 것은 775
여러 해 전의 일이었지요.
하지만 나는 그 이유를 몰랐소.
그냥 그것을 자연스러운 일로만 생각했던 것 같소.
아마도 나는 그러한 마음을
흰 벽이나 서판처럼 생각했던 것 같소. 780
그런 것들은 사람이 자기에게 올려놓는 것은
무엇이든 기꺼이 받아들이지요.
그림을 그리든, 물감을 칠하든,
어떤 작업도 애써 꾸며낸 것 같지가 않아요."
"그처럼 사랑의 감정에 빠져 지내면서도, 785
나는 다른 기술 내지는 학문을
사랑의 기술만큼 혹은 그 이상으로
익힐 수가 있었소.
사랑이 먼저 내 마음속에 찾아왔으므로,
그것을 잊지 않았던 거요. 790
사랑을 나의 첫 기술로 선택했기에
그것이 나와 함께 있었던 거지요.
아주 어린 나이에
사랑의 감정을 받아들이는 바람에,

공부를 많이 하는 가운데서도, 795
근심이 내 마음을 괴롭히지 못했던 거예요.
그때는 나의 여주인인 청춘의 신이
나를 가만히 있도록 내버려두지 않았어요.
그때는 한창 젊은 나이인지라
얌전하게 구는 것을 알지 못했어요. 800
나의 모든 행동은 들떠 있었고,
나의 모든 생각은 변화무쌍했지요.
그때는 내가 아는 모든 것이
다 좋게만 보였어요. 정말 그랬어요.”
“어느 날 이런 일이 있었지요. 805
나는 사람들이 일찍이 눈으로 보지 못했던
가장 아름다운 귀부인들이 무리를 지어
한곳에 모여 있는 곳으로 가게 되었어요.
내가 그곳에 가게 된 것을 우연이라 부를까요,
아니면 은총이라 부를까요? 810
아니, 운명의 여신은
거짓말을 밥 먹듯이 하는
부정하고 심술궂은 배신자이지요!
그녀를 더 악랄한 이름으로 부를 수 있었으면!
이제 그녀는 나를 고통으로 몰아넣었어요. 815
그 이유는 곧 설명해 드리겠어요.”
“사실대로 말한다면,
이 귀부인들 중에서 나는
특별히 눈에 띄는 한 귀부인을 보았어요.
내 감히 말하건대, 820

여름날의 태양은 의심할 나위 없이
천상의 그 어느 별들보다도,
달보다도, 혹은 일곱 개의 별들[39] 보다도
더 아름답고, 더 밝고, 더 눈부시지요.
그와 마찬가지로, 그녀 또한 아름다움에서, 825
단정한 품행에서, 늘씬한 자태에서,
미덕이 갖추어진
도를 지나치지 않은 쾌활함에서,
다른 모든 귀부인들을 능가했지요.
한마디로, 더 이상 무슨 말이 필요하겠어요? 830
하느님과 그분의 거룩한 사도들에게 맹세코,
나는 바로 내 애인을 본 거예요.
너무나 성실한 용모,
너무나 고상한 태도와 자태를 지닌 그녀를!
나의 기도를 듣고 있던 사랑의 신이 835
이처럼 금방 눈길을 주는 바람에,
말하자면 천우신조로
그녀는 즉시 내 마음속에 박혀버렸지요.
너무 갑작스런 일이어서,
그녀의 눈빛과 나의 마음 말고는, 840
아무 생각도 나지 않았어요.
그녀의 눈빛이 너무나 기뻐하는 것 같아서,
내 마음은 이렇게 말할 뿐이었지요.
다른 사람과 잘 지내기보다는
진실로 그녀를 섬기는 것이 더 낫겠다고. 845

---

39) 묘성(昴星, *Pleiades*) 혹은 플레이아데스 성단(황소자리의 한 성단).

이것은 사실인지라,
그 이유를 자세히 설명해드리겠어요."
"나는 그녀가 아주 멋있게 춤추는 것을,
아주 달콤하게 노래 부르는 것을,
아주 상냥하게 장난치는 것을, 850
아주 다정하게 바라보는 것을,
아주 친절하게 말하는 것을 보았기에,
그처럼 축복받은 보물은
영원히 찾을 수 없을 것이라는 확신이 들었지요.
사실대로 말하면, 그녀의 머리칼은 855
붉은 색도, 노란색도,
그렇다고 갈색도 아니었어요.
그것은 황금색에 가까운 것이었어요."
"그리고 내 귀부인의 그 눈빛이라니!
부드럽고, 선량하고, 유쾌하고, 진지하고, 860
소박한 그 눈은 큼지막하게 적당한 크기였어요.
그녀의 눈길은 비스듬히
곁눈질하는 법이 없었으며,
자신을 바라보는 모든 사람들을
똑바로 쳐다보았어요. 865
그녀의 눈길은 자비에 넘친 듯이 보였어요.
— 바보들이 그렇게 생각하기도 하지만 —
그 이상도 그 이하도 아니었어요.
아무런 꾸밈이 없었으니까요.
그녀의 눈길이 너무나 순수해서 870
자연의 여신은 그것을 알맞게 열리게 하고,

알맞게 닫히게 했어요.
아무리 슬픈 일이 있어도
바보처럼 커지는 법이 없었으며,
아무리 기뻐도 열광하는 법이 없었어요. 875
그녀의 눈길은 항상 이렇게 말하는 것처럼 보였어요."
"맹세코, 모든 분노를 버리리라!"
"그녀가 워낙 즐겁게 살기를 원하니까,
아둔함이 그녀를 두려워했지요.
그녀는 지나치게 근심하거나 기뻐하는 법이 없었어요. 880
그녀처럼 매사에 중용을 지키는 사람도 없을 거예요.
그녀는 그 눈빛으로
많은 사람의 마음을 아프게도 했지요.
하지만 그들의 그런 생각을 몰랐기 때문에,
그녀 자신의 마음은 언제나 가벼웠지요. 885
그래서 그녀는 알든 모르든,
남의 일에 대해서는 조금도 개의치 않았어요.
그녀의 사랑을 얻으려는 사람이 국내에 있다고 해서,
인도에 있는 사람보다 더 가까운 것이 아니에요.
앞서 가는 사람이 항상 나중 되는 법이지요. 890
그러나 우리가 자기 형제를 사랑하듯이,
그녀는 좋은 사람이면 누구든지 사랑했어요.
그러한 사랑에 대해서는 놀랍도록 너그럽고,
이성적인 입장을 취했지요."
"그녀의 얼굴은 또 어떤가요! 895
아, 그것을 제대로 묘사할 수 없는 내 마음이
너무나 고통스러워요!

나는 그것을 완벽하게 그려낼
말솜씨도 없고, 기지도 부족한 사람이에요.
그리고 내 정신이 너무 아둔해서, 900
그처럼 훌륭한 것을 설명해낼 수가 없어요.
그녀의 아름다움을 충분히 이해할 만한
지혜를 가지고 있지 못한 셈이지요.
그러나 한껏 용기를 내어 말해본다면,
그녀는 희고, 혈색 좋고, 신선하고, 생기 있었으며, 905
그 아름다움은 매일 새로워졌지요.
그녀의 얼굴은 최상에 가까운 것이었어요.
자연의 여신이 기쁜 마음으로
그러한 미인을 창조했기에,
그녀는 미의 제일가는 패트런이었고, 910
자연의 여신의 모든 작품들 중에서
최고의 본보기였어요.
아무리 짙은 어둠 속에서라도,
나는 그녀를 볼 수 있을 것 같았어요.
일찍이 살았던 모든 사람이 다 되살아온다 해도, 915
그녀의 얼굴에서 한 점
악의 표시를 찾아낼 수 없었을 거예요.
그것이 그만큼 진지하고, 소박하고, 온화하기 때문이지요."
"그리고 내 삶의 친절한 의사인
그녀의 상냥하고 부드러운 말솜씨라니! 920
너무나 다정하고, 너무나 교양 있고,
너무나 이성에 기초해 있고,
너무나 미덕을 향해 있어서,

내 감히 십자가를 걸고 말하건대,
일찍이 있었던 모든 웅변들 중에서, 925
그처럼 진실에 호소하고, 남을 조롱하지 않고,
더 많은 치료를 하는,
감동적인 웅변은 없었을 거예요,
설사 교황께서 노래를 부르신다 해도요.
내 맹세코 말할 수 있는데, 930
그녀의 말 때문에 피해를 입은 사람은 없었을 거예요.
그녀에게서는 모든 해악이 숨어버리니까요.
그녀의 말보다 더 설득력 있는 것은 없었어요.
그녀의 단순한 증언 한마디가
어떤 증서보다도, 어떤 사람의 선서보다도 935
더 진실한 것으로 드러났지요.
그녀가 조금도 잔소리를 하지 않는다는 것은
온 세상이 다 아는 사실이었어요."
"내 애인의 목 또한 매우 아름다워서,
그녀에게 어울리지 않는 940
뼈나 흠 같은 것이 보이지 않았어요.
그것은 희고, 부드럽고, 똑바르고, 평평해서,
어느 모로 보나,
구멍이나 쇄골 같은 것이 눈에 띄지 않아요.
내가 기억하는 그녀의 목덜미는 945
크지도 않고, 길이도 적당한,
상아로 만든 둥근 탑처럼 생겼어요."
"다들 그녀를 착하고 예쁜 화이트라고 불렀지요.
화이트가 바로 내 귀부인의 이름이에요.

그녀는 아름답고 영리했지요. 950
그녀는 이름값을 했어요.
그녀는 아름다운 어깨, 늘씬한 몸과 팔들,
포동포동하고 둥그스름하면서도
그다지 크지 않은 사지,
희디흰 손들, 핑크 빛 손톱들, 955
볼록한 가슴, 적당한 크기의 엉덩이,
곧고 평평한 등을 갖고 있었지요.
내가 알고 있는 한,
그녀의 사지가 완벽하게 조화된 것은 아니지만,
그렇다고 해서 이렇다 할 결점도 없었어요." 960
"그녀는 자신이 원하기만 하면,
흥겹게 놀 수 있었어요. 내 감히 말하건대,
그녀는 눈부신 횃불과 같아서,
모든 사람에게 충분한 빛을 줄 수가 있었으며,
조금도 모자라는 법이 없었어요. 965
내 사랑스런 귀부인은
예절과 단정함에서도 마찬가지였어요.
누구든지 그녀를 바라보기만 하면,
그녀의 태도에서
충분한 즐거움을 얻을 수가 있었어요. 970
그래서 감히 말하건대,
그녀가 만 명의 사람 속에 섞여 있다 해도,
설사 그들이 한 줄로 서 있다 해도,
분별력을 가진 사람의 눈에는
최소한 이 세상에서 가장 눈에 띄는 975

거울처럼 보였을 거예요.
한번은 이런 일이 있었어요.
사람들이 밤새워 노는데,
그녀가 그 자리에 없으니,
그 분위기가 보석 없는 왕관보다 더 썰렁했어요. 980
진실로 내 눈에는 그녀가
아라비아의 외로운 불사조[40] 같아보였어요.
불사조는 이 세상에 한 마리밖에 없는데,
그녀 또한 그와 같으니까요."
"사실대로 말한다면, 그녀는 985
성경에 나오는 에스터[41] 만큼,
혹은 그 이상으로
정숙한 여자였어요.
게다가 그녀는 광범위한 지식을 갖고 있었고,
모든 미덕을 지향하고 있어서, 990
십자가를 걸고 말하건대,
그녀의 이해력에는 아무런 악의가 없고,
오로지 즐거움이 그 밑바탕이었어요.
게다가 나는 그녀의 행동보다
덜 해로운 행동을 본 적이 없어요. 995
그녀는 악이 무엇인지도 모르고,
그래서 선이 무엇인지도 모르는 것 같았어요."

---

40) 단 한 마리뿐인 매우 아름다운 이집트 신화의 영조(靈鳥). 아라비아 황야에서 5백 년 내지 6백 년을 살다가, 스스로 향나무 가지를 쌓아놓고 태양열로 불을 붙여 그 불길 속에 몸을 던져 타죽었다가, 그 재 속에서 다시 젊음을 찾아 되살아나서 영생불멸한다고 전해진다.

41) 페르시아 왕 아하수에루스의 아내. 성경에 정숙한 아내의 본보기로 나와 있다.

"이제 신뢰에 대해서 말하겠어요.
그녀가 만약 신뢰를 지니고 있지 않았다면
그것은 심히 유감스러운 일이었겠지요. 1000
오히려 그녀는 그것을 너무 많이 지니고 있었어요.
그리고 내 감히 말하건대,
신뢰의 신 그 자신이 그의 주된 집,
즉, 자신의 주소를 다름 아닌
바로 그녀에게다 정했다고나 할까요. 1005
그래서 그녀는 한결같은 절개,
편안하고 온건한 자제력이라고 하는
최대의 선물을 받게 되었지요.
내가 알고 있는 한,
그녀의 정신은 너무나 잘 참고, 1010
기꺼이 이성에 귀 기울였어요.
그래서 그녀는 착하게 사는 법을 알았고,
착하게 행동하기를 좋아했지요.
이것이 어떤 점으로 보나 그녀의 기질이었어요."
"이와 같은 사랑의 마음이 있었기에 1015
그녀는 누구에게도 잘못을 저지를 수 없었고,
누구도 그녀에게 부끄러운 짓을 할 수가 없었어요.
그녀는 자신의 명예를 사랑했지요.
그녀는 누구에게도 헛된 희망을 갖게 하지 않았고,
자신에 대해서 그릇된 소문을 퍼트리지 않는 한, 1020
빙빙 돌리는 말이나 표정으로
남의 애를 태우지 않았고,
확실하게 표현하려고 애를 썼지요.

그녀는 누구도 왈라키아[42]에 보내지 않았고,
프로이센, 타르타리,[43] 1025
알렉산드리아, 터키에도 보내지 않았어요.
그 대신 그에게 모자를 쓰지 않고
고비사막으로 가서
카라노르[44]를 거쳐 귀국하라고 명했지요.
그러면서 '저는 당신이 돌아오기 전에 1030
당신의 명예에 대한 소문을
미리 들을 수 있는 사람임을 명심하세요'라고 말했어요.
그녀는 시시한 속임수 같은 것은 쓰지 않았어요."
"그런데, 내가 왜 이런 말씀을 드릴까요?
그것은 지금까지 말했듯이, 바로 여기에 1035
내 모든 사랑이 달려 있기 때문이지요.
다시 말해서, 그녀가 바로 내 사랑하는 여인이요,
내 만족의 원천이요, 내 기쁨이요,
내 생명이요, 내 운명이요, 내 건강이요,
내 지복이요, 내 복지요, 내 안식이기 때문이지요. 1040
모든 점에서 나는 전적으로 그녀의 것이에요."
"하느님께 맹세코," 하고 내가 말했다.
"나는 당신을 믿소! 당신의 사랑을 굳게 믿소.
하지만, 어떻게 하는 게 더 나았을지 모르겠군요."
"더 나았을 것이라고요?" 하고 그가 말했다. 1045

---

42) 루마니아에 있는 도시. 이하 지명들은 중세 로맨스의 여주인공들이 자신의 연인을 시험하는 과정에서 갔다 오게 하는 도시들이나 나라들임.

43) 외몽고.

44) 고비사막 동쪽에 있는 도시. 중국으로 가는 중요한 무역통로였다.

"아무도 그렇게는 못했을 거요!"
"진정으로," 하고 내가 말했다. "나는 믿어요.
그래요, 선생, 나도 마찬가지요.
당신이 그녀를 최상의 여인으로 여기고 있다는 것을,
당신의 눈으로 바라보았던, 1050
가장 아름다운 미인으로 여기고 있다는 것을 알고 있소."
"내 눈으로라고요? 천만에요,
그녀를 본 사람들은 다 그렇게 말했어요.
설사 그들이 그런 말을 입 밖에 내지 않았어도,
나는 여전히 내 고결한 귀부인을 사랑했을 거예요. 1055
나에게 알키비아데스[45]가 거느렸던
미인들을 다 준다 해도,
그리고 헤라클레스가 지녔던
그 힘을 다 준다 해도,
알렉산더 대왕의 덕망을 다 준다 해도, 1060
바빌로니아, 카르타고, 마케도니아,
로마, 니네베에 있는 재산을 다 준다 해도,
또 내 희망대로,
트로이에서 아킬레스를 죽인
헥토르만큼이나 대담해진다 해도, 1065
(그 죽은 아킬레스는
어느 사원에서 다시 한번 살해당한다.

---

45) B.C. 400년경에 출생한 아테네의 장군. 정치·군사적 재능과 준수한 외모를 타고났으나 무절조(無節操)와 사리(私利)에 치우쳐, 펠로폰네소스 전쟁에서는 고국 아테네를 패배로 이끄는 원인을 제공했다. 여색을 탐하다가 스파르타 왕 아기스 2세의 아내와 염문을 일으켜 사형판결을 받기도 했다.

다레스 프리기우스[46]에 의하면,
그와 안티로쿠스[47]는
폴릭세나에 대한 사랑 때문에 1070
둘 다 살해당하는 것으로 되어 있다.)
혹은 미네르바만큼 지혜를 가진다 해도,
나는 의심할 나위 없이 그녀를 사랑했을 것이오.
반드시 그렇게 했을 것이오.
'반드시라고?' 아니, 그것은 농담이오. 1075
'반드시'는 아니니까. 왜냐하면 내 마음이
강제에 의해서가 아니라 자유의지에 의해서
그것을 원했기 때문이오.
나는 가장 아름답고 가장 훌륭한
그녀를 사랑하지 않을 수 없었던 거지요. 1080
그녀는 그리스의 페넬로페[48]만큼 훌륭하고,
혹은 아내 중의 아내인
(로마인 타이터스 리비우스[49]가 그렇게 말했소.)
고결한 루크리스[50]만큼 훌륭했소.

---

46) 다레스는 신화상의 인물이 아닌 실존인물로서 트로이 전쟁을 직접 목격하고 그에 관한 책을 썼다고 한다. 그가 쓴 책은 남아 있지 않지만, 5세기 무렵에 씌어진 것으로 보이는 라틴어 번역판 《트로이 멸망의 역사》(*De Exidio Troiae Historia*)가 전해져 온다.

47) 그들은 아폴론의 신전으로 유인당한다(아킬레스는 폴릭세나와 결혼할 희망으로). 그러나 그들은 거기서 파리스의 공격을 받고, 추종자들과 함께 살해당한다.

48) 오디세우스의 아내. 남편의 트로이 원정 중 많은 구혼자들의 유혹을 물리치고 정절을 끝내 지켰다.

49) 로마의 역사가.

50) 타르키니우스의 아들에게 욕을 당해, 남편과 아버지에게 그 복수를 부탁하고

그녀는 루크리스와 다르지만, 1085
(그녀의 스토리들이 사실이기는 해도,)
그녀 못지않게 훌륭하고 진실한 여인이었소."
"그러면 내가 처음에 어떻게 해서
나의 귀부인을 만나게 되었는지 얘기해 드릴까요?
그때는 사실 매우 젊은 시절이었지요. 1090
한창 공부에 열중할 때였으니까요.
내 마음이 사랑을 갈망했을 때,
그것은 엄청난 일이었어요.
그러나 내 정신이 최상의 상태였으므로,
나는 젊고 어린애 같은 이해력을 좇아, 1095
두려움도 없이, 최선의 방법으로
그녀를 사랑하게 되었지요.
나는 꾸밈도 흐트러짐도 없이,
내 신념에 따라 최선을 다하여
그녀에게 경의를 표했고, 그녀를 섬겼지요. 1100
그녀가 너무나 보고 싶었기 때문이었소.
그것이 나를 너무나 편안하게 했기 때문에,
아침에 처음 그녀를 보게 되면,
그 뒤에 찾아오는 고통이 치유되었고,
저녁이 될 때까지 1105
그 무엇도 나를 상심케 할 수 없었고,
내 고통도 쓰라리지 않은 것처럼 생각되었어요.
나의 귀부인이 이처럼 항상

자살한 로마의 열녀. 그녀의 죽음으로 타르키니우스 가는 추방되고, 로마에 공화제가 수립되었다.

내 마음을 사로잡고 있었기 때문에,
그녀가 내 마음속을 떠나는 일은 1110
있을 수가 없었어요. 절대로!"
"그런데, 기사 양반," 하고 내가 말했다.
"당신은 참회도 하지 않고 고해를 하는
그런 사람의 입장에 있는 것 같소."[51)]
"참회라고요? 에잇, 저런!" 1115
하고 그가 말했다.
"나더러 사랑에 빠진 것을 후회하란 말이오?
만약 그렇다면 나는 아키토펠[52)] 이나
트로이를 배신한 반역자 안테노르[53)] 나
롤랑과 올리버[54)] 를 배신한 1120
부정한 가넬론[55)] 보다
더 나쁜 사람이 되겠구려.
아니오, 나는 이 세상에 살아 있는 동안,
영원히 그녀를 잊지 않을 것이오."
"그렇지만, 기사 양반," 하고 내가 말했다. 1125
"그 말은 이미 하셨소.

---

51) 즉, "당신은 자격도 없이 사면되는 그런 사람의 입장에 있는 것 같소." 자신의 귀부인을 본 그 기사는 그녀가 호의의 눈길을 준다는 확신도 하기 전에 기분이 들떠 있는 상태이다.

52) 압살롬으로 하여금 다윗에게 반역하도록 부추긴 사악한 책사.

53) 안테노르는 트로이의 안위가 걸려 있는 것으로 여겨진 팔라스 아테나 상을 갖고 도망쳐서 그것을 오디세우스에게 넘겨준다.

54) 롤랑은 샤를마뉴 대제의 조카이고, 올리버는 대제의 12용사들 중 한 사람이다.

55) 샤를마뉴 대제의 전사들 중 한 사람. 그의 반역 때문에 롤랑은 론시발 전투에서 목숨을 잃는다.

당신이 처음에 그녀를 어디서,
어떻게 보았는지에 대해서는
더 이상 되풀이할 필요가 없소.
그러니 이제는 당신이 처음 그녀에게 1130
어떻게 해서 말을 건넸는지를 얘기해 주시겠소?
이제는 그것이 듣고 싶소.
당신이 그녀를 사랑하는지의 여부를
그녀가 어떻게 해서 처음 알게 된 거요?
그리고 아까 들은 바 있는, 1135
당신의 그 분실물이 무엇인지를 말해 주시오."
"그렇군요!" 하고 그가 말했다. "아직 모르셨군요.
나는 당신이 생각하는 것 이상의 것을 잃었어요."
"무엇을 잃었는데요?" 하고 내가 물었다.
"그녀가 당신을 사랑하지 않았기 때문인가요? 그거예요? 1140
아니면 당신이 무슨 잘못을 저질러서
그녀가 당신 곁을 떠났기 때문인가요? 그거예요?
제발 말 좀 해주시오."
"하느님 앞에서, 내 말하겠소" 하고 그가 말했다.
"다시 한번 되풀이하지만, 1145
내 모든 사랑은 그녀에게로 향했소.
그러나 오랫동안 그녀는 그것을
조금도 눈치채지 못하고 있었소!
그리하여 나는 감히 그녀에게
내 마음을 전할 수가 없었고, 1150
그녀에게 화를 낼 수도 없었소.
왜냐고요? 그녀가 내 몸의 지배자였기 때문이오.

그녀가 내 마음을 사로잡았기 때문이오.
마음이 사로잡힌 사람은 도망칠 수가 없어요.
하지만 나는 나태해지지 않기 위해서 1155
부지런히 최선을 다해서 노래를 지었어요.
그리고 이따금씩 그 노래들을
큰 소리로 불렀어요.
나는 노래 짓는 데 서툴고,
노래의 기교를 처음 창안한 1160
라멕의 아들 투발[56] 과는 달리,
노래 짓는 기법을 잘 모르지만,
수많은 노래들을 지었어요.
라멕은 자기 형제들이
모루 위에다 망치를 두드릴 때, 1165
거기서 처음 멜로디를 따왔다고들 하지요.
그러나 그리스 사람들은(《오로라》[57] 에 의해서)
피타고라스가 그 예술을 처음으로
창안한 사람이라고 말했어요.
둘 중 어느 것이 맞는지는 몰라도, 1170
아무튼 나는 내 마음을 달래기 위해
내 감정을 노래로 옮겼지요.
잘되었는지는 모르지만,
다음이 그 첫 구절이니 한번 들어보세요."

---

56) 투발과 주발(Jubal)이 흔히 혼동된다. 투발카인(Tubalcain)은 숙련된 공장(工匠)이었다. 주발은 〈창세기〉(4:21)에 "하프와 오르간을 다루는 모든 사람들의 아버지"로 일컬어지고 있다.

57) 12세기에 성경의 일부를 라틴어 운문으로 의역한 피터 오브 리가(Peter of Riga)의 작품.

"오! 아름다운 그 사람 생각하면 1175
내 마음 한없이 부풀어 오르네.
바라보기에 너무나 잘 생긴 그 사람.
그래서 나는 하느님께 기도드리네.
아름답고 영리한 나의 귀부인께서
나를 자신의 기사로 삼아달라고!" 1180

"이것이 내가 지은 첫 노래였소.
하루는 이런 생각을 했지요. 나는 그녀 때문에
엄청난 슬픔과 고통을 당하고 있는데,
그녀는 그것을 전혀 모르고 있고,
나도 감히 그것을 털어놓지 못하고 있다는 생각을. 1185
'아,' 하고 나는 생각했지요.
'아무런 대책이 없구나. 그녀에게 말을 못하면,
나는 죽은 사람이나 다름없는데.
또 막상 말을 하고 싶어도,
그녀가 화를 낼까 두려우니. 1190
아, 이 일을 어찌하면 좋단 말인가?'"
"이런 갈등 때문에 너무 고통스러워서
내 가슴은 둘로 찢어지는 듯 했어요!
그러다가 마침내 이런 생각이 들었지요.
자연의 여신은, 살아 있는 사람에게 1195
그와 같은 미와 선을 주면서,
자비심도 함께 주지 않았을 리가 만무하다.
나는 그런 희망을 품고서,
해서는 안 되는 일을 하는 불안한 마음으로,

내 마음을 털어놓았어요. 1200
머리가 잘 돌아가지 않았지만, 어쩔 수가 없었지요.
말을 하지 않으면 죽을 것 같았기 때문이에요.
말을 어떻게 시작했는지 기억이 없고,
제대로 되풀이가 되지 않았어요.
하느님의 가호가 있어야 할 일이에요. 1205
그날은 이집트의 열 가지 역병이 있는
불운한 날이었지요.
나는 이야기를 하면서,
혹 말을 잘 못하게 될까 봐 걱정되어,
하고 싶은 말을 많이 빼먹었어요. 1210
괴로운 마음과 죽을 것 같은 고통 속에서,
무서움과 부끄러움으로 머뭇거리면서 떨었고,
두려움 때문에 가끔 말을 멈추기도 했어요.
안색이 온통 창백했지만,
가끔은 상기되기도 했어요. 1215
나는 머리를 숙여 그녀에게 인사를 했지요.
정신력과 자신감이 모두 도망쳐서,
그녀를 감히 쳐다볼 수조차 없었어요.
'자비를 베푸소서!' 외에는 아무 말도 못했어요.
그것은 놀이가 아니었고, 쓰라린 고통이었어요." 1220
"그리하여 마침내 용기를 되찾아,
하고 싶은 말을 간단하게 털어놓았지요.
나는 진심을 다해서 간청했어요,
나의 사랑하는 귀부인이 되어 달라고.
그러면 내 마음 영원히 변치 않고 1225

그녀에게 충실할 것이라고,
항상 새롭게 사랑할 것이라고,
다른 귀부인에게 마음 두지 않을 것이며,
최선을 다해 그녀의 명예를 지켜줄 것이라고,
진심을 다해서 약속했지요. 1230
나는 이렇게 맹세했어요.
'사랑하는 님이여,
저의 모든 것은 이미 당신의 것입니다!
꿈이 아니고서는 당신을 속일 수가 없습니다.
이것은 하느님의 가호만큼 확실한 것입니다!'" 1235
"내가 말을 마쳤을 때,
하느님도 아시지만, 그녀는 그 말에
한 푼의 가치도 쳐주지 않는 것처럼 보였어요.
사실을 간단하게 말하면,
그녀의 대답은 다음과 같았어요. 1240
나는 그녀의 말을
제대로 이해할 수가 없었지만,
그녀의 대답의 핵심은 이랬습니다.
즉, 그녀는 단호한 태도로
'안 됩니다'라고 말했던 것입니다. 1245
아, 그날 내가 겪었던 슬픔과 고통이란!
트로이와 일리움[58]의 파괴를 보고 울부짖던,
카산드라[59]의 고통도
그날 내가 겪었던 고통만큼은 못했을 거예요.

58) 트로이의 성(城) 이름.
59) 트로이의 왕 프리아모스의 딸인 카산드라는 트로이의 멸망을 예언했다.

나는 두려움 때문에 아무 말도 못하고, 1250
가만히 그 자리를 떠났지요.
그러고는 여러 날이 지나갔어요.
어느 날 할 것 없이
나는 침대 머리맡에 앉아 슬퍼했지요.
결코 변덕스런 마음에서 1255
그녀를 사랑한 것이 아니기에,
나는 날마다 슬픔으로 아침을 맞이했어요."
"그 이듬해의 일이었어요.
나는 다시 한번 그녀에게 내 고통을 알리고
이해시켜야겠다는 생각을 했어요. 1260
그녀는 내가 고결한 사랑 말고는,
아무것도 바라지 않는다는 것,
무엇보다도 그녀의 명예를 지켜줄 것이라는 것,
그녀의 불명예를 두려워할 것이라는 것,
성의를 다해 그녀를 섬길 것이라는 것, 1265
등을 잘 알게 되었어요.
그래서 아무런 악의도 없는 내가 죽는다면,
애석한 일이 될 것이라는 것을 잘 알게 되었어요.
이 모든 것을 알았을 때, 나의 귀부인은
자신의 고귀한 은총의 선물을 나에게 주었어요. 1270
내 머릿속에는, 죽어도
그녀의 명예를 지켜주어야겠다는 생각 외에,
다른 생각은 나지 않았어요.
그녀가 나에게 준 선물은 반지였어요.
그 최초의 선물을 받고 내 마음이 1275

얼마나 기뻤는지는 물어볼 필요가 없을 거예요.
신의 가호를 입어서
나는 죽음에서 삶으로 단숨에 솟아올랐지요.
모든 우연 중에서 가장 멋지고,
가장 기쁘고, 가장 평온한 우연이었어요. 1280
진실로 내 사랑하는 임은
내가 그르고 그녀가 옳을 때라도,
항상 착한 마음씨로, 다정한 마음으로
나를 용서해 줄 것이라고 생각했어요.
그녀는 내 젊은 시절 내내, 1285
만난을 무릅쓰고 나의 지배자가 되었어요.
그녀는 항상 나에게 충실했으므로,
우리의 기쁨은 항상 새로웠어요.
우리의 마음은 완벽한 쌍을 이루어,
어떠한 고통이 찾아 와도, 1290
어느 한쪽만을 칠 수가 없었어요.
우리 두 사람은 기쁨도 하나로 느끼고,
슬픔도 하나로 느꼈기 때문이지요.
우리 두 사람에게는 모두가 하나였어요.
이런 식으로 살면서, 우리는 여러 해를 보냈어요. 1295
말로써 설명할 수 없을 만큼 행복하게."
"기사 양반," 하고 내가 물었다.
"그녀는 지금 어디에 있소?"
"지금이요?" 해놓고 그는 잠시 말을 멈추었다.
그리고는 돌보다 더 무서운 표정이 되어 말했다. 1300
"아, 태어난 것이 한스럽구나!

내가 당신에게 괴롭다고 말한 것은
바로 그 상실 때문이었소.
내가 아까 한 말을 기억해 보시오.
당신이 생각하는 것 이상을 잃었다고 했을 때, 1305
당신은 그 말의 뜻을 잘 모르는 것 같았소.
하느님은 아시지만, 아, 그것이 바로 그녀였소!"
"기사 양반, 지금 무슨 말을 하는 거요?"
"그녀는 죽었소!" "뭐라고요?" "정말이란 말이오!"
"당신이 잃은 것이 바로 그녀였소? 1310
참으로 애통한 일이로군요!"
그 말과 함께 사냥꾼들의 귀가를 알리는
나팔소리가 들리기 시작했다.
사냥이 끝났던 것이다.
그때 황제도 우리와 가까운 곳에서 1315
말을 타고 귀로에 오르고 있었다.
내가 꿈속에서 본 그의 궁전은
성 요한을 걸고 하는 말이지만,
비옥한 언덕 위에 세워진
하얀 벽의 롱캐슬[60] 궁전이었다. 1320
내가 꾼 꿈의 내용을 조금 더 말해준다면,
그때 그 궁전에서 종소리가 울렸다.
12시를 알리는 종소리였다.
그 종소리가 나를 잠에서 깨웠다.

---

60) 롱캐슬(Long Castle)은 이 흑의의 기사가 존 오브 곤트라는 것을 암시하기 위해 랭카스터(Langcaster)를 영어로 풀이한 말. 존 오브 곤트는 랭카스트 공작(Duke of Langcaster)이었다.

깨어나 보니 나는 침대에 누워 있었다. 1325
알키오네와 케익스 왕,
그리고 잠의 신들에 관한 이야기가 실려 있는
그 책은 아직도 내 손에 쥐어져 있었다.
나는 이런 생각을 했다.
"참 희한한 꿈이로구나. 1330
오늘이 가기 전에,
될 수 있는 한 빠르게,
그 내용을 7행시로 옮겨야겠구나."
내가 꾼 꿈의 내용은 이것으로 끝이다.

제 2 장

〈명성의 집〉

▪ 해 설

1. 제작 시기

〈명성의 집〉의 제 2권에는 이 시의 주요한 등장인물들 중의 하나인 독수리가 초서의 삶의 방식을 다음과 같이 묘사하는 대목이 나온다.

> 하루 일과가 끝나, 장부정리를 하고
> 집으로 돌아갔을 때,
> (652~653)

이것은 초서가 세관감사관으로 재직하던 시기, 즉 1374년에서 1385년 사이에 이 시가 씌어졌음을 말해준다. 그리고 1372년에 초서는 이탈리아를 방문했는데, 그곳에서 시인으로서의 그의 발전에 커다란 영향을 준 단테의 작품을 알게 된다. 이러한 사실들로 미루어 보면, 이 시는 1374년 무렵에 씌어졌을 것으로 짐작된다.

2. 미완성의 문제

"권위 있는 사람"의 입을 통해 매우 중요한 소식이 전달될지도 모르는 시점에서 갑자기 시가 중단되어버린 사태에 대해서는 분분한 추측들이 있었다. 마지막 부분이 소실되었을 것이라고 추측하는 학자도 있고, "권위 있는 사람"이 발언을 했으면 아마 사랑에 대한 것이었을 것이라고 믿는 학자도 있다. 이 시가 행사시이고 그래서 그 "권위 있는 사람"이 한 유명인사 — 아마도 존 오브 곤트의 딸인 필리퍼 오브 랭카스터 — 의 소식을 전하려 했다고 주장하는 학자도 있다. 그러나 막상 시 자체에는 이러한 설들을 뒷받침할 만한 내용이 별로 없다.

루돌프 임멜만은 이 시가 〈새들의 회의〉의 자매편으로 계획된 것이었다는 이론을 내놓았다. 즉, 〈새들의 회의〉가 리차드 2세와 앤 오브 보헤미아의 약혼을 기념하기 위해 씌어졌듯이, 〈명성의 집〉도 1381년 12월 10일 무렵의 앤 공주의 영국 도착을 경축하기 위해 씌어진 것이라는 것이다. 그런데 공주가 상륙하기(12월 18일)까지의 시간간격이 너무 짧아서 작품을 완성하지 못했다는 것이다. 그러나 J. M. 맨리 교수는 이 이론에 반대하면서 자기 자신의 이론을 내놓았다. 즉, 초서에게는 일군의 연애담들을 쓰려는 계획이 있었는데, 이 시가 그것을 예고하기 위한 프롤로그의 구실을 한다는 것이다.

이 시의 미완성에 대한 또 하나의 그럴듯한 가정은 초서가 집필을 시작할 때 끝맺음에 대한 뚜렷한 계획이 없었고, 막상 써나가면서도 정하지를 못했다는 것이다. 그의 모든 작품들 중에서 이 작품이 가장 느슨한 구조를 가지고 있고, 따라서 가장 통일성이 약한 것은 사실이다. 이동하는 장면의 관찰자로서 내레이터에게서 관점의 통일성을 찾을 수 있을지는 모른다. 하지만 플롯이나 스토리의 진로에 대해서는 아무런 표징

이 없으며, '명예'라는 단어의 사용에서도 일관성이 없다. 예컨대 첫 번째 언급에서는 그것이 명성의 동의어로 사용되고 있고, 두 번째 출현에서는 가십 내지는 루머를 의미하는 것으로 되어 있는 식이다.

그러나 W. O. 시퍼드 교수는 〈명성의 집〉에서 숨어 있는 의미를 발견해 내려는 모든 이론을 거부한다. 그는 이 시가 결미를 제외하고는 그 자체로서 완성된 작품이라는 주장을 편다. "나는 그것이 '사랑의 환상'을 노래한 시라고 생각한다"라고 그는 말한다. "시인은 이 시를 통해서 사랑의 대의에 봉사한 보상으로서의 여행이라는 장치를 최대한 실현하고 있다. 즉, 초서는 명예의 여신이라는 고전적 개념과 세속적 명성이라는 추상적 아이디어의 혼합, '이탈리아의 위대한 시인'이 저승을 지나서 지복의 땅에까지 이르는 여행, 그리고 '사랑의 환상'이라는 관례적 장치 등을 폭넓게 사용함으로써, 사상과 환상이 넘치고 스토리와 의미가 넘치는 한 편의 완전한 시를 낳고 있다"는 것이다.

3. 〈공작부인 이야기〉와의 관계

〈명성의 집〉은 〈공작부인 이야기〉와 닮은 점이 많다. 8음절 2행연구로 된 '꿈의 환상'이라는 점에서 두 시가 똑같다. 고전적 이야기로 시작해서, 놀라운 결말을 향해 서서히 나아가는 것 또한 유사하다. 〈공작부인 이야기〉의 경우 독자는 그 결말을 이미 알고 있지만, 화자는 모르는 것으로 되어 있다. 화이트의 죽음에 대한 소식을 접하자 화자가 놀라움을 표시하기 때문이다. 이에 비추어 보면, 〈명성의 집〉의 결말 또한 놀라운 것이었어야 한다. 그러나 불행히도 이 시는 결말에 이르기도 전에 중단되어버리고, 화자와 독자는 어둠 속에 남게 된다.

〈명성의 집〉의 운율은 본질적으로 〈공작부인 이야기〉와 동일하다.

하지만 초서는 그 4보격을 훨씬 더 세련된 기교로써 다루고 있다. 첫 번째 시도에서는 결여되었던 자연스러움과 평이함이, 두 번째 시도에서는 잘 성취되는 것이다. 하기야 그 보격이 〈공작부인 이야기〉의 주제보다는 〈명성의 집〉의 그것에 훨씬 더 잘 들어맞는 것이기는 하다. 아무튼 엘레지에는 잘 맞지 않던 4보격 행의 비교적 빠른 움직임이 〈명성의 집〉의 그 맹렬한 주제에는 잘 어울리는 것이다.

케익스와 알키오네의 이야기도 〈명성의 집〉과 모종의 관계를 맺을 수가 있다. 이 고전적 프롤로그와 그 속편이 둘 다 사랑하는 사람의 죽음을 다루고 있기 때문이다. 그러나 아에네아스와 디도의 고전적 이야기를 〈명성의 집〉에 결부시키는 것은 쉬운 일이 아니다. 이 시가 미완성으로 끝나버려서 그 두 부분 사이에 아무런 관련을 찾을 수가 없기 때문이다. 그것이 완성되었더라면 어떤 관련이 드러났을지 모른다. 아에네아스와 디도의 이야기는 사랑의 이야기인데, 초서는 〈명성의 집〉이 사랑에 관한 이야기가 될 것이라고 했기 때문이다. 문제는 그가 이 공언된 주제를 다루지 않았다는 데 있다.

4. 그 밖의 작품들과의 관계

〈명성의 집〉의 초두에 이용되는 '꿈의 환상'이라는 상투적 수법은 물론 그의 문학적 이력의 시초부터 강력한 영향을 행사했던 중세 프랑스 시인들로부터 유래한 것이다. 하지만 이 작품에서부터 초서는 어떤 문학적 관례도 거기에 자신의 새로운 표현법을 가미하지 않고서는 받아들이지 않겠다는 자세를 보여준다. 그는 아예 서두에서부터 꿈이라고 하는 식상한 장치에 활기를 불어넣는다. 즉, 그는 〈스키피오의 꿈〉(*Dream of Scipio*)에 대한 마크로비우스(Macrobius)의 언급에 나타나 있는 중세의 꿈의 심리학을 빠른 템포의 한 문장 속에다 요약해버리는 것이다.

이 시에는 14세기 프랑스 시인들 외에 다른 위대한 작가들의 영향도 나타나 있다. 우선 〈명성의 집〉이라는 개념과 그 일부 묘사는 오비디우스의 《변신 이야기》(XII, 39~63)에서 유래한 것이다. 그 작품과 초서와의 유사성의 증거는 오비디우스가 언급한 신화들이 제 2권에 다수 인유되어 있는 데서 찾아볼 수 있다. 독수리가 《변신 이야기》를 "당신 자신의 책"(*thyn owne book*) (712행)이라고 일컫는 것은 초서가 실제로 이 책을 소유하고 있었다는 증거가 된다. 〈여인 열전〉에서도 많이 이용되는 오비디우스의 《헤로이데스》(*Heorides*) 와의 유사성은 388행에서 426행 사이를 보면 의문의 여지가 없어 보인다. 그 밖의 다른 참고서로는 《사랑의 기술》(*Ars Amatoria*) 과 《흑해 소식》(*Ex Ponto*) 을 들 수 있다.

초서는 〈명성의 집〉을 집필하기 오래 전부터 오비디우스를 읽고 있었을 것이다. 그러나 베르길리우스 또한 읽고 있었는지는 분명하지가 않다. 그가 《아에네이드》의 요약을 독자들에게 제공할 기회를 가졌다는 사실은 "그 작품을 집필하던 무렵, 베르길리우스는 그에게 새로운 작가였을 것이다"는 W. W. 스키트 교수의 추측을 정당화시켜주는 것처럼 보인다. 예컨대 명예에 대한 묘사는 베르길리우스의 파마(*Fama*) (《아에네이드》 VI. 176~183)에 관한 구절에 많은 빚을 지고 있다.

초서에게 베르길리우스의 위대함을 새로이 일깨워준 사람은 다름 아닌 단테였다. 초서의 시들 중에서 〈명성의 집〉만큼 《신곡》의 영향을 뚜렷하게 보여주는 작품도 없다. 〈명성의 집〉과 《신곡》 사이의 유사성은, 그 두 작품이 극도로 상이한 존재임에도 불구하고, 학자들에 의해 여러 차례 언급되었다. 둘 다 세 부분으로 나뉘어 있고, 어떤 식으로든 아에네아스를 다루며, 낯선 지역으로의 여행을 수반하고, 시인이 황금 독수리에 의해 공중으로 솟아오르며, 안내자의 도움을 받고 있다.

그러나 이러한 작은 유사성들은 그 이탈리아인과 영국인 사이의 극히 중요한 관계 — 즉, 묘사의 힘 앞에서 무너지고 만다. 초서가 정작 단테로부터 배운 것은 바로 이 사실주의적 묘사의 기법이다. 초서가 그의 선배들이나 당대인들과 차별화되는 주된 업적 중의 하나가 바로 이 기법이라는 사실을 감안하면, 그리고 그의 작품들이 사실주의적 묘사에 얼마나 많은 힘을 입고 있는지를 감안하면, 단테가 그에게 끼친 공은 결코 적은 것이라고 할 수 없다.

5. 주제의 문제

미완성이라는 사실 말고도 이 시에 구조적 결함이 있다는 것은 널리 인정되는 사실이다. 초서는 제 2권의 서두에서, 사랑의 경험이 없는 사람이 그 문제에 관한 글을 쓰려 하기 때문에, 그것에 대한 이야기를 들어야겠다고 말한다. 만약 이 시가 사랑의 문제를 다루려 한다면, 그것은 아마도 디도에 대한 아에네아스의 배신을 정당화하는 이야기가 되어야 할 것이다. 그러나 초서가 너무 급속하게 사랑의 문제에서 명예의 문제로 전환하기 때문에 아에네아스 이야기는 그 문맥을 상실해버린다. 초서가 연인들에 대한 소식을 듣겠다고 공언한 목적에서 이탈하는 그 신속성과 완벽성은 가히 놀랄 만하다. 605행에서 699행까지 — 거의 100행에 달한다 — 에서 독수리는 초서가 무슨 이유로 사랑에 관한 소식을 들어야 할 것인가에 대해서, 그리고 그 소식의 내용에 대해서 상세하게 설명한다. 그러나 그것이 사실상 사랑에 관한 마지막 이야기가 되어버리는 것이다.

위에서 말했듯이 아에네아스-디도 이야기는 초서가 본래 작정했던 이야기가 아니다. 그는 그 이야기를 서둘러서 끌고 나가, 여덟 권에 달하는 《아에네이드》를 40행 정도의 운문 속에 몰아넣는다. 그리고 마치 그 주제가 따분하다는 듯이, 이 대목에서는 별다른 영감을 나타내 보이지 않는다. 독자가 서곡의 첫 권을 읽고 나서도 다음 권에서의 대탐험에 대한 마음의 준비가 되지 않는 것은 그 때문일 것이다. 그 두 권들 사이의 관계에 대해서는 존 로우즈 교수가 논리적 설명을 한 적이 있기는 하다. 즉, 제 1권은 프랑스적 기질을 나타내 보이는 데 비해, 제 2권은 단테의 영향으로 가득 차 있다는 것이다.

이러한 사실은 이 시가 표면적으로는 '사랑의 환상'을 내세우지만, 그 정신에서는 중세 프랑스의 틀을 깨고 있음을 말해 준다. 이 시에는 단테의 《신곡》에 대한 정독을 반영하는 많은 이미지들이 구사되어 있는데, 이것은 초서가 프랑스 모델들과 거리를 두고 있음을 말해준다. 그리고 그 주된 관심이 사랑의 역할이 아닌 시인의 역할에 있음을 말해준다. 따라서 초서는 이 시를 통하여, 인습적인 문화적 시금석들에 둘러싸여 있으면서 자신의 유니크한 자아를 발견해서 표현해야 하는, 한 시인의 애로를 보여주고 있다고 말해볼 수 있을 것이다. 그렇게 하기 위해 그는 아이러니와 공감을 번갈아 구사하고, 어떤 때는 진지하게 어떤 때는 패러디로서 당시의 문학적 관례들을 이용한다. 그는 낱말의 정의에 대한 문제들을 비롯한 여러 난관들에 봉착하지만, 그것들을 날카로운 탐구의 정신으로 천착해 나간다. 그리하여 독자들은 풍요하게 창안되어 신속하게 진행되는, 한 편의 환상적인 허구의 역작을 발견하게 되는 것이다.

6. 작품의 매력

초서가 〈명성의 집〉에서 보여주는 매력은 〈공작부인 이야기〉가 보여주는 그것과는 차원이 다르다. 〈명성의 집〉의 순수한 환상은 매우 유쾌한 것이며, 자서전적 세목들은 유익하면서도 매력적이다. 〈명성의 집〉의 제 2권은 순순한 환희로 가득 차 있는데, 이것은 영문학사에서 한 중대한 시점을 기록한다. 수다쟁이 독수리는 영문학이 낳은 괄목할 만한 캐릭터들 중의 하나이다. 그는 초서의 인물전시장에서 판다루스와 크리세이드의 옆자리에 둘 만한 인물이다. 이 시의 주된 희극적 성취는 주로 제 2권을 지배하는 수다쟁이 독수리에게서 창출되고 있다. 그는 거드름을 피우고 자화자찬하는 인물이다. 그는 또 초서의 묘사력을 유인하는 많은 현학적이고 허황된 인물들 — 초서는 그들을 벗기기는 하되 파괴시키지는 않는다 — 중 최초의 인물이다. 과묵하고 답답한 내레이터와 활기차고 수다스러운 독수리 사이의 대비가 두드러지기 때문에 우리는 끝없는 기쁨 속에서 그 권을 읽고 또 읽을 수 있다. 우리가 이 작품을 읽으면서 초서에게는 드문 현상이라 할 수 있는 자서전을 떠올리는 것도 바로 이 점 때문이다. 영문학사의 어디에서도 작가가 그처럼 완벽하게 자신의 품위를 깎아내리는 모습을 볼 수가 없으며, 또 그처럼 재미있는 자화상을 그리는 것을 발견할 수가 없다.

이 시의 재미있는 서문은 여러 상이한 종류의 꿈에 대한 익살스러울 만큼 혼란스러운 논의, 잠의 신 모르페우스에 대한 농담반 진담반의 호소, 자신의 꿈을 경청하는 사람에게는 즐거움이 내리고 그것을 왜곡해서 듣는 사람에게는 저주가 내릴 것이라는 약속 등을 제시하고 있다. 반면에 《아에네이드》의 페이소스와 영광은 우리에게 두려운 경이를 유발한다. 이와 같은 아이러니한 유머와 진지한 성찰의 긴밀한 결합은 환상과 악몽의 요소에서도 그대로 반영되고 있다. 명예의 여신 — 그녀의 상징적 특성이 그녀의 변덕스러운 기능과 잘 어울린다 — 에 대한 묘사는 그 좋은 예가 된다. 이 여신은 청원자들에게 판결을 내릴 때 서슴지 않고 비속어를 쓰는데, 이것은 초서가 로맨스의 전통을 따르고 있음을 말해준다. 그 전통에서는 여자들이, 고귀한 여자들조차도, 남자들의 언사보다 더 꾸밈없고 구어적인 언사를 사용하는 경향이 있기 때문이다.

초서가 이 시에서 보여주는 자연과학에 대한 관심은 정신과학에 대한 그것만큼 분명하지는 않지만, 그것 또한 괄목할 만한 것이다. 그는 "서시"에서 꿈의 본질과 원인들에 대해 명상할 때는 심리학에 대한 호기심을 보여주고, 독수리가 음향의 본질에 대해서 설명할 때는 물리학에 대한 지식을 보여준다. 음향의 본질에 대한 그의 설명은 흔히 '현대적'이라는 평가를 받고 있다. 독수리가 한사코 말하려는 것을 내레이터가 막지만 않았다면, 우리는 천문학에 대한 논문 한 편을 얻었을지도 모른다. 아무튼 이 매력적인 날짐승이 배우기를 즐겨했는지는 모르지만, 가르치기를 즐겨했다는 것은 의심의 의지가 없다.

제 1권

서 시

하느님, 우리 모두 좋은 꿈만 꾸게 해주소서!
내 십자가를 걸고 하는 말이지만,
우리가 밤이나 낮이나 왜 꿈을 꾸게 되는지,
왜 어떤 꿈은 성취되고,
어떤 꿈은 성취되지 않는지, 5
왜 후자는 환상이 되고, 전자는 계시가 되는지,
왜 이런 종류의 꿈도 있고,
저런 종류의 꿈도 있어,
모든 사람이 똑같은 꿈을 꾸게 되지 않는지,
왜 이 꿈은 환각이고, 저 꿈은 신탁인지, 10
나로서는 도무지 의아할 따름이다.
나는 이처럼 잘 모르지만,
이 불가사의의 원인을 아는 사람이 있다면,
나는 그를 예언자로 모시겠다.
나는 어차피 꿈에 대해서 잘 모르기에, 15
괜히 힘들게 골치를 썩여가며,
그 의미를 캐려하거나,
그것이 성취되기를 기다리거나,
꿈의 원인들을 이것저것
알아보려 하지 않을 것이다— 20
다시 말해서, 체액의 작용 때문에
평소 생각하던 것이 꿈으로 나타나는 것인지,

아니면, 혹자가 말하듯,
신경이 너무 쇠약해진 탓인지,
금욕 때문인지, 병 때문인지, 25
감옥에 갇혀서인지, 심한 불안 때문인지,
아니면 너무 공부에 몰두하거나,
우울한 기분에 빠지거나,
아무도 자신을 구해 주지 않을 것이라는
공포심에 시달릴 때처럼, 30
자연의 정상적 운행과정에
혼란이 생겨서 그런 것인지,
아니면 어떤 사람의 독실한 믿음과 명상이
그러한 꿈을 불러오는 것인지,
혹은 지나친 희망과 두려움 속에서 35
나날을 보내게 되는 연인들이
비참하고 힘겨운 삶을 영위하다 보니,
단순히 공상만 해도
그러한 환상들을 보게 되는 것인지,
아니면 혼령들이 애를 써서 40
사람들로 하여금
밤에 꿈을 꾸게끔 만드는 것인지,
아니면 사람들이 알고 있듯이,
원래는 완전한 것인 영혼이
미래의 일을 미리 알고서, 45
환상을 통해서든, 표상을 통해서든,
모든 사람들에게
미래의 사건들에 대한 경고를 내리는데,

그 경고가 너무 애매한 것이어서,
우리의 육신이 50
이것을 제대로 이해하지 못하는 것인지 —
도무지 그 원인을 알 수가 없구나.
이런 것들과 그 밖의 다른 것들을 연구하는
훌륭한 학자들에게 행운이 있기를!
나는 입 밖에 내어 언급할 의견이 없고, 55
그저 거룩한 십자가가
우리의 모든 꿈들을 좋은 꿈으로
만들어 주기를 기도할 수밖에!
아무튼, 내가 이 세상에 태어난 이래,
아니, 나 말고 그 누구도, 60
내가 12월의 열흘째 되는 날 꾸었던 꿈보다
더 근사한 꿈을 꾼 적은 없을 거라고
나는 굳게 믿고 있으니.
그러면, 내 그 꿈을 다시 머릿속에 떠올려
여러분에게 낱낱이 이야기해 주겠다. 65

초사(招辭)

그러나 이야기를 시작하기 전에
잠시 나는 잠의 신[1]에게

---

1) 모르페우스. 그리스 신화에서 모르페우스는 꿈에서 사람의 형상을 빚어내는 역할을 한다. 오비디우스의 《변신 이야기》에 따르면, 모르페우스는 특정인의 걸음걸이와 표정은 물론 목소리까지 완벽하게 흉내내어 인간의 꿈속에 나타난다고 한다. 오늘날 영어에서 형태학을 가리키는 모폴로지(*morphology*)와 수면 및 진정 등의 효과를 발휘하는 모르핀(*morphine*)은 모르페우스에서 유

특별히 경건한 마음으로
영감을 내려주기를 기원하려 한다.
잠의 신은 지금 지옥의 쓰디쓴 망각의 강, 70
레테[2]에서 흘러나온 냇물 가의
바위 동굴 속에서 살고 있는데,
그 옆에는 키메르[3]족이라고 불리는
사람들이 잠들어 있다.
이 따분한 신이 하는 일이라고는 75
수천 명의 졸린 아들들과 함께
밤낮주야로 잠을 자는 것.
모든 꿈들이 그의 권능에 속하기에,
내가 꿈 이야기를 제대로 할 수 있도록
이 신이 도와주기를 빈다. 80
또 현재도 존재하고, 과거에도 존재했고,
앞으로도 존재할, 만물을 움직이는 그분께서
내 꿈 이야기를 듣는 모든 사람들의
금년도 꿈에다 기쁨을 내려주시기를 빈다.
그리고 그 사람들이 그분의 사랑의 은총 속에서 85
모든 것을 누릴 수 있도록,
혹은 어떠한 역경에 처하더라도,

래한 말이다.

2) 저승의 다섯 강들 가운데 하나. 다른 네 강들과는 따로 떨어져 있다고 한다. 증오의 강인 스틱스를 건너고 나면, 죽은 망령은 지상에서의 기억을 모조리 지워버리기 위해 레테 강의 물을 마셔야 한다.

3) B.C. 11세기경 볼가 강 중류지역에서 침투해 온 민족과 원주민과의 혼혈에 의하여 형성된 민족. 유라시아 초원지대에서 스키타이인과 함께 가장 일찍 유목민이 되었다.

기꺼이 견딜 수 있도록 해주기를 빈다.
그리고 그들에게서 가난과 수치와 불운과
모든 재난을 막아주고, 소원을 들어주기를 빈다. 90
또 그들이 내 꿈 이야기를 잘 받아들여서,
그것을 조롱하거나, 혹은 악의적으로
그릇 해석하는 일이 없도록 해주기를 빈다.
만약 무례나 증오나 멸시나 시기 때문에,
혹은 앙심이나 조롱이나 심술 때문에, 95
내 꿈을 그릇되게 해석하는 사람이 있다면,
이 세상이 시작된 이래 (밤이건 낮이건),
모든 사람에게 찾아왔던 불행들이
그의 살아생전에,
그에게 들이닥치기를, 100
그래서 그가 그 대가를 톡톡히 치르기를
예수 그리스도에게 빈다.
보라, 리디아의 왕 크리이서스[4]는
자신의 꿈이 현실화되어,
높은 교수대에서 죽임을 당하지 않았던가! 105
내 이 기도를 그에게 드리니,
이보다 더한 자비심은 없을 것이다!
자 그러면, 아까 말했던 대로,

---

4) 소아시아의 옛 나라인 리디아의 마지막 왕. 그는 어느 날 나무 위에 올라가는 꿈을 꾸었다. 꿈속에서 주피터가 그의 등과 옆구리를 씻어 주었고, 태양의 신이 몸을 닦을 수건을 갖다 주었다. 옆에 있던 딸이 그 꿈을 이렇게 해석했다. "나무는 교수대를 뜻하고, 주피터는 눈과 비를, 태양의 신은 햇볕을 가리킵니다. 이것은 교수형을 당하게 된다는 뜻입니다. 비는 아버지의 몸을 씻어 주고, 태양은 씻은 물을 말려줄 것입니다." 그는 과연 교수형을 당했다.

모두들 내가 잠을 자면서 꾸었던
꿈 이야기에 귀를 기울여주시기 바란다. 110

스토리

12월의 열흘째 되는 날 밤,
나는 늘상 하던 대로,
잠자리에 누워서 자고 있었다.
나는 심란한 마음을 가라앉히기 위해,
성 레너드[5] 사당까지 115
2마일을 걸어서 갔다 온지라,
녹초가 되어 곯아떨어져 있었다.
잠을 자면서 나는
유리로 된 신전에 들어가 있는 꿈을 꾸었다.
그 신전 속, 갖가지 벽감(壁龕)들 속에는 120
지금까지 본 것들보다 더 눈부신
황금빛 조상(彫像)들이 서 있었고,
지금까지 본 것들보다 더 화려한,
뾰족한 보석 손잡이가 달린,
성물함(聖物含)들이 놓여 있었으며, 125
더 정교하게 그린 그림들과
진기한 모습의 옛 화상(畵像)들이 걸려 있었다.
나는 내가 서 있는 곳이 정확하게
어딘지는 알 수 없었지만,

---

5) 초서는 스트래트포드-애트-보우에 있는 성 레너드 수녀원으로부터 약 2마일 떨어진 곳에 살았다.

그것이 비너스의 신전일 것이라 생각했다. 130
바로 그 화상들 속에서
벌거벗은 채로 바닷물 위에 떠 있는[6]
그녀의 모습을 보았기 때문이다.
그녀의 머리 위에는 희고 붉은 장미로 엮은
꽃다발이 얹혀 있었고, 135
머리칼을 빗기 위한 빗이 꽂혀 있었다.
거기에는 또 그녀의 비둘기들과
그녀의 눈먼 아들 큐피드,[7]
그리고 얼굴이 검게 탄 불카누스[8] 도 있었다.
그 신전 속을 이리저리 거닐다가 140
나는 어느 벽에서 다음과 같은 글이 새겨진
황동의 서판(書板) 을 보았다.
"이제 나는 능력껏 노래를 부르겠다.
운명의 장난에 의해
트로이 나라로부터 도망쳐서, 145
쓰라린 고통을 안고
처음으로 이탈리아의 라비니아[9] 해변에 상륙한,

---

6) 헤시오도스에 의하면, 비너스가 '거품'을 의미하기 때문에, 키프로스 섬 파포스 근해의 거품 속에서 어른의 모습으로 태어났다고 한다. 즉, 크로노스가 아버지인 우라노스의 남근을 절단하여 바다에 던지자, 남근 주위에 정액의 거품이 모여, 여기에서 여신이 나타났다는 것이다.

7) 연애의 신. 에로스라고도 한다. 그의 계보에 관해서는 여러 가지 설이 있으나, 그 중에서도 비너스의 아들이라는 설이 가장 널리 알려져 있다.

8) 비너스의 남편.

9) 이탈리아 중부에 있던 고대 도시인 라티움의 왕 라티누스와 왕비 아마타 사이에서 난 딸의 이름. 트로이 전쟁에서 패하고 오랜 항해 끝에 이탈리아에 상륙한 아에네아스는 경쟁자를 죽이고 라비니아와 결혼했다. 아에네아스는 오늘

그 사람[10] 과 그의 군사들에 대해서."
그리고는 그 스토리가 시작되었는데,
그것을 여러분에게 전해 드리겠다. 150
　나는 우선 그리스의 시논[11] 때문에
트로이가 멸망하는 모습을 보았다.
그는 위증과 꾸며낸 열의와 거짓말 등을 통해서
목마를 트로이로 끌어들이는 데 성공했고,
그 때문에 트로이인들은 155
모든 행복을 다 잃게 되었던 것이다.
그 다음에는, 아, 일리움[12] 이 맹공을 받아서
함락되는 장면이 새겨져 있었고,
또 프리아무스 왕과 그의 아들 폴리테스[13] 가

날의 로마에서 남쪽으로 30㎞ 떨어진 지점에 새로운 도시를 건설한 뒤, 아내의 이름을 따서 그것을 라비니움이라고 불렀다.

10) 아에네아스.

11) 영웅 오디세우스의 사촌동생이며, 트로이 전쟁에 종군하여 유명한 목마(木馬)의 계략을 짜는 데 중요한 역할을 한 인물. 트로이가 함락되지 않자, 그리스군은 거대한 목마를 만들어 그 속에 오디세우스 등 용사들을 숨기고, 시논만 남긴 채 가까운 테네도스 섬에 숨는다. 짐짓 트로이군에 붙들린 시논은 프리아모스 왕 앞에 끌려 나오자, 자기는 오디세우스의 미움을 받아 도망쳤다고 말한다. 또 목마는 그리스 군이 여신 아테나에게 바친 것이며, 이것을 성 안으로 끌어들이면 트로이가 난공불락의 성이 되기 때문에 거대하게 만든 것이라고 거짓말을 한다. 프리아무스 왕은 그의 말을 믿어, 신관(神官) 등의 반대에도 불구하고 성벽을 부수고 목마를 성 안으로 끌어들이며, 이것이 원인이 되어 트로이는 함락되고 만다.

12) 트로이의 성(城) 이름.

13) 프리아무스와 헤카베 사이에서 난 아들. 발이 빠른 폴리테스는 트로이 전쟁이 벌어지는 동안, 그리스군의 동향을 감시하는 척후병 역할을 했다. 트로이가 함락된 뒤, 폴리테스는 제우스의 제단에서 부모가 지켜보는 가운데 퓌로스(일명 네옵톨레모스)에게 살해당했다.

퓌로스[14] 에게 잔인하게 160
살해되는 모습이 새겨져 있었다.
그 다음에 나는 그 성이 불타는 것을 보았고,
비너스가 하늘에서 내려와
자신의 아들인 아에네아스[15] 에게
도망치라는 명을 내리는 것을 보았다. 165
그는 사람들로부터 빠져 나와,
자신의 아버지 앙키세스를
등에다 들쳐 업고
도망치면서 소리쳤다.
"아, 세상에 이럴 수가!" 170
그때 앙키세스는 아직 불타지 않은
자기 나라의 신상(神像) 들을
손 안에 꼭 쥐고 있었다.
　그 다음에 나는 이 무리 속에서
아에네아스가 자신의 생명처럼 175
사랑한 아내 크레우사[16] 와

---

14) 아킬레스의 아들인 네옵톨레모스의 별명.

15) 아에네아스는 트로이의 왕족인 앙키세스와 여신 비너스 사이에서 났다. 비너스의 농간에 빠져 수많은 요정과 인간 여성을 쫓아다니느라 체면이 말이 아니게 된 제우스는 복수를 결심한다. 그는 비너스를 트로이의 이데 산 근처에서 양을 돌보는 미남 청년 앙키세스에게 반하도록 만든다. 둘이 몸을 섞은 후 비너스는 자신이 비너스임을 밝히고, "우리의 사랑의 결실로 열 달 후 아들이 태어날 것이다. 아이는 요정들에게 맡겨서 기르다가 다섯 살이 되는 해에 아버지에게 보내겠다. 누가 아이를 낳아 주었냐고 물으면 어떤 프뤼기아 여인의 몸에서 얻었다고 대답하라. 그 아이 아에네아스의 후손이 로마를 다스리게 될 것이다"라고 말한다.

16) 프리아무스와 헤카베 사이에서 태어난 딸. 트로이 왕족 앙키세스의 아들인

그의 어린 아들 이울루스,[17]
즉, 아스카니우스를 보았는데,
그가 겁에 질려서 도망치는 모습은
보기에 너무나 애처로웠다. 180
그때 그들이 가고 있던 숲 속,
길이 굽어드는 곳에서
크레우사가 실종되어, 아, 죽고 말았다.
그가 그녀를 얼마나 찾아 헤매었는지
나로서는 알 도리가 없다. 185
아무튼 그녀의 영혼은 그에게
그리스 군으로부터 도망치라고 명했고,
운명에 따라 꼭 이탈리아에 가야한다고 말했다.
그녀의 영혼이 그에게 나타나서
아들을 지켜달라고 부탁할 때, 190
그 말을 듣는 그의 모습은
애처롭기 짝이 없었다.
　그 다음에 나는
아에네아스, 그의 아버지, 그의 가족들이
곧장 배를 타고서 195
이탈리아를 향해 가는 모습이
새겨져 있는 그림을 보았다.

아에네아스와 결혼하여 아스카니우스를 낳았다. 트로이가 함락될 때 아에네아스는 가족 및 추종자들과 함께 불길에 휩싸인 도시를 빠져나오다가 그만 크레우사를 잃어버린다. 아내를 찾으러 되돌아가는 아에네아스 앞에 크레우사의 환영이 나타나 자신은 땅의 여신 키벨레의 보호를 받고 있으니 찾지 말라고 하면서, 테베레 강이 흐르는 서쪽, 즉 이탈리아로 가라고 조언한다.

17) 아스카니우스의 이명(異名).

주피터의 아내이면서,
트로이 가문을 내내 미워해 온
잔인무도한 주노여,[18] 200
나는 그대가 미친 여자처럼 달려가면서,
바람의 신인 이올루스에게
사방에서 거칠게 바람을 일으켜,
트로이 나라에서 온
그 영주와 귀부인과 205
하인들과 하녀들을
모조리 물에 빠트린 후
구해주지 말라고 소리치는 것을 보았다.
  무서운 폭풍우가 이는 광경이
벽에 그려져 있는 것을 보면, 210
누구든 가슴 떨리지 않을 수가 없을 것이다.
  그 다음에 나는
나의 귀부인인 비너스가
애처로운 얼굴로 눈물을 흘리면서,
하늘에 있는 주피터에게 215
자기 자식인 트로이의 아에네아스와
그의 함대를 구해달라고
간청하는 모습을 보았다.
  나는 또 주피터가 비너스에게 키스하고
폭풍우를 잦아들게 하는 것을 보았다. 220

---

18) 아테나, 비너스의 두 여신과 아름다움을 겨루어 파리스의 심판으로 비너스에게 패한 그녀는 트로이 전쟁이 일어났을 때 트로이가 파리스의 나라라 하여 무척 미워했다.

폭풍우가 그치자,
아에네아스는 혼신의 힘을 다해 나아가서,
아무도 모르게
카르타고 섬에 상륙했다.
다음날 아침, 225
그와 최고의 기사 아카테스[19]는,
마치 여자 사냥꾼인 양
진기한 위장을 하고서
바람에 머리칼을 날리며 찾아온
비너스를 만났다. 230
비너스를 알아본 아에네아스는
자신이 당한 재난을 하소연하기 시작했다.
자신의 배들이 알 수 없는 곳에서
침몰하거나 실종되었다는 것이다.
비너스가 그를 위로하기 시작했고, 235
카르타고 나라에 가면
바다에서 헤어진 부하들을 만날 수 있을 테니,
그곳으로 가보라고 했다.
이런 일들이 있은 직후,
아에네아스는 비너스 덕분에 240
그 나라의 여왕 디도의 후의를 입게 되었다.
간단히 말해서,
디도가 그를 사랑하게 되었고,
결혼을 원하게 되었다는 것이다.

---

19) 아에네아스의 친구. 아에네아스가 아프리카에 표류했을 때 함께 탐험에 나서 카르타고의 여왕 디도를 만났다.

사랑에 대해서 말할 때는 245
어째서 더 공들여서 말해야 되고,
빙빙 돌려서 표현해야만 하는 것일까?
하지만, 나에게는 그런 재주가 없으니,
그런 일은 없을 것이다. 게다가,
그들이 사귀게 된 경위까지 이야기하면, 250
스토리가 너무 길어져서
시간을 많이 잡아먹게 될 것이다.
　거기에는 또 아에네아스가
바다에서 겪었던 모든 위험한 사건들을
디도에게 이야기해주는 장면이 새겨져 있었다. 255
　그 다음에는, 간단히 말해서,
그녀가 아에네아스를 자신의 생명, 사랑, 기쁨
그리고 주인으로 모시게 된 경위가 새겨져 있었다.
그녀는 그에게 온갖 경의를 다 표했다.
그가 자신에게 맹세했던 260
모든 것을 해줄 것이라 기대하면서,
여인이 쓸 수 있는 모든 비용을 다 쏟아 부었다.
그녀의 눈에는 그가 훌륭한 사람으로 보였기 때문에,
당연히 그럴 것이라고 생각했다.
아! 겉모습이란 현실에서 거짓으로 드러나면, 265
얼마나 해악적인 것이 되는가!
그는 결국 그녀를 배신했고,
그 때문에 그녀는 스스로 목숨을 끊었으니!
보라, 한 여인이 잘 알지도 못한 남자를 사랑한 것이
얼마나 잘못된 결과를 가져오는가를! 270

그리스도를 걸고 하는 말이지만,
“반짝인다고 해서 모두 금은 아니다.”
나도 정신 바짝 차려야지,
훌륭한 겉모습 아래에는 얼마든지
심술궂은 악덕이 도사리고 있을 수가 있으니. 275
그러하므로, 용모나 언변,
혹은 친절한 태도만 보고
사랑에 빠지는 것만큼 어리석은 짓은 없다.
모든 여인들은 명심할지어다.
남자란 본래 겉으로 그럴싸하게 굴면서, 280
제 챙길 것 다 챙긴 후,
나중에는 여자가 불친절하다느니,
부정하다느니, 음흉하다느니,
혹은 딴 마음이 있다느니 하면서,
온갖 구실을 다 갖다 대는 족속들이라는 것을. 285
이 말은 바로 아에네아스와 디도에게 해당되는 바,
그녀는 자신의 어리석은 소원 때문에
지나가는 과객을 너무 빨리 사랑했던 것이다.
그래서 여기 또 하나의 속담을 소개하는데,
“약초에 대해서 잘 아는 사람은 290
그것을 조심스럽게 눈에 갖다 댄다.”[20]
이것은 아무리 생각해도 맞는 말이다.
　하지만 아에네아스는
아, 디도를 배신하고,
무정하게 그녀를 떠나버렸으니! 295

---

20) 영국과 프랑스에 흔한 속담.

아에네아스가 맹세를 깨고
자신을 떠나 이탈리아로 가버린 것을
완전히 깨달았을 때,
디도는 자신의 두 손을 쥐어틀기 시작했다.
"아아, 이럴 수가!" 그녀는 울부짖었다. 300
"해마다, 아니
기껏 길어 봤자 3년마다,
새로운 사랑을 추구하는 것이
남자의 진실인가?
남자의 진실이라는 것이, 305
한 연인과는 이름을 떨치기 위해
명예를 추구하고,
다른 연인과는 우정을 추구하고,
또 다른 연인하고는
쾌락을 추구하는 그런 것인가?" 310
나는 꿈속에서 디도가 그런 식으로
자신의 엄청난 불행을
한탄했을 것으로 생각했는데 —
여기서 다른 작가의 이름을 들먹이지는 않겠다.
"아아! 사랑하는 임이여," 그녀는 소리쳤다. 315
"저의 이 쓰라린 슬픔을 불쌍히 여기시고,
저를 죽이지 마세요! 가지 마세요!
오 비참한 디도, 너 참 가여운 존재로구나!"
그리고는 혼자 중얼거렸다.
"오 아에네아스, 어쩔 셈입니까? 320
오 당신의 사랑도,

당신의 바른 손으로 맹세했던 그 언약도,
저의 잔인한 죽음까지도,
당신을 여기에 붙들어둘 수가 없으니!
오 저의 죽음을 불쌍히 여기소서! 325
사랑하는 임이여, 당신도 아시잖아요,
제가 이해하는 한,
생각에서나, 행동에서나,
당신에게 잘못을 저지른 적이 없다는 것을.
비단같이 말을 하는 당신네 남자들은 330
한줌의 진실도 없단 말입니까?
아아, 여자가 남자를
불쌍하게 생각해야 하다니!
이제 알겠구나. 이제 말할 수 있겠구나,
우리 가엾은 여자들은 세상사에 어둡다는 것을. 335
분명히 말하지만, 우리는 십중팔구
이런 식으로 앙갚음을 당하게 되니까.
남자들은, 우리가 받아들이자마자,
괴로운 신음소리를 내지만,
그들을 결코 믿어서는 안 되느니. 340
저들의 사랑은 한 철밖에 못 가는 것이니,
그 결과를 지켜보아야 하는 것이니.
저들이 어떤 결정을 내릴지는
십중팔구 끝에 가봐야 아는 것이니.
　아 왜 세상에 태어났던가! 345
당신 때문에 내 명예가 훼손되었으니,
내 행적은 온 나라 사람들의 입에

오르내리게 되겠구나.
오 심술궂은 소문의 여신! — 이 세상에
그녀보다 더 빠른 것은 없다. 350
아무리 짙은 안개로 덮어 가려도,
모든 것은 다 드러나기 마련.
내가 설사 영원히 산다하더라도,
일단 저지른 일은 결코 되돌릴 수 없는 법.
아아, 내가 아에네아스에게 수모를 당한 것으로 355
소문이 나서는 결코 안 되는데,
그런 식으로 여겨져서는 안 되는데.
'일단 한번 저질렀으니,
그녀는 또 그런 짓을 할 거야.'
사람들은 그렇게들 수군거리겠지." 360
그러나 기왕지사는 되돌릴 수가 없는 법.
그녀가 아무리 울고불고 탄식해 봤자,
아무런 소용이 없었다.
　사실인즉, 아에네아스가
자신의 선단(船團)으로 가버린 것을 알았을 때, 365
그녀는 곧장 자기 방으로 달려가서,
언니인 앤을 불러,
그녀에게 푸념을 늘어놓았다.
처음에 그를 사랑하게 된 것이
다 언니 때문인데, 370
이제 어쩌면 좋겠느냐는 것이다.
그러나 어찌할꼬! 이 일이 있은 후,
그녀는 심장이 터져서

치명상을 입고 죽고 말았으니.
그녀가 죽어간 경위와 375
그녀가 내뱉은 모든 말의 내용을
알고 싶은 사람이 있으면,
베르길리우스의 《아에네이드》[21] 를 읽거나,
오비디우스의 작품[22] 에 나오는,
그녀가 죽기 전에 썼다는 편지를 읽으면 된다. 380
그것이 그렇게 길지만 않다면,
내가 여기에다 소개했을 텐데.
  그러나 어찌하랴,
그러한 배신 때문에 일어난 해악과 유감은,
사람들이 흔히 책에서 읽듯이, 385
또 매일 현실에서 목격하듯이,
생각만 해도 끔직한 일인 것을.
  생각해 보라, 아테네의 공작인 데모폰이
새빨간 거짓 맹세를 하고,
악독하게 필리스를 배신한 일을. 390
트라키아 왕의 딸이었던 그녀는

---

21) 로마 최고의 시인 베르길리우스의 장편 서사시. 제목은 "아에네아스의 노래"라는 뜻이다. 그리스 군에게 패배하여 멸망한 트로이의 영웅 아에네아스가 그의 부하들과 함께 패전 후 7년 동안 신의 뜻을 받고 각지를 방랑하면서 천신만고 끝에 드디어 라티움 땅에 로마제국의 기초를 세우게 된다는 줄거리로서 로마 건국의 역사를 신화의 영웅과 결부시키려는 웅대한 구상에서 나온 것이다.

22) 오비디우스의 《헤로이데스》(*Heroides*). 제목은 "용감한 여인들"이라는 뜻. 신화 · 전설로 유명한 15명의 여인들이 자신의 애인에게 보내는 편지형식을 통해 여성의 연애심리를 묘사한 작품. 제 7권이 디도가 아에네아스에게 보낸 편지이다.

그가 약속한 날짜에 돌아오지 않자,
그에게 속은 것을 알고서,
그의 배신을 원망하면서,
스스로 목을 매어 자살해버렸으니, 395
이 어찌 비통하고 유감스러운 일이 아니겠는가?
　또 생각해 보라, 다른 많은 부정한 짓들을.
아킬레스가 브리세이스[23]에게, 파리스가 오이노네[24]에게,
이아손이 힙시필레[25]에게,

---

23) 리르네소스의 왕 미네스의 왕비이자 브리세우스의 딸. 트로이 전쟁에 참전한 아킬레스는 트로이를 공격하기 전에 이웃 도시를 침략했는데, 리르네소스도 그 가운데 하나였다. 아킬레스는 미네스를 죽인 뒤 브리세이스를 여종으로 삼고, 다른 어떤 여자보다도 더 사랑해 준다. 한편 그리스 군의 총사령관인 아가멤논은 크리세 섬에 쳐들어가 아폴로 신전의 신관인 크리세스의 딸 크리세이스를 첩으로 삼는다. 이에 크리세스가 아폴로에게 호소하여 그리스 군에 전염병이 퍼지게 된다. 아킬레스가 크리세이스를 돌려주어야 한다고 주장하자 화가 난 아가멤논은 브리세이스를 자신에게 주는 조건으로 수락한다. 아가멤논과의 불화로 아킬레스는 전쟁에서 빠지게 되고, 친구인 파트로클로스가 전사한 뒤에야 다시 참전한다. 아킬레스가 다시 전투에 나서자 아가멤논은 브리세이스를 돌려준다.

24) 트로이 왕 프리아무스는 아내 헤카베가 낳은 아들이 트로이를 멸망시킬 화근이 될 것이라는 예언에 따라, 갓 태어난 파리스를 이다 산에 버린다. 양치기에게 거두어진 파리스는 미남자로 성장하여, 이다 산의 님프인 오이노네와 결혼한다. 트로이 왕자라는 신분이 밝혀진 파리스는 스파르타에 사절로 가게 된다. 레아로부터 예언술을 전수받은 오이노네는 파리스에게 헬레네를 데려오지 말라는 경고를 하지만 파리스는 그 말을 듣지 않고 그녀를 데려오며, 오이노네를 버린다.

25) 렘노스 섬의 여자들이 여신 비너스에 대한 숭배를 소홀히 하자, 비너스는 여자들의 몸에서 악취가 나게 한다. 이 때문에 그 섬의 남자들이 그들을 멀리하고 트라키아에서 여자들을 데려오자, 이를 질투한 여자들이 남자들을 모두 죽여버린다. 이때 힙시필레의 아버지 토아스만 그녀에게 구조되어 상자에 넣어진 채 바다로 탈출한다. 힙시필레는 아버지의 대를 이어 렘노스 섬을 다스

그리고 다시 이아손이 메데아에게, 400
헤라클레스가 데이아네이라[26]에게 했던 일들을.
헤라클레스는 이올레 때문에
데이아네이라를 버렸는데,
그로 말미암아 그 또한 죽음을 맞이하게 되었다.
또 아리아드네[27]를 배신한 405

렸으며, 아르고호를 타고 황금양모를 찾아 콜키스로 향하던 이아손 일행을 맞이하게 된다. 남자를 모두 없애버린 섬의 여자들은 일행을 환대하여 1년 동안 머물게 하고, 힙시필레는 이아손과의 사이에서 두 아들, 즉 에우네오스와 토아스를 낳는다. 그러나 이아손은 결국 자신의 일행을 데리고 렘노스 섬을 떠나버린다.

26) 어느 날 헤라클레스는 두 번째 아내인 다이아네이라와 여행하다가 강을 건너게 된다. 그때 다이아네이라를 등에 태우고 강을 건네주던 네수스가 갑자기 다이아네이라를 납치하려고 하자 헤라클레스는 네수스를 죽인다. 네수스는 자신의 피가 묻은 헝겊을 다이아네이라에게 주면서 헤라클레스가 다른 여자를 좋아하게 되거든 이 헝겊을 남편의 옷에 붙이라고 일러준다. 그렇게 하면 헤라클레스의 마음을 다시 잡을 수 있다는 것이다. 그러나 그것은 거짓말이었다. 피 묻은 헝겊을 몰래 간직하던 다이아네이라는 몇 년 후 헤라클레스가 다른 여자 이올레를 좋아하자 그것을 헤라클레스의 옷에 붙인다. 네수스의 피가 묻은 옷을 입자 헤라클레스의 온 몸에 무서운 독이 퍼지기 시작한다. 헤라클레스는 그 끔찍한 아픔을 참지 못하고 오이테 산의 꼭대기에 장작을 쌓고 불을 지른 뒤 그 속으로 뛰어든다.

27) 당시 아테네는 크레타 섬의 미노스 왕에게 조공을 바치고 있었다. 이 조공은 크레타 섬에 있는 미노타우로스라는 괴물의 먹이를 위해 일곱 명의 소녀와 소년을 보내는 것이었다. 이 괴물은 명공 다이달로스가 만든 미궁에 갇혀 살았다. 이 미궁은 한번 들어가면 다시는 탈출할 수가 없을 정도로 구조가 매우 정교하게 만들어져 있었다. 테세우스는 이 재난에서 사람들을 구하기 위해 자청해서 조공의 일원으로 크레타 섬으로 간다. 미노스 왕에게는 아리아드네라는 아름다운 딸이 있었다. 테세우스는 그녀의 도움으로 괴물을 처치하고 무사히 미궁을 빠져나와 그녀와 함께 아테네로 향한다. 항해 도중 낙소스 섬에 잠시 머물던 테세우스는 꿈속에서 지혜의 여신 아테나로부터 아리아드네를 섬에 두고 떠나라는 명령을 받는다. 그는 그녀를 섬에 홀로 버려둔 채 처제

테세우스는 얼마나 부정한 사람인가.
전해온 이야기에 의하면,
악마가 그의 영혼을 파괴했다고 한다!
아리아드네가 아니었으면,
그는 싫든 좋든 그 괴물에게 410
통째로 잡아먹히게 되어 있었다.
그녀가 그를 불쌍히 여겨서
죽음으로부터 구출해 주었는데,
그녀를 배신하고 말았다.
자신이 구출되고 난 어느 날, 415
그는 바다 한가운데 있는 외딴 섬에다
잠자고 있는 그녀를 남겨두고
몰래 떠나버린 것이다.
게다가 그때 그는 그녀의 여동생인
파에드라와 함께 떠났다고 한다. 420
자신의 목숨을 구해준 아리아드네를
아내로 삼을 것이라고
철석같이 맹세했던 그가 말이다.
이야기책이 전하는 바에 의하면,
그녀는 그와 결혼하는 것 말고는 425
더 이상 바라는 것이 없었다고 한다.
　아무튼 아에네아스가
배은망덕한 짓을 한 데 대한 변명을
이야기책은 이렇게 적고 있다.

인 파에드라를 데리고 아테네로 가버린다. 잠에서 깨어난 아리아드네는 홀로 섬에 버려진 것을 알고 처절하게 슬퍼한다.

즉, 머큐리가 그에게 아프리카 땅과 디도와 430
그녀의 아름다운 도시를 떠나서
기필코 이탈리아에 가야 한다고 명했다는 것이다.
  그래서 나는 아에네아스 경이
이탈리아를 향해 배를 타고 갔던 일,
엄청난 폭풍우을 만났던 일, 435
그가 잠든 사이, 키잡이[28] 가 손 쓸 틈도 없이,
배 밖으로 튕겨 나가 실종된 일,
등이 새겨져 있는 그림을 보았다.
  그리고 나는 시빌레[29] 와 아에네아스가
어느 작은 섬 옆에서 함께 저승으로 내려가, 440
자신의 아버지 앙키세스[30] 를 만났던 일,

---

28) 비너스는 포세이돈에게 자기 아들 아에네아스가 목적지에 도달할 때까지 해상의 위험에서 벗어나게 해달라고 청원한다. 포세이돈은 승낙하면서, 한 생명만 희생물로 제공하면 다른 생명은 살리겠다는 조건을 다는데, 그 희생자가 바로 키잡이 팔리누루스이다. 그가 키를 단단히 잡고 앉아있을 때, 포세이돈이 보낸 잠의 신 힙노스가 그의 몸을 밀어뜨려 바다 속으로 빠뜨린다. 아에네아스는 얼마 후에야 팔리누루스가 없어진 것을 알고, 이 충실한 키잡이의 죽음을 슬퍼하며 자신이 키를 잡는다.

29) 트로이 전쟁 후 이탈리아로 향하던 아에네아스가 저승을 방문할 때 그를 안내했던 쿠마이의 무녀. 한때 아폴로는 시빌레에게 구애하면서 무슨 소원이든 들어주겠다고 했다. 시빌레는 손에 한 움큼의 모래를 쥐고 모래알의 수만큼 수명을 달라고 말한다. 그러나 그녀는 그 수명이 계속되는 동안 젊음도 함께 달라고 말하는 것을 잊어먹은 데다가, 마음이 변해 아폴로의 구애를 받아들이지 않는다. 성난 아폴로는 그녀가 요구한 모래알만큼의 수명을 주면서 나이 들어 늙어가는 것은 방치해 둔다.

30) 아에네아스가 이탈리아 해안에 도착하자, 부친 앙키세스가 꿈에 나타나 자신을 찾아와 자문을 받으라는 말을 한다. 아에네아스가 시빌레를 찾아가 도움을 청하니 그녀는 숲 속의 황금가지를 꺾어 페르세포네에게 줄 선물로 마련하고 아에네아스를 안내하여 저승으로 들어간다. 아에네아스는 저승에서 팔리누루

그곳에서 팔리누루스와 디도와
데이포보스[31]를 만났던 일 등이
새겨져 있는 그림을 보았다.
그는 저승에서 마상창시합도 구경했는데, 445
그것을 다 이야기하자면 길다.
정 알고 싶은 사람은
베르길리우스나 클라우디아누스[32]나
단테의 시에 나와 있는 구절들을 읽으면 된다.
그들이 자세히 말해줄 테니까. 450
　나는 또 아에네아스가
이탈리아 땅에 도착했던 일,
라티누스 왕[33]과 조약을 맺었던 일,

스, 디도, 그 밖의 많은 영웅들과 만났다. 그는 앙키세스를 만나 장래에 탄생할 그 민족의 인물들, 달성될 공적들, 치러야 할 전쟁들, 신부를 맞이할 일 등에 대해서 듣는다.

31) 프리아무스와 헤카베 사이에서 난 아들. 버림받은 파리스가 성장하여 최초로 그를 알아보았다. 헥토르가 아킬레스와 싸울 때 아테나는 데이포보스의 모습으로 헥토르 편에 가담하여 그를 격려하고서 돌연 자취를 감춘다. 파리스가 죽은 뒤, 그는 헬레노스와 헬레네를 두고 서로 경쟁한 끝에 이겨서 헬레네를 아내로 삼는다. 트로이 함락 때 그의 저택 근처에서 가장 격렬한 저항이 일어났는데, 그때 그는 메넬라오스에게 살해된다. 아에네아스는 저승에서 그의 혼령을 만난다.

32) B.C. 400년경 로마 황제 호노리우스의 궁정 시인. 그의 《프로세피나의 유괴》(*De Raptu Proserpinae*)는 플루토가 프로세르피나를 납치하여 저승의 여왕으로 삼는 내용을 이야기하고 있다.

33) 라티움의 왕 라티누스는 그곳에 도착한 아에네아스 일행을 환대한다. 라티누스는 딸 라비니아가 루툴리 왕 투르누스와 약혼중임에도 불구하고 그녀를 아에네아스에게 준다. 그 사이에 토착 이탈리아인들과 싸움이 벌어져 아에네아스는 신의 명령으로 로마에 가서 아르카디아 출신인 에우안드로스 왕에게 원조를 청한다. 왕은 승낙하고 다시 에트루리아인의 응원을 청하라고 권한다.

그리고 자신이 원하는 것을 얻기 위해
그와 그의 기사들이 벌였던 455
모든 전쟁들을 새겨놓은 그림을 보았다.
그는 투르누스의 목숨을 빼앗았으며,
라비니아를 아내로 맞았다.
그리고 천상의 신들에게서 일어나는
경이적 현상들도 목격했다. 460
주노의 모든 계교와 책략에도 불구하고,
아에네아스는 이 모든 모험들을 이겨냈는데,
그것은 주피터가
비너스의 간청을 듣고서,
그를 보살펴 주었기 때문이다— 465
비너스여, 항상 우리를 구해주시고,
우리의 슬픔을 덜어주소서!
　이 고상한 신전에서
이 모든 광경들을 목격하면서
나는 생각했다. "아, 우리를 창조하신 주여, 470
저는 이 성당에 새겨져 있는 그림들만큼
고상하고 풍요한 그림들을
이전에는 본 적이 없습니다.
저는 누가 이 그림들을 그렸는지,
제가 지금 어디, 어느 나라에 있는지 모릅니다. 475
하지만 제가 지금 어디 있는지를
말해줄 수 있는 사람이
있을 만한 곳을 알아보기 위해,

아에네아스는 우군과 더불어 투르누스와 메젠티우스를 무찌른다.

작은 문을 통해서라도 나가보아야겠습니다."

  문 밖으로 나온 나는 480
빠르게 주위를 둘러보았다.
밖은 내 눈길이 미치는 범위 안에서
도시도, 집도, 나무도,
덤불도, 풀도, 경작지도 없는,
커다란 들판이 하나 펼쳐져 있을 뿐이었다. 485
그 들판은 리비아의 사막에서나 볼 수 있는
곱디고운 모래로 덮여 있었다.
그곳에서 나는
나에게 충고를 해주거나 지시를 내려줄,
자연의 여신에 의해 만들어진, 490
어떤 존재도 보지 못했다.
나는 중얼거렸다. "오 지복 속에 계시는 그리스도여,
이 환각과 환상으로부터 저를 구해주소서."
이렇게 기도를 올리면서
나는 내 눈길을 하늘로 향했다. 495
마침내 내 시선이
하늘 높이 태양 가까운 곳에 미쳤을 때,
독수리 한 마리가
솟구쳐 오르는 것이 보였다.
그것은 지금까지 내가 본 500
그 어떤 독수리보다 덩치가 큰 것처럼 느껴졌다.
그것은 분명 황금빛 독수리였는데,
하늘이 또 하나의 황금빛 태양을
새로 마련하지 않는 한,

그런 광경을 다시 볼 수 없을 정도로 505
눈부신 광채를 내뿜고 있었다.
그처럼 눈부신 깃털을 가진
그 독수리는 마침내 하강하기 시작했다.

제 2권

서 시

자, 영어를 알아들을 수 있으면서,
내 꿈의 내용이 궁금한 사람은, 510
누구든 귀를 기울여 주시오.
놀라운 환상에 대한 이야기를 들어볼
둘도 없는 기회가 될 테니까.
이사야[34] 도, 스키피오[35] 도
네부카드네자르 왕[36] 도 515

---

34) 〈이사야〉 제 1장 참조. "이사야가 받은 계시. 이것은 아모스의 아들 이사야가 유다 왕 우치야, 요담, 아하즈, 히즈키야의 시대에 유다와 예루살렘이 어찌 될 것인지를 내다 본 것이다."

35) 초서는 〈새들의 회의〉의 29~84행에서 키케로의 〈스키피오의 꿈〉을 요약하고 있다. 스키피오는 꿈속에서 자신의 조상인 아프리카누스를 만나게 된다. 아프리카누스는 마치 이 작품에서의 독수리처럼 스키피오를 천상으로 인도한다.

36) 고대 바빌로니아의 제 4왕조 제 3대 왕(재위 B.C. 1124?~B.C. 1103?)이다. 여러 차례에 걸쳐 침입을 받은 동방의 엘람족을 평정하고 적의 왕을 우라이 강 전투에서 무찔렀으며, 그들에게 약탈당한 마르두크 신상을 되찾았다. 그 뒤 바빌로니아인을 괴롭힌 북동방의 루루비족을 쳐부수었으며, 카시트족을 공격하여 한때는 아시리아까지 복속시켜 세력을 확장했다. 그러나 아시리

파라오[37] 도, 투르누스[38] 도, 엘카노르[39] 도,
이런 꿈은 꾸지 못했을 테니까.
이제 아름답고 복된, 오, 비너스여,
이 일을 하는 저에게 호의를 베푸소서!
헬리콘[40] 의 순수한 샘물 가, 520
파르나소스[41] 에 살고 있는 당신들[42] 이여,

아 왕 아슈르 레시 이시 1세(재위 B.C. 1131?~B.C. 1116?)가 일으킨 해방 전쟁에서 패한 뒤 곧 죽었다.

37) 고대 이집트의 왕들을 지칭하는 고유명사. 원래 '큰 집'이라는 의미의 이집트 상형문자 '페르-아'(*per-aa*)의 그리스어 표기에서 유래되었다. 따라서 초기의 페르-아는 왕이 있는 왕궁을 의미했지만, 신왕국 시대부터는 왕 자신의 호칭으로 발전되었다. 이집트의 30왕조, 약 3천 년의 기간 동안 모두 170여 명의 파라오들의 존재가 그들의 이름 기록을 통해 확인되었다.

38) 티레누스(Tyrrhenus)라고도 한다. 이탈리아 남쪽에 있던 아풀리아 왕국의 다우누스 왕과 베닐리아 사이의 아들이며, 제우스의 구애를 받아 샘의 님프가 된 유투르나의 오빠이다. 라티움 왕 라티누스의 딸인 라비니아와 약혼했으나, 트로이 전쟁이 끝난 뒤 이탈리아에 온 아에네아스 때문에 파혼했다. 이는 딸이 이방인과 결혼해야 한다는 신탁(神託)을 받은 라티누스가 아에네아스를 사윗감으로 받아들였기 때문이다.

39) 엘카노르가 누구를 가리키는지에 대해서는 여러 가지 설이 있다. 프랑스의 옛 로맨스인 《로마의 일곱 현인》에 나오는 여주인공 헬카나(Helcana)라는 설이 가장 유력하다. 그녀는 남장을 하고 살 수밖에 없어서, 헬카노르라는 이름으로 지냈다. 그녀의 연인이 결혼하지 말라는 충고를 들었을 때, 그녀가 그의 꿈속에 나타나 결혼의 당위성을 입증해주는 이야기들을 한다. 따라서 여기서는 헬카노르 자신이 꿈을 꾸는 당사자가 아니라는 점이 문제가 된다.

40) 높이 1,778m. 코린트 지협 북쪽, 파르나소스 산(2,457m)의 남동쪽에 위치한다. 동쪽 사면은 그리스 신화의 아폴로 신과 시의 여신 뮤즈가 사는 골짜기로 알려졌으며, 뮤즈의 신전·극장터 및 히포크레네의 샘이 있다. 산 이름은 성산(聖山)이란 뜻이고, 그 북쪽 기슭에는 레바디아라는 작은 읍이 있다.

41) 높이 2,457m. 코린트 만 북쪽에 위치하며, 아폴로 신전이 있던 성지 델포이가 자리잡고 있고, 아테네에서 200km 떨어져 있다. 포키스주·프티오티스

이 시를 짓는 저에게 도움을 주소서!
내가 꾼 꿈의 내용을 모조리 기록하여
내 두뇌의 보고(寶庫)에 챙겨둔
오 기억[43] 이여, 525
이제 사람들은 그대가 내 꿈의 내용을
제대로 전달할 수 있는지를 지켜볼 것이다.
그러니 그대 능력과 솜씨를 한번 뽐내 보려무나!

꿈

하늘 높이 솟구쳐 올랐다고
아까 내가 말했던, 530
깃털이 황금빛인 그 독수리의
아름답고 진기한 모습을
나는 좀더 자세히 바라보기 시작했다.
그러나 이 새는, 빠른 습격으로
높은 탑을 쳐서 가루로 만들기도 하고, 535
그것을 불태우기도 하는,
사람들이 벼락이라고 부르는
우레 같은 것이 치지도 않았는데,

주 · 보이오티아주의 경계선에 접하여 북서~동남 방향으로 뻗어 있으며, 코린트 만의 오포스 곶까지 이어진다. 석회암으로 이루어진 불모지로, 남쪽 기슭에 카스탈리아 샘〔泉〕이 있다. 로마 시인들은 이 샘에서 영감을 얻었으며, 뮤즈의 거처인 헬리콘 산보다 파르나소스 산을 더 숭배했다.

42) 뮤즈를 가리킴.

43) 단테의 《신곡》, 〈지옥편〉(II. 8~9) 참조. "내가 본 바를 새겨둔 기억이여, 그대의 진가는 이제야말로 발휘되리라."

넓은 들판에 서 있는 나를 보자마자,
번개처럼 빠른 속도로 내려왔다. 540
그는 길고 날카로운 발톱이 있는
험상스럽고 강한 발로써
나를 내리 덮쳐서,
내가 마치 종달새라도 되는 양,
가볍게 공중으로 낚아채더니, 545
다시 솟구쳐 올라갔다.
나는 그 높이가 얼마였는지도,
어떻게 올라갔는지도 생각나지 않는데,
그것은, 한편으로는 그의 빠른 상승으로 인해서,
다른 한편으로는 나의 공포로 인해서, 550
머릿속의 모든 기능이 힘을 잃고 마비되어,
감각기능이 흐려졌기 때문이다.
나의 놀라움이 그만큼 컸던 것이다.
　나는 오랫동안 그의 발에 채여 있었다.
마침내 그가 남자의 목소리로 555
말을 걸어왔다. "정신 차리시오!
그렇게나 놀라다니, 창피하지도 않소!"
그는 내 이름을 부르고는,
마치 내가 꿈이나 꾸고 있는 양,
나를 흔들어 깨우면서, 560
내가 이름을 댈 수 있는 어떤 사람의
목소리와 어투로 말했다. "정신 차려요."
사실, 나는 그 목소리를 듣고서야
제정신이 돌아왔다.

그것이 평소와 같지 않게 565
부드럽고 친절한 목소리였기 때문이다.
　이와 함께 나는 움직이기 시작했다.
독수리는 나를 발톱에다 싣고 있었기 때문에,
내가 온기를 되찾았다는 것을,
심장이 뛰고 있다는 것을 느꼈을 것이다. 570
그는 나를 즐겁게 해주려 했고,
위로의 말을 해주고 싶어 했다.
그래서 두 번째로 이렇게 말하는 것이었다.
"아이고, 실려 가느라 고생이 많소.
이럴 필요가 없었는데 말이요! 575
하느님의 가호가 있으니,
별일은 없을 거요.
지금 겪는 이 일은
당신에게 교훈이 되고, 약이 될 거요.
자, 어디 봅시다! 아직도 두려워하고 있소? 580
마음 푹 놓으시오. 분명히 말하지만,
나는 당신의 친구요."
그 말을 듣자 나는 이상한 생각이 들었다.
"오 만물의 창조주신 하느님,
제가 꼭 이렇게 죽어야 하나요? 585
주피터께서 저를 하늘의 별로 만드는 건가요?
아니면 무슨 다른 뜻이라도 있나요?
저는 에녹[44]도, 엘리야[45]도,

44) 〈창세기〉 5장 24절. "에녹은 하느님과 함께 살다가 사라졌다. 하느님께서 데려 가신 것이다."

로물루스[46] 도 아니랍니다.
또, 주피터 대왕께서 590
신들의 술시중을 들게 하려고 하늘로 데려간
가니메데스[47] 도 아니랍니다."
그때 나는 그런 환상에 젖어 있었다.
그런데 나를 데려가는 그가
나의 그런 생각을 눈치 챘는지 이렇게 말했다. 595
"뭔가 잘못 생각하는 것 같소.
주피터 신은 아직 당신을
별로 만들 생각이 없으시니까—
내가 당신의 의심을 완전히 풀어주겠소—
하지만 더 멀리 가기 전에, 600

---

45) 〈열왕기하〉 2장 11절. "그들이 말을 주거니 받거니 하면서 길을 가는데, 난데없이 불말이 불수레를 끌고 그들 사이로 나타나는 것이었다. 동시에 두 사람 사이는 떨어지면서 엘리야는 회오리바람 속에 휩싸여 하늘로 올라갔다."

46) 알바롱가의 왕 누미토르의 딸인 레아 실비아가 마르스 신을 통해 낳은 쌍둥이 중에서 형이다. 동생 레무스와 함께 티베르 강(현재의 테베레 강)에 버려졌으나, 이리의 젖으로 자라다가 양치기 파우스툴루스에게 발견되어 양육되었다. 그후 동생과 협력하여 새로운 도시 로마를 건설하였으나(B.C. 753), 형제는 반목하여 도시의 신성한 경계를 넘었다는 이유로 동생 레무스를 죽였다. 또 이웃인 사비니인과 싸웠으나, 화의가 성립된 후로는 로마인과 사비니인의 두 민족을 지배하면서 30년 이상 왕으로 재위했다. 오비디우스의 《변신 이야기》(xiv. 805~828)에 의하면, 마르스가 하늘로 데려갔다고 한다.

47) 트로이 왕가의 조상인 트로스의 아들이라고도 하고, 라오메돈 또는 프리아모스의 아들이라고도 한다. 인간 가운데 가장 아름다운 소년인데, 여러 신들이 제우스의 시동(侍童)으로 삼기 위해 하늘로 채 갔다고도 하고, 제우스가 독수리로 변신하여 납치해 갔다고도 한다. 제우스가 가니메데스를 납치한 것은 신들에게 넥타르를 따라 주던 헤바가 헤라클레스와 결혼하자 그 일을 대신할 사람이 없어서였다. 별자리의 물병자리는 가니메데스가 물병을 들고 있는 모습이며, 그 근처에 제우스가 독수리가 되어 날아가는 모습인 독수리자리가 있다.

내가 누구이며, 당신이 어디로 가고 있으며,
내가 왜 이런 일을 하는지부터 말해 주겠소.
그러니 공포에 떨지 말고
마음 푹 놓으시오."
"그럴 게요." 내가 말했다. 605
"첫째, 두 발로서 당신 몸을 꽉 붙들어,
당신을 무섭게, 놀라게 만든 나는
사람들이 주피터 신이라고 부르는
번개의 신과 함께 살고 있어요.
주피터 신은 종종 나를 멀리 보내어 610
자신의 명령을 수행하게 하지요.
그분이 나를 당신에게 보낸 것도 그 때문이오.
자, 내 말 잘 들으시오.
그분은 당신이
그분의 손자인 큐피드와 615
아름다운 비너스를
오랫동안 성심성의껏 섬겨오고도,
아무런 보상도 받지 못하는 것을
안타깝게 여겨 왔소.
당신은 사실 머릿속에 든 것은 별로 없지만, 620
각종 운율과 억양을 구사하여,
책을 쓰고, 노래와 시를 짓는데
온갖 지혜를 다 발휘해 왔소.
비록 당신은 아직 사랑을 못해 봤지만,
사랑의 신과 그의 수하들을 경배하는 일에 625
그의 도움을 청했고,

그의 기술을 예찬하려고 애를 써왔음은
당신이 더 잘 알고 있을 거요.
그리고 참, 주피터 신은 알고 계시지요,
당신이 밤늦게까지 부지런히 630
사랑의 신을 예찬한다는 것을.
또 그의 수하들을 옹호하기 위해,
그들에 관한 모든 문제를 밝히기 위해,
사랑에 관한 글을 쓰고,
사랑에 관한 글을 편집하는 데 635
골머리를 썩이고 있다는 것을.
또 당신이, 그의 마음에 들지 않는 사람들과
어울려야 하는 처지임에도 불구하고,
그와 그의 수하들을 원망하지 않는 것을
겸손한 행위로, 큰 미덕으로 여기고 계세요. 640
그래서 주피터 신은 지금까지 말한
이러한 점들을 고려하셨고,
또 그 밖의 다른 점들도 고려하셨지요.
즉, 당신이 사랑의 신의 수하들에 대한 소문을,
— 기쁜 소문이든, 나쁜 소문이든 — 645
그리고 하느님이 만드신
다른 창조물들에 대한 소문을
하나도 듣지 못하고 있다는 거지요.
당신은 먼 나라 소문은 고사하고,
바로 문 옆에 사는 이웃들에 대한 650
이런저런 소문도 못 듣고 있어요.
하루 일과가 끝나, 장부를 정리하고[48]

집으로 돌아갔을 때,
당신은 휴식을 취하거나
새로운 소식을 듣는 대신에, 655
돌처럼 말없이 앉아서,
눈이 부셔 글씨가 안 보일 때까지,
또 다른 책들을 펴놓고 작업하니까요.
비록 금욕생활을 하는 것은 아니지만,
당신은 마치 은둔자처럼 살고 있어요. 660
그래서 주피터 신은 은총을 베풀어,
아무런 보상도 하지 않는 무심한 큐피드에게
그동안 당신이 바친 노고와
헌신에 대한 보답으로,
당신을 명성의 집이라는 곳으로 데리고 가서 665
흥겹게 해주고,
기분 전환시켜주기를
바라고 계신다오.
인자하신 주피터 신은
당신에게 뭔가를 보답하여 670
당신 마음을 북돋우고 싶으신 거지요.
이제 내가 말한 곳으로 가게 되면,
당신은 놀라운 이야기를 듣게 될 거요.
즉, 사랑의 신의 수하들에 대한
진실한 소문들과 거짓 소문들을 675
모두 듣게 될 거란 말이요.

---

48) 1374년, 초서는 장부를 손수 정리한다는 조건으로 세관양모감사관(*Controller of Wool Customs*)에 임명되었다.

이제 새로이 시작된 사랑,
오랜 노력 끝에 얻게 된 사랑,
아무도 그 이유를 알 수 없는,
마치 장님이 굴에서 토끼를 튀어나오게 하듯, 680
우연히 생기게 된 사랑 등을.
그리고 사랑을 강철처럼 진실한 것으로,
완전무결한 것으로 생각하는 사람들의
흥분과 헛소동을 보게 될 거요.
그리고 알력과 시샘, 685
하소연과 말다툼,
위장된 감정과
위장된 화해,
면도칼이나 가위도 없이
두 시간 안에 깎는 턱수염, 690
모래로 만든 곡식,
감언이설로 밀고 나가는 사랑,
옛날에 버렸다가
새로이 회복한 사랑,
악기의 현처럼 어울리면서 695
순조롭게 진행되는 사랑,
곡물창고의 곡식처럼 주고받는 사랑,
이런 것들을 보게 될 거란 말이요.
이 모든 것을 믿을 수 있겠소?" 그가 말했다.
"아니오, 어떻게 그런 일들이." 내가 말했다. 700
"못 믿겠다구요? 어째서요?" 그가 말했다.
"내 생각에 그것은 불가능해요." 내가 말했다.

"비록 명예의 여신이 온 왕국에다
수다쟁이들과 스파이들을 풀어놓는다 해도,
이 모든 것을 다 듣거나 보지는 못 할 테니까요." 705
"아, 그렇지. 그렇겠군!" 그가 나에게 말했다.
"내가 그럴듯한 이유를 갖다 대어
입증해주어야,
당신이 귀를 기울여서
내 말을 이해할 수 있겠군요. 710
우선 당신이 가지고 있는 책[49]이 말해주듯이,
그녀가 어디에 사는지를 알아야겠지요.
그녀의 궁전은 하늘과 땅과 바다 사이의
바로 한가운데에 위치해 있다고
말씀드릴 수 있어요. 715
이 세 영역의 어디에서든
그곳으로 가는 길이 열려 있어서,
사적인 것이든, 공적인 것이든,
사람들이 이야기하는 것은 모조리
그곳을 통과하지 않을 수가 없어요. 720
사람들의 입에서 나오는 소리는,
속삭임이든, 글이든, 노래든,
확실하게 한 말이든, 미심쩍게 한 말이든,
다 그곳으로 가게 되어 있다오."
"자, 잘 들으시오. 725
내 자신의 상상력에서 나온
타당한 주장들과

49) 초서가 애독하던 오비디우스의 《변신 이야기》.

근사한 증명들을 내놓을 테니까요.
　제프리, 당신은 잘 알고 있을 거요.
이 세상에 존재하는 것은 무엇이든 730
그것이 가장 잘 보존될 수 있는
본래의 장소를 가지고 있다는 것을.
따라서 그 장소로부터
멀리 떨어지게 되면,
만물은 당연히 그곳으로 되돌아가려는 735
자연스러운 성향을 띠게 되지요.
예를 들어본다면,
당신이 돌이나 납이나 그 밖의
무거운 물체를 높이 들어 올렸다가
손에서 놓으면, 740
아래로 떨어지는 이치와 같아요.
불, 소리, 연기 등과 같은 가벼운 물체에 대해서도
같은 말을 할 수가 있다오.
그러한 것들은, 자유로운 상태에 있을 때는,
언제나 위로 올라가려고 하지요. 745
가벼운 것은 위로, 무거운 것은 아래로 말이에요.
내가 책에서 읽은 바에 의하면,
강물이 그 속성상 바다로 흘러가고,
물고기가 강과 바다에서 살고,
나무가 땅 위에서 사는 현상 등을 750
당신이 목격하는 것도
다 그 이치에 따른 것이랍니다.
이런 사실로 미루어볼 때,

만물은 다 자기의 처소가 있어서,
그곳으로 돌아가려고 하기에 755
그것이 손상되어서는 안 되는 것이지요.
그런데, 이 견해는 아리스토텔레스,
플라톤 선생, 기타 학자들 등,
많은 철학자들의 입에서
진술된 것으로 널리 알려져 있어요. 760
내 해석을 한번 확인해 보세요.
당신도 알다시피, 말이란 소리이지요.
그렇지 않다면, 사람이 들을 수가 없겠지요.
자, 내 가르침에 귀를 기울여 보시오.
　소리란 공기가 깨어진 것이에요. 765
입 밖에 나온 모든 말들은
크든 작든, 좋든 싫든,
그 실체가 공기에 불과하다는 말이오.
불꽃이 가벼워진 연기에 불과한 것이듯,
소리는 깨어진 공기에 지나지 않아요. 770
소리에도 여러 가지가 있는데,
그 중에서 두 가지만 예를 들어보겠소.
피리와 하프에서 나는 소리 말이오.
피리를 세게 불면,
공기가 격렬하게 뒤틀려서 찢어지겠지요. 775
자, 이것이 바로 나의 해석이오.
또 하프의 줄을 당길 때,
세게 당기느냐, 가볍게 당기느냐,
그 세기에 따라서 공기가 갈라지지요.

사람이 말을 할 때의 공기도 마찬가지예요. 780
이제 말이 어떤 것인지를 아시겠소.
　이번에는 모든 말이나 소음이나 소리가,
비록 그것이 생쥐에게서 나온 것일지라도,
어떻게 증폭이 되어서
명성의 집까지 오게 되는지를 가르쳐 주겠소. 785
그것을 실험에 의해서 증명해 줄 테니,
잘 들어주기 바라오.
당신이 물 속에다 돌을 던지면,
당장 장독 뚜껑만한
작은 고리가 만들어지는데, 790
그 바퀴가 다른 바퀴를 만들고,
다시 그것이 세 번째 바퀴,
네 번째 바퀴 등을 연달아 만들지요.
이런 식으로, 친구여,
모든 원은 자기보다 더 큰 795
다른 원을 만들어 나간다는 사실을
당신도 익히 알고 있을 거요.
이처럼 작은 고리에서 큰 원이 생겨나서,
각 원이 다른 것의 경계를 에워싸고,
각각이 다른 것의 동작의 원인이 되어, 800
그 크기가 점점 커지다가
마침내 모든 원들이
양쪽 가장자리에 이르게 되는 것이지요.
비록 표면에서는 볼 수가 없지만,
이 원들은 물밑에서도 퍼지는데, 805

이것은 놀라운 일이 아닐 수 없소.
내 말이 진리가 아니라고 하는 사람이 있으면,
그에게 그 반대를 증명해 보라고 하시오.
이와 마찬가지로, 입에서 나온 말들도
공공연한 것이든, 사적인 것이든, 810
처음에는 한 개의 공기의 원으로 움직이고,
이 동작에서 다시
다른 한 개의 원으로 움직이게 되지요.
아까 내가 물을 가지고 입증했듯이,
모든 원은 그 다음 원의 원인이 되는 바, 815
친애하는 형제여, 공기도 그와 똑 같다오.
각 원은 점점 더 큰 다른 공기의 원을 움직이면서,
거기에 말이나 목소리나 소음을,
혹은 낱말이나 소리를 실어 나르게 되지요.
그것들은 이렇게 증가하면서, 820
마침내 명성의 집에 이르게 된다오—
믿거나 말거나 마음대로 하시오.
　앞에서 내가 말했듯이,
말이나 소리는 그 속성상
위로 움직이려는 경향이 있어요— 825
이것은 내가 이미 입증해 드린 바 있지요—
만물이 가고 싶어 하는
바로 그 장소는 사실
고유의 위치를 가진다오.
그와 마찬가지로, 830
싫은 것이든, 좋은 것이든,

모든 말과 소리 또한
공기 중에 그 본래의 집을 가진다는 것은
의심할 나위가 없는 사실이지요.
따라서 그 본래의 집으로부터 835
벗어나 있는 사물이
그곳으로 움직여가고자 하는 것은
너무나도 당연한 일이 아니겠소—
앞에서도 입증했듯이,
모든 소리 또한 당연하게 840
그 본래의 집으로
올라가려는 경향이 있어요.
내가 말하는 이 장소는
명예의 여신이 살고 싶어 하는 곳인 바,
바다, 하늘, 땅의 세 영역 중에서 845
한가운데 자리를 잡고 있는데,
그곳은 또한 소리가
보존되고 있는 곳이기도 해요.
처음에 내가 말했듯이,
사람이 하는 모든 말은, 그 속성상, 850
명예의 여신의 처소인
그 높은 곳으로 가게 되어 있다오.
  솔직하게 말해보시오.
내가 어려운 말 쓰지 않고,
또 철학적인 용어, 855
시적 비유,
수사적 장식 등을

장황하게 사용하지 않고,
간단명료하게 증명해 보이지 않았소?
당신은 그 점이 마음에 들 거요. 860
어려운 언어와 어려운 문제는
정말 듣기에 짜증나니까요.
그렇게 생각하지 않으시오?"
"그건 그래요." 내가 대답했다.
"아 하," 그가 말했다. "나는 865
무식한 사람에게는 단순하게 설명해준다오.
그에게 여러 근거들을 제공하여
그것들을 부리로 흔들 수 있게 해주면,
그만큼 뚜렷한 것이 되지요.
하지만 당신은 내 결론을 어떻게 생각하오? 870
말해주시오. 부탁이요."
"훌륭한 설명이었어요."
내가 말했다.
"당신이 증명해준 그대로예요."
"맹세코," 그가 말했다. 875
"내 장담컨대, 당신은 저녁이 오기 전에,
이 주장들의 하나하나를
경험으로 확인하게 될 거요.
그리고 명성의 집으로 올라오는,
사람들의 입에서 나온 말들을 880
하나에서 열까지
모두 들을 수 있을 거요.
이만하면 됐소?"

이 말과 함께
그는 보다 높이 솟아오르면서 말했다. 885
"성 제임스를 걸고, 슬슬 잡담이나 합시다."
"그래, 기분이 어떠시오?"
"좋아요." 내가 말했다.
"자," 그가 말했다. "그러면,
저 밑으로 마을이나 집 같은 것이 있는지 890
잘 내려다보시오.
그러다가 어떤 것이 눈에 띄면,
나에게 알려주시오.
그러면, 즉시 당신과 그것과의 거리가
얼마나 되는지를 말해 주겠소." 895
그래서 나는 아래를 내려다보았다.
벌판과 평지가 보이는가 하면,
산과 언덕이 보였다.
골짜기가 보이는가 하면, 숲이 보이고,
간간이 큰 짐승들도 보였다. 900
강이 보이는가 하면, 도시가 보이고,
마을이 보이는가 하면, 커다란 나무들이 보였다.
그리고 바다를 항해하는 배들도 보였다.
그러나 잠시 후,
그가 땅으로부터 높이 날아오르자, 905
온 세상이 내 눈에는
하나의 점에 불과한 것처럼 보였다.
공기가 너무 짙어서
나는 아무것도 분간할 수가 없었다.

그러자 그가 나에게 말했다. 910
"뭐, 마을 같은 게 보이나요?"
"아니오." 내가 말했다.
"안 보이는 게 당연하지요." 그가 말했다.
"마케도니아의 알렉산더 왕[50] 도,
꿈속에서 지옥과 세상과 천국을 보았다는 915
스키피오 왕[51] 도,
불운한 다이달로스[52] 도,
그리고 너무 높이 올라가서
태양열에 날개가 녹는 바람에
바다에 떨어져 죽은, 920
그래서 그에게 커다란 슬픔을 안겨준
그의 어리석은 아들 이카로스[53] 도
이 반만큼의 높이에도
올라오지는 못했으니까요.

---

50) 《알렉산더의 전쟁들》에 의하면, 알렉산더가 네 마리의 그리폰(독수리의 머리・날개에 사자의 몸통을 가진 괴수)이 끄는 마차를 타고 공기 중을 날았다고 한다.

51) 각주 35 참조.

52) 그리스 신화에 나오는 '명공'(名工). 대장간의 신 헤파이스토스의 자손이다. 다이달로스는 여신 아테네로부터 기술을 전수받은 건축과 공예의 명인으로서 각지에서 존경받았다. 그는 테세우스를 사랑한 아리아드네를 위해 미궁을 안내하는 실을 만들었는데, 이것이 원인이 되어 아들 이카로스와 함께 자신이 만든 라비린토스에 갇히게 된다. 이때, 다이달로스는 날개를 만들어 그것을 자신과 아들의 어깨에 밀랍으로 붙이고 날아올라 탈출에 성공했다. 그러나 아들은 아버지의 명령을 어기고 태양에 너무 접근했기 때문에, 밀랍이 녹아 날개가 떨어지면서 바다에 떨어져 죽었다. 혼자 하늘을 날아 시칠리아로 도망친 다이달로스는 시칠리아 왕 코카로스의 보호를 받았다.

53) 위의 주 참조.

자, 얼굴을 위로 쳐들어 봐요. 925
그리고 이 넓은 공간, 이 공기를 바라봐요.
그렇다고, 눈에 보이는 것들에 대해서
두려워할 필요는 없소.
이 공간에는, 사실,
플라톤 선생이 말한 930
많은 시민들이 살고 있소.
저 공중에서 사는 짐승들을 보시오."
나는 공중을 걸어다니기도 하고,
날아다니기도 하는 많은 무리들을 보았다.
"그러면," 그가 말했다. "저 위를 쳐다보시오. 935
저 멀리에, 그 흰 색깔 때문에
사람들이 우유의 길이라고 부르는,
(혹은 와트링 스트리트[54] 라고도 부르는)
은하수가 보일 거요.
그것이 한때 불타오른 적이 있는데, 940
그 사정은 다음과 같소.
그때 파에톤[55] 이라고 불리는 붉은 태양의 아들이

---

54) 런던에서 록스터까지 난, 로마시대에 건설된 도로에 일찍이 붙여진 이름. 초서시대 이후에는 다른 로마시대의 도로에도 흔히 붙여졌다. 은하수에 붙여진 수많은 별명들 중의 하나이다.

55) 그리스어로 '빛나는' 또는 '눈부신'이라는 뜻. 헬리오스의 아들인 클리메노스와 샘의 님프 가운데 하나인 메로페 사이에서 태어났다. 그는 제우스와 이오의 아들인 에파포스에게 자신이 태양신의 아들이라고 했다가 거짓말쟁이라는 모욕을 당한 뒤에 태양신의 아들임을 증명하기 위하여 헬리오스를 찾아간다. 헬리오스는 성인이 되어 찾아온 아들에게 자신이 아버지임을 인정하고 어떤 소원이든 들어주겠다고 맹세한다. 그러자 파에톤은 태양 마차를 몰게 해달라고 청한다. 태양 마차를 모는 일은 제우스도 할 수 없는 위험한 일이었으나,

어떻게든 아버지의 전차를 몰아보려고 했소.
전차의 말들은 그 전사가
자신들을 제대로 조종하지 못한다는 것을 알고는, 945
위로 아래로 마구 뛰고 솟고 하면서
그를 끌고 간 결과,
그는 오늘날에도 하늘에서 빛나는
전갈좌를 보게 되었소.
그가 두려움에 제정신을 잃어 950
말고삐를 놓치자,
그 말들은 위로 솟아오르기도 하고,
아래로 곤두박질치기도 해서,
마침내 공기와 땅이 불타게 되었지요.
그러자 주피터 신이 그를 죽여 955
마차에서 내던져버렸소.
자, 어떤 바보에게 조종할 수 없는 것을
조종해 보라고 시키는 것이
얼마나 큰 해악인지를 아시겠소?"
사실인즉, 독수리는 이 말과 함께 960
끊임없이 위로 솟구치기 시작했고,
매우 다정하게 말을 건네어서
나를 점점 더 즐겁게 해주었다.
　나는 아래를 내려다보았다.

이미 맹세했기 때문에 허락할 수밖에 없었다. 태양 마차를 끄는 네 마리 말은 파에톤이 마차에 타자 이전보다 무게가 가볍다는 것을 느끼고는 무섭게 돌진한다. 파에톤의 통제를 벗어난 말들이 제멋대로 날뛰었으므로 태양의 열기가 강과 바다를 말려버릴 지경이다. 제우스는 더 이상의 피해를 막기 위해 파에톤에게 번개를 던져 죽게 한다.

거기에는 공기 중에 사는 짐승들과 965
구름, 안개, 태풍,
눈, 우박, 비, 바람 등이
그 본성에 따라 발생하는 것이 보였고,
내가 지나온 모든 길이 보였다.
"오 아담을 창조하신 하느님," 내가 말했다. 970
"하느님의 권능과 영광은 위대하십니다!"
그때 나는 보에티우스를 생각했는데,
그가 이런 글을 남겼기 때문이다.
"사고는 철학의 날개를 타고 높이 날아,
모든 자연력의 위로 오른다. 975
그것은 구름이 등 뒤로
아득히 보일 때까지 멀리멀리 간다."
그리고 내가 말했던 모든 것을 생각했다.
　나는 머릿속이 혼란스러워져서
이렇게 말했다. "내가 여기 있는 것은 알겠지만, 980
그것이 육체인지 영혼인지는 잘 모르겠습니다.
하느님, 하느님은 알고 계시지요!"
왜냐하면 아직도 그분이
명쾌하게 해명을 주시지 않았기 때문이다.
그래서 나는 마르티아누스[56]를 생각했고, 985
《안티클라우디아누스》[57]를 생각했다.

---

56) 마르티아누스 카펠라(Martianus Capella). 5세기경에 일곱 가지 인문학에 관한 책 《학예와 머큐리의 결혼》을 쓴 저자. 그 책의 제 8권이 천문학을 다루고 있다.

57) 12세기 초에 알라누스 드 인술리스(Alanus de Insulis)가 쓴 책.

모든 천상의 영역에 대한 그들의 묘사가
내가 목격한 바에 의해
모두가 사실로서 드러났고,
그들의 말에 대한 믿음이 생겼기 때문이다. 990
　이것을 보고 독수리가 소리쳤다.
"환상 따윈 집어치우시오!
별에 대해서 공부 좀 해보시겠소?"
"아니요, 생각 없어요." 내가 대답했다.
"어째서요?" "나는 너무 늙었어요." 995
"내가 별들의 이름과 천상의 모든 징조들과
그 의미를 말해줄 수 있는데." 그가 말했다.
"상관없어요." 내가 말했다.
"아니, 상관있소." 그가 말했다.
"왜 그런지 아시오? 1000
당신은 여러 시인들의 시에서
신들이 까마귀자리,
곰자리, 거문고자리, 쌍둥이자리,
돌고래자리, 묘성(昴星) 등,
새와 물고기와 짐승과 1005
남자와 여자의 별들을 만들게 된 경위를,
그리고 그 별들을 하늘에
배치하게 된 경위를 읽었기 때문이오.
이야기는 종종 들었지만,
실제로 어디에 있는지는 모르지 않소." 1010
"상관없어요." 내가 말했다.
"필요가 없으니까요. 그 글을 쓴 사람들이

내가 여기서 배운 것만큼이나
잘 알고 있으리라고 나는 믿어요.
또 여기 별들은 너무 눈이 부셔서 1015
그것들을 보면 시력을 망칠 것 같아요."
"그럴 수도 있겠군." 그가 말했다.
그리고는 잠시 동안 나를 싣고 가다가
여태까지 들어보지 못한 큰소리로 외쳐댔다.
"자, 고개를 들어보시오. 1020
이제는 아무렇지도 않을 테니까요.
아, 성 줄리아누스[58] 여!
보시오, 저 명성의 집을.
저 소리들이 들려요?"
"무슨 소리요?" 내가 물었다. 1025
"저 큰 소리 말이오." 그가 말했다.
"저 명성의 집 속을 온통 울리고 있는,
칭찬과 비난, 거짓과 진실이
마구 뒤섞여 있는 저 소문들 말이오.
잘 들어보시오. 속삭임이 아니니까. 1030
큰 바람소리 같은 것이 들리지 않소?"
"들려요," 내가 말했다. "잘 들려요."
"무슨 소리인 것 같소?" 그가 물었다.
"성 베드로를 걸고," 내가 대답했다.
"폭풍우가 배들을 삼킬 때, 1035
1마일쯤 떨어진 곳에서
그 포효소리를 듣는 사람의 귀에 들리는,

58) '환대'(*hospitality*)를 나타내는 패트론 성인.

텅 빈 바위를 때리는 바닷물 소리 같네요.
아니면, 주피터가 공기를 때려서
벼락을 친 후 남아 있는, 1040
마지막 우레 소리 같기도 하구요.
하지만 너무 무서워서 땀이 다 날 지경이에요."
"아니," 그가 말했다. "무서워하지 마시오.
그것이 당신을 물어뜯지는 않을 테니까.
당신에게는 아무런 해가 없을 거요." 1045
　이 말과 함께 그와 나는
창을 던질 수 있을 만큼 가까운 거리로
그 장소에 다가갔다.
어떻게 했는지 기억이 안 나지만,
그는 나의 발을 가볍게 길 위에 내려놓고서 1050
이렇게 말했다. "편안하게 걸어가시오.
그리고 저 명성의 장소에서 발견할 수 있는
당신의 행운을 잡으시오."
　"자," 내가 말했다. "당신과 헤어지기 전에
아직 이야기할 시간이 남아 있으니, 1055
하느님의 사랑을 걸고, 내게 말해주시오.
— 사실은 당신에 대해서 알고 싶지만 —
아까 당신으로부터 설명을 들었던,
지금 내가 듣는 이 소음이
지상에서 사는 사람들로부터 온 것인지, 1060
그리고 당신이 방금 설명한 방식대로
여기에 온 것인지를 말해주시오.
그리고 저기 저 집 속에는

이 요란한 소동을 일으키는 사람이
한 사람도 없는지를 말해주시오." 1065
"없소." 그가 말했다.
"성 클라라[59]를 걸고, 맹세코 없소."
"그러나 당신에게 한 가지 알려줄 게 있는데,
그 말을 들으면 놀라게 될 거요.
모든 말들이 어떻게 해서 1070
저 명성의 집까지 오게 되는지는 알고 있을 테니까,
두 번 다시 말해줄 필요가 없을 거요.
그러나 이 점을 알아야 돼요.
어떤 말이 저 궁전으로 올라오게 되면,
그 즉시, 지상에서 그 말을 한 사람과 1075
— 붉은 옷을 입었든, 검은 옷을 입었든 —
똑같은 복장을 하게 된다는 사실 말이오.
그리고 그 말을 한 사람과
똑같은 모습을 하게 되어,
당신은 그 둘을, 1080
남자든 여자든, 그든 그녀이든,
똑같은 형체로 생각하게 된다는 사실 말이오.
신기하지 않소?"
"신기하군요." 내가 말했다. "천왕의 이름으로!"
이 말을 듣고 나서 그가 말했다. "잘 가시오. 1085
나는 여기서 당신을 기다릴 거요.
당신이 여기서 좋은 공부를 할 수 있도록
하느님께서 은총을 내려주시기를."

---

59) 성 프란시스코의 제자(1253년에 사망).

나는 바로 그와 헤어져
그 궁전을 향해서 걸어갔다. 1090

제 3권

초 사

오 지식과 태양의 신인 아폴로님이여,
님은 그 위대한 힘을 통해서
이 작은 책을 인도해주고 계십니다.
저는 여기서 시의 예술을 기교의 표현으로
보여주고 싶지는 않습니다. 1095
시가(詩歌)란 쉽고 소박한 것이기 때문에,
그러면서도 기분 좋은 것이 때문에,
어떤 운문은 음절이 좀 모자라기는 해도,
저는 기교를 과시하려 하지 않고,
오로지 그 의미만을 추구하려고 합니다. 1100
그리고 만약, 거룩한 힘이여,
제가 마음속에 유념하는 것을
표현하는 데 도움을 주신다면,
— 명성의 집을 묘사하는 일이 그것인데 —
님께서는 제가 가장 가까이에 있는 1105
월계수 나무로 곧장 달려가서,
거기에 키스하는 모습을 보게 될 것입니다.
그것이 님의 나무이니까요.

그러면 제 가슴속으로 곧장 들어오십시오!

꿈

그 독수리와 헤어지자, 1110
나는 주위를 둘러보기 시작했다.
여기서 더 나가기 전에,
나는 그 집의 모습과 터전을 묘사하고,
내가 어떻게 그곳에 접근했는지를
설명해 주려고 한다. 1115
그 집은 스페인[60]에서 가장 높은
어느 바위 위에 높다랗게 서 있었다.
나는 온갖 힘을 다해 그곳에 올라갔다.
올라가기가 무척 힘들었지만,
그래도 주의를 기울여 1120
발밑의 놀라운 광경을 자세히 보려고 했다.
이 바위가 어떤 종류의 암석인지를
알아내고 싶었기 때문이다.
그것은 수정으로 된 명반(明礬) 같았는데,
그것보다는 훨씬 더 맑은 빛을 냈다. 1125
하지만 그것이 어떤 물질로 응고된 것인지를
사실 나는 정확하게 알 수가 없었다.
마침내 그것이 강철이 아니라

60) 《장미 이야기》(2573~2574)에 나오는 꿈의 궁전을 가리킬 것이라는 추측이 있으나, 초서는 1366년 스페인을 방문한 적이 있는 것으로 알려져 있어, 실제 장소에 대한 언급일지도 모른다.

얼음의 바위라는 것을 알아냈다.
나는 속으로 이렇게 생각했다. 1130
"켄트의 성 토머스[61]를 걸고 말하지만,
저토록 높은 건물을 짓기에는
너무나 허약한 토대야.
정말이지, 여기에 집을 지은 사람은
뽐낼 것이 하나도 없어!" 1135
　나는 그 바위의 전면에,
부자로 살면서 명성을 널리 떨친,
수많은 유명인사들의 이름이
새겨져 있는 것을 보았다.
하지만 그들의 이름이 적힌 1140
그 글자들은 잘 식별되지 않았다.
사실대로 말하자면,
그 글자들이 거의 녹아서,
모든 이름들의 한두 글자들이
희미해져버렸기 때문이다. 1145
그 이름들이 그만큼 더럽혀진 셈인데,
그래서 '영원한 것은 없다'고들 말하나 보다.
　나는 마음속으로
그것들이 열에 의해 녹은 것이지,
폭풍우에 의해 닳은 것은 아니라고 생각했다. 1150
왜냐하면 북쪽을 면하는
이 언덕의 반대편에서는
옛날에 크게 이름을 떨쳤던 사람들의 이름이

61) 성 토머스 아 베케트(St. Thomas à Becket).

완전하게 적혀 있는 것을 보았기 때문이다.
그것들은 마치 바로 그날에, 1155
혹은 내가 목격했던 바로 그 시간에
거기에 씌어진 것처럼,
아직도 선명하게 보였다.
나는 그 이유를 알 듯도 했다.
내가 보았던 그 글씨들은 1160
높이 서 있는 성채의
그림자에 의해 보존이 되었던 바—
그것들이 매우 차가운 곳에 새겨져 있어서
열에 의해 손상되지 않았던 것이다.
언덕 위로 올라간 나는 1165
그 꼭대기에서
살아 있는 인간의 솜씨로는
도저히 묘사할 수 없을 만큼 아름다운
한 채의 집을 발견했다.
그것과 서로 아름다움을 견줄 만한, 1170
그처럼 훌륭하게 축조된,
또 한 채의 집을 설계하는 것은
불가능한 일로 보였다.
이 성채에 대한 생각을 하다 보니
내 마음이 놀라게 되었고, 1175
내 머릿속이 복잡하게 되었다.
그 예술성과 아름다움,
그 설계와 진기한 기예를
묘사하기란 불가능한 일이고,

내 머리로는 감당되지 않았기 때문이다. 1180

그러나 그럼에도 불구하고,
나는 그때 본 모든 재료들을 기억하고 있다.
성 아에기디우스[62]를 걸고 말하지만,
그 성채와 탑, 홀과 내실들은
모두 녹주석(綠柱石)으로 되어 있었고, 1185
뚫린 구멍이나 이음새가
하나도 없는 것처럼 생각되었다.
나는 많은 이상한 장치들, 이무깃돌들,
뾰족탑들, 조상(彫像)들,
그리고 감실(龕室)들을 보았다. 1190
나는 또한 폭설 때 떨어지는
눈송이만큼이나 많은 창문들을 보았다.
각각의 뾰족탑들 속에는
갖가지 벽감(壁龕)들이 있었는데,
온 성채를 둘러싸는 1195
그 벽감들 속에는
슬픈 이야기든, 즐거운 이야기든,
명예의 여신과 관계되는 이야기를 하는,
갖가지 형태의 음유시인들과
이야기꾼들이 서 있었다. 1200

거기에서 나는 오르페우스[63]가

---

62) 성 자일즈(St. Giles).

63) 트라키아의 왕 오이아그로스와 칼리오페 사이에 난 아들. 아폴로에게서 하프를 배워 그 명수가 되었다. 그는 님프의 하나인 에우리디케를 아내로 맞아 극진히 사랑했으나, 그녀는 한 청년에게 쫓겨 도망하던 중 독사에게 발목을 물려 죽었다. 이를 슬퍼한 오르페우스는 아내를 찾아 명계(冥界)로 내려가

맑고 고운 소리를 내는 하프를
솜씨 있게 연주하는 소리를 들었다.
그리고 그의 바로 곁에는
아리온[64]과 켄타우로스[65]인 케이론,[66] 1205
브리튼의 글라스큐리온,[67]
그 밖의 많은 하프 연주자들이 앉아 있었다.
또 그들 아래쪽의 여러 좌석에는
악기들을 손에 든
작은 악사들이 앉아서 1210
그들을 올려다보고 있었고,
마치 예술이 자연을 흉내내듯,
원숭이처럼 그들을 흉내내고 있었다.
　나는 그들의 뒤쪽에
멀찌감치 혼자 떨어져 서서, 1215
풍적(風笛)과 퉁소와

하프 솜씨를 발휘하여 그의 연주에 감동한 명계의 왕 하데스로부터 아내를 데리고 가도 좋다는 허락을 받아냈다. 그러나 지상에 돌아갈 때까지는 아내를 돌아보지 말라는 약속을 어긴 탓으로, 에우리디케는 다시 명계로 사라졌다.

64) 레스보스 섬 출생. 코린트의 참주(僭主) 페리안드로스의 궁정에 거주하고 있었다고 전해진다. 합창대 형식의 하나인 "디티람보스"라는 서정시의 시조로 일컬어지는데, 디티람보스와 비극의 기원 사이에는 깊은 관계가 있는 것으로 여겨지고 있다.

65) 반인반마(伴人半馬)의 괴물.

66) 크로노스가 아내 레아의 눈을 속이기 위해 말로 변장해서 오케아노스의 딸 필리라와 관계하여 낳은 아들. 머리부터 허리까지는 인간이고 나머지 부분은 말의 형상인 켄타우로스 일족은 야만에 가까운 난폭한 성질을 가졌으나, 케이론은 선량하고 정의를 존중하는 온화한 성격이었다고 한다.

67) 웨일즈의 음유시인.

그 밖의 많은 다른 종류의
관악기들을 솜씨 있게 연주하여
커다란 음악소리를 내는
수천수만 명의 사람들을 보았다. 1220
그들은 사육제(謝肉祭)에서 흔히 연주하는
둘세트[68]와 갈대피리를 불고 있었고,
수많은 플루트와 경쾌한 호른,
그리고 수수밭에서 짐승들을 지키면서
젊은 목동들이 즐겨 부는 1225
풀잎피리도 연주하고 있었다.
거기에서 나는 아티테리스,[69]
아테네의 프세우스티스[70] 경,
그리고 자기보다 훨씬 더 피리를 잘 부는
아폴로와 경쟁하다가, 1230
얼굴, 목, 몸의 피부를 모조리 잃은
마르시아스[71]를 보았다.

---

68) 플루트 모양의 악기.

69) 베르길리우스의 첫 목가시에 나오는 목동시인.

70) 테오둘루스(Theodulus)의 《목가》(*Ecloga*)에서 알리티아(Alithia)와 시작(詩作) 시합을 벌이는 목동시인.

71) 미다스가 다스리던 프리지아에 살았다. 아테나는 피리를 발명하였는데, 볼을 부풀려 부는 모습이 아름답지 않았으므로 버렸다. 그것을 주운 마르시아스는 열심히 연습한 끝에 능숙해지자 아폴로에게 연주실력을 겨루자고 제안한다. 심판관이 된 뮤즈는 패배자는 승리자의 처분에 따라야 한다고 정한다. 마르시아스와 아폴로가 한 차례씩 연주를 마쳤으나 승부를 가리지 못하자, 아폴로는 각자의 악기를 거꾸로 쥐고 연주하자는 억지스런 제의를 한다. 아폴로의 악기인 리라는 거꾸로 쥐고도 연주할 수 있으나, 피리는 거꾸로 쥐고 불 수 없으므로 마르시아스가 패배한다. 승리한 아폴로는 마르시아스를 나무에 묶은 채

거기에서 나는 사랑의 춤, 스프링,[72] 원무,
그리고 그 밖의 이상한 춤들을 배우는,
젊기도 하고 늙기도 한, 1235
유명한 독일의 연주자들을 보았다.
나는 또 다른 넓은 장소에서,
트럼펫, 클라리온, 호른 등을 가지고
찢어질 듯한 소리를 내는,
한 무리의 사람들을 보았다. 1240
싸워서 피를 흘리는 사람들은
나팔소리를 내고 싶어 하기 마련이다.
거기에서 나는 베르길리우스가 이야기했던
미세누스[73]의 연주를 들었고,
트럼펫을 연주하는 요압,[74] 1245
티오다마스[75] 등의 연주를 들었다,
그리고 아라곤[76]과 카탈로니아[77]에서 클라리온으로

살가죽을 모두 벗겼다고 한다. 마르시아스의 몸에서 흐르는 피는 그를 불쌍히 여기는 사람들의 눈물과 합쳐져서 강이 되었는데, 그 강을 마르시아스 강이라 부르게 되었다.

72) 춤의 일종.

73) 바람의 신인 이올루스(Aeolus)의 아들. 처음에는 헥토르를 위해, 나중에는 아에네아스를 위해 트럼펫을 연주했다. 《아에네이드》 III. 239 및 VI. 162~170 참조.

74) 〈사무엘 하〉 2장 28절 참조. "이렇게 말하고 나서 요압은 나팔을 불어 추격을 멈추고, 더 이상 이스라엘군을 쫓아가며 치지 않았다."

75) 테베를 공격한 군대의 복점관(卜占官). 그가 테베를 칠 때 트럼펫이 연주되었다.

76) 스페인 동북부에 있는 지방. 옛날은 왕국.

77) 스페인의 동북부에 있는 지방.

한 시대를 풍미했던 사람들이
연주하는 소리를 들었는데,
아무튼 관악기들이 연주되고 있었다. 1250
또 다른 좌석에서 나는
이름을 알 수 없는 갖가지 악기가
연주되는 것을 보았는데,
그 사람들의 숫자가 하늘의 별보다 많았다.
나는 그 이름들의 운을 굳이 맞추지 않겠는데, 1255
그것은 여러분의 기분과 시간을 존중하는 뜻에서다.
여러분도 알다시피, 한번 허비된 시간은
되돌릴 수 없는 법이 아닌가.
거기에서 나는 요술쟁이,
마법사, 마술사, 무당, 1260
곡예사, 늙은 마녀, 박수 등이
재주부리는 것을 보았다.
그들은 향을 피우고 주문을 외워서
귀신들을 불렀다.
또 나는 자연과학에 정통한 1265
학자들을 보았는데,
그들은 일정한 성위(星位)에서 형상들을 만드는 데
자신들의 정신과 기술을 쏟고 있었다.
그 형상들이 지닌 마법을 통해서
사람을 병들게도, 낫게도 할 수 있기 때문이다. 1270
거기에서 나는 메데아 여왕과
키르케,[78] 칼립소[79]를 보았고,

78) '독수리'를 의미한다. 요술에 뛰어나고 전설의 섬 아이아이에에 살면서 그 섬

헤르메스 발레누스,[80]
리모트,[81] 마술사 시몬[82] 등을 보았다.
거기에서 나는 이름이 널리 알려져 있는, 1275
기예를 통해서 명성을 얻은 사람들을 보았고,
단풍나무로 만든 테이블 위에서
설명하기 힘든 기행을 펼치는
마법사 콜레[83]를 보았다.

에 오는 사람을 요술로서 짐승으로 변하게 하곤 했다. 트로이 함락 후 영웅 오디세우스는 부하와 함께 귀국 도중 이 섬에 배를 댄다. 그의 부하들이 이 섬의 탐험에 나섰다가 키르케의 저택에 당도한다. 그녀는 일행을 맞아들여 환대하면서 약을 탄 술을 마시게 한 다음, 지팡이로 때려 그들을 돼지로 바꾸어버린다. 단신으로 부하의 구조에 나선 오디세우스는, 도중에 제우스의 아들 헤르메스를 만나 모리라는 약을 얻었기 때문에, 그녀의 저택에서 마법의 술을 얻어 마시고도 짐승이 되지 않았고, 오히려 부하들을 구하여 인간의 모습으로 환원시킨다.

79) 그리스어로 '감추는 여자'라는 뜻이다. 전설의 섬 오기기아에 살았는데, 트로이 전쟁이 끝난 뒤 배를 타고 귀향길에 오른 오디세우스가 강풍을 만나 표류하다가 홀로 이 섬에 도착한다. 칼립소는 오디세우스를 사랑하여 고향으로 돌아가고 싶어 하는 그를 7년 동안이나 놓아주지 않는다. 오디세우스의 수호신 아테나는 올림포스 산의 신들에게 오디세우스의 불행한 처지를 하소연했고, 제우스는 헤르메스에게 칼립소를 찾아가 그를 놓아주라고 명한다. 칼립소는 이 말에 복종하여 오디세우스로 하여금 뗏목을 만들어 돌아갈 수 있도록 도와준다.

80) 헤르메스의 조상(彫像) 아래에서 우주의 비밀이 담긴 책을 발견한 현자.

81) 그리스어로 엘리마(Elymas)라고 하는 마술사. 〈사도행전〉 13장 8절 참조. "그리스어로 엘리마라고도 하는 그 마술사는 총독의 개종을 막으려고 두 사도를 방해했다."

82) 〈사도행전〉 8장 9절 참조. "그 도시에는 전부터 시몬이라는 사람이 살고 있었는데, 그는 마술로 사마리아 사람들을 매혹하며 스스로 위인 행세를 하고 있었다."

83) 초서와 동시대인인 영국의 마법사.

그는 호두알 껍질 아래에서 1280
풍차를 나르고 있었던 것이다.
　내가 본 모든 사람들에 대한 이야기를
지금부터 최후의 심판 날까지
더 길게 계속할 필요가 있겠는가?
나는 이 사람들을 보면서, 1285
내가 자유로운 몸이라는 것을 느꼈다.
그리하여 유리보다 더 눈부시게 빛나는,
그리고 명성이 그렇듯,
사물을 실제보다 더 크게 보이도록 만드는,
이 녹주석의 벽들에 대해서 1290
잠시 생각을 돌리며,
계속 앞으로 나아가다가,
마침내 내 오른편에서
성문을 발견했다.
그것은, 그런 것이 또 있으랴 싶을 만큼, 1295
그리고 그 솜씨가 통상적 노력에 의해서보다는
우연에 의해서 발휘된 것이 아닌가 싶을 만큼,
훌륭한 조각으로 이루어져 있었다.
여기서 내가 이 문의 장식들에 대해서,
그 형상들과 조각들에 대해서, 1300
또 조상(彫像)들로 가득 찬 그 받침대의
석공술적(石工術的) 명칭에 대해서,
설명을 해드리느라
시간을 지체할 필요는 없을 것이다.
하지만, 오오, 온통 금박으로 둘러져 있던 1305

그 자태가 얼마나 아름답던지!
그러나 나는 곧장 갈 수밖에 없었는데,
"선물을 주세요, 손을 내밀어 선물을 주세요!
이 성의 귀부인이요,
우리의 고상한 귀부인인 명예의 여신과 1310
우리의 명성을 지키는 사람들 만세!"
라고 외치는 수많은 사람들과 마주쳤던 것이다.
그들은 이렇게 외치면서,
그 홀로부터 재빨리 빠져 나와,
금화와 동전들을 내던졌다. 1315
어떤 사람들은 문장원 장관 같은 관을 썼는데,
그 관에는 마름모꼴 보석들이 달려 있었고,
또 그들의 옷에는
수많은 리본과 술이 달려 있었다.
　마침내 나는 그들 모두가 1320
큰 소리로 부자들에 대한 칭찬을 외쳐주는
전령관들 및 전령관보(傳令官補) 들이라는
사실을 알게 되었다.
나는 그들 한 사람 한 사람이 그 부자들에게,
사람들이 겉옷이라고 부르는, 1325
서로 똑같지는 않지만,
놀랄 만큼 화려하게 수를 놓은,
의복을 입혀준다는 사실을 알고 있었다.
그러나 분명히 말하지만,
나는 그들이 겉옷 위에 입고 있던 1330
문장(紋章) 이 박힌 덧옷들에 대해서는

일일이 묘사할 생각이 추호도 없는데,
그것이 불가능한 일이기 때문이다.
내가 만약 그렇게 하면,
아마도 두께가 20피트나 되는 책이 될 것이다. 1335
내 확실하게 장담하지만,
그 누구라도 그때 거기에 있었다면,
기사도가 처음 생긴 이래
아프리카, 유럽, 아시아에 살았던
유명인사들의 덧옷을 모조리 보았을 것이다. 1340
　하지만, 지금 그것을 어떻게 다 묘사하겠는가?
그 성의 큰 홀에 대해서도, 역시
상세히 묘사할 필요가 있는지 모르겠다.
사실 그 벽과 마루와 천장,
그리고 그 밖의 모든 것들은 1345
반 피트 두께의 금으로 되어 있었는데,
그 모두가 합금이 아니라,
내 주머니 속에는 한 개도 없는
베니스의 금화처럼,
완전무결한 순금이었다. 1350
또 그 모두에는 "보석세공술"[84]에 나오는,
초원에서 자라는 풀들처럼 빽빽하게
고운 돌들을 채워 넣은 부조가 새겨져 있었다.
하지만 그 이름들을 일일이 대는 것은,
너무 시간이 걸리는 일이므로, 그냥 넘어가겠다. 1355
　하지만 명예의 여신의 홀이라고 불리는

---

84) 각종 보석들과 그것들이 지닌 효험에 대해서 논한, 당시 인기 있던 논문.

이 유쾌하고 화려한 장소에는
사람들이 밀어닥치지도 않았고,
떼를 지어 몰려들지도 않았다.
그 대신 저 높은 단 위로 1360
흔히 석류석이라고 불리는
루비로 만들어진 장엄한 옥좌 위에
여인의 형상을 한 어떤 존재가
영구불변의 자리를 차지하고 있었는데,
자연의 여신이 만든 것으로서 1365
그처럼 훌륭한 작품을
나는 두 번 다시 본 적이 없다.
솔직히 말해서 처음에는
그녀가 너무 작아서
한 완척(腕尺)의 길이가 1370
채 안 되는 것으로 생각되었다.
하지만, 이윽고 그녀가
불가사의하게 몸을 뻗치자,
그녀의 발은 땅에까지 닿았고,
그녀의 머리는 북두칠성이 반짝이는 1375
하늘에까지 닿았다.
게다가, 내가 보기에
더욱 놀라운 것은,
수없이 많은 그녀의 눈들인데,
나는 그 숫자를 헤아릴 수가 없었다. 1380
왜냐하면 그녀는 새의 깃털만큼이나 많은,
혹은 요한이 계시록에 쓴 대로,

하느님의 옥좌를 빛나게 했던
네 마리 짐승들[85]의 그것만큼이나 많은
눈들을 지니고 있었기 때문이다. 1385
그녀의 머리칼은 너울지고 곱슬곱슬했는데,
나의 눈앞에서 반짝이는 금처럼 빛나고 있었다.
사실대로 말하자면,
그녀는 짐승의 털처럼 많은,
툭 튀어나온 귀들과 혀들을 가지고 있었다. 1390
그리고 그녀의 발에서는
자고(鷓鴣)의 날개들이 자라나고 있었다.
아, 이 여신이 주렁주렁 달고 있는
그 보석들과 귀중품들이란!
아, 그녀의 옥좌 주변에서 시작하여 1395
온 궁전의 벽을 울리는,
화음이 잘 맞는 노랫소리의
그 절묘한 멜로디란!
칼리오페[86]라고 일컫는 위대한 뮤즈와
용모가 우아하기 짝이 없는 1400

85) 〈요한묵시록〉 4장 6~8절 참조. "옥좌 앞은 유리바다 같았고 수정처럼 맑았습니다. 그리고 옥좌 한가운데와 그 둘레에는 앞뒤에 눈이 가득 박힌 생물이 네 마리 도사리고 있었습니다. 첫째 생물은 사자와 같았고, 둘째 생물은 송아지와 같았으며, 셋째 생물은 얼굴이 사람의 얼굴과 같았고, 넷째 생물은 날아다니는 독수리와 같았습니다. 그 네 생물은 각각 날개를 여섯 개씩 가졌고, 그 몸에는 앞뒤에 눈이 가득 박혀 있었습니다."

86) 원래 뜻은 "아름다운 목소리를 가진 여자". 제우스와 기억의 여신 므네모시네 사이에서 태어난 아홉 뮤즈의 연장자로서 서사시 또는 서정시를 관장한다. 손에 서판(書板)을 들고 있거나, 머리에 금관을 쓰고 종이나 책 두루마리를 들고 있는 모습으로 묘사된다.

그녀의 여덟 자매들이
그 노래를 불렀던 것이다.
그들이 명예의 여신에 대한 노래를
영원무궁하게 부르는 소리가 들려왔다.
"명성과 명예의 여신이여, 1405
님과 님의 이름에 축복이 있기를!"
　마침내 내가 눈길을 위로 돌렸을 때,
나는 이 고상한 여왕이
자신의 어깨 위에,
널리 칭송되는 사람들, 1410
특히 셔츠 때문에 목숨을 잃게 된
알렉산더 대왕과 헤라클레스의
문장(紋章)과 이름을
짊어지고 있다는 사실을 알았다.
그리하여 나는 이 여신이 1415
위엄, 영예, 광휘 속에 앉아 있음을 보았는데,
이에 대해서는 잠시 접어두고,
다른 것을 말씀드리겠다.
　다음으로 나는 그 높은 단에서
넓은 문에 이르기까지 양쪽으로 1420
그다지 빛을 내지 않는
많은 금속 기둥들이 서 있는 것을 보았다.
비록 눈부시지는 않았지만,
그것들은 고상한 용도와
심오한 의미를 위해 만들어진 것이었다. 1425
나는 그 원주 위에 고귀하고 거룩한 사람들이

서 있는 것을 보았는데,
그것을 자세히 말씀드리도록 하겠다.
　무엇보다도 먼저,
나는 정교한 납과 쇠로 된 기둥 위에, 1430
사투르누스 파(派)[87] 이면서
유대인의 역사를 이야기한
옛 히브리 사람
조세푸스[88] 가 서 있는 것을 보았다.
그는 높다란 어깨 위에 1435
유대인들의 명예를 짊어지고 있었다.
그의 옆에는 이름을 알 만한
7인의 현명하고 덕망 있는 사람들[89] 이 서서
그가 그 크고 무거운 짐을 지는 것을
도와주고 있었다. 1440
내가 말한 이 기둥은,

---

87) 유대교. 중세 점성학에 의하면, 유대교는 주피터와 사투르누스의 결합에 의해서 생겼다.

88) 유대 출신의 저술가. 예루살렘의 제사장 가문에서 태어났다. 16세 되던 해에 광야에 나가 3년 동안 지내다가 예루살렘으로 돌아온 뒤, 유대교의 독립을 유지하기 위하여 로마의 통치를 받아들이려 했던 바리사이파에 가입했다. 예루살렘이 함락되자 로마로 가서 황제에게 시민권, 연금, 토지 등을 하사받고 책을 쓰는 일에 몰두했다. 75년부터 79년 사이에 쓴 《유대전쟁사》(*Bellum Judaicum*) (전 7권) 는 B. C. 2세기 중반 이후의 유대 역사를 기술하고 66~70년의 유대반란을 자세하게 기록하고 있다. 93년에 완성된 《유대고대사》(*Antiquitates Judaicae*) (전 20권) 는 유대 역사를 창조 이후부터 반란 전까지 기술한 책으로 성서의 이야기들을 각색하여 실었고, 유대교의 율법과 제도의 합리성을 강조했다.

89) 다른 유대의 역사가들을 가리키는 것 같다.

그들이 전쟁 이야기를 비롯한
옛 기담들을 이야기한 사람들이기 때문에,
납과 쇠의 두 재료를 써서
만들어져 있었다. 1445
왜냐하면 쇠는 전쟁의 신인
마르스의 금속이고,
납은 큰 궤도를 그리면서 도는
토성의 금속이라는 것이
틀림없는 사실이기 때문이다. 1450
그 모든 줄에는
내가 알아볼 수 있는 사람들이
눈에 띄도록 서 있었는데,
여러분의 시간을 너무 잡아먹을까 봐
순서대로 소개하지는 않겠다. 1455
옆으로 늘어선,
호랑이의 피로 범벅이 된
강한 쇠기둥 위에는
스타티우스[90] 라는 이름을 가진
툴루즈[91] 사람이 서 있었다. 1460
그는 어깨 위에 테베의 명성과
잔인한 아킬레스의 이름을
짊어지고 있었다.

---

90) 고대 로마의 시인. 학교 교사인 아버지에게 작시법을 배웠다. 젊었을 때 이미 시인으로서의 명성을 얻어 로마로 갔으며, 얼마 후에 도미티아누스 황제의 사랑을 받으며 시를 지어 91년경 12권으로 된 서사시 《테바이스》(*Thebais*)를 발표했다.

91) 프랑스 남부, 가론 강에 면한 오트가론 도(道)의 주도(主都).

사실인즉, 그의 옆에 있는 쇠기둥 위에는
놀랄 만큼 높다랗게 1465
위대한 호메로스가 서 있었고,
그와 함께 그 앞쪽으로
다레스[92] 와 틱티스,[93]
롤리우스[94] 와 기도 델 콜로네,[95]
그리고 영국인인 제프리[96] 가 서 있었다. 1470
내가 기뻐한 것은, 이들 각자가 부지런히
트로이의 명예를 지탱하고 있었다는 것이다.
그러나 그것이 워낙 무거워서
그것을 짊어지는 일이 쉬운 일은 아니었다.
하지만 나는 그들 사이에 1475
약간의 반감이 존재하고 있다는 사실을 알고 있다.
어떤 사람은 호메로스가 거짓말을 했고,
그리스인들에게 유리하게 상상을 펼쳤기 때문에,

---

92) 다레스는 신화상의 인물이 아닌 실존인물로서 트로이 전쟁을 직접 목격하고 그에 관한 책을 썼다고 한다. 그가 쓴 책은 남아 있지 않지만, 5세기 무렵에 씌어진 것으로 보이는 라틴어 번역판 《트로이 멸망의 역사》(*De Exidio Troiae Historia*) 가 전해져온다. 이 책은 호메로스의 《일리아스》와 《오디세이아》가 아직 큰 영향을 미치지 않던 시대의 서유럽 작가들에게 자료로써 널리 이용되었다.

93) 트로이 전쟁에 참가하여, 《트로이 전쟁 일기》를 썼다고 전해지는 전설상의 인물.

94) 트로이 전쟁에 관한 글을 쓴 것으로 알려져 있는 인물.

95) 13세기에 라틴어 산문으로 《트로이 멸망사》(*Historia Destructonis Troiae*) 를 쓴 것으로 알려져 있는 인물.

96) 《영국왕조사》(*History of the Kings of Britain*) 를 쓴 제프리 오브 먼머스(Geoffrey of Monmouth) 를 가리킴.

그의 시가 꾸며낸 이야기라고
주장하기도 했기 때문이다. 1480
　다음으로 나는 산뜻하게
주석으로 도금한 쇠기둥 위에
라틴 시인 베르길리우스가 있는 것을 보았다.
그는 훌륭한 아에네아스의 명예를
오랫동안 짊어지고 있었다. 1485
　구리로 된 그 다음 기둥에는,
위대한 사랑의 신의 이름을
놀라울 만큼 널리 퍼트린
비너스의 서생 오비디우스가 있었다.
그는 이 기둥 위에다, 1490
내 눈길이 미치는 한 높이,
자기 자신의 명성을 지탱하고 있었다.
왜냐하면 내가 말한 이 홀은
애초보다 천 배는 더 크게
그 높이와 길이와 넓이가 늘어나 있음을 1495
분명히 보았기 때문이다.
　다음으로 나는 강철로 만든
바로 옆의 기둥 위에
위대한 시인 루카누스[97] 경이 있는 것을 보았다.

---

97) 스페인의 코르도바 출생. 세네카의 동생 멜라의 아들로 페르시우스와 함께 스토아학파에서 배웠다. 네로 황제의 총애를 받아 젊어서 재무관직에 올랐으나, 문학상의 문제로 황제의 질투를 사게 되고, 그후 일체의 문학활동을 금지당했다. 분개한 그는 피소의 네로 암살음모에 가담했다가 발각되어 자살명령을 받았다. 현존하는 서사시 《내란기(內亂記)》(*De Bello Civili*) (전 10권)는 폼페이우스와 카이사르의 싸움을 테마로, 멸망해가는 공화제의 말로를 묘사

그는 자신의 어깨 위에, 1500
내 눈길이 미치는 한 높이,
줄리어스와 폼페이의 명예를 짊어지고 있었고,
그의 옆에는 로마의 위대한 공적을 글로 쓴
모든 서생들이 서 있었는데,
그들의 이름을 다 들먹이다가는 1505
너무 오랜 시간을 지체하게 될 것이다.
　유황색으로 빛나는 그 다음 기둥에는,
화가 난 침울한 얼굴로
클라우디아누스[98] 경이 서 있었는데,
그는 지옥의 모든 명성, 1510
즉 음울한 고통의 여왕인 프로세르피나와
플루톤의 명성을 짊어지고 있었다.
　더 이상 말할 필요가 뭐 있겠는가?
그 홀은 까마귀 둥지가 있는 나무들처럼,
옛 이야기들을 글로 옮겼던 1515
여러 서생들로 가득 차 있었다.
하지만 그들이 쓴 공훈담들을 모두 듣고서,
그 책의 이름을 대는 것은
혼란스러운 일이 아닐 수 없다.
　이 광경을 보는 동안, 1520
밖으로 날아가기 위해
벌통 속에서 떼를 짓는 벌들처럼,
빠르게 다가오는

했다.
98) 각주 32 참조.

하나의 소음이 들려왔는데,
그것은 결코 속삭임 같지가 않았다. 1525
주위를 둘러보자,
한 떼의 사람들이 큰 무리를 지어
홀 안으로 들어오는 것이 보였다.
그들은 가난뱅이와 부자를 막론하고,
달 아래 이 지상에 사는, 1530
세계 각국에서 온
가지각색의 사람들로 구성되어 있었다.
그들은 홀 안으로 들어오자마자,
이 고상한 여왕 앞에 무릎을 꿇고
다음과 같이 말했다. 1535
“빛나는 귀부인이여,
우리들에게 선물을 주소서!”
그녀는 그들 중 일부에게는 선물을 주었고,
일부에게는 단호하게 거절했으며,
몇 명에게는 그들의 요구와 1540
완전히 반대되는 것을 주었다.
하지만, 솔직히 말해서,
나는 이 사람들이 다들
훌륭한 사람들이라고 알고 있었는데,
이처럼 서로 다르게 취급당하는 1545
이유를 알 수가 없었다.
하기야, 그녀의 자매인 운명 부인도
똑같은 식으로 사람을 다루기는 했지만.
　자, 이제, 자신에게 은총을 비는 사람들에게

그녀가 어떻게 응답하는가를 들어 보라. 1550
이 무리는 허위를 말하지 않고,
진실만을 말하는 사람들이었다.
"부인님이시여," 그들이 말했다.
"저희들은 님께서 좋은 명성을 주시고,
저희들의 행실이 그 이름에 값할 수 있도록 1555
선처해주시기를 비는 사람들입니다.
좋은 행실에 대한 보상으로
저희들에게 좋은 명성을 주소서."
"안 되느니라." 그녀가 즉시 대답했다.
"나에게서는 결코 좋은 명예를 얻을 수 없으니, 1560
각자 제 갈 길로 가도록 하라."
"아아," 그들이 말했다. "유감이옵니다!
그 이유를 말씀해 주소서."
"그러고 싶지 않기 때문이다." 그녀가 말했다.
"사실, 그대들에 대해서, 좋게 혹은 나쁘게, 1565
이렇게 혹은 저렇게 말하는 사람들은 아무도 없다."
그 말과 함께 그녀는
홀에 있는 자신의 전령을 불러,
잘못 이행하면 눈을 멀게 할 테니,
어서 가서 바람의 신인 1570
이올루스를 불러오라고 명령을 내렸다 —
"트라키아에 가면 그를 찾을 수 있을 것이다.
그에게는 다양한 소리를 내는 클라리온이 있는데,
그것을 가지고 오라고 해라.
그 악기 이름이 클레어 로드인 바, 1575

그는 그것을 가지고서
내가 칭찬하고 싶은 것들을 알리곤 했다.
그에게는 또 다른 클라리온이 있는데,
그것도 가지고 오라고 해라.
모두들 그것을 스클라운드르라고 부르는데, 1580
그는 그것을 가지고서
내가 비방하고 싶은 것들을 알리곤 했다."
　이 전령은 급히 길을 떠나,
트라키아 나라의 한 바위 동굴에서
이올루스를 찾아냈다. 1585
그는 악의적으로 바람들을 붙들어
자기 밑에 깔고 있었는데,
그 바람들은 곰처럼 포효하고 있었다.
그가 매우 심하게 꽁꽁 묶어서
내리누르고 있었기 때문이다. 1590
　이 전령은 소리 높여 외쳤다.
"일어나시오. 서둘러서
우리 귀부인님에게로 가보시오.
당신의 클라리온들도 가지고 가시오.
어서 서둘러야 해요." 1595
이올루스는 이내 자신의 클라리온들을
트리톤이라는 이름을 가진 사람에게
지니고 가라고 하면서
바람을 약간 풀어놓았다.
그 바람이 워낙 세차고 사납게 불어, 1600
길고 넓은 하늘에 구름 한 점 남기지 않았다.

이올루스는 그 어디에도 지체하지 않고,
트리톤이라는 사람과 함께
곧장 명예의 여신의 발밑에 대령하여
돌처럼 꼼짝 않고 섰다. 1605
그러자 바로 다른 한 떼의 훌륭한 사람들이
큰 무리를 지어 그곳에 나타나서
이렇게 외쳤다.
"귀부인님이시여, 저희들에게 좋은 명예를 주소서.
그리고 저희들의 행실의 고결함을 기리면서, 1610
그 명예에 값할 수 있도록 해주소서.
님의 영혼에 하느님의 축복이 있으시길!
저희들은 그만한 자격이 있기에,
그 보답을 받는 것은 당연하다고 생각합니다."
"맹세코," 그녀가 말했다. 1615
"그렇게는 안 된다! 너희들의 좋은 행실이
나에게서 좋은 명성을 얻는 데는 소용이 안 된다.
무엇 때문인지 아느냐?
너희들에게 온당한 평판을 받을 자격이 있긴 하지만,
이번에는 너희들에게 짓궂은 명성과 1620
사악한 평판과 해로운 이름을 주려고 한다.
대답을 들었으니, 돌아들 가거라.
그리고, 그대 이올루스 경,
스클라운드르라고 불리는
그대 트럼펫을 빨리 꺼내서, 1625
그들의 평판을 온 세상에 알리도록 하시오.
사람들의 입에 그들의 선량함과 덕망 대신에,

사악함과 심술궂음이 오르내리도록 하시오.
그대는 그들의 착하고 훌륭한 행동을
그 반대로 세상에 알리는 사람이기 때문이오." 1630
"아," 나는 생각했다. "이 딱한 친구들은
얼마나 불운한 사람들인가!
이 군중들 앞에서
이처럼 죄도 없이 망신을 당하다니.
하지만, 아! 어쩔 수 없는 일이로구나." 1635
　그 이올루스가 한 짓은,
악마보다도 더 악랄한,
놋쇠로 된 거무튀튀한 트럼펫을 꺼내는 일이었다.
그리고 마치 온 세상을 뒤엎기라고 할 듯이,
그 트럼펫을 불어대는 일이었다. 1640
그래서 그 악랄한 트럼펫 소리는,
불이 화약을 건드렸을 때
총에서 발사되는 총알처럼 재빠르게,
온 세상으로 퍼져나갔다.
그리고 그 트럼펫의 끝에서는 1645
납을 녹이는 공장의 굴뚝에서
높이 솟아오르는
검고, 푸르고, 불그죽죽하고,
초록빛을 띤 연기 같은 것이 피어났다.
내가 한 가지 더 똑똑히 본 것은 1650
그 연기가 멀리 가면 갈수록,
그만큼 더 커진다는 사실이었다.
그것은 강물이 원천에서 멀어지면서 불어나다가

지옥의 구덩이 속으로 떨어지는 것과 같았다.
아, 이리하여 죄 없는 사람들의 망신이 1655
만인의 입에 오르내리게 되었던 것이다!
　그러자 세 번째 무리가 나타나서,
서둘러 높은 단으로 다가갔다.
그들은 즉시 무릎을 꿇고 이렇게 말했다.
"저희들이야말로 정당하게 1660
명예를 가져야 할 사람들입니다.
그 명예가 제대로
온 세상에 알려질 수 있도록
공포해 주시기를 간청드립니다."
"그렇게 하마." 그녀가 말했다. "나는 1665
너희들의 좋은 행실이 세상에 알려지기를 원한다.
너희 원수들의 질시에도 불구하고,
실제 공적보다 더 나은 평판을 얻게 해주겠다.
그것도 당장에 말이다.
그대 이올루스여, 1670
그 거무튀튀한 트럼펫을 치우고,
로드라고 불리는 다른 트럼펫을 꺼내시오.
저들의 명예가 온 세상에
널리 퍼질 수 있도록 그것을 부시오.
하지만 너무 빨리 퍼지게 하지는 마시오. 1675
진상이란 결국에는 알려지게 되는 법이니까."
"나의 귀부인님이시여, 분부 받잡겠습니다."
그가 대답했다. 그리고는 즉시
황금빛 트럼펫을 꺼내어 입술에 대고는

천둥소리만큼이나 크게 1680
동서남북을 향해 불어댔다.
모든 사람들이 그 소리에 경탄을 금치 못했는데,
그것이 그만큼 멀리까지 갔던 것이다.
그리고 확실히 말하자면,
그 트럼펫의 주둥이에서 나온 숨결에서는, 1685
장미가 가득 담긴 바구니에다
한 냄비의 향유를 부어놓은 것 같은 향기가 났는데,
그것은 이올루스가 그들의 명성에 베푼 호의였다.
"바로 그때, 나는 네 번째 무리가
다가오고 있는 것을 보았다— 1690
그러나 이번에는 그 숫자가 놀랄 만큼 적었다—
그들은 일렬로 늘어서서 이렇게 외쳤다.
"찬란한 귀부인님이시여,
저희들은 최선을 다했나이다.
하지만, 명예에는 관심이 없습니다. 1695
제발 저희들의 행실과 이름을 비밀로 해주소서.
확실하게 말씀드리지만,
저희들은 착한 마음에서 그렇게 한 것이지,
그 밖에 다른 뜻은 없었나이다."
"너희들의 청을 들어주마." 그녀가 말했다. 1700
"저들의 공적이 사라지게 하라!"
그 말을 듣고 머리를 긁적이고 있을 때,
나는 다섯 번째 무리를 보았다.
그들은 이 귀부인에게 고개 숙여 절한 뒤,
무릎을 꿇고 앉았다. 1705

그리고는 자신들의 좋은 행실들을
비밀로 해달라고 간청하면서,
자신들은 명예나 명성을 위해서 한 일이
아무것도 없다고 말했다.
자신들은 신앙심이나 1710
하느님의 사랑을 위해서 애를 쓴 것이지,
명예를 위해서 애를 쓴 것은 아니라는 것이다.
"뭐라고?" 그녀가 말했다.
"미쳤어? 좋은 일을 하고도
거기에 대한 명예를 갖지 않겠다고? 1715
나의 이름을 비웃는 것이냐?
정말, 기막힌 일이로구나!
이올루스여, 나 그대에게 명하노니,
지금 당장, 트럼펫을 부시오.
이 사람들의 행실을 음악에 실어 보내어 1720
온 세상 사람들에게 알리시오."
이올루스가 그들에 대한 칭찬을
황금 클라리온에 실어서 띄어 보내니,
그 소리는 날카롭고도 부드럽게
온 세상에 울려 퍼졌고, 1725
마침내 하늘 높이 올라갔다.
　그러자 여섯 번째 무리가 나타나서,
명예의 여신에게 진지한 목소리로
다음과 같이 외쳐대기 시작했다.
"친애하는 귀부인님이시여, 은혜를 베푸소서. 1730
사실대로 말씀드리자면,

저희들은 이것저것 아무것도 하지 않고서,
일생 동안 게으름만 피어왔습니다.
그럼에도 불구하고 저희들은,
사랑에서나, 다른 일에서나, 1735
고상한 행동을 취하여
자신의 뜻을 이룬 사람들과 같이,
아름다운 이름과
훌륭한 명성을 갖기를 원합니다.
저희들은 여자들의 브로치나 1740
반지 같은 것을 받아본 적이 없습니다.
여자들은 마음속으로 저희들을
다정하게 대해야겠다고 생각하기는커녕,
관 속에 넣으려는 것이 사실이지만,
그들이 저희들을 미치도록 사랑하는 것으로 1745
모든 사람들이 생각할 수 있게끔
그렇게 보이도록 해주소서.
그것은 저희들에게 많은 도움이 되는 바,
마치 노력을 통해 얻은 것인 양,
저희들의 마음이 평안과 노심 사이에서 1750
균형을 잡는 데 크게 소용이 될 것이옵니다.
그것은 우리가 평안을 대가로
비싼 명예를 산 셈이 되기 때문입니다.
하지만 저희들에게 더 많은 기쁨을 주옵소서.
저희들을 훌륭하게, 현명하게, 1755
그리고 선량하게 해주시고,
부유하게, 사랑의 행운을 누리게 해주옵소서.

하늘에 계신 하느님의 사랑을 걸고,
저희들이 여자들의 몸을 가질 수는 없지만,
하느님이 님을 지키시어, 1760
우리가 좋은 평판을 얻도록 해주옵소서 —
명예를 얻는 것만으로 충분하옵니다."
"맹세코, 그렇게 하마!" 그녀가 말했다.
"자, 이올루스여, 지체하지 말고,
어서 그대의 황금 트럼펫을 꺼내어 1765
저들이 나에게 청한 대로 불어주시오.
그렇게 하면, 저들이 열악한 상황에 있더라도,
모두가 평온을 느낄 수 있을 것이오."
이올루스는 즉시 큰 소리로 트럼펫을 불어
온 세상에 그것을 알렸다. 1770
그러자 일곱 번째 무리가 나타나서,
무릎을 꿇으며 이렇게 말했다.
"귀부인님이시여, 저희들에게도,
님께서 이 마지막 사람들에게 해주셨던 것과
똑같은 것, 똑같은 혜택을 주옵소서." 1775
"너희들은 모두 싫어!" 그녀가 말했다.
"너희 살찐 돼지들,
부패와 나태로 가득 찬 철면피들아!
뭐라고? 이 부정한 도둑놈들!
아무 자격도 없고, 아무 상관도 없는 주제에 1780
좋은 명예를 얻고 싶다고?
너희들은 차라리 목을 매달아야 해!
생선이나 노리는 게으른 고양이 같은 놈들이

무슨 생각을 하는 거야?
고양이는 발을 적시지 않으려고 하지. 1785
칭찬해 달라는 너희 말을 들어주게 되면,
너희들 골통뿐만 아니라
내 골통에도 불운이 닥칠 거야!
트라키아의 왕인 그대 이올루스여,
당장 이 사람들에게 비참의 나팔을 불어주시오. 1790
무슨 말인지 모르겠다구요?
그러면 당장 설명해드리겠소.
이렇게 말하시오. 저들은 영화를 누리고 싶어만 하지,
아무런 수고도 하지 않는 사람들이라고.
좋은 일은 하지 않고 칭찬만 듣고 싶어 한다고. 1795
저들은 아름다운 이졸데가
자신의 구애를 거절하지 않기를,
또 맷돌을 돌리는 시골 처녀가
자신의 가슴을 달래주기를 바라고 있다고."
이올루스는 지체하지 않고 1800
자신의 시커먼 클라리온을 가지고,
지옥에서 웽웽대는 바람처럼 큰 소리로
그것을 불어대기 시작했다.
그 소리에는 사실,
원숭이가 우거지상을 하는 것처럼, 1805
조롱이 가득 들어 있었다.
그래서 그것이 온 세상에 울려 퍼지자마자,
사람들은 모두 그것을 향해 소리치며,
미친 것처럼 웃어댔다.

그 소리가 그만큼 우스꽝스러웠던 것이다. 1810
　그러자 또 다른 무리가 나타났는데,
이들은 배신, 해악 등,
사람의 마음이 상상할 수 있는
가장 심한 부정을 저지른 자들이었다.
그들은 그녀에게 명예를 줄 것을, 1815
또 망신을 시키는 대신,
영예와 좋은 명성을 얻게 해주고,
그것을 클라리온으로 불어 줄 것을 간청했다.
"안 돼," 그녀가 말했다. "그것은 잘못이야.
아무리 나에게 정의가 없다고 하지만, 1820
지금 그렇게 하기는 싫어.
너희들의 요청을 들어줄 수가 없어."
　그러자, 한 무리의 사람들이 뛰어 들어와서,
각자 자신의 머리통을
여기저기 마구 두들기기 시작했다. 1825
그 소리가 홀 전체에 울려 퍼지자,
그들은 이렇게 말했다. "친애하는 귀부인님이시여,
저희들은 이런 사람들입니다.
사실대로 말씀드리자면,
저희들은 모두가 악당들입니다. 1830
선량한 사람들이 선을 좋아하는 만큼이나
저희들은 사악함을 즐기고,
악덕과 죄악의 성질들이 넘쳐흐르는
불량배로 알려지는 것을 기뻐한답니다.
따라서 줄을 지어 간청하노니, 1835

저희들의 명성이 모든 면에서
사실 그대로 알려지게 하옵소서."
"틀림없이 그렇게 해주마." 그녀가 말했다.
"하지만, 줄무늬 있는 반바지를 입고,
어깨걸이에 종을 매단 채, 1840
이런 말을 하는 너는 누구냐?"
"부인님이시여," 그가 대답했다.
"사실대로 말씀드리자면,
저는 아테네 시에서 이시스 사원을 불태웠던
바로 그 악당이옵니다." 1845
"무엇 때문에 그런 짓을 했느냐?"
그녀가 물었다.
"부인님이시여, 제 운을 걸고 말씀드리자면,"
그가 대답했다. "저는 그 도시에서
도덕적 덕성으로 이름이 나 있는 1850
그 누구 못지않게 명예를 누리고 싶었습니다.
악당들도, 비록 나쁜 짓에 불과하지만,
선량한 사람들의 선행에 못지않게,
크게 이름을 떨칠 수 있다고 생각했습니다.
저는 선행을 행할 수 없으니, 1855
악행이라도 저질러야지요.
명예의 보상을 얻기 위해서
그 사원을 불태웠습니다.
그러니 어서 저의 명성을 알려주십시오.
틀림없이 즐거우실 것입니다!" 1860
"기꺼이 그렇게 하마." 그녀가 말했다.

"이올루스여, 저들의 청원을 들었지요?"
"부인님이시여, 잘 들었고말고요." 그가 말했다.
"그것을 트럼펫으로 불겠습니다."
그가 시커먼 트럼펫을 꺼내어 1865
훅훅 불어대자,
그 소리가 세상 끝까지 퍼져나갔다.
　그때 나는 주위를 둘러보았다.
누가 등 뒤에서 다정하게
말을 걸어오는 것 같았기 때문이었다. 1870
"당신 이름이 무엇이오?
당신도 명예를 얻으려 이곳에 왔소?"
"그런 게 아니오, 친구." 내가 대답했다.
"허허 참, 단연코 말하지만,
그런 이유로 이곳에 온 게 아니오! 1875
나는, 내가 죽고 없는 것처럼,
아무도 내 이름을 입에 올리지 않으면,
그것으로 족한 사람이오.
내 처지를 잘 알고 있지요
내 기술이 허용하는 한, 1880
대체로 내 경험과 생각들을
삼켜버리는 편이지요."
"그렇다면," 그가 물었다.
"여기서 무엇을 하는 거요?"
내가 대답했다. "내가 왜 이곳에 서 있는지를 1885
말씀드리겠소. 모르는 것들
새로운 것들을 배우기 위해서요.

그리고 사랑에 대한 이러저러한 소문들과
기쁜 일에 대한 소문들을 듣기 위해서요.
확실하게 말씀드리자면, 1890
나를 이곳으로 데려온 이가
이곳에서 놀라운 일들을 보기도 하고
듣기도 할 것이라고 말했소.
그러나 이것들은 내가 생각했던 것들이 아니요."
"아니라구요?" 그가 물었다. 1895
"정말로 아니요." 내가 대답했다.
"나는 애초에 이렇게 알고 있었어요.
즉, 사람들은 제각기
명예와 영예와 명성 등을
다양하게 원하고 있을 것으로 생각했지요. 1900
솔직히 말씀드려서, 지금까지는
명예의 여신이 어떻게 살고 있으며,
어디에 살고 있는지를 몰랐어요.
이곳에 오기 전까지는
그녀의 모습과 성격이 어떠한지도, 1905
그녀의 판단이 어떻게 이루어지는지도 몰랐어요."
"그래, 당신이 지금 여기에서 들은
당신이 방금 말했던 그 소문들은
어떤 것이요?" 그가 나에게 물었다.
"하지만, 괜찮아요. 나는 당신이 1910
듣고 싶어 하는 것이 무언지를 알고 있으니까.
여기 더 이상 서 있지 말고,
이리 오시오. 틀림없이

많은 것을 들을 수 있는
다른 장소로 인도해드릴 테니까." 1915
　그리하여 나는 그 사람과 함께
성 바깥으로 나갔다.
나는 성 아래의 가까운 골짜기에서,
건축기술에서나,
기괴한 모양에서나, 1920
라비린토스[99] 라고 불리는 다이달로스의 집이
반도 따라가지 못할 만큼 근사한
집 한 채를 보았다.
게다가 이 불가사의한 집은
가만히 서 있지를 않고, 1925
쉴 새 없이 빠른 속도로 회전하고 있었다.
그래서 커다란 소리가 났는데,
만약 그것이 와즈[100] 강변에 있었으면,
로마에 있는 사람들도
그 소리를 들을 수 있었을 것이다. 1930
내가 들었던 그 소리는
투석기에서 쏟아져 나오는
돌들의 시끄러운 소음이 그렇듯,
온 세상으로 퍼져나갔다.
내가 말한 이 집은 1935

---

99) 크레타의 왕 미노스가 명공(名工) 다이달로스에게 명하여 지은 것으로, 그 안에 한번 들어가면 출구를 찾을 수 없도록 아주 복잡하게 설계되었기 때문에 '미궁'(迷宮) 또는 '미로'(迷路)라는 이름이 붙었다.

100) 프랑스의 파리 근처에 있는 강.

노랗고, 푸르고, 붉고 또 약간 희기도 한
작은 가지들로 만들어져 있었다.
그것은 사람들이 새장이나,
빵 바구니나, 기타 다른 바구니를 만들 때
깎아서 쓰는 그런 가지들이었다. 1940
그래서 센 바람과 작은 가지들 때문에,
이 집은 삐꺽거리는 소리,
끽끽대는 소리,
그 밖의 소동으로 야단법석이 나 있었다.
이 집은 또한 여름에 1945
푸른 나무에 달리는 잎사귀들만큼이나
많은 입구들을 가지고 있었다.
그리고 그 소리들이 쉽게
빠져 나올 수 있게끔
천장에 수천 개의 구멍이 나 있었다. 1950
그 문들은 하루 온 종일
활짝 열려 있었고,
밤에도 닫히지 않았다.
문지기가 없어서, 어떤 종류의 소문도
마음대로 통과할 수 있었다. 1955
그곳이 조용해진 상태란 있을 수가 없어서
큰 소리이든, 속삭임이든,
소문으로 메워질 수밖에 없었다.
그래서 그 집의 구석구석은
속삭임과 가십, 1960
전쟁과 평화와 결혼,

휴식과 노동과 여행,
거주와 죽음과 삶,
사랑과 미움과 불화와 투쟁,
칭찬과 지식과 소득, 1965
건강과 질병과 건축,
산들바람과 태풍,
사람과 짐승의 역병,
나라들과 지역들의
갖가지 영고성쇠, 1970
신뢰와 두려움과 질투,
수완과 이득과 어리석음,
풍요와 심한 기근,
싼 가격과 비싼 가격과 파산,
선정(善政)과 실정(失政), 1975
화재와 갖가지 사고 등으로 가득 차 있었다.
내가 말한 이 집은
결코 작은 집이 아니었다.
그것은 길이가 60마일이나 되었다.
비록 재목은 튼튼하지 못했지만, 1980
오래 견디도록 기초가 되어 있었다.
그 정도면 소문의 어머니요,
샘과 우물의 어머니인
우연의 여신의 마음에도 들 정도였다.
그것은 새장 모양을 하고 있었다. 1985
"정말이지," 내가 말했다.
"내 평생 이런 집은 처음이야."

내가 이처럼 그 집에 대해서
감탄을 금치 못하고 서 있을 때,
나의 독수리가 근처에 있는 1990
높은 바위 위에 내려앉는 것을 보았다.
나는 곧장 그에게로 가서 이렇게 말했다.
"하느님의 사랑을 걸고, 부탁하는데,
이곳에서 벌어지는
놀라운 일들을 구경할 수 있도록 1995
잠시만 기다려 주시오.
이곳을 떠나기 전에,
좋은 것을 배울 수 있고,
좋은 소식을 들을 수 있을 것 같아서 그래요."
"성 베드로를 걸고, 2000
내 생각도 그렇소." 그가 말했다.
"기다릴 게요. 하지만, 한 가지만 말하겠소.
내가 당신을 데리고 가지 않으면,
당신은 틀림없이
거기에 들어가는 방법조차 모를 거요. 2005
그것이 너무나 빨리 돌고 있기 때문이오.
하지만, 아까도 말했듯이,
당신은 결국 주피터 신의 은총으로
이상한 광경이나 소문과 같은,
당신의 답답함을 몰아내 줄 수 있는 2010
사건들을 즐기게 될 것이오.
당신이 그 힘든 일들을
얌전하게 견뎌 온 것을,

그리고 모든 즐거움을 앗기고 있는 것을
그분이 측은하게 여겼기 때문이오— 2015
운명의 여신이 부당하게
당신 심장의 휴식을 시들게 했고,
터질 지경에까지 이르게 했소—
그래서 그분은 당신에게 은덕을 베풀어,
조금이나마 기쁘게 해주라 했고, 2020
내가 지금 그 명령을 따르는 중이오.
그래서 당신을 위해서 할 수 있는
모든 일을 진행시켜,
세상의 소문을 가장 잘 들을 수 있는 데로
당신을 인도하여 온 것이오. 2025
여기에서 많을 것을 배워야 하오."
내 기억에, 그는 이 말과 함께,
나를 그의 발가락 사이에 꽉 붙들고서,
그 집의 창문을 통과했던 것 같다—
그러자 그 집이 더 이상 회전하지 않고, 2030
멈추어 서는 것 같았다—
그는 나를 마루 위에 내려놓았다.
그때 내가 돌아다니면서 보았던,
일부는 안에 있고, 일부는 밖에 있던,
거기에 모인 군중의 숫자는, 2035
이전에도 본 적이 없고,
앞으로도 볼 수 없을 만큼 엄청나게 많았다.
정말이지, 자연의 여신에 의해 창조되어
이 세상에 남아 있는 것들조차도,

또 죽은 창조물들조차도 2040
그처럼 많지는 않을 것이다.
그곳은 그처럼 한 발짝의 여유도 없었다.
내가 본 그 사람들은 각자
서로의 귀에 새로운 소식들을
은밀히 속삭이고 있거나, 2045
아니면, 공공연히 이렇게 말했다.
"최근에 일어난 일들을 알고 계십니까?"
"아니오," 상대방이 대답했다.
"어서 말해주시오!"
그러자 그는 이런저런 소식들을 전해주고는, 2050
그것이 사실이라고 단언했다—
"그가 이런 말을 했어요." "그가 이런 짓을 했어요."
"그것이 이렇대요." "나는 이렇게 들었어요."
"알게 될 거예요." "내기할 수 있어요."—
그래서 살아 있는 사람 치고, 2055
그곳에서 내가 들은 것을
소리 내어서든, 귀엣말로든
설명할 재간을 가진 사람은 없을 것이다.
가장 놀라운 것은 이런 것이었다.
한 사람이 한 가지 소문을 들으면, 2060
그는 즉시 다른 사람에게로 가서,
바로 조금 전에
자신이 들었던 바로 그 소문을
그에게 이야기해 주는데,
이야기하는 과정에서 2065

그 소문의 내용을
이전보다도 다소 부풀린다는 것이다.
첫 번째 사람과 헤어지자마자,
두 번째 사람은 세 번째 사람을 만나고,
시간을 끌어가면서 2070
그에게 모든 이야기를 다 해주었다.
그는 그 소문이 사실이든 아니든,
상관없이 그 이야기를 했고,
역시 첫 번째보다 더 많이 내용을 부풀렸다.
이리하여 모든 소문은 입에서 입을 통해 2075
사방팔방으로 퍼져나갔고,
그 과정에서 계속 부풀려졌다.
그것은 마치 실수에 의해
잘못 점화된 불씨 하나가 큰 불길로 번져나가
온 도시를 다 태우는 것과 같았다. 2080
한 소문이 충분히 퍼져나가
모든 입을 거치면서
처음보다 크게 부풀려지면,
창문 쪽으로 가서 밖으로 나가려고 했다.
그러나 그곳을 통과하기 전에 2085
갈라진 틈새 같은 데로 기어 들어가
재빨리 날아가버리기도 했다.
때때로 나는
거짓말과 과장 없는 참말이
동시에 창문으로 빠져나가려고 하다가 2090
우연히 서로 부딪히는 것을 보았다.

그 둘이 그곳에서 부딪히면,
서로가 서로를 저지하는 바람에
둘 다 빠져나갈 수가 없게 되었다.
그들은 서로 몸싸움을 하다가 2095
결국 새된 목소리로 소리를 질렀다.
"내가 먼저 나갈 테야."
"아냐, 내가 먼저야!
네가 양보를 해야 해. 그렇게 해주면,
너와 헤어지지 않고, 2100
의형제가 될 것을 약속하지!
우리 둘이 함께 섞이게 되면,
그 누구도, 우리가 불화하지 않는 이상,
우리의 한쪽만을 얻을 수는 없지.
아침이든 저녁이든, 큰소리든 속삭임이든, 2105
우리는 그의 마음과는 관계없이
항상 동시에 가게 될 테니까."
이처럼 나는 허위와 진실이 뒤섞여
하나의 소식이 되어 날아가는 것을 보았다.
　모든 소식들은 구멍을 빠져나가자마자 2110
곧장 명예의 여신에게로 갔다.
그녀는 그 각각의 성격에 따라서
이름을 붙여 주었다.
그리고 아름답고 하얀 달이 그러하듯,
일부는 차오르고, 일부는 이울게끔, 2115
지속기간을 정해 준 뒤, 사라지게 했다.
거기에서 나는 2만 마리나 되는

날개 달린 불가사의들이,
이올루스가 날려 주는 대로,
빠르게 날아가는 것을 볼 수 있었다. 2120
　그리고 이 집은 항상,
참된 소식과 섞이기도 하고,
섞이지 않기도 하는
거짓말로 가득 찬 자루를 매고 있는,
뱃사람들과 순례객들로 넘쳐나고 있었다. 2125
오, 나는 찌꺼기가 넘치는 그릇처럼,
거짓말들이 가득 채워진
상자들을 매고 있는,
수천 명의 면죄사들과
궁정인들과 전령들을 보았다. 2130
나는 가능한 한 빨리 돌아다니면서,
이것저것 즐기고 배우는 데,
각 나라에서 온 소식들을 듣는 데,
온 마음을 기울였지만,
그것에 대해서는 지금 이야기하지 않으려 한다— 2135
사실인즉, 그럴 필요가 없는 것이,
그것에 대해서는 나보다도
다른 사람들이 더 잘 노래 부를 수 있고,
헛간 속에 쌓여 있는 볏단처럼
조만간에 다 쏟아져 나올 것이기 때문이다— 2140
그러자 홀의 한쪽 구석에서
커다란 소리가 들려왔다.
거기에서 사람들이

사랑의 소식들을 나누고 있어서
나는 그쪽으로 시선을 돌렸다. 2145
사람들이 "무슨 일이에요?" 하고 소리치면서
빠르게 달리는 것이 보였다.
몇몇 사람들이 "몰라요" 하고 대답했다.
그들이 모두 하나로 모였을 때,
뒤에 있던 사람들이 뛰어오르기 시작했다. 2150
그들은 서로 밀치고, 기어오르면서,
눈과 코를 위로 치켜들었고,
다른 사람들의 발을 콱 밟았다.
그들은 사람들이 뱀장어를 짓밟듯,
서로를 짓밟았다. 2155
마침내 나는 이름을 알 수 없는
한 사람을 보았는데,
그는 매우 권위 있는 사람처럼 보였다.

〔미완성〕

제3장

〈새들의 회의〉

▪해 설

1. 사랑의 문제

〈새들의 회의〉(1382년경)는 제왕운(*rhyme royal*)으로 씌어진 699행의 아담하고 우아한 시이다. 초서는 이후 이 운율형식을 자주 사용하게 된다. 그러나 《캔터베리 이야기》에 포함되어 있는 작품들을 비롯한, 제왕운으로 씌어진 모든 작품들을 한 시기로 묶을 수 있는지에 대해서는 논란의 여지가 있다.

이 작품은 실제로 사랑의 문제를 다루는 '꿈의 환상'의 시이다. 그것은 세 가지 종류의 사랑을 다룬다. 사람들을 공익으로 이끌어주는 사회적 자비의 사랑, 사람들을 불행과 재앙으로 이끄는 소유욕에 사로잡힌 호색의 사랑, 그리고 사람들을 조화롭고 영예로운 결혼으로 이끌어주는 자연스러운 성적 사랑이 곧 그것들이다. 초서가 꿈을 꾸는 동안 이 각 종류의 사랑은 명확하게 정의된 상징적 환경 속에서 등장인물들을 주도해 나간다.

시인은 사랑을 행동으로는 경험하지 못했고, 단지 책을 통해서만 얻어들었을 뿐이다. 그가 읽는 책 중의 하나가 《툴리우스의 스키피오의 꿈》(*Tullyus of the Dream of Scipioun*)이다. 이 책의 원전은 키케로의 《공화국에 관해서》(*De Republica*)의 제 4권에 나오는 〈스키피오의 꿈〉(*Somnium Scipionis*)이지만, 중세시대에는 그것이 마크로비우스(Macrobius)의 긴 주석의 일부를 통해 알려져 있었다.

2. 상징의 문제

〈새들의 회의〉는 여러 세대에 걸쳐서 상징주의자들의 전쟁터가 되었다. 이 시에 나오는 새들의 계급이 새들 이상의 그 무엇을 나타내는 것처럼 보였기 때문이다. 그들에게는 세 마리의 수독수리들이 아름다운 귀부인에게 구애하는 세 명의 왕족들 아니면 최소한 귀족들로 보였다. 그렇다면 초서는 과연 갖가지 계급의 새들이 상이한 사회계급들을 가리키게끔 의도했던 것일까? 그리고 세 마리의 맹금들이 한 명의 귀부인을 놓고 결혼을 다투는 세 명의 역사적 인물들을 가리키게끔 의도했던 것일까? 1877년 코흐 박사는 〈새들의 회의〉가 리처드 2세와 앤 오브 보헤미아(Anne of Bohemia) 사이의 약혼을 기념하기 위해서 씌어진 우의시라고 말했다. 그의 해석에 따르면, '암독수리'는 앤을 가리키고, 첫 번째로 발언하는 '귀족 수독수리'는 리처드 2세를 가리키며, 나머지 두 경쟁자는 앤에게 청혼했던 윌리엄 오브 바바리아(William of Bavaria)와 프레데릭 오브 마이센(Frederick of Meissen)을 가리킨다는 것이다. 그런데 최근에는 그 세 구혼자가 프레데릭 오브 마이센, 프랑스의 샤를 6세, 그리고 영국의 리처드 2세라는 설이 제기되었다. 만약 〈새들의 회의〉와 리처드 왕의 약혼을 결부시키는 것이 틀린 일이 아니라면, 우리는 그것을 통해 그 제작연대까지도 짚어볼 수 있다. 왜냐하면 그 두 왕족의 결혼식이 1382년 1월에 거행되었기 때문이다.

하지만 이 시에 대한 이러한 해석은 맹렬한 공격을 받았다. 리케르트 교수는 이 시가 왕가의 결혼을 염두에 두고 씌어진 우의시라는 점은 인정한다. 그러나 문제의 그 귀부인이 앤 오브 보헤미아가 아니라 존 오브 곤트의 딸인 필리퍼 오브 랭카스터일 가능성이 더 높다고 주장한다. 프르와사르에 의하면 공작은 자신의 딸을 조카인 리처드 왕에게 시집보내고 싶어했다는 것이다. 리케르트 교수의 해석에 의하면 다른 구혼자들은 윌리엄 오브 에노우(William of Hainaut)와 존 오브 블와(John of Blois)이다. 헬딘 브래디 박사는 이 시의 제작연대를 1377년 4월로 잡았다. 그때 리처드 왕자와 프랑스의 샤를 5세의 딸인 마리 공주와의 약혼을 위한 협의가 진행되고 있었는데, 초서가 그 일에 관여하고 있었다는 것이다. 심지어는 그 시가 초서 자신의 결혼을 기리고 있다는 이론도 나왔었다. 그러나 초서가 스스로를 유혈극도 마다 않는 귀족 수독수리로 묘사했다는 아이디어는 폭넓은 동의를 얻지 못했다. 실상 그의 작품들 속에는 자신이 고귀한 가문의 출신이라는 점을 암시하는 대목이 한 군데도 없기 때문이다.

이 작품의 상징들을 해명해 보려는 이러한 노력들은 〈새들의 회의〉의 결미를 음미할 때 볼썽사납게 무너지고 만다. 상징주의자들에 의하면 이 작품은 한 쌍의 귀족 연인들에 대한 찬미의 시이다. 하지만 비록 그것이 찬미의 시로 씌어진 것이라 할지라도, 그 결과는 너무나도 공개적인 모욕이 되고 말았다. 왜냐하면 암독수리는 귀족 수독수리를 자신의 연인으로 받아들이는 데 냉담한 반응을 보였고, 짝을 선택하는 일을 1년이나 연기하겠다고 선언했기 때문이다. 그 귀족 독수리가 누구를 가리키든 이것은 여지없이 그의 자만심을 짓밟아 놓는 일이 아니겠는가?

최근의 경향은 그 시를 어떤 개인에게 연루시키지 말고 그냥 사랑에 대한 일반적 논술로서 보자는 것이다. 맨리 교수는 이 시에 대한 우의적 해석을 완전히 거부하고, 그것이 성 발렌타인의 축일에 사랑을 기리기 위해 씌어진 관례적인 구애의 시(*demandes d'amour*)에 불과하다고 주장한다. 또 서로 상이한 계급의 새들이 지닌 서로 상이한 연애관을 다루는 이 시의 많은 부분이 당시의 각기 다른 사회계급들을 풍자하고 있다는 주장도 있다. 이 새들의 계급을 통해서 영국의회의 의사진행을 풍자하고 있을 가능성이 농후하다는 것이다. 이 시의 제목이 이러한 해석을 뒷받침해 주고 있는데, 초서가 한때 그 기관의 일원으로 활동한 적이 있는 것은 사실이다.

위에서 보듯이, 새들의 집단이나 개별적인 새들을 사회계급이나 역사적 인물들과 동일시하는 데에는 반대하는 의견들이 많았다. 그러나 그럼에도 불구하고 초서의 이 시가 일반화된 성 발렌타인의 축일시에만 그치지 않았을 것이라는 느낌은 여전히 남는다. 그가 〈공작부인 이야기〉를 공공연한 행사시로 썼을 때는 흑의의 기사와 귀부인 화이트가 누구를 의미하는지에 대한 의문을 남기지 않았다. 〈새들의 회의〉가 행사시라면 초서는 분명 독자들로 하여금 그 행사의 내역을 알 수 있게 했을 것이다. 사실 중세의 시인이 우의나 상징을 다룰 때는 자신이 언급하는 것이 무엇을 가리키는지에 대한 의문을 남기는 법이 별로 없었다. 《장미 이야기》는 그 방법에 대한 좋은 본보기를 제공하고 있으며, 랭런드의 《농부 피어스》 또한 그러한 우의를 공공연히 표출하고 있다.

3. 대조의 기법

〈새들의 회의〉를 이루는 세 부분은 형식상 서로 연결되어 있다. 즉, 제 1부에서 제 2부로 넘어갈 때는 꿈의 주인공인 스키피오가 초서를 정원으로 인도하고, 제 2부에서 제 3부로 넘어갈 때는 정원에 나타난 '자연의 여신'이 토론을 주재하는 식으로 되어 있다. 그러나 그 세 부분이 보여주는 스타일은 각기 다르다. 제 1부의 어조는 설명조이면서 다소 엄숙한 편이다. 비교적 느리게 진행되는—비너스의 신전을 묘사하는 대목에서 특히 더 그렇다—제 2부는 구문이 좀더 복잡하고, 언어도 좀 더 시적이다. 말하자면 '낭만적' 사랑을 보다 더 문학적으로 제시하는 셈이다. 하지만 여기서는 우의적 인물들이 《장미 이야기》에서처럼 기능적 역할을 하지 않고, 오히려 보카치오의 작품에서처럼 장식적인 역할을 한다. 토론으로 진행되는 제 3부의 언어는 귀족 독수리들의 궁정적 어휘에서부터 하층계급 새들의 구어적 어휘에 이르기까지 발언자에 따라 그 어조가 바뀐다.

정원이라는 환경 속에서 드러나는 비너스와 '자연의 여신'의 면모는 매우 대조적이다. 비너스가 사랑을 의인화하는 것은 분명하지만, 그러나 그 사랑은 순수한 사랑이 아니라 비난의 대상이 되는 부정하고 타락한 사랑이다. 그녀의 신전에 있는 연인들은 모두가 불행한 상태에 있고, 벽에 그려진 위대한 고전적 인물들은 모두 '사랑에 빠져서' '비참하게 죽은 모습'을 하고 있다. 여기에 비해서 '자연의 여신'의 이미지는 다소 복합적이다. 초서는 그녀의 모습이 알라누스 드 인술리스가 〈자연의 하소연〉에서 나타낸 그대로라고 주장하지만, 사실 그가 알라누스의 그 거친 수사적 묘사에서 신세진 것은 별로 없다. 그녀는 오히려 《장미 이야기》의 제 2부에 나오는 동명이인과 더 흡사하다고 할 수 있다.

신전의 온실 같은 분위기 속에 있는 비너스가 불신의 대상인 데 비해서, 푸른 야외의 환경 속에 있는 '자연의 여신'은 찬양의 대상이 되고 있다. 그녀는 창조적이고 생산적인 힘을 의인화하며, 또한 천지창조에서의 하느님의 질서와 조화를 상징화한다. 그녀는 불멸의 존재이면서 또한 매년 스스로를 갱신하는 일을 한다. 브루어 교수가 지적하듯이, 초서는 장 드 묑의 '이성'을 염두에 두면서 그녀를 묘사했을 가능성이 높다. 묑의 '이성'은, 기욤 드 로리스의 '이성'과는 달리, 자손을 생산하는 유익한 사랑을 옹호하고 감각적 쾌감을 비난하는 존재이다. 프랑스의 구애시(*demande d'amour*)에 나오는 '사랑의 신'을 '자연의 여신'으로 대체한 것은 〈새들의 회의〉의 관심이 전형적인 '사랑의 환상'이 보여주는 것보다 더 광범위하다는 것을 말해준다. 그렇게 본다면 '자연의 여신'과 비너스는 서두에 나오는 정원 출입문 명각들의 그 대조적인 문구를 구체화한 것일 수도 있다. 즉, '자연의 여신'은 '은총의 샘'과 '온갖 행복'으로 인도하는 존재일 수 있고, 비너스는 '위험의 세계'로 안내하는 존재일 수가 있는 것이다. 그 명각들을 사랑에 대한 '실제적' 태도와 '궁정적' 태도의 표상으로 해석하는 것보다는 이것이 오히려 더 이치에 맞는지도 모른다.

4. 논쟁의 의미

한 무리의 새들이 '자연의 여신'의 주위에서 벌이는 논쟁은, 〈명성의 집〉의 제 3권이 그렇듯, 쉽사리 혼란의 상태에 빠질 수가 있다. 그러나 〈새들의 회의〉는 앞선 두 편의 작품보다 길이도 짧고, 8음절 대신에 10음절의 7행시를 사용하기 때문에 비교적 통제가 쉬운 편이다. 이 시에 등장하는 모든 새들이 각자 추구하는 것이 다르고, 또 어느 정도는 서로 라이벌의 관계에 있는 것은 사실이다. 하지만 그것이 근본적으로 계급투쟁은 아니고, 또 양극단 사이에는 여러 가지 입장들 — 멧비둘기의 입장, 뻐꾸기의 입장 등 — 이 개재해 있다. 그리고 '자연의 여신'도 '명예의 여신'보다는 훨씬 나은 사회자의 역할을 하고 있다.

원래 논쟁은 일류의 구애형식이다. 그러나 그 암독수리가 답변을 한 후에 관심의 초점은 그 세 수독수리가 지닌 장점으로부터 '순수한 연애'의 실용적 가치에 대한 고찰로 바뀌어버린다. 그것은 실제적 삶에 자리를 잡았는가? 그것은 정말 효력이 있었는가? 귀부인의 명령보다는 상호간의 합의가 더 낫지 않았는가? 우리는 물론 마쇼와 그의 동시대인들의 미각과는 전혀 다른 세계에서 살고 있다. 하지만 그것이 여전히 철학적 명제로 남아 있는 한, 그 결론은 계속해서 연기될 수밖에 없을 것이다. 초서가 〈새들의 회의〉를 통해서 시도하는 것은 각자의 장점과 약점을 함께 드러냄으로써 서로 다른 관점들을 나란히 놓는 것이다. 이 시의 스타일이 대조(*contentio*) 라는 수사적 기법을 많이 사용하는 점도 주목되어야 한다. 〈새들의 회의〉의 주제는 사랑이다. 우리는 이 시에서 스키피오의 '공익'(*common profit*) 이 나타내는 동포에 대한 사랑, 비너스가 나타내는 부정하고 타락한 사랑, 그리고 세 마리 수독수리가 나타내는 궁정적 사랑을 보게 된다. 이 궁정적 사랑은, 비록 그것이 자부심에 넘친 것이긴 하지만, 사실 낮은 신분의 새들이 말하는 피상적 사랑에 못지않게 이기적이고 단순화된 사랑이다. '궁정적' 관점과 '상식적' 관점은 상호보완적 관계에 있다. 코사 교수는 "통속성이 없는 궁정성은 사랑을 '감상'에만 빠지게 하고, 궁정성이 없는 통속성은 사랑을 감각과 욕망에만 빠지게 한다"고 했다. 그렇게 볼 때 사랑의 가치는 '공익'에 대한 기여에 비추어서 판단되어야 옳다는 것이 초서의 생각이었는지도 모른다.

인생은 너무 짧고, 배움은 너무 길고,
시도는 너무 힘들고, 정복은 너무 험난하고,
오싹한 기쁨은 언제나 너무 빨리 사라진다.
사랑의 신도 바로 이와 같으니,
그의 놀라운 위력에 나는 넋이 나가, 5
그 생각만 하면, 물 위에 떠 있는지,
가라 앉아 있는지조차 헷갈리게 된다.

사실 나는 사랑의 신에 대해서 잘 모르고,
그가 사람들에게 어떤 보상을 주는지도 모르지만,
가끔 책을 통해 그가 일으키는 기적과 10
그의 무자비한 분노에 관한 이야기를 읽기는 한다.
책에서 보면 그는 언제나 지존의 자리에 있으니,
그의 매가 너무 아프다고 감히 말하지는 못하겠고,
다만 "그분이 만수무강하시길!"—그 이상은 모르겠다.

전에도 말했지만, 나는 즐거움을 얻기 위해, 15
그리고 배움을 얻기 위해 책을 읽곤 한다.
왜 이런 말을 하는고 하니,
몇 해 전 우연하게,
옛말로 씌어진 책 한 권을 읽은 적이 있는데,
하루 종일 그 책을 탐독한 후 20
한 가지 깨달은 것이 있기 때문이다.

해마다 묵은 밭에서 새 곡식이 나온다고
사람들이 말하듯, 실로 묵은 책에서

우리가 익혀야 할 새 지식이 나오는 법이다.
하지만 이 문제와 관련하여 25
나의 소견을 밝히자면,
책을 읽는 일이 너무나 즐거워
하루해가 매우 짧게 느껴진다는 것이다.

아무튼 방금 말한 이 책의 제목은
《툴리우스가 쓴 스키피오의 꿈 이야기》[1] 이다. 30
이 책은 천국과 지옥과 지상,
그리고 그곳에 사는 사람들의 이야기를
일곱 개의 장으로 구성하고 있는데,
나는 될 수 있는 한 간략하게
툴리우스가 쓴 내용을 들려주도록 하겠다. 35

그 책은 우선 스키피오가
아프리카에 갔던 이야기를 하고 있다.
그곳에서 마시니사[2] 가 그를 포옹하며 반겨주었다.
그들은 날이 저물 때까지 그들의 언어로

---

1) 이 책의 원전은 키케로의 《공화국에 관해서》(*De Republica*) 의 제 4권에 나오는 〈스키피오의 꿈〉(*Somnium Scipionis*) 이지만, 중세시대에는 그것이 마크로비우스(Macrobius) 의 긴 주석의 일부를 통해 알려져 있었다. 그 책에서 로마의 장군인 스키피오 2세는 꿈속에서 자신의 이름난 조부인 스키피오 1세를 만난다.

2) 스키피오 2세는 기원전 150년 누미디아(지금의 리비아) 의 왕을 예방한 적이 있다. 그들은 밤늦게까지 스키피오 아프리카누스 1세에 관한 이야기를 했다. 그래서 그 젊은 장군은 잠자리에 들었을 때 자신의 이름난 조부에 관한 꿈을 꾸게 된 것이다.

즐거운 담소를 나누었다. 40
그날 밤 스키피오의 꿈에
친애하는 조상인 아프리카누스가 나타났다.

아프리카누스는 별이 빛나는 하늘에서
그에게 카르타고를 보여주었다.
그리고 그에게 다가올 행운을 알려주면서 45
다음과 같이 말했다. 즉, 유식하든 무식하든,
공익을 사랑하고 덕이 있는 사람은
기쁨이 끊임없이 넘쳐나는
복된 곳으로 가게 될 것이라는 것이다.

그러자 스키피오가 물었다. 이곳에서 죽은 사람은 50
다른 곳에서 생명을 얻어 살게 되느냐고.
아프리카누스가 대답했다. "물론, 그렇다."
또 이승에서 우리의 생애는, 그것이 어떤 식의 삶이든,
죽음의 한 종류에 불과한 것이고,
의인만이 죽어서 천국에 가게 되는 것이라고 말하면서, 55
그에게 은하수를 보여주었다.

그리고는 천국의 광막한 크기에 비해서
이곳 지상이 얼마나 작은 곳인가를 보여주고,
아홉 개의 천계[3]를 보여주었다.

---

3) 고대인들은 우주가 고정된 지구와 그것을 둘러싸는 여덟 개 내지는 아홉 개의 동심원의 천계들로 구성되어 있다고 상상했다. 그리고 그 천계들의 운동이 완전히 조화된 음악을 만들어낸다고 생각했다.

그러자 그 아홉 개의 천계들에서 울리는 60
멜로디가 들려왔는데,
그것은 이승의 음악과 멜로디의 원천이며,
화음을 빚어내는 바로 그 근원이었다.

그러자 아프리카누스는 그에게 지구는 너무 작고,
기만과 악의로 가득 차 있으니, 65
이승의 쾌락에 탐닉하지 말라고 명했다.
그리고는 모든 별은 일정한 햇수가 지나면
자신이 처음 있던 자리로 돌아오게 되어 있다고 말했다.
그래서 이승에서 인간에게 당했던 모든 일들은
기억에서 지워져버리게 된다는 것이다. 70

스키피오는 그 천국의 지복에 이르는 길을
자세히 일러달라고 아프리카누스에게 간청했다.
아프리카누스가 말했다. "우선 네가 불멸의 존재임을
깨달아야 한다. 그리고 부지런히 공익을 위해
애써야 함을 명심해야 한다. 75
그리하여 기쁨과 밝은 영혼들로 가득 찬
그 복된 곳을 서둘러 찾아가도록 하라.

사실, 법을 어긴 자들과 음란한 자들은,
이 세상을 떠난 후 많은 세월 동안
지구의 주위를 빙빙 돌며, 80
끝없는 고통을 겪는 가운데
그들의 온갖 악행을 사면받아야 하느니라.

그래야만, 하느님이 너희에게 은총을 약속해 주신
그 복된 곳으로 갈 수 있느니라.”

해가 저물기 시작했다. 뭇 짐승들이 85
활동을 멈추는 어두운 밤이 찾아온 것이다.
빛이 사라지자 나는 책을 덮었다.
그러고는 잠자리에 누워,
온갖 상념과 근심에 젖어들었다.
왜냐하면 나는 내가 원하지 않는 것은 가졌고, 90
원하는 것은 가지지 못했기 때문이다.

하지만 마침내 하루의 노역에 지친
내 영혼은 안식을 취하여
깊은 잠에 곯아 떨어졌는데,
잠을 자면서 나는 꿈을 꾸게 되었다. 95
꿈속에서 스키피오가 본 것과
똑같은 옷차림을 한
아프리카누스가 찾아와 내 침대 곁에 섰다.

지친 사냥꾼이 잠이 들게 되면
그의 마음은 당장 숲으로 향한다. 100
판사는 소송을 신속하게 처리하는 꿈을 꾸고,
마부는 마차를 모는 꿈을 꾼다.
부자는 황금에 대한 꿈을, 기사는 적과 싸우는 꿈을 꾼다.
병자는 강장제를 마시는 꿈을 꾸고,
연인은 귀부인을 품에 안는 꿈을 꾼다. 105

아프리카누스가 내 침대 곁에 서 있는
꿈을 꾸게 된 것이
그에 대한 글을 읽은 까닭인지는 모르겠다.
하지만 그는 이렇게 말했다. "그대는
마크로비우스가 내팽개쳐 두었던 110
나의 너덜너덜한 고서를 애지중지하면서 읽어 주었다.
거기에 대한 보답을 해주고 싶구나."

원하는 사람이면 누구든
당신의 횃불[4]로 정복해버리는 비너스여,
저에게 이 꿈을 꾸게 해준 아름답고 복된 귀부인이여, 115
이 일에는 당신이 가장 유능하오니 저를 좀 도와주소서!
제가 이 꿈에 대해서 쓰기 시작했을 때,
저는 분명 당신을 북북서[5]에서 보았으므로,
그것을 시로 옮길 수 있는 능력을 내려 주소서!

앞서 말한 이 아프리카누스는 곧장 나를 일으켜서 120
이끼 낀 돌담으로 둘러싸인 어느 정원의
출입문이 있는 곳으로 데리고 갔다.
그 두 짝의 문 위에는
커다란 글씨로 시들이 새겨져 있었는데,
그 뜻이 너무나도 서로 딴판이었다. 125

---

4) 비너스가 지르는 열정의 횃불.

5) 논의가 분분한 표현. 비너스(금성)는 런던의 북쪽에서부터 북북서쪽에서는 보이지 않는 별이다. 그래서 어떤 학자는 초서가 북극성이 아니라 나침반의 바늘을 보고 그 위치를 묘사했을 것이라고 추측한다(148행 이하 참조).

여기에 그 전문들을 소개한다.

"나를 통과하면, 마음이 건강을,
치명상이 치유책을 찾는 그 복된 곳으로 가게 된다.
나를 통과하면, 싱싱하고 풍요로운 5월의 여신이
상주하는 은총의 샘으로 가게 된다. 130
이 길을 따라가면 좋은 일들이 생기게 된다.
독자여, 기뻐하라. 슬픔을 벗어던져라.
나는 열려 있으니, 어서 들어와서 지나가도록 하라!"

"나를 통과하면"이라고 다른 문짝이 말했다.
"멸시와 냉담의 신[6] 이 인도하는, 135
치명적인 창의 일격이 있는 곳으로 가게 된다.
그곳의 나무에는 잎도 과일도 열려 있지 않다.
이 냇물을 따라 가면, 슬픔의 둑에 이르는데,
거기에 갇혀 있는 물고기들은 모두 말라서 죽어 있다.
그것을 피하는 것만이 유일한 구제책이다!" 140

한쪽은 황금색의, 한쪽은 검정색의 글씨가
씌어져 있는 이 문짝들을 나는 잠시 바라보았다.
하나는 두려움을 불러일으켰고,
다른 하나는 용기를 불러일으켰다.
하나는 내 마음을 따뜻하게, 다른 하나는 차갑게 했다. 145

---

6) 《장미 이야기》에 나오는 우의적 인물. 여성의 수치심 내지는 수줍음의 특성을 상징한다. 그것이 여성을 오만하게 보이게 하고, 자신에게 가까이 오는 것을 싫어하는 것처럼 보이게 만드는 것이다.

나는 헛갈린 채, 들어가야 할지, 도망쳐야 할지,
몸을 던져야 할지, 몸을 아껴야 할지를 망설였다.

동등한 인력(引力)을 지닌 두 개의
천연 자석 사이에 놓여 있는 쇠 조각처럼,
나는 어느 쪽으로도 움직일 힘이 없었다— 150
한쪽이 끌면, 다른 쪽이 방해하기 때문이었다—
어떻게 할지를 모르고 있는데,
안내자인 아프리카누스가 나를 잡아끌어
그 널따란 문들 안으로 밀어 넣었다.

그리고는 말했다. "내게 말은 안 했지만, 155
그대 얼굴에 곤혹의 표정이 역력하군.
하지만 염려하지 말고 들어오게.
이 글귀들은 그대와 같은 사람들을 위한 것이 아니고,
사랑의 신을 섬기는 사람들을 위한 것이라네.
그대가 사랑에 빠졌다면, 병자들이 달고 쓴 맛을 모르듯, 160
입맛을 잃었을 것이 아닌가.

그대가 좀 둔하기는 하지만,
자신이 할 수 없는 것쯤은 분간하는 사람이지.
시합에서 넘어져 보지 못한 사람은
기꺼이 레슬링 무대에 나가서,
자기가 이길지, 상대가 이길지를 겨루어 보려 한다네. 165
그대에게 그것을 표현할 재주가 있다면,
내 그 소재를 제공하겠네."

그 말과 함께 그가 내 손을 잡아끌자,
나는 안심하고 재빨리 문 안으로 들어갔다. 170
아, 그때 얼마나 기쁘고 행복했던지!
사방 눈길이 닿는 곳에는
나무들이 영원히 시들지 않는 잎들을 달고 있었다.
에메랄드처럼 신선하고 푸른 색깔을 한
가지각색의 나무들을 보는 것은 큰 기쁨이었다. 175

집짓는 재목인 떡갈나무,[7] 튼튼한 물푸레나무,
기둥과 관을 만드는 느릅나무,
파이프를 만드는 회양목, 채찍 손잡이의 너도밤나무,
돛대를 만드는 전나무, 죽음을 애도하는 삼나무,
화살을 만드는 주목나무, 유연한 활대의 사시나무, 180
평화의 상징인 올리브나무, 술을 담그는 포도나무,
승리의 상징인 종려나무, 예언의 월계수나무 등.

파란 풀이 우거져 있는 강둑 옆으로는
꽃들이 활짝 피어 있는 정원이 보였는데,
희고, 푸르고, 노랗고, 붉은 꽃들이 185
일찍이 보지 못한 아름다움을 뽐내고 있었다.
졸졸거리며 흐르는 차가운 샘물 속에는
붉은 지느러미와 은빛 비늘을 가진
작은 물고기들이 노닐고 있었다.

---

7) 여기에 나오는 나무들의 목록은 오비디우스의 《변신 이야기》(제 10장 90~108) 및 일부 라틴 시인들로 거슬러 올라가는 관례적 표현이다.

모든 나뭇가지에서는 새들이 천사와 같은 목소리로 190
화음을 이루면서 노래를 불렀다.
어떤 새들은 어린 새끼들을 재촉하기에 바빴다.
작은 토끼들이 깡충깡충 뛰어다녔다.
앞으로 나아가자, 사방에서 수줍은 암노루,
암사슴과 수사슴, 다람쥐 등, 195
작고 순한 짐승들이 뛰노는 것이 보였다.

현악기들이 매혹적인 화음을 연주하는
감미로운 선율들이 들려왔는데,
만물의 창조자이신 하느님께서도
그보다 아름다운 소리는 들어보지 못했을 것이다. 200
그와 함께, 더 이상 부드러울 수 없는 바람이
푸른 잎들을 흔드는 고운 소리가
가지 위 새들의 노랫소리와 화음을 이루고 있었다.

차지도 덥지도 않은 그곳의 공기는
너무나 온화해서 전혀 불쾌하지가 않았다. 205
그곳에는 몸에 좋은 향료와 약초들이 자라고 있어
늙거나 병드는 사람이 없었다.
그곳에는 인간이 표현할 수 있는 것보다
수천 배나 많은 기쁨이 존재하고 있었으며,
밤이 없어 사람들의 눈에는 밝은 낮만 보였다. 210

나는 우리의 주인인 큐피드가 샘물 가 나무 아래서
화살을 벼르는 것을 보았다.

그의 발아래에는 화살들이 준비되어 있었다.
그 사이, 그의 딸인 의지의 신[8] 이
샘물에 화살들을 담금질하고 있었다. 215
그녀는 익숙한 솜씨로 그것들을 다루어본 후,
살해용과 상해용을 구분해서 쌓아놓았다.

나는 곧 쾌락의 신과 의복의 신,[9] 육욕의 신,
예절의 신, 그리고 사람으로 하여금
어리석은 짓을 하게 만드는 220
꾀와 힘을 지닌 간지(奸智)의 신을 알아보았다—
그녀가 변장하고 있음을 부인하지 않는다.
나는 환희의 신이 고결의 신과 함께
떡갈나무 아래에 따로 서 있는 것을 보았다.

나는 아무런 치장도 하지 않은 미의 신을 보았고, 225
장난기와 쾌활함에 넘친 청춘의 신을 보았다.
그리고 무모의 신, 아첨의 신, 욕망의 신,
전령의 신, 보상의 신, 그리고 세 명의 다른 신들을 보았는데—
그들의 이름을 여기에서 굳이 밝히지는 않겠다—
나는 벽옥의 높은 기둥들 위에 230
청동의 신전이 견고하게 서 있는 것을 보았다.

신전 주위에서 수많은 여인들이 춤을 추고 있었다.

---

8) 큐피드의 딸. 보카치오의 《테세이다》 제7장에는 볼루타(*Voluttà*), 즉 '관능적 쾌락'으로 번역되어 있다.
9) 이 일련의 의인화에서도 초서는 《테세이다》 제7장을 거의 그대로 따르고 있다.

그들 중 일부는 고운 화장을 하고 있었고,
일부는 화려한 의복을 입고 있었다.
그들은 머리칼을 풀고 무리지어 움직였는데, 235
그것은 그들이 해마다 행하는 행사였다.
신전 위에는 희고 아름다운 수백 쌍의 비둘기들이
무리지어 앉아 있는 것이 보였다.

신전 문 앞에는 평화의 여신이 손에 휘장을 들고
엄숙한 얼굴로 앉아 있었다. 240
그녀의 곁 모래 언덕에는 인내의 여신이
창백한 얼굴로 앉아 있는 것이 보였다.
그녀 가까이 신전의 안팎에는
약속의 신과 기예의 신이
수많은 추종자들에 둘러싸여 있었다. 245

신전 안에서는 갈망으로부터 생기는,
불같이 뜨거운 한숨들이
사방에서 터져 나오는 소리가 들려왔다.
그것은 모든 제단에 새로운 불꽃을 일으켰다.
그때 나는 연인들이 당하는 슬픔이 250
원한에 사무친 질투의 신에
말미암는다는 사실을 똑똑히 알게 되었다.

신전 안을 걸어서 좀더 나아가자,
생식의 신인 프리아포스[10]의 모습이 보였다.

---

10) 디오니소스와 아프로디테 사이에서 난 아들. 생식력 · 생산력의 신으로, 남경

그는 최고의 자리에서 손에 홀[11]을 들고 서 있었다.
그는 밤에 당나귀가 소리를 질러 255
자신을 내쫓았을 때의 바로 그 복장을 하고 있었다.[12]
사람들은 부지런히 그의 머리 위에다
이제 막 피어난 형형색색의 꽃들로 장식된
꽃다발을 씌우려 하고 있었다.

나는 한구석에서 비너스가 자신의 문지기인 260
부유의 신과 노는 것을 보았는데,
그녀의 태도는 고상함과 위엄으로 가득 차 있었다—
그 장소는 어두웠지만, 이내 나는
아주 희미하게 비치는 작은 불빛을 보았다—
그녀는 뜨거운 해가 서쪽으로 기울 때까지 265
황금의 침대에 편히 누워 휴식을 취하고 있었다.

그녀가 누워 있는 바람에
황금의 실로 땋은 황금 머리칼이 모두 풀어져 있었고,
가슴에서 머리까지 알몸이 드러나 있었다.
사실대로 말하자면, 그 나머지 부분은 270
발랑스[13]에서 생산된 얇은 천으로 가려져 있어

(男莖)으로써 표시한다.

11) 남근의 메타포.

12) 박카스의 축제가 열리는 동안, 님프인 로티스에게 반한 프리아포스는 야밤에 그녀가 잠든 틈을 이용하여 덮치려고 한다. 그때 당나귀 한 마리가 큰 울음소리를 내어 그녀를 깨워 도망치게 한다. 프리아포스의 낭패를 목격한 다른 당나귀들이 웃음을 터트린다. 오비디우스, 《연감》 제1권, 415~440.

13) 프랑스에 있는 직물 중심지의 한곳.

(그보다 더 얇은 천은 없을 것이다.)
내가 즐겨 감상할 수가 없었다—

그곳에서는 수천 가지의 달콤한 향기가 뿜어져 나오고 있었다.
술의 신인 박카스가 그녀의 옆에 앉아 있었고, 275
그 옆에는 배고픔을 구해주는 케레스[14]가 앉아 있었으며,
그 가운데 아까 말한 사이프러스의 비너스[15]가 자리잡고 있었다.
두 젊은이가 무릎을 꿇고서 그녀의 도움을 부르짖고 있었다.
하지만 아직도 신전 안을 더 돌아보아야 하므로
비너스는 이 정도로 놓아두도록 하겠다. 280

벽에는, 정숙의 신인 다이애나의 비웃음 속에서,
그녀를 섬기느라 세월을 허송했던 처녀들이 부러뜨린
수많은 화살들[16]이 걸려 있었다.
그리고 사방에는, 앞으로 잠깐씩 언급하려고 하는,
칼리스토,[17] 아틀란타,[18] 285

---

14) 농업의 신(따라서 음식의 신이 된다).
15) 사이프러스에서는 비너스가 숭배되고 있다.
16) 다이애나는 흔히 여자사냥꾼으로 묘사된다. 부러진 화살은 이 정숙의 여신을 섬기던 처녀들이 사랑에 빠져 정숙을 상실하거나 포기한 상태를 상징한다.
17) 칼리스토는 순결의 상징인 처녀신 아르테미스가 사냥할 때 시중을 들었는데, 제우스가 아르테미스의 모습으로 변신하여 접근한 뒤 둘 사이에서 아르카스가 태어났다. 아르테미스가 처녀를 지키겠다는 맹세를 저버린 칼리스토를 암곰이 되게 했다고 하는데, 그것이 제우스와의 관계를 질투한 헤라의 소행이라고도 한다.
18) 다이애나와 마찬가지로 처녀성을 고수하면서 산과 들로 사냥을 다니는 여자. 아버지가 결혼시키려 하자 구혼자들과 경주하여 이긴 자는 맞이하고 진 자는 죽이겠다고 한다. 처녀성을 고수하고 싶은 그녀는 구혼자를 조금 먼저 달리게

그리고 내가 이름을 알지 못하는
많은 처녀들의 이야기가 자세히 그림으로 그려져 있었다.

세미라미스,[19] 칸다세,[20] 그리고 헤라클레스,
비블리스,[21] 디도, 티스베, 프리아모스,
트리스트람, 이졸트, 파리스, 아킬레스, 290
헬레네, 클레오파트라, 트로일루스,
실라,[22] 그리고 로물루스의 어머니[23] 등,

하고, 뒤에서 창을 가지고 쫓아가 찔러 죽인다. 힙포메네스가 그녀를 연모하여 비너스에게서 받은 세 개의 황금사과를 가지고 경기에 임하여 추격을 받게 되면 사과를 던졌다. 아틀란타는 그것을 줍다가 경주에 지고 그의 아내가 되었다.

19) 반인반수(半人半獸)의 여신 데르게토의 딸로, 싸움과 사랑의 여신. 기아(棄兒)였던 그녀가 비둘기에게 양육되는 것을 목동이 발견하여 데려다 기른다. 아름답고 영리한 그녀는 재상 온네스의 아내가 되고, 니노스의 동방원정 때 장군으로 발탁된 남편을 따라 나선다. 그녀의 활약으로 승리를 거둔 니노스 왕이 그녀의 미모에 반해 왕비로 삼겠다고 협박하자, 온네스는 어찌할 바를 몰라 자살하고 만다. 왕비가 된 그녀는 왕이 죽은 뒤 여왕으로 군림하며, 메소포타미아, 이란 등지에 도시, 도로, 하수도 공사 등 대대적인 건설공사를 벌였는데, 바빌론의 축성으로 유명하다.

20) 알렉산더 대왕을 사랑했던 인도의 여왕.

21) 아폴론과 아카칼리스의 아들인 밀레토스는 크레타 섬에서 소아시아로 건너가 자신의 이름을 딴 도시국가를 세우고, 강의 신의 딸 키아니에와 결혼하여 쌍둥이 남매인 카우노스와 비블리스를 낳는다. 비블리스는 오빠 카우노스를 이성(異性)으로 사랑하여 애태우다가 마음을 고백하는 편지를 전한다. 놀란 카우노스는 비블리스가 쉽게 마음을 돌리지 않을 것을 알고, 고향을 떠나 남쪽으로 멀리 떨어진 카리아라는 곳에 가서 새 도시를 건설하고 산다. 비블리스는 그래도 마음을 정리하지 못하고 카우노스를 찾아 여러 지역을 헤매고 다녔으나 뜻을 이루지 못하고, 렐레게스인들이 사는 땅에 이르러 탈진하여 쓰러진다. 이에 그곳의 요정들이 하염없이 눈물을 흘리는 그녀를 마르지 않는 샘이 되게 하고, 그 이름을 비블리스 샘이라고 정한다.

연인에게 버림받아 비참하게 죽은 사람들의 이야기가
다른 쪽 벽에 그려져 있었다.

앞에서 언급했던, 아름답고 푸르른 295
그 정원으로 다시 돌아왔을 때,
나는 마음을 가라앉히기 위해 앞으로 걸어갔다.
그때 나는 한 여왕이 앉아 있는 것을 보았다.
눈부신 여름 태양이 그 밝음에서 별들을 능가하듯,
그녀는 그 아름다움에서 300
지상의 모든 창조물을 능가했다.

이 고결한 자연의 여신은
숲 속 빈터의 꽃동산에 앉아 있었다.
그녀의 홀과 정자는 자신의 설계와 표준에 따라

---

22) 니수스의 딸. 크레타의 왕 미노스(Minos)는 아들 안드로게우스를 아테네로 유학보낸다. 철학공부를 하던 그 아들이 어떤 사람의 원한을 사는 바람에 살해당한다. 미노스 왕은 아들의 복수를 위해 알카토에 성을 포위공격한다. 그러나 성주 니수스가 용감하게 맞서 그 성은 좀처럼 함락되지 않는다. 그때 그의 딸이 전황을 살펴보러 성벽 위에 올랐다가 미노스 왕의 용모와 용맹에 반한다. 그녀의 도움으로 미노스는 그 성을 점령하는 데 성공하지만, 그녀를 물에 빠져죽게 한다.

23) 레아 실비아라고도 한다. 트로이 전쟁의 영웅 아에네아스의 아들 아스카니우스가 세운 알바롱가 왕 누미토르의 딸이다. 누미토르는 동생 아물리우스의 반란으로 왕위를 빼앗겼을 뿐 아니라 아들을 모두 잃는다. 아물리우스는 누미토르의 대를 잇지 못하게 하려고 실비아마저 평생 처녀로 살아야 하는 헤스티아 신전의 여사제로 만든다. 그러나 실비아는 군신 아레스와 동침하여 쌍둥이 형제를 낳는데, 이들이 바로 로마의 건설자 로물루스와 레무스이다. 아물리우스는 이들을 강물에 버리게 하나, 늑대의 젖을 먹고 살아남아 장성한 뒤 아물리우스를 죽이고 누미토르의 왕위를 되찾아 준다.

나뭇가지로 엮어져 있었다. 305
출산하는 모든 종류의 새들이
그녀의 앞에 모여서, 그녀의 말을 듣고
그녀의 판단을 받아들일 준비를 하고 있었다.

왜냐하면 오늘은 인간이 생각해 낼 수 있는
모든 종류의 새들이 자신의 짝을 선택하러 오는 310
성 발렌타인 축일[24] 이기 때문이다.
새들은 엄청나게 시끄러운 소리를 내고 있었다.
땅과 하늘, 나무와 호수가 새들로 가득차서
내가 서 있을 여지가 없었다.
그 장소가 그만큼 붐볐기 때문이다. 315

알라누스는 《자연의 한탄》[25] 에서
자연의 여신의 용모와 복장을 묘사한 바 있는데,
그녀는 실제로 그런 복장을 하고 있었다.
우아함에 넘친 이 고결한 여황제는
모든 새들을 향해 320
해마다 발레타인 축일 때 하던 대로,

24) 양력 2월 14일. 사제 발렌타인이 원정하는 병사의 결혼을 금지한 로마 황제 클라우디우스 2세에 반대하다 처형된 서기 270년 2월 14일과 이날부터 새들이 발정(發情)을 시작한다고 하는 서양의 속설이 결합한 풍습이라고 한다.

25) 12세기 프랑스의 신학자이자 시인이었던 알라누스 드 인슐리스(Alanus de Insulis)가 쓴 《자연의 한탄》(*De planctu naturae*). 자연의 여신이 그녀의 법칙대로 살아가지 않는 인간을 보고 한탄하는 내용을 담은 철학적 '꿈의 환상'이다. 그 속에는 자연에 대한 긴 묘사가 나오는데, 수많은 새들이 그녀의 의상의 일부를 장식하는 것으로 되어 있다.

각자 자리를 잡으라고 명했다.

자연의 여신의 의향대로,
맹금류는 가장 높은 곳에 자리잡았고,
벌레들과 그 밖에 내가 모르는 것들을 먹고 사는 325
작은 새들이 그 다음의 자리를 차지했다.
물새들은 골짜기의 가장 낮은 곳에 자리잡았고,
씨앗을 먹고 사는 새들은 풀밭에 앉았는데,
그 수가 워낙 많아서 장관이었다.

그곳에는 왕자답게 생긴 독수리도 있었는데, 330
그는 날카로운 눈길로 태양을 쏘아보고 있었다.
좀 신분이 낮은 독수리들이 있었는데,
— 이들에 대해서는 학자들이 잘 알고 있을 것이다 —
거기에는 암회색 깃털을 가진 폭군,
즉 포학한 탐욕 때문에 335
다른 새들에게 해를 끼치는 참매도 있었다.

발로 왕의 손을 움켜잡는 고상한 송골매,[26)]
메추라기를 잡아먹는 대담한 새매,
그리고 종달새를 탐욕스럽게 추격하는
도롱태[27)] 도 있었다. 340

---

26) 귀족들의 놀이인 매사냥에서 송골매는 장갑을 낀 주먹 위에 앉아서 운반된다.

27) 맷과의 철새. 황조롱이와 비슷한데, 등은 청회색 바탕에 세모꼴의 검은 점이 있고, 배 쪽은 불그스름한 흰색 바탕에 검고 긴 점이 있다. 우리나라와 중국에 분포한다.

온순한 눈매를 가진 비둘기,
자신의 죽음을 노래하는 시샘 많은 백조,
또 사람의 죽음을 예고하는 부엉이도 있었다.

트럼펫과 같은 소리를 내는 키 큰 두루미,
도둑질하는 까마귀, 시끄럽게 떠드는 까치도 있었다. 345
새된 소리를 내는 어치, 뱀장어를 잡아먹는 왜가리,
속임수에 능한 비정한 댕기물떼새,[28]
비밀을 누설하는 찌르레기,[29]
유순한 울새, 겁이 많은 솔개,
작은 마을의 시계인 암탉 등이 있었다. 350

비너스의 아들인 참새,[30]
자신의 노래로 새 잎을 돋아나게 하는 나이팅게일,
선명한 빛깔의 꽃에서 꿀을 채취하는
작은 꿀벌들을 잡아먹는 제비,
정숙한 마음을 지닌 금슬 좋은 호도애,[31] 355
눈부신 태극 깃털을 달고 있는 공작,
밤에 수탉을 비웃는 꿩[32] 도 있었다.

---

28) 댕기물떼새는 새끼가 위험에 처했을 때, 자신은 부상당한 척한다.
29) 비밀을 누설하는 새는 《캔터베리 이야기》의 "조달계의 이야기"에 나오는 이야기를 상기시킨다.
30) 참새가 비너스에게 바쳐진 새이기 때문에, 민중들 사이에 호색인 것으로 여겨졌다.
31) 알라누스에 의하면, 호도애는 절대로 두 번째 짝을 가지지 않는다.
32) 수탉이 새벽에 우는데 비해, 꿩은 횃대로 가기 전 일몰 때 우는 것을 두고 하는 말.

밤에 자지 않고 집을 지키는 거위,
자연의 법칙을 어기는 뻐꾸기,[33] 바람둥이 청딱따구리,
동족을 죽이는 수오리,[34] 360
간통한 자들에게 벌을 주는 황새,[35]
탐욕스럽고 게걸스러운 가마우지,
슬기로운 갈가마귀,[36] 불길한 목소리의 까마귀,[37]
고령의 노래지빠귀, 겨울의 개똥지빠귀[38] 등이 있었다.

더 늘어놓을 필요가 있겠는가? 365
아무튼 그곳, 고결한 자연의 여신 앞에서는
깃털과 몸을 가진 이 세상 온갖 종류의 새들이
모여 있는 것을 볼 수 있었다.
그들은 각자 그녀의 명령에 따라,
애정 어린 마음으로 370
자신의 짝을 선택하는 데 여념이 없었다.

다시 본론으로 돌아가면,
자연의 여신은 자신의 창조물들 중에서
가장 상냥하고, 가장 잘 생겼다고 생각되는,

---

33) 뻐꾸기는 남의 둥지에다 알을 낳는데, 거기서 부화한 새끼는 자신을 길러준 양모를 잡아먹는다.
34) 수오리는 어린 새끼들을 죽인다.
35) 알렉산더 네컴의 한 이야기에 의하면, 황새는 간통한 자신의 짝을 갈기갈기 찢어 죽였다.
36) 고대 전설에 의하면, 갈가마귀는 예언능력을 지니고 있다.
37) 까마귀는 불길한 징조의 새로 알려져 있다.
38) 개똥지빠귀가 영국에서는 겨울의 새이다.

고상하게 생긴 암독수리 한 마리를 손에 얹고 있었다. 375
그 암독수리는, 자연의 여신조차도 행복한 눈길로
몇 번씩 등에 키스를 퍼부을 정도로,
그 자리에 어울리는 온갖 미덕을 갖추고 있었다.

뜨겁고, 차고, 무겁고, 가볍고, 습하고 찬 것들을
균등하고 조화롭게 섞어서 짜는, 380
전능하신 하느님의 대리인인 자연의 여신은
부드러운 목소리로 말하기 시작했다.
"새들아, 내 말을 잘 들어라.
너희들의 편의와 필요에 부응하기 위해
가능한 한 서둘러서 빨리 말하겠다. 385

알다시피, 너희들은 성 발레타인 축일에,
내가 너희들의 달콤한 욕망을 들쑤시는 바람에,
나의 규칙에 의해, 나의 칙령에 따라,
제 짝을 찾기 위해 — 그리고는 날아가기 위해 — 모였다.
나는 세상없는 한이 있더라도, 390
가장 훌륭한 새부터 시작해야 한다는
나의 원칙을 지키려고 한다.

알다시피 너희들보다 계급이 높은
왕자다운 수독수리는 슬기롭고 유덕하며,
행동이 신중하고, 강철처럼 신의를 지키는 새이다. 395
내가 그를 모든 점에서
가장 마음에 들게 창조했기 때문이다 —

그의 용모를 새삼 묘사할 필요는 없을 것이다 —
따라서 그가 맨 먼저 선택하고 말하도록 시키겠다.

그 다음에는, 각기 종류에 따라 순서대로, 400
마음에 드는 상대를 고르도록 하라.
운에 따라 성공할 수도 실패할 수도 있을 것이다.
하느님은 가장 심하게 사랑의 덫에 걸린 수컷에게는
그를 가장 그리워할 암컷을 보내주실 것이다!"
그러고 나서 그녀는 수독수리를 보고 405
말했다. "아들아, 네가 선택할 차례다.

그러나 한 가지 조건이 있는데,
여기서의 선택은 상호간의 선택이어야 한다는 것이다.
수컷이 어떤 암컷을 원하든지 간에,
암컷이 그 선택에 동의해야 한다는 말이다. 410
이것은 해마다 시행되는 우리의 관례이다.
그래서 올해도 은총을 얻으려는 새는 빠짐없이
이 복된 시간에 이곳에 온 것이 아니냐!"

왕자다운 수독수리는 절을 한 후,
겸손한 표정으로 지체하지 않고 말했다. 415
"제 짝이 아니라 지고하신 귀부인님을 위해서,
저의 의지와 정성과 지력으로, 귀부인님의 손 위에 있는
그 아름답게 생긴 암컷을 선택하겠습니다.
제 전부를 그녀에게 바쳐 평생토록 섬기겠습니다.
저를 죽이든 살리든 그녀의 뜻에 맡기겠습니다. 420

나의 최고의 귀부인인 그녀께서
자비와 은총을 내려주시길 간절히 빕니다.
그렇지 않으면 당장 이 자리에서 죽게 하소서.
고통 속에서는 오래 살 수가 없습니다.
심장 속에 있는 핏줄이 다 터져버릴 테니까요. 425
친애하는 님이여, 부디 제 진실한 마음을 살피시고,
제 고통을 가엾게 여겨주소서.

만약 제가 그녀를 배신하거나, 복종하지 않거나,
허풍을 떨거나, 고의적으로 무시한다면,
그리고 나중에 바람이라도 피운다면, 430
부디 저를 심판하시어 파멸하게 하소서.
제가 부정한 짓을 하거나 고약하게 굴었다고
그녀가 생각하는 바로 그날,
저는 이 새들에게 갈가리 찢겨도 좋습니다.

저만큼 그녀를 사랑하는 사람이 없기에, 435
사랑의 약속까지는 아니더라도,
자비를 베푸시어 제 짝이 되어야 합니다.
그녀 말고는 다른 인연을 맺을 수 없기 때문입니다.
어떤 고통이 있더라도, 그녀가 아무리 멀리 가더라도,
저는 중단 없이 그녀를 섬기겠습니다. 440
어서 말씀 하소서. 제 말은 여기까집니다."

이 말을 듣고 난 그 암컷의 얼굴은,
갓 피어난 붉은 장미가

여름 태양을 마주보고 얼굴이 붉어지듯,
부끄러움으로 달아올랐다. 445
그녀가 워낙 부끄러워하면서
가타부타 말을 못하니까, 자연의 여신이 말했다.
"딸아, 두려워 말고, 용기를 내어라."

그러자 신분이 낮은 다른 수독수리 하나가 나섰다.
"그렇게는 안 됩니다! 450
성 요한을 걸고, 내가 당신보다 더,
아니면 최소한 당신만큼은 그녀를 사랑합니다.
아니, 내 나름대로는 더 오래 그녀를 사랑했습니다.
그녀가 오래도록 사랑받는 것을 원한다면,
나야말로 그 대가를 받을 자격이 있습니다. 455

감히 말씀드려서, 제가 그녀에게
거짓되거나, 매정하게 굴거나, 떠벌리거나,
질투하면, 제 목을 매다소서.
제 머리가 허락하는 만큼
만족스럽게 그녀를 섬기지 못한다면, 460
초지일관 그녀의 명예를 지키지 못한다면,
그녀가 제 목숨과 제 재산을 앗아가도록 하소서!"

그러자 세 번째 수독수리가 나섰다.
"여러분, 우리는 그리 한가한 새들이 아니어요.
여기 있는 모든 새들이 자기 짝 내지는 465
사랑하는 귀부인을 소리쳐 찾아서 길을 떠나야 해요.

자연의 여신께서는 시간지연 때문에
제가 하고 싶은 말을 반도 들으려하지 않으시겠지요.
하지만, 할 말을 못하면, 저는 슬퍼서 죽을 거예요.

저는 오랜 섬김을 내세우지 않겠어요. 470
하지만 저는 20년 동안 번민해온 사람 못지않게
오늘 고통으로 인해서 죽을 것 같아요.
귀부인을 반년 섬긴 사람이,
수년 동안 섬긴 사람보다
그녀를 훨씬 더 잘 섬길 수 있는 것은 475
얼마든지 가능한 일이지요.

그렇다고 제가 그렇다는 뜻은 아니에요.
제게는 귀부인을 기쁘게 할 능력이 없으니까요.
그러나 진실성과 간절한 마음에서는
제가 가장 으뜸이라고 감히 말씀드릴 수 있어요. 480
한마디로, 죽음이 저를 데려갈 때까지,
자나 깨나 제 마음을 다하여
진실하게 그녀를 섬길 것입니다."

나는 이 세상에 태어나서 평생 동안,
사랑과 그 밖의 다른 것을 호소하는 데 있어, 485
그보다 더 고상한 청원[39] 들을 들어본 적이 없다.
사람이 아무리 시간과 의지가 있더라도,
자신의 표정과 연설을 그처럼 익힐 수는 없을 것이다.

---

39) 여기에서와 다음 두 연에서는 의회에서 사용되는 법률적 용어가 구사되어 있다.

아무튼 이러한 연설들은 아침서부터
태양이 놀랄 만큼 빠르게 기울어질 때까지 계속되었다. 490

그러자 새들의 아우성이 크게 터져 나왔다.
"이제 그만 끝내고 갑시다!"
그 소리가 워낙 커서 숲이 다 흔들리는 것 같았다.
그들은 고함을 쳤다. "빨리 하세요! 이러다 망하겠어요!
그 빌어먹을 논쟁은 언제 끝날 건가요? 495
아무 증거도 없는데, 판사가 어떻게
찬성인지 반대인지를 결정할 수 있는 건가요?"

거위, 뻐꾸기, 오리 등이 시끄럽게 울어댔다.
"캑캑! 뻐꾹! 꽥꽥!" 하는 소리가
계속 내 귓전을 때렸다. 500
거위가 말했다. "이것은 파리만큼의 가치도 없어!
그러니 내가 해결책을 내놔야겠어.
사람들이 미소를 짓든, 찌푸리든 상관하지 않겠어.
내가 물새들을 대표해서 공정하고 신속한 평결을 내려야겠어."

"벌레 먹는 새들의 대표로서," 505
하고 미련한 뻐꾸기가 말했다. "내 자신의 권위와
공익을 위해서 내가 그 일을 맡겠소.
지금은 우리를 해방시키는 것이 급선무이니까."
"당신은 제발 잠깐만 계세요!"
하고 호도애가 말했다. "발언권은 누구에게나 있지만, 510
당신은 침묵을 지키는 것이 좋을 것 같군요.

나는 가장 하찮은 새인 씨앗 먹는 새로서
머리도 모자라고, 아는 것도 없어요.
하지만, 까닭도 이유도 없이
그러한 일에 끼어드는 것보다는 515
침묵을 지키고 있는 편이 낫다는 것쯤은 알고 있어요.
쓸데없는 일에 골치를 썩일 필요가 없으니까요.
주제넘은 참견은 때로 짜증나는 일이에요."

뒤쪽에서 일어나는 무식한 새들의 웅성거림에
귀를 기울이던 자연의 여신은 520
엄중한 목소리로 말했다. "거기, 입 다물도록 하라!
너희들을 이 소란에서 해방시켜 내보내줄 방책을
당장 내놓을 테니. 내 생각에는
너희들이 종류별로 한 마리씩 대표를 뽑아
전체를 위한 평결을 내리는 것이 좋을 것 같다." 525

모든 새들이 이 결론에 동의했다.
맨 먼저 맹금류가 만장일치로
어린 숫매를 선정하여,
그로 하여금 그들의 의견을
일목요연하게 진술하고, 결론내리도록 했다. 530
그들은 그를 자연의 여신 앞에 내세웠고,
그녀도 그를 흔쾌히 받아들였다.

어린 숫매는 다음과 같이 말했다.
"누가 이 고상한 암독수리를 제일 사랑하는가를

이치에 맞게 증명하는 것은 힘든 일입니다. 535
누구나 다, 이론적으로 반박이 불가능한,
제 나름대로의 답변을 가지고 있기 때문입니다.
저는 이런 논쟁이 무슨 소용이 있는지 모르겠습니다.
사법적 결투가 벌어질 뿐이지요."

"결투 좋습니다!" 하고 수독수리들이 말했다. 540
"아니에요, 여러분," 하고 숫매가 말했다.
"제 말을 오해하지 마세요. 제 말 안 끝났습니다!
— 제발 나쁘게는 생각하지 마세요 — 여러분,
그런 식으로는 안될 테니까요.
결정에 참여하는 우리가 발언하는 것은 당연하지만, 545
그러나 재판관의 결정을 기다려야 합니다.

그러니 가만히들 계세요! 제 생각으로는,
가장 오래도록 기사도를 지켜온 가장 훌륭한 기사,
가장 신분이 높고 가문이 좋은 기사가
그 암독수리에게 가장 잘 어울릴 것 같습니다. 550
그녀의 마음에 들 경우에 말입니다.
세 분 중 누가 거기에 해당되는지는
너무나 뻔해서, 그녀도 잘 알고 계시리라 믿습니다."

물새들이 모두 모여 머리를 맞대고 의논했다.
각자 하고 싶은 말들을 꽥꽥거리면서 555
잠시 동안 의논한 후,
모두 한마음이 되어 말했다.

"우리의 요구를 대변하고 싶어 하는,
화술에 능한 저 거위가 우리의 견해를 말씀드릴 겁니다.
여신이여, 어서 진행시켜 주옵소서." 560

그러자 거위가 물새들을 대표해서
꽥꽥거리며 말하기 시작했다. "조용히들 하시오!
모두들 제가 하는 주장에 귀를 기울여 주시오!
저는 머리가 빨리 돌아, 지체하는 것을 좋아하지 않습니다.
그가 비록 내 형제이긴 하지만, 이렇게 충고하고 싶네요. 565
그녀가 자신을 탐탁하게 여기지 않으면,
다른 암독수리를 사랑하는 게 낫겠다고요!"

"저것 봐," 하고 새매가 말했다.
"거위의 주장은 저렇다니까! 빨리 끝내도록 해!
제발 쉴 새 없이 지껄여대지 말고! 570
너 같은 바보는 어리석은 소리를 지껄이느니
그냥 제 주제에 맞게 가만있는 게 나아.
그것은 네 지혜도 네 의지도 아니니까.
'바보는 가만있지 못 한다'는 말은 참으로 맞는 말이야."

점잖은 새들 사이에서 웃음소리가 일었다. 575
이내 씨앗 먹는 새들이
정숙한 호도애를 그들의 대표로 뽑았다.
그들은 그녀를 불러, 이 문제에 관해 올바른 진실을
말해줄 것을 청하고, 그녀의 의사를 물었다.
그녀는 자신의 심중을 솔직하게 580

그리고 있는 그대로 털어놓겠다고 말했다.

"여신이여, 연인을 바꾸어서는 안 됩니다!"
호도애는 그렇게 말하면서,
부끄러움으로 온통 얼굴이 붉어졌다.
"귀부인이 냉담하게 굴더라도, 죽을 때까지 섬기게 하소서. 585
참으로 저는 저 거위의 충고에 찬성할 수가 없군요.
제 귀부인이 죽는다면, 저는 다른 짝을 찾지 않고,
죽을 때가지 그녀의 새로 남아 있겠어요."

"정말이지, 농담도 잘하시는군," 하고 오리가 말했다.
"수컷더러 무조건 영원히 사랑하라고? 590
이유도 까닭도 없이 말이야!
즐겁지도 않은 새더러 유쾌하게 춤을 추라고?
관심도 없는데 관심을 가지라고?"
"시끄러워," 하고 거위가 말했다. "그만 해 둬!
밤하늘에는 별이 두 개만 있는 게 아냐!"[40] 595

"에이 고집쟁이!" 하고 점잖은 새매가 말했다.
"뒷간에서 바로 나온 새 같으니라고!
일이 잘되는 꼴을 못 보는군!
부엉이가 빛을 등지듯, 그대는 사랑에 등을 졌군.
낮에는 눈이 멀다가도, 밤이 되면 훤해지는 것이 부엉이지. 600
그대는 성격이 워낙 천박해서
사랑이 무엇인지 짐작조차 할 수 없을 거야."

---

40) "해변에는 자갈돌이 한 개만 있는 게 아니다"에 해당되는 속담.

그러자 벌레 먹는 새들을 대표하여 뻐꾸기가
앞으로 나서서 재빠르게 말했다.
"평화롭게 내 짝을 찾을 수만 있다면, 605
당신들이 아무리 오랫동안 싸워도 상관하지 않겠어.
평생 짝 없이 홀아비로 지내라지!
이런 소리 해봤자, 아무도 동의 안 하겠지.
그러니 이 짧은 교훈은 되풀이해서 말할 필요가 없어!"

"그래," 하고 도롱태가 말했다. 610
"이 대식가들이 배를 채워야, 우리도 만족하지!
그대, 자기를 길러준 나뭇가지 위의
바위종다리를 잡아먹는 새여,[41] 너무나 비참한 대식가여!
벌레를 토막 내어 먹는 자여, 홀아비로 살아라!
그대 종족이 멸망한다 해도 무슨 대수냐! 615
가라, 이 추악한 바보야, 이 세상 다할 때까지!"

"조용히 하라," 하고 자연의 여신이 말했다.
"명령이니라! 너희들의 의견은 잘 들었다.
하지만, 우리의 목적에는 별로 가까이 가지 못했구나.
그러니, 이제 내가 결론을 내리겠다. 620
암독수리는 제 손으로 수컷을 선택하려무나.
그녀에게 선택된 수컷은, 싫든 좋든,
당장 그녀의 짝이 되어야 한다.

---

41) 뻐꾸기는 남의 둥지에다 알을 낳는데, 거기서 부화한 새끼는 자신을 길러준 양모를 잡아먹는다.

새매가 말했듯이, 누가 그녀를 가장 사랑하는가는
토론의 대상이 될 수가 없기 때문이다. 625
그래서 그녀에게 이런 호의를 베푸는 것이다.
그녀가 마음에 드는 수컷을 고르면,
그는 무조건 자신의 마음을 그녀에게 바쳐야 한다.
이것이 나의 판결이다. 나는 헛된 말을 하지 않고,
어떤 신분에 대해서도 편향된 눈을 가지고 있지 않다. 630

하지만, 네가 짝을 고르는 데 조언을 해줄 수는 있다.
내가 만약 이성의 신이라면,
아까 숫매가 이치에 맞게 설명한 대로,
왕자다운 수독수리를 선택하라고 충고하고 싶구나.
내가 아주 즐거운 마음으로 창조한 635
그 새가 가장 고상하고 훌륭한 새이기 때문이다.
따라서 네 마음에도 꼭 들 것이라고 생각한다."

암독수리는 기어들어가는 목소리로 대답했다.
"저의 정의의 귀부인이신 자연의 여신이여!
다른 모든 생물들과 마찬가지로, 640
저도 당신의 권위하에 있고,
생명이 지속되는 한 당신을 섬길 것입니다.
당신께서 한 가지 청을 들어주신다면,
제 마음을 바로 말씀드리겠습니다."

"그래, 들어주겠다," 하고 자연의 여신이 말했다. 645
그러자, 이 암독수리는 다음과 같이 말했다.

"전능하신 여왕이시여, 그 선택을 1년 만
연기해주시기를 요청드립니다.
그 후에 제가 자유로이 짝을 선택하도록 하겠습니다.
제가 드리고 싶은 말은 이것뿐입니다. 650
설사 저를 죽이신다 해도, 더 할 말이 없습니다.

사실을 말씀드리면, 저는 아직
비너스도 큐피드도 섬기지 않고 있습니다."
"그렇다면, 이제 달리 할 일이 없으므로," 하고
자연의 여신이 말했다. "더 이상 할 말도 없구나. 655
그러면 다른 새들은 자기의 짝을 찾아서 떠나거라.
더 이상 여기에서 어정거리지 말고!"
그런 다음, 그 세 구혼자들에게 이렇게 말했다.

"너희들 세 독수리는 잘 들어라.
일이 이렇게 되었다고 비관하지 말고, 660
계속 그녀를 섬기도록 하라. 1년은 긴 시간이 아니니라.
그녀는 맹세코 1년 동안은 자유의 몸이니,
각자 신분에 맞게 잘 행동하도록 노력해야 한다.
이것은 다음 요리가 나올 때까지의
곁들이 요리에 지나지 않은 것이니까." 665

이 일까지 모두 끝났을 때, 자연의 여신은
각 새들에게 서로에게 잘 맞는 짝을 맺어 주었고,
그들은 각기 제 갈 길을 찾아 떠나가려고 했다.
그들이 행복해하고 기뻐하던 모습이란!

그들은 제 짝을 날개 속에 품어 안았고, 670
서로의 목을 한데 감으면서,[42]
고결한 자연의 여신에게 내내 감사의 뜻을 표했다.

짝을 찾은 새들이 노래를 불렀다.
하늘로 날아오르기 전,
자연의 여신을 기리고 기쁘게 하기 위해 675
론도 풍[43]의 노래를 부르는 것은 연중행사였다.
그 곡조는 프랑스에서 작곡된 것으로 아는데,
내가 기억하기에,
그 가사는 다음과 같은 것이었다.

"여름이여, 오라, 따스한 햇볕과 함께, 680
너는 겨울의 폭풍우를 물리쳤고,
길고 어두운 밤들을 몰아냈나니!

옥좌에 앉아 계신 성 발렌타인이시여,
당신을 위해 작은 새들이 노래를 부릅니다.
〔여름이여, 오라, 따스한 햇볕과 함께, 685
너는 겨울의 폭풍우를 물리쳤나니!〕

새들은 각자 진실한 사랑을 찾았으니,
그들이 기뻐하는 것은 당연한 일.
그들은 깨어 있을 때 즐겁게 노래 부르네.
〔여름이여, 오라, 따스한 햇볕과 함께, 690

42) 백조는 사랑의 표시로서 서로의 목을 휘감는다고 한다.
43) 반복되는 행을 후렴으로 사용하는 프랑스의 서정시 형식.

너는 겨울의 폭풍우를 물리쳤고,
길고 어두운 밤들을 몰아냈나니!〕”

그 노래가 끝나고, 새들이 날아가면서
왁자지껄 떠들기 시작했을 때,
나는 그 소리에 잠이 깼다. 695
그래서 다른 책을 집어 들고 열심히 읽는 중이다.
사실 이 책은, 형편이 닿으면,
언젠가는 읽으려고 마음먹었던 책이다.
그러니까 쉬지 않고 계속 읽어나가야겠다.

제4장

〈열녀전〉

▪ 해 설

1. 이야기 모음집

〈열녀전〉은 하나의 공통된 주제의 틀 속에 여러 편의 이야기를 함께 묶은 이야기 모음집이다. 초서의 장시들 중에서 가장 덜 주목받고 있는 이 작품은 '꿈의 환상'으로 된 "프롤로그"와 아홉 개의 짧은 이야기들로 구성되어 있다. 그 이야기들은 한 사람의 시인에 의해서 진행된다. 그가 한 사람의 서술자로서는 〈명성의 집〉이나 《트로일루스와 크리세이드》에서보다 덜 나서는 편이지만, 그러나 조금씩은 계속해서 모습을 드러낸다. 그래서 그것은 피상적이기는 하지만 초서가 남긴 이야기 모음집으로서 《캔터베리 이야기》와 비교되기도 한다. 본 이야기인 열전은 사랑에 충실했으나 음란하고 난폭한 남자들에 의해 악랄하게 짓밟힌 옛 여인들에 대한 이야기들이다. 그래서 그것은 거꾸로 죽을 때까지 사랑에 충실했던 한 남자를 여자가 배반하는 이야기인 《트로일루스와 크리세이드》에 대한 철회의 시(*palinode*)가 된다. 이러한 연결은 《트로일루스와 크리세이드》의 제 5권의 말미에서 이미 성립되었다. 거기에서 초서는 '부정한' 여인에 대한 글을 쓴 데 대한 속죄로서 정숙한 여인들에 대한 글을 쓰겠다고 약속한 바 있기 때문이다. 그래서 다음 인용구에 나오는 두 번째 여인인 알케스테스가 〈열녀전〉의 "프롤로그"의 중심인물이 되는 것이다.

> 그리고 원하신다면, 페넬로페나 알케스테스의 정절에 대해서
> 기꺼이 쓸 용의가 있으니까 말이다.
> (《트로일루스와 크리세이드》 제 5권, 1777~1778)

〈열녀전〉에서 초서는 처음으로 영웅대격(*heroic couplet*) — 두 개의 약강 5보격(*iambic pentameter*)의 행들이 압운을 이루는 시격 — 을 사용했다. 그 자신이 창안한 이 운율형식을 구사하여 그는 《캔터베리 이야기》를 비롯한 후기의 작품들에서 눈부신 효과를 거두었다. 그가 워낙 이 운율형식을 능숙하게 구사했고 또 후세의 작가들도 그것을 다투어 채용하는 바람에, 그 이후 그것은 영시의 보격들 중에서 최대의 것으로 여겨져 오고 있다.

2. 다른 작품과의 관계

〈열녀전〉은 아마도 초서가 《캔터베리 이야기》의 집필을 시작하기 전에 마지막으로 쓴 장시였을 것이다. 그리고 꿈이라는 격자를 사용한 마지막 작품이면서 동시에 프랑스 궁정시의 영향하에서 쓴 마지막 작품일 것이다. 이 시는 흔히 F텍스트와 G텍스트로 일컫는 두 개의 프롤로그를 가지는데, 관례상 초서의 현대판 작품집에는 둘 다 수록된다. 그런

데 재미있는 것은 학자들은 열전보다 오히려 이 프롤로그들에 더 관심을 집중하는 경향이 있다는 것이다. 그것은 이 프롤로그들이 프랑스 영향하에서 쓴 그 어느 작품보다 더 아취와 매력이 있기 때문이다. 그것들은 프랑스 궁정의 영향에서 크게 벗어난 《트로일루스와 크리세이드》보다도 더 뒤에 씌어졌다. 따라서 그것들이 어째서 계속 프랑스의 영향을 보이는지는 의문의 대상이 된다. 하지만 그것들이 만약 리처드 2세의 왕비인 앤 오브 보헤미아로부터 정숙한 여자들을 옹호하라는 명을 받고 쓴 글이라면, 그 주제의 성격 자체가 그로 하여금 새로운 방법을 포기하고 이전의 방법으로 되돌아가도록 했을 가능성이 크다.

이 작품이 '꿈'이라는 관례적 장치를 사용하는 것은 당장 궁정연애의 영향을 암시해준다. 이 궁정연애의 영향은 작품의 배경보다는 재제에 더 많이 반영되어 있다. "프롤로그"의 끝에 가서 작가는 스스로를 사랑의 법정 앞에 세운다. 그의 기소문은 시인이 사랑을 찬양하고 여성을 예찬하는 그런 전통에 비추어 볼 때 이해될 수 있는 것이다. 그에게 내려진 판결은 그를 관례적인 연애시의 우리에다 가두어 보려는 것인데, 이러한 관례적 분위기를 반영하는 구절들을 굳이 지적할 필요는 없다. 보다 의미 있는 것은 14세기 프랑스 작가들이 쓴 어떤 특정한 시들이 이 시에 영향을 미쳤다는 사실이다. '데이지 예찬'이라 일컫던 하나의 문학적 유행은 《마거리트의 담시》(*Dit de la Marguerite*)를 쓴 기욤 드 마쇼에 의해 시작된 것이다. 그 시에서 데이지는, 그 시의 장본인인 키프로스의 왕이 마거리트라는 이름의 어느 귀부인과 사랑에 빠졌기 때문에, 지나칠 정도로 예찬되고 있다. 프르와사르도 그의 《마거리트 꽃의 담시》(*Dittie de la Flour de la Marguerite*)와 《사랑의 낙원》(*Paradys d'Amours*)에서 마쇼에 의해서 창시된 그 관례를 따르고 있다. 데샹 또한 그의 일부 시들, 특히 《자유의 노래》(*Lay de Franchise*)에서 그 선례를 따랐다. 초서가 데샹과 프르와사르의 마거리트 시편들을 알고 있었던 것은 학자들에 의해서 입증된 바 있다. 그리고 "프롤로그"의 구조가 다소간에 《자유의 노래》와 《사랑의 낙원》의 영향을 받았다는 것은 부인할 수 없는 일이다. 하지만 지금까지 발견된 시로서 이 "프롤로그"의 명백한 출처로 내세울 만한 것은 아무것도 없다.

〈열녀전〉의 "프롤로그"는 그 양식과 분위기가 너무나 아름답고 미묘하고 세련된 것이어서, 시인이 꿈꾸게 될 열전에 모종의 기대를 갖게 만든다. 그것은 앞선 3편의 '사랑의 환상'의 시의 주된 이야기들이 그 서두의 정신을 따른 데에 말미암은 현상이다. 하지만 실제의 열전에 들어가 보면 그런 기대는 여지없이 무너지고 만다. 이 정숙한 여인들에 대한 이야기들은 대부분 오비디우스와 베르길리우스에게서 유래한 비극의 이야기들이다. 그것들은 궁정연애의 제의적 아이디어와 행동이 끼어들 틈을 주지 않는다. 그것들은 여인들의 고통에 초점을 맞추면서 냉소적 유혹과 배신, 자살, 강간, 그리고 고문 등을 다루고 있다. 그 초점화의 과정은 원전과 그 이야기들을 서로 비교해 보면 금방 드러난다. 초서는 그 이야기들 속에서 자신의 목적에 맞지 않은 요소는 다 생략해버렸다. 여기서는 여주인공들이 무엇보다도 사랑에서의 정숙함을 과시해야 하기 때문에, 오로지 연인이나 아내로서만 제시될 뿐이다. 그리고 사랑이 아닌 다른 무엇 때문에 복수하는 경우도 무시되고 있다. 오로지 정절만이 열 명의 여주인공들(한 이야기에는 두 명의 여주인공이 등장한다)의 특성이 되고 있을 뿐이다. 아리아드네의 이야기에서처럼 귀부인에게 위안이 제공되는 경우나 메데아와 필로멜라에의 이야기들에서처럼 극적인 복수의 기회가 주어지는 경우에는, 그 대목에 이르기 전에 이야기를 중도에서 잘라버린다.

이 이야기 모음집의 형식적 틀은 남성의 배신에 대해서는 분노에 찬 저주를, 여성의 고통에 대해서는 동정을 보낼 것을 요구하지만, 초서는 이러한 범주들을 다른 방식으로 돌려버린다. 그의 귀부인들은, 아리아드네와 파에드라 사이의 고상한 대화에서 볼 수 있듯이, 우스꽝스러울 만큼 산문적이고 계산적이다. 여기에 나오는 남성들은, 헤라클레스와 이아손의 경우처럼, 음모에 가담한 코미디언처럼 행동할 수도 있다. 이러한 이야기들 속에서는 사랑과 애수의 문학이 평소보다 더 넓은 말뜻을 요구한다. 고전적 유산에 관한 한 초서는 그 영웅들을 소인배들로 만들어버리고, 그 자신의 시대의 세속적 문학의 특징적 형식인 로맨스를 패러디한다. 그는 또 디도, 루크리스, 그리고 필로멜라의 경우처럼, 거의 직설적 감상의 이야기를 제공하기도 한다. 따라서 초서가 이 작품에서 성취하는 것은 좁은 틀 내에서의 다양성 — 갖가지 인물, 스토리, 톤, 그리고 감정 — 그 자체라고 할 수 있다.

3. 작가 자신에 관한 언급

〈열녀전〉의 "프롤로그"에서 한 가지 흥미 있는 것은 초서가 자신이 소장하는 '신구의 60권의 책'(273행)에 대해서 경의를 표하고 있다는 점이다. 초서가 인간성에 대한 날카로운 관찰자이기는 했지만, 그를 위대한 시인으로 만든 것은 자신이 읽은 것들을 활용하는 그의 천부적 능력이었다. 사실 그의 장서는 권수로는 수백 권에 달했을 것이다. 왜냐하면 하나의 책이 갖가지 제목을 단 여러 개의 이야기를 담고 있었을 가능성이 농후하기 때문이다. 예컨대 〈바스의 여장부 이야기〉에 나오는 여장부의 다섯 번째 남편이 가지고 있었던 사악한 아내들에 관한 이야기 모음집에는 최소한 열두 개의 개별 작품들이 담겨져 있었다. 초서의 개인 장서에 이 책이 없었다면 놀라운 일이 될 것이다. 초서시대에는 비싼 책값에 대해 불평하는 글들이 많이 씌어졌다. 삽화가 풍부한 책들은, 오늘날 유명화가가 손으로 삽화를 그려 넣은 책들이 그렇듯이, 값이 엄청나게 비쌌다. 그러나 아무런 장식 없이 단순하게 제본된 평범한 책들은 그다지 비싸지가 않았다. 초서는 아마도 60권 정도의 책을 소장할 재력은 있었을 것이다.

초서는 "프롤로그"에서 자신의 장서의 크기를 말할 뿐 아니라, 자신이 쓴 작품들의 목록을 제공하기도 한다(405~420행). '테베의/ 팔라몬과 아르시트의 사랑'에 관한 언급(F텍스트 420~421행)은 〈기사의 이야기〉의 일부 판본이 《캔터베리 이야기》의 집필시기보다 더 이른 시기에 회람되고 있었다는 것을 입증해 준다. 현재 형태로의 〈기사의 이야기〉가 '팔라몬과 아르시트의 사랑'의 원본에 대한 개정판이라는 이론들이 있었지만, 사실 여부는 알 수가 없다. 초서가 "그 이야기는 잘 알려져 있지 않다"(F텍스트 421행)고 말한 것은 그 자신의 이야기가 거의 회람되지 않았다는 뜻이라기보다는 그 이야기에 대한 지식이 일반적으로 결여되어 있었다는 뜻일 것이다. 초서가 '성 세실리아의 삶'을 목록에 올린 것도 놀라운 일이 아니다. 왜냐하면 〈지도신부의 이야기〉가 초기 작품의 모든 특징을 다 지니고 있기 때문이다.

4. 미완성의 문제

〈열녀전〉은 초서가 '궁정시인'으로서 절정기를 맞이했던 시기에 씌어진 작품이다. 이 작품에는 데이지를 숭배한다든가 궁정인들을 '꽃'과 '잎'의 연애등급으로 나눈다든가 하는 당시 유행하던 궁정의 게임들과 행사들이 인유되어 있다. 또 알케스테스로 하여금 완성된 작품을 앤 왕비에게 바치겠다는 약속을 하게 하기도 한다(F텍스트 496~497행). 이 시를 집필하게 된 동기를 내세우는 것은, 그 자체로서 마쇼가 《나바르 왕의 판결》에서 선례를 보였던 것과 같은 하나의 궁정게임이다. 그 작품에서도 시인은 여성의 명예를 훼손했다는 비난을 받고, 귀부인들에 동정적인 주군 앞에서 규탄을 받으며, 문학적 참회를 감수한다. 이러한 일이 두 시인에게 실제로 일어나지 않았음은 말할 것도 없는 일이다. 그것은 어디까지나 하나의 재미있는 게임인 것이고, 궁정의 시에서 흔히 취급되는 행사인 것이다.

그렇기는 하지만, 초서의 픽션의 위트와 창의력과 변덕을 즐기던 궁정의 청중들은 또한 여차하면 뿔뿔이 흩어질 수도 있는 사람들이었다. 초서는 '궁정적인' 시에서 기대되는 말투가 자신이 마음 놓고 구사할 수 있는 것이 아니라는 사실을 잘 알고 있었다. 허물없는 태도는 자칫 "프롤로그" 및 열전의 순수하게 정서적인 힘을 가진 구절들에서 불운한 방종과 상상적 기질의 저하를 가져올 수 있는 것이다. 아무튼 그는 마지막에 가서 〈명성의 집〉에서 성공했던 하나의 카드놀이를 다시 한번 시도한다. 즉, 작품의 종결을 하나의 감질 나는 약속 —'이 이야기를 끝맺음에서 …'(F텍스트 2722행) —과 더불어 끝내고 마는 것이다.

이것은 초서가 자신에게 부과된 주제를 놓고 글을 썼기 때문에, 그 일에 열중하지 못하고 싫증을 내다가 마침내 포기한 결과라는 것이 일반적 견해이다. 그러나 작품 전체를 찬찬히 살펴보면 여기에 대해서도 의문을 갖게 된다. 우선 초서가 명을 받고 글을 썼다는 사실 자체가 짐작의 대상일 뿐이다. 물론 정숙한 여인들에 대한 이야기를 '해마다'(*year by year*) 하나씩 쓰라는 알케스테스의 명(469~485행)으로 미루어 그가 앤 왕비의 명을 받고 이 시를 썼을 가능성은 크다. 그러나 그것은 어디까지나 가능성일 뿐, 사실 여부는 알 수 없는 일이다. 로우즈 교수는, 만약 이것이 1386년에 시작되어 1394년까지 계속된 작품이라면 그 기간이 9년이 되는데, 실제로도 해마다 하나씩 해서 아홉 개의 이야기가 되었다는 점을 지적한 바 있다. 여왕은 별스럽게도 초서에게 해마다 하나씩 이야기를 쓰라고 명했을지 모른다.

초서가 글을 써나가면서 점점 열의가 식었을 것이라는 비평가들의 짐작은 열전 속에 그러한 암시가 자주 눈에 띄는 데에 말미암은 것이다. 예컨대 〈필로멜라의 전설〉에서 그는 테레우스의 이야기를 하면서 이렇게 말한다.

> 그러나 이 이야기도 빨리 넘어가야겠는데,
> 나는 그에 관한 이야기를 하는 데 지쳤기 때문이다.
> (F텍스트 2257~2258행)

그러나 여기서도 우리는 초서의 제스처에 주의해야 한다. 만약 시의 주제가 정말로 그를 싫증나게 했다면, 그 다음 이야기인, 전체에서 세 번째로 긴 〈필리스의 전설〉을 과연 집필했을 것인가? 초서는 《아에네이드》의 여덟 권의 내용을 40행 미만의 운문으로 압축할 수 있는 능력의 소유자이다. 따라서 그가 정말 싫증이 났다면 〈필리스의 전설〉도 얼마든지 더 짧게 쓸 수 있었을 것이다.

초서가 "프롤로그"를 길게, 그리고 꼼꼼하게 고칠 필요가 있다고 생각했다는 사실은 이 시에 대한 그의 느낌을 해석할 수 있는 실마리를 제공한다. 즉, 그가 "프롤로그"에 많은 관심을 쏟았다는 사실은 이 시가 그에게 따분한 시였기는커녕 실제로는 애호하는 시들 중의 하나였다는 결론을 도출하게 만드는 것이다. 〈변호사의 프롤로그〉에 나오는 이야기들의 목록 또한 그 과제에 대한 초서의 관심을 강조하고 있다. 그가 참을 수 없을 만큼 지루했던 일들을 다시 요약했을 리는 만무하기 때문이다. 변호사가 하는 세부적 묘사는 초서의 관심을 보여주는 확실한 표식이다. 〈변호사의 이야기〉가 초서의 작가적 이력 중 후기에 나왔다는 것은 의심의 여지가 없으므로, 이 관심은 지속적인 것이었다고 보아야 할 것이다.

본 이야기들인 〈열전〉에 대해서도 많은 논의가 있었지만, 시원한 말은 별로 없었던 것 같다. 우선 초서가 몇 편의 이야기를 쓰려고 했는지를 꼬집어 말할 수가 없다. 《캔터베리 이야기》의 철회에 나오는 갖가지 텍스트들은 완성된 스토리의 수효로서 19편과 25편을 공히 들먹이고 있다. 변호사가 자신의 "프롤로그"에서 열거한 〈열녀전〉의 이야기들은 완성된 것으로 추정해 볼 수 있다. 그는 16편의 스토리를 거론하고 있지만, 그 중 여덟 편만이 〈열녀전〉에 나오고, 나머지 여덟 편은 어디로 갔는지 알 수가 없다. 게다가 클레오파트라와 필로멜라의 두 이야기는 〈열녀전〉에는 나오는데, 변호사의 목록에는 빠져 있다. 그러한 혼란 앞에서는 어떤 이론을 세울 마음이 내키지가 않는다. 다만 변호사의 진술과 현재 상태로의 초서의 실행이 서로 일치하지 않는다고 말할 수 있을 뿐이다. 초서가 〈열녀전〉을 완성하기는 했는데 그 일부가 소실되었을 것이라는 이론을 내놓는 사람이 아무도 없었다는 점이 첨언될 수 있는 정도이다. 그리고 이 연작물이 말미로 갈수록 이야기들의 길이가 짧아진다고 꼬집는 사람들이 있지만, 그 또한 사실이 아니다. 〈아리아드네의 전설〉(제 6편) 은 가장 길이가 긴 〈디도의 전설〉(제 3편) 다음으로 긴 작품이고, 〈필리스의 전설〉(제 8편) 은 전체에서 세 번째로 긴 이야기이다.

하늘에는 기쁨이, 지옥에는 고통이 존재한다고
사람들이 말하는 것을 수천 번 들은 적이 있다.
나도 그럴 것이라고 인정은 하지만,
그럼에도 불구하고, 천국이나 지옥에 가본 사람이,
혹은 그런 곳에 관한 말을 들었거나 5
글을 읽어본 적이 있는 사람이,
이 세상에 살지 않다는 것 또한 잘 알고 있다.
왜냐하면 아직 실험을 통해서
이 사실을 증명한 사람이 없기 때문이다.
하지만 제 눈으로 본 것 이상을 믿어서는 안 된다고 10
하느님이 언제 금하신 적이 있는가!
자신이 보거나 행한 적이 없다고 해서
무조건 엉터리라고 생각해서는 안될 것이다.
아무도 볼 수 없는 사물이 실재할 수 있다는 것을
하느님은 알고 계시기 때문이다. 15
버나드 수사[1] 조차도 모든 것을 다 볼 수는 없었다!
따라서 우리는 책을 믿을 수밖에.
책을 통해서 옛 것을 마음에 간직하게 되고,
옛 성현들의 가르침을 받을 수 있기 때문이다.
책 속에는 오랜 세월을 통해서 입증된, 20
성인들의 이야기, 임금님들의 이야기,
승리의 이야기, 사랑과 증오의 이야기 등,
내가 여기에 일일이 열거할 수 없는

1) 흔히 성 베르나르두스 클레르보(St. Bernard of Clairvaux, 1091~1153)에 관한 언급으로 간주되고 있다. 똑같은 말이 어떤 필사본의 여백에 라틴어로 기록되어 있기 때문이다.

여러 다양한 이야기들이 들어 있다.
만약에 고서들이 모조리 사라진다면, 25
기억의 열쇠를 잃어버린 셈이 된다.
우리가 책을 존중하고 신뢰해야 하는 것은
그 내용이 경험에 의해 입증된 것이기 때문이다.
　그리고 나로 말할 것 같으면,
머리는 나쁜 편이지만, 책 읽기를 좋아하고, 30
전적으로 책을 믿고 신뢰하며,
마음속으로 존경하고 있다.
따라서 내 관심을 책으로부터
돌려놓을 만큼 재미있는 오락거리는 없다.
휴일에도, 5월이 왔을 때를 빼놓고는, 35
손에서 책을 놓지 못한다.
사실 5월에는 새들의 노랫소리가 들려오고,
꽃들이 피어나기 시작하므로,
책이고 뭐고 다 접어둘 수밖에 없지 않은가!
　나는 꽃에도 취미를 가지고 있다. 40
들판에 피어 있는 꽃들 중에서
우리 마을사람들이 데이지라고 부르는
희고 붉은 꽃을 특히 좋아한다.
나는 워낙 데이지를 좋아해서,
5월이 되면, 날이 새자마자, 45
침대에서 벌떡 일어나
들판으로 달려 나가곤 한다.
이 꽃들이 눈부신 아침 햇살을 받으며
활짝 피어 있는 것을 볼 수 있기 때문이다.

이처럼 긴 낮 동안 나는 풀밭을 거닌다. 50
그러다가 해가 서쪽으로 기울면,
워낙 밤을 무서워하는 이 꽃들은 꽃잎을 닫고,
다시 아침이 와서
날이 밝아질 때까지 잠을 잔다.
꽃 중의 꽃인 이 데이지는 55
온갖 미덕과 영예를 다 수행하며,
여름이건 겨울이건 언제나 한결같이
맑고 신선한 향기를 내뿜는다.
그래서 제대로 한번 예찬을 해보고 싶은데,
내 능력 밖인 것이 한스러울 뿐이다. 60
선배들이 시의 들판을 수확하여
많은 곡식을 쌓아두었음은 잘 알고 있다.
나는 뒤늦게 여기저기 이삭을 주우며,
그들이 남겨둔 훌륭한 말씀에 귀 기울이면,
기분이 매우 좋아진다. 65
그분들이 유쾌한 노래를 통해 말씀하신 것들을
내가 어쩌다 되뇌더라도,
그분들이 불쾌해 하지 않았으면 좋겠다.
잎의 추종자이든, 꽃의 추종자이든,
다 그분들을 밀어주고 기리기 위해서 한 일이니까. 70
진실로 말하건대, 내가 노래를 부른 것은
꽃보다 잎을 편들기 위해서도 아니고,
잎보다 꽃을 편들기 위해서도 아니다.
그것은, 말하자면 낟알과 볏가리의 관계와 같은 것인데,
그 어느 쪽도 나의 편이 아니고, 75

그 어느 쪽도 나를 지배하지 못한다.
나는 누가 잎을 섬기고 꽃을 섬기는지를 알지 못한다.
그런 것은 내 노력의 목적이 아니다.
이 작업은 그런 노력이 있기 이전에,
다른 맥락, 즉 옛 이야기에서 나온 것이기 때문이다. 80
내가 옛날 책들을 신뢰하고
경의를 표하는 이유는
사람들이 권위 있는 것을 믿어야 하기 때문이다.
그 밖에 달리 입증할 수단이 없으니 말이다.
따라서 내 의도는 여러분 앞에서 85
수많은 역사와 수많은 이야기들의 원본을
작가들이 말한 그대로
아무런 꾸밈없이 영어로 소개하는 것이다.
5월이 거의 다 지나갔을 무렵,
나는 여름날 내내, 90
앞서 싱싱한 데이지 꽃들을 볼 수 있다고 말한
그 들판을 거닐었다.
해가 남쪽을 지나서 서쪽으로 향하고,
밤의 어둠을 무서워하는 꽃들이
꽃잎을 닫고 있을 때, 95
나는 급히 서둘러서 집으로 갔다.
갓 베어낸 뗏장으로 담장을 둘러친
작은 정자에서,
나는 사람을 시켜 잠자리를 펴게 하고,
초여름의 싱그러움을 즐기기 위해 100
거기에 꽃들을 뿌리도록 했다.

잠자리에 누워서 눈을 감으니,
어느새 나는 잠이 들고 말았다.
꿈속에서 나는 들판을 거닐면서,
앞에서 말한 105
그 꽃들을 둘러보고 있었다.
향기로운 꽃들로 수놓아진 이 들판이
나에게는 너무나 아름답게 보였다.
어떤 풀, 어떤 나무, 어떤 수지(樹脂)도
거기에 비할 수가 없었다. 110
그것은 이 세상의 모든 향기를 단연 능가했고,
모든 화려한 꽃들의 아름다움을 능가했다.
대지는 발가벗기고 짓밟혔던,
추위의 칼날에 아프게 살을 에었던,
겨울의 그 초라한 몰골을 잊고 있었다. 115
이제 부드러운 햇살이 그를 구제해주었고,
신선한 초록의 옷을 입혀주었다.
겨울에 덫과 그물을 피했던 작은 새들은
그 계절을 반기면서,
그들에게 겁을 주고 그들 무리를 해쳤던 120
사냥꾼들을 조롱하는 노래를 불러
자신들의 마음을 달래고 있었다.
탐욕 때문에 속임수를 써서
그들을 저버렸던 그 야비한 자들을
한껏 조롱하는 노래를 이렇게 부르고 있었다. 125
"사냥꾼들아, 자, 술책을 쓸 테면 써보아라."
몇몇 새들은 맑은 목소리로,

자신의 짝을 섬기고 기리는,
그리고 새로이 찾아온 복된 여름을 반기는,
너무나 감미로운 사랑의 노래를 불렀다. 130

"성 발렌타인이시여, 복되소서!
당신의 날에 짝을 얻은 나는
너무나 기뻐서 아무런 여한이 없어요!"

그들은 서로 부리를 맞추면서,
서로에게 경의와 애정을 표시했다. 135
그리고 각자는 사랑과 자연에 어울리는
다른 의식들을 치르는 데
최선을 다하고 있었다.
나는 이 노래에 성심껏 귀를 기울였는데,
꿈속에서 그 노래의 뜻을 알아들었기 때문이다. 140
마침내 종달새가 하늘에서 노래를 불렀다.

"내 눈에는 위대한 사랑의 신이 보여요.
보세요. 저기에 그가 오고 있어요. 날개를 펼친 채."

들판 쪽을 바라보니, 과연 그가 오고 있었다.
그는 푸른 왕족의 옷을 입은 145
한 여왕의 손을 이끌고 있었다.
그녀는 머리에 황금 망사를 두르고 있었고,
그 위에 수많은 꽃들로 장식한
하얀 보관을 쓰고 있었다.

정말이지, 데이지가 자신의 꽃꼭지에 150
작은 흰 꽃잎들로 이루어진 관을 쓰고 있듯이,
그녀의 하얀 보관도 그와 흡사했다.
그것이 고운 동양의 진주로 만들어졌기 때문이다.
푸른 옷 위의 하얀 보관,
그리고 머리에 두른 황금장식은 155
그녀를 데이지와 똑같은 모습으로
보이도록 만들어 놓고 있었다.

위대한 사랑의 신은 푸른 잔가지 무늬가
가득 수놓아진 비단옷을 입고 있었다.
머리에는 갓 피어난 백합꽃으로 장식된 160
장미 잎사귀의 화관을 쓰고 있었다.
그러나 그의 얼굴빛에 대해서는 뭐라고 말할 수가 없다.
얼굴이 너무나 환하게 빛나서
그 번쩍임에 눈이 부셨기 때문이다.
한동안은 그를 바라볼 수가 없었지만, 165
마침내 그가 양 손에, 달아오른 석탄처럼 빨간
두 개의 불화살을 쥐고 있는 것이 보였다.
그는 천사처럼 두 날개를 활짝 펴고 있었다.
사람들은 그가 눈이 멀었다고 하지만,
내 생각에는 그의 눈이 밝은 것 같았다. 170
그가 나를 무서운 눈길로 바라보자,
그 눈빛이 내 심장을 얼어붙게 했기 때문이다.
그는 하얀 보관을 쓰고 푸른 옷을 입은
그 고귀한 여왕의 손을 꼭 붙잡고 있었다.

그녀는 너무나 여성답고, 자비롭고, 온순해서, 175
온 세상을 다 뒤진다 해도,
그녀의 아름다움을 반이라도 좇아갈 존재를
자연의 피조물들 중에서는 찾을 수가 없을 것이다.
그녀의 이름은 유순한 알케스테스였다.
나는 하느님께 그녀의 행운을 빌었다. 180
사랑의 신의 말씀과 모습이 너무나 두려워서,
그녀의 존재가 주는 위안이 없었다면,
나는 아마 속절없이 죽고 말았을 것인데,
그 이유는 때가 되면 알게 될 것이다.
　그 풀밭 위, 사랑의 신의 뒤쪽으로, 185
열아홉 명의 귀부인들이 왕족의 옷을 입고서
가벼운 발걸음으로 오는 것이 보였다.
그들 뒤쪽으로 한 무리의 여인들이 오고 있었는데,
그들 중 삼분의 일 내지는 사분의 일은,
아무리 생각해 봐도, 190
하느님이 지상에 아담을 창조하신 이래
이 세상에 살았을 것 같지 않은 여인들이었다.
이들 모두는 사랑에 충실했던 여인들이었다.
　이런 것을 놀라운 일이라고 해야 할까?
이들은 내가 데이지라고 부른 195
그 꽃을 보자마자,
갑자기 다 함께 걸음을 멈추고,
그 앞에 무릎을 꿇었다.
그리고는 그 꽃을 에워싸고,
경쾌한 발놀림으로 원무를 추면서, 200

그것을 찬양하는 노래를 불렀는데,
그 발라드의 내용은 다음과 같다.

발라드

숨겨라, 압살롬,[2] 그 눈부신 금빛 머리칼을.
에스더[3]여, 그대의 온순함을 버려라.
조너던[4]이여, 그대의 우정을 감추어라. 205
페넬로페와 마샤 카토[5]여,
그대들의 정숙함을 비교하지 말지어다.
이졸데[6]와 헬레네여, 아름다움을 감추어라.
알케스테스가 여기 있어, 그대들의 영광을 헛되게 하노니.

아름다운 몸매를 보이지 말라, 라비니어[7]여. 210
그리고 로마 시(市)의 루크리스여.
지극한 사랑의 대가를 치른 폴릭세네[8]여.
또 뜨거운 열정을 지닌 클레오파트라여,
그대의 진실한 사랑과 명성을 숨겨라.
그리고 티스베여, 그대 사랑의 고통에 시달렸지만, 215

---

2) 다윗 왕의 셋째 아들. 눈부시게 아름다운 머리칼을 지닌 꽃미남.
3) 페르시아 왕 아하수에로스(Ahasuerus)의 아내.
4) 다윗 왕에 대한 그의 우정이 왕의 목숨을 구했음.
5) 로마의 정치가이자 문인인 마커스 카토(Marcus Cato, 234~149 B.C.)의 아내.
6) 아더왕 전설에 나오는 콘월(Conwall) 왕의 아내이자 트리스트람(Tristram)의 애인.
7) 그리스-로마 신화에 나오는 아에네아스의 아내.
8) 프라아모스와 헤카베 사이에 난 딸로, 아킬레스의 사랑을 받다가 그의 영혼을 달래기 위한 제물로 바쳐졌음.

알케스테스가 여기 있어, 그대들의 영광을 헛되게 하노니.

헤로,[9] 디도, 라오다메이아[10] 등은 슬픔으로 죽었고,
필리스는 데모폰을 위해 목을 매었지.
안색을 못 숨기고 들켜버린 카나케[11]
제이슨에게 배신당한 힙시필레 등은 220
자신의 진실한 사랑을 자랑하지 말 것이며,
히페름네스트라와 아리아드네는 불평하지 말지어다.
알케스테스가 여기 있어, 그대들의 영광을 헛되게 하노니.

이 발라드를 노래 부른 후,
그들은 향기롭고 부드러운 초록빛 풀밭 위에 225
차례대로 원을 그리면서 사뿐히 앉았다.
제일 먼저 사랑의 신이 자리를 잡았고,
다음으로 머리에 흰 보관을 쓰고
초록빛 의상을 입은 여인이 앉았다.
나머지 사람들도 이윽고 230
자신의 신분에 따라 점잖게 자리를 잡고 앉았다.
그리고 한참 동안 그곳에서는
아무런 말도 없이 침묵만 흘렀다.

---

9) 아프로디테를 섬긴 여사제. 연인 리앤더가 자신을 만나러 헬레스폰트 해협을 헤엄쳐 건너다가 익사하자 그를 따라 투신자살했음.

10) 그리스 신화에 나오는 아카스투스(Acastus)의 딸. 자기보다 먼저 죽은 남편 프로테실라오스(Protesilaus)를 저승에서 만나려고 자살했다.

11) 아이올로스(Aeolus)의 딸. 남매간인 마카레오스(Macareus)와 근친상간의 죄를 저질러 아들을 낳았으나, 아버지의 노여움을 사서 아이는 개에게 먹히고, 자신은 아버지 명령에 따라 자살했음. 유모가 그녀의 안색을 보고 임신한 사실을 눈치챘다고 함.

나는 가까운 언덕의 풀밭에 쥐죽은 듯 엎드려서,
이 사람들이 어떤 일을 꾀할 것인가를 235
지켜보고 있었다. 마침내
사랑의 신이 나에게 눈길을 주면서 말했다.
"거기 있는 자는 누구냐?"
그의 말을 듣고서 나는 대답했다.
"나리, 접니다." 그가 가까이 왔을 때 240
나는 인사했다. 그가 말했다.
"여기서 뭘 하고 있느냐? 겁도 없이.
정말이지, 너보다는 차라리
벌레가 내 앞에 있는 편이 더 낳겠다."
"왜요? 나리." 내가 말했다. "정말 그걸 바라십니까?" 245
그가 말했다. "네가 아무런 능력이 없기 때문이야.
내 하인들은 모두가 현명하고 훌륭해.
너는 나의 원수이고, 나에게 덤벼드는 자야.
너는 내 옛 하인들을 헐뜯었어.
번역을 통해서 그들을 괴롭혔어. 250
사람들이 나를 섬기는 것을 방해했어.
나를 신봉하는 것은 바보 같은 짓이라고 주장했어.
이걸 부인할 순 없을 거야.
네가 내 법칙과 모순된
《장미 이야기》를 번역한 사실은 255
텍스트에 나와 있으니 군말할 필요가 없지.
너는 현자들로 하여금 나를 멀리하게 만들었어.
맹렬하고 뜨거운 사랑을 하는 사람은
참으로 어리석은 자에 불과하다고

냉정하기 짝이 없는 네 머리가 그렇게 생각했어. 260
옛 바보들이 정신 나갔을 때 하던 짓을,
그 허튼 짓을 네가 시작했다는 사실을 나는 알고 있어.
그들은 제 잘못은 모르는 채 남을 욕하는 인간들이야.
너는 크리세이드가 트로일루스를
저버린 이야기를 영시로 써서 265
여성들이 타락하는 모습을 보여준 적이 있지?
이제 나에게 한번 대답해 봐.
어째서 너는 여자들을 놓고서 험담만 하고
좋은 소리는 도통 하지 않는 거야?
네 마음속에는 선의라는 것이 없는 거야? 270
네가 가지고 있는 책 속에는
착하고 정숙한 여자들에 대한 이야기는 없는 거야?
네가 새 것 옛 것 망라해서 60여 권의 서적을
소장하고 있다는 것은 하느님도 아시지.
거기에는 로마인들과 희랍인들이 275
여러 여자들의 삶을 다룬 긴 이야기들이 실려 있는데,
백이면 아흔아홉은 좋은 이야기들이야.
이것은 하느님도 아시는 일이고,
그런 문제를 연구하는 학자들도 아는 일이야.
발레리우스,[12] 타이터스,[13] 클로디어스[14]가 뭐라고 했어? 280
조비니우스에 대한 논문[15]에서 제로미가 뭐라고 했어?

---

12) 《루피아누스에게 보내는 발레리우스의 편지》(*Epistola Valerii. ad Rufinum*)의 저자로 짐작되고 있음.

13) 로마의 역사학자인 타이터스 리비우스(Titus Livius).

14) 《프로세르피나의 납치》(*De Raptu Proserpina*)의 저자.

그는 순결한 처녀들과 정숙한 아내들,
평생 수절하는 과부들에 대해서 이야기하고,
그 숫자가 적지 않을 것이라고 말했지만,
나는 백 명쯤은 줄을 설 것이라고 확신해. 285
자신의 정숙함 때문에 당하는
그들의 고통스런 이야기를 읽고 있노라면,
정말 애처롭다는 생각을 금할 수가 없지.
연인에 대한 사랑이 너무나 진실하기 때문에,
그들은 새 짝을 찾기보다 다양한 방식의 죽음을 택해, 290
스토리의 진행에 따라 죽음을 맞이하지.
배신하지 않으려고 불에 타서 죽기도 하고,
목을 매기도 하고, 물에 빠져 죽기도 하지.
처녀성과 정절을 지키기 위해서,
혹은 혼인의 서약을 지키기 위해서 말이야. 295
이런 행위가 신앙심에서가 아니라
정숙하고 고결한 심성에서 나온 것이라고
비난해서는 안 되는 거야.
이들이 비록 이교도들이기는 하지만
모두가 치욕을 두려워하는 사람들이야. 300
이 옛 여인들은 너무나 명예를 잘 지켰기에
이 세상 남자들 중에서
그 여인들 중 가장 꼴찌가 보여준 만큼의
진실성과 상냥함을 지닌 남자도 찾아보기 힘들 거야.
정숙한 아내들의 간난신고를 논한 305
오비디우스의 편지[16]에 뭐라고 씌어 있어?

---

15) 성 제로미가 결혼을 공격한 유명한 글.

빈센트는 《역사의 거울》[17] 에서 뭐라고 말했어?
너는, 기독교든 이교도든, 온 세상 작가들이
다 그런 문제를 다루었다는 소리를 듣게 될 테니,
그걸 기록하느라 종일을 허비할 필요가 없어. 310
다시 말하지만, 뭣 때문에 골치를 썩여 가며
이야기의 쭉정이만 쓰고, 알맹이는 잊어버리는 거야?
나를 낳아주신 성 비너스를 걸고 말하는데,
옛 바보들이 오래 전에 그랬듯이,
너도 나에 대한 믿음을 저버렸지만, 315
사람들 앞에서 그것을 후회하는 날이 올 거야."
그러자 훌륭한 여왕 알케스테스가 말했다.
"예의에 밝은 사랑의 신이시여,
당신이 그에게 퍼부은 그 비난에 대해
그가 어떤 답변을 하는지 한번 들어보시지요. 320
신이란 분노에 좌우되어서 안 되고,
신격을 지녔기에 동요되지 말아야 하며,
정의롭고 자비로워야 하니까요.
신은 또 양쪽 말을 다 듣기 전에는
분노를 터트리지 않은 것이 올바르니까요. 325
듣고 계신 불평들이 다 절대적 진실은 아닐 거예요.
사랑의 신은 날조된 이야기도 많이 듣게 되니까요.
당신의 궁전에는 아첨꾼도 많고,
교활하고 수다스런 고소인도 많지요.
그들은 증오심이나 시기심에서 꾸며낸, 330

16) 오비디우스의 《헤로이데스》(*Heroides*).
17) 빈센트 오브 보베(Vincent of Beauvais)의 《역사의 거울》(*Speculum Historiale*).

혹은 장난기가 동해서 지어낸 많은 이야기들로
당신의 귀를 멍멍하게 하지요.
질투의 신 — 하느님, 그녀에게 불운을 내려주소서 — 은
궁전에서 옷을 빠는 존재와 같아요.
그녀가, 밤이고 낮이고, 335
시저의 궁전을 떠나지 않는다고 단테도 말했지요.
다른 사람은 떠나도, 그녀만은 꼭 필요하다고요.
이 사람은 억울하게 고발된 사람일 수도 있어요.
그렇다면 누명을 벗겨주어야지요.
아니면, 나리, 어리석은 사람일지도 몰라요. 340
악의가 있어서 어떤 내용을 번역한 것이 아니라,
원전을 이용할 때 그 내용에 대해서는
신경을 쓰지 않았던 탓이지요.
자신이 어떤 내용을 쓰고 있는지도 모르면서
그냥 순진하게 《장미》와 《크리세이드》를 썼을 거예요. 345
아니면, 이 작품들을 쓰도록 명령받고서,
거절을 못했을런지도 몰라요.
그는 이전에도 여러 편의 작품을 썼으니까요.
옛 서생들이 쓴 것을 번역한 행위가
그렇게 큰 잘못은 아니라고 봐요. 350
악의에서 사랑을 경멸한 것도 아니고,
또 그가 직접 창작한 이야기도 아니잖아요.
정의로운 지배자라면 이 점을 염두에 두어야 해요.
고집스럽게 폭정을 일삼던
롬바르디의 독재자 하고는 달라야지요. 355
천부적인 왕이나 귀족이

농부처럼 포악하고 잔인한 인간이 되어
사람들에게 온갖 해악을 끼쳐서는 안 되지요.
그는 그들이 자신의 신하라는 사실을,
또 백성들에게 자비를 베푸는 것이 360
자신의 의무라는 것을 명심해야 합니다.
따라서 그들의 항변에 기꺼이 귀를 기울이고,
그들이 항변을 제기하면,
제때에 불평과 탄원을 들어주어야 합니다.
왕이 신하들을 정의롭게 다루어야 한다는 것은 365
철학자들의 금언 중 하나인데,
그것은 의심할 나위 없이 왕의 임무지요.
수백 년 전, 어느 왕이
굳게 선서한 적이 있어요.
즉, 신하들을 신분에 맞게 대접하고, 370
그들을 승진시켜서 명예를 주고, 귀히 여기고—
이 세상에서는 그들이 반신(半神)이나 다름없으니—
비록 부자와 빈자가 서로 신분이 다르지만,
아무런 차별 없이 공정하게 대하고,
특히 빈자들을 긍휼히 여기겠다고 말입니다. 375
그것이 올바르고 합당한 길이라는 것이지요.
사자의 고상한 성품을 보세요.
날파리가 날아와 귀찮게 깨물어도,
그는 꼬리로써 가만히 쫓아버리고 말지요.
그의 고상한 성품 때문에, 380
똥개나 여타 다른 짐승들과는 달리,
파리에게 보복을 가할 생각을 하지 않아요.

고상한 성품을 가진 사람은 절제를 보여주고,
모든 일을 공평한 입장에서 평가하지요.
그래야 자신의 높은 신분에 대한 값을 하지요. 385
나리, 귀족이 대답도 들어보지 않고
어떤 사람을 비난하는 것은 고상한 일이 아니랍니다.
귀족에게는 그것이 몹쓸 짓이 된답니다.
설사 그 사람이 스스로 변명하지 않고,
쓰라린 심정으로 자비를 구하여, 390
아무런 꾸밈없이 겸손하게
전적으로 당신의 판단에 따르겠다고 하면,
신인 당신은 잠깐 동안이나마
자신의 명예와 그 사람의 인권을 고려해야 합니다.
이 경우에는 죽음의 이유가 없기 때문에, 395
당신은 그만큼 쉽사리 자비를 베풀 수가 있지요.
제발 분노를 거두시고, 호소를 들어주소서.
이 사람은 능력껏 당신을 섬겼고,
시작(詩作)을 통해서 당신의 법을 증진시켰습니다.
젊었을 때는 당신의 재산을 지켰지요. 400
그가 지금 배교자인지 어떤지는 모릅니다.
하지만 당신의 이름을 예찬하는 창작력을 통해서,
무지한 자들이 당신을 섬기는 기쁨을 누릴 수 있게끔
노력했다는 사실은 잘 알고 있습니다.
그는 〈명성의 집〉이라는 책을 썼으며, 405
또 〈공작부인 블랑쉬의 죽음〉,
〈새들의 회의〉, 그리고 잘 알려져 있지 않은
테베의 〈팔라몬과 아르시트의 사랑〉과 같은 작품들을

쓴 것으로 알고 있습니다.
또 휴일을 위해서는 발라드, 론도, 비를레이 등 410
수많은 찬미가들을 썼지요.
다른 노작들로 말할 것 같으면,
보에티우스의 작품,
이노센트 교황의 《인간의 비참한 조건》,
성 세실리아의 생애, 415
그리고 오래 전에는
오리젠[18]의 《막달레나》 등을
산문으로 번역한 바 있습니다.
따라서 그만큼 벌을 덜 받아야 하겠지요.
담시를 비롯한 다른 작품들도 많이 있으니까요. 420
　지금 당신이 신이시고 또 왕이시듯이,
한때 트라키아의 여왕이었던 이 알케스테스가 요청하는 바,
부디 이 사람에게 자비를 베풀어
평생 동안 해를 입지 않게 해주소서.
그는 당신께 맹세합니다. 425
지금부터는 결코 이런 죄를 저지르지 않겠다고.
게다가 당신이 명하신다면,
처녀든 아내든, 그 누구든 간에
사랑에 충실했던 여성들에 대해서 쓰겠다고.
그가 《장미》와 《크리세이드》에서 훼손했던 것만큼 430
당신의 명예를 증진시키겠다고."
　사랑의 신은 즉각 이렇게 대답했다.

---

18) 초기 교회 창시자들 중의 한 사람. 그의 《막달라 마리아의 복음》에는 베드로와 마리아의 불화에 관한 목격자의 이야기가 적혀 있다.

"부인, 그대가 자비롭고 성실하다는 사실은
오래 전부터 알고 있는 바이오.
이 세상이 시작된 이래, 435
그대보다 더 나에게 충실한 여성은 없었소.
명예를 지키기 위해서라도
내 그대의 청을 거절하지 않겠소.
모든 것이 그대에게 달렸소. 마음대로 그를 처분하시오.
더 이상 지체 말고, 모든 것을 용서하시오. 440
선물을 주거나, 친절을 베풀 때는
즉시 행해야 상대방의 고마움이 더 커지는 법이오.
그러니 그를 어떻게 할지 알아서 판단하시오.
이제 그만 가보시오. 고마웠소, 부인."
　나는 일어났다가 다시 무릎을 꿇고서 445
이렇게 말했다. "부인이시여,
저를 사랑의 신의 분노에서 벗어나게 해주셨으니
천상의 하느님께서 복을 주실 겁니다.
저도 하느님의 은총을 받아 오래 살아서,
저를 도와주고 희망을 안겨주신 450
당신이 누구신지 진심으로 알고 싶군요.
하지만, 참으로 이 문제에서, 제가 죄를 지었거나
사랑을 침해했다고 생각해 본 적은 없습니다.
정직한 사람은 의심할 나위 없이
도둑의 행위에 가담하지 않기 때문입니다. 455
저는 거짓 사랑을 질책한 사람이기 때문에,
진정한 연인이라면 저를 나무라지는 않을 겁니다.
《크리세이드》와 《장미》를 썼기 때문에

오히려 제 편을 들 것입니다.
원 저자의 의도가 무엇이었든지 간에, 460
하느님도 아시겠지만, 사랑의 진실을 예찬하고
소중히 여기자는 것이 제 마음이었거든요.
그리고 그러한 예를 통해서
부정과 사악을 경고하자는 것이 제 의도였어요."
　그녀가 대답했다. "그만해 두세요. 465
사랑의 신은, 옳건 그르건, 자신에게 반대하는 말을
듣고 싶어 하지 않아요. 나에게서 이 점을 배우세요!
일단 용서받았으니 그것을 유지하세요.
그러면 사랑의 신을 침해한 죄로
당신이 어떤 대가를 치러야 할지를 말해주겠어요. 470
잘 들으세요. 이제부터 죽을 때까지
매년 당신은 자신의 시간의 대부분을,
처녀건 부인이건,
언제나 사랑에 충실했던
훌륭한 여성들의 전기를 쓰는 데 바치세요. 475
그리고 그들을 배신했던,
수많은 여성들을 농락할 생각만 했던,
몹쓸 남자들에 대해서 이야기하세요.
남자들의 세계에선 그것이 하나의 오락이니까요.
당신이 연인이 되고 싶지 않더라도, 480
사랑을 예찬하세요. 그대가 치룰 속죄가 그것이어요.
사랑의 신에게 저는 기도할 거예요.
어떻게 하든, 그분의 봉사자들에게 명하여
당신을 도와주고, 당신의 노고에 보상을 해주라고요.

이제 가보세요. 당신의 속죄가 가벼워졌으니." 485
　사랑의 신은 미소를 짓고서 말했다.
"이분이 처녀든 부인이든,
여왕이든 백작부인이든, 신분과는 관계없이,
훨씬 더 무거운 벌을 받아야 할 너에게
가벼운 속죄를 명하신 이분이 누구인지 알겠느냐? 490
고상한 마음씨에는 동정심이 빨리 동하는데,
이분은 자신의 본성을 그대로 드러내고 있으니."
내가 대답했다. "모르겠습니다, 나리.
저분이 매우 친절하신 분이라는 것 말고는."
사랑의 신이 말했다. "내 두건을 걸고 하는 말인데, 495
그건 맞는 말이야.
하지만 잘 생각해 보면 알 수 있을 거야.
네 궤짝 속에 있는 책들 중 한 권에
데이지 꽃으로 변한 알케스테스 여왕의
선행에 관한 이야기가 들어 있는 것을 알고 있지? 500
남편을 구하기 위해 죽음을 택했고,
남편 대신 지옥에까지 갔는데,
헤라클레스에게 구출되어 지옥을 빠져나와
행복을 되찾은 이야기 말이야."
나는 다시금 대답했다. "아, 이제 알겠습니다. 505
이분이 바로 제 마음의 안식처인 데이지 꽃,
그 착한 알케스테스 여왕이시지요?
이제야 부인의 착한 마음씨를 깨닫게 되는군요.
살아계실 때나 돌아가신 후에나
부인의 명성을 배가시켰던 그 착한 심성을. 510

부인의 꽃인 데이지를 향한 제 애정에
부인께서 보답을 해주셨군요.
아가톤[19] 도 말했지만,
주피터가 그 착한 마음씨를 높이 사서
부인을 별로 만든 것은 하나도 놀라운 일이 아니지요! 515
부인의 흰 화관이 그걸 입증해주고 있잖아요.
그 화관에 꽂혀 있는 작은 꽃들만큼이나
부인은 많은 미덕을 가지신 분이예요.
부인을 기리기 위해 퀴벨레[20] 가 데이지를 창조했지요.
우리가 보는, 하얀색 관을 쓰고 있는 꽃을요. 520
마르스가 그 하얀색 가운데다
루비 대신에 붉은색을 선사했지요."

면전에서 칭찬의 소리를 들은 부인은
약간 수줍어하면서 얼굴을 붉혔다.
그러자 사랑의 신이 말했다. "네가 여성들의 525
바람기에 대한 글을 쓴 것은 큰 실수였다.
경험에 의해서 또 옛 이야기들을 통해서
여성들의 착한 품성을 알고 있으면서 말이다.
쭉정이는 버리고, 알곡에 대한 글을 쓰도록 하라.
크리세이드는 곤히 잠자게 내버려두고, 530
왜 알케스테스의 이야기를 쓰지 않았느냐?
알케스테스에 대한 글을 쓰도록 하라.
그녀가 선행의 요람임을 잘 알고 있지 않느냐.
그녀는 고결한 사랑을 가르쳤고,

---

19) 플라톤의 〈향연〉을 가리킴.
20) 프리지아의 대지(大地)의 여신. 풍요의 여신.

특히 아내의 길을, 535
아내가 지켜야 할 온갖 도를 가르쳤지 않느냐.
그때는 너의 맑은 정신이 졸고 있은 모양이구나.
이제 네 삶에 한 가지 의무를 지우겠다.
네 열전 속에 다른 소소한 여인들의 이야기를 쓴 후
반드시 이 부인의 이야기를 쓰도록 하라. 540
이제 가보도록 하라. 더 이상 시킬 일이 없으니.
클레오파트라 이야기부터 시작해서
계속 써나가도록 하라. 그러면 내 신임을 얻게 될 테니."
이 말을 들음과 동시에 나는 잠이 깼다.
내가 이 열전을 시작하게 된 것은 이 때문이다. 545

1. 〈클레오파트라의 전설〉

온 이집트를 다스리던 580
프톨레마이오스 왕[21] 이 죽은 후,
그의 왕비 클레오파트라가 그 나라를 다스렸다.
그러다가 전 세계를 정복하고자 하는
로마제국의 관례에 따라,
왕국과 명예를 얻을 목적으로 585
로마에서 총독이 파견 나오게 되었다.
사실대로 말하면,
그의 이름은 안토니우스였다.
그는 출세의 가도를 순탄하게 달려왔지만,
운명의 여신의 눈 밖에 나게 되자, 590
로마제국에 반란을 일으켰다.
사실 그는 시저의 여동생을 몰래 배신하고,
어떤 희생을 치르더라도
다른 아내를 얻으려고 했는데,
이 때문에 시저 및 로마와 척을 지게 되었던 것이다. 595
그럼에도 불구하고, 이 총독은 사실상
매우 훌륭하고 고결한 전사였기에,
그가 죽는다면, 매우 애석한 일이 아닐 수 없었다.
하지만 사랑의 신이 광란의 열정을 불어넣어,
그는 스스로의 덫에 갇히게 되었다. 600

21) 기원 전 4~3세기에 이집트를 지배한 왕.

클레오파트라를 죽도록 사랑하게 되자,
그에게는 온 세상이 아무런 가치도 없게 되었고,
그녀를 사랑하고 섬기는 일 외에
그 어떤 것도 소용없는 일처럼 보였다.
그녀와 그녀의 권리를 보호하기 위해서라면, 605
싸우다 죽는 것도 개의치 않았다.
이 기사의 공훈과 기사다움에 반해,
이 고상한 여왕도 그를 사랑하게 되었다.
책들이 거짓말을 하지 않는다면,
안토니우스는 이 세상 그 누구보다도 610
더 훌륭한 인격과
고상함과 신중함과 꿋꿋함을 지닌 인물이었고,
클레오파트라는 5월의 장미처럼 아름다운 여자였다.
글이란 짧은 것이 최선이므로, 마침내 그녀는
소원대로 그를 손아귀에 넣어 그의 아내가 되었다. 615
　결혼식과 피로연을 묘사하는 것은
나에게 너무 부담스러운 일이다. 많은 이야기들을
운문으로 옮겨야 할 임무를 진 마당에,
자칫하면 더 무게 있고 의미 있는 것들을
소홀히 할 염려가 있기 때문이다. 620
사람이란 배에다 너무 많은 짐을 실을 수 있는 법.
그래서 자질구레한 것들은 지나쳐버리고,
바로 결론 쪽으로 건너뛰려고 한다.
　이러한 행위에 격분한 옥타비우스는
안토니우스를 완전한 파멸로 몰아넣기 위해 625
사자처럼 잔인하고 용감한

일군의 로마 병사들을 일으켰다.
그들이 함선을 탔으니 항해하도록 내버려두자.
안토니우스는 경계를 하면서
로마 군대와 조우하기를 기다리고 있었다. 630
그는 작전계획을 세운 후,
날을 잡아 아내와 함께 군사들을 데리고
지체 없이 함선에 승선했다.
바다[22] 로 나가서 적과 부딪히자,
나팔소리 높이 울리고, 함성을 지르며 활을 쏘았다. 635
그들은 태양을 등지고 공격을 감행하면서,
소름끼치는 악다구니를 쓰고, 화살을 쏘아댔다.
또한 격렬하게 배를 부딪치면서,
뱃전으로부터 커다란 돌을 날려 보냈고,
네 갈고리로 된 걸쇠를 던졌는데, 640
로프에는 삭구(索具) 를 절단하는 낫이 달려 있었다.
서로가 서로 전투용 도끼를 휘둘렀고,
어떤 자는 돛대 뒤로 피했다가
다시 나타나서 적을 배 밖으로 내던졌다.
어떤 자는 창끝으로 적을 찔렀고, 645
어떤 자는 큰 낫과 같은 갈고리로 돛을 절단했다.
술잔을 들고 동료들을 독려하는 자도 있었고,
적이 미끄러지도록 갑판 위에 콩을 뿌리는 자도 있었으며,
생석회[23] 가 담긴 단지를 들고 달려가는 자들도 있었다.
이런 식으로 전투하면서 긴 하루를 보내다가, 650

22) 아르타 만(the Gulf of Arta).
23) 적의 눈에 뿌리는 데 사용.

마침내 모든 것이 끝장나면서,
안토니우스는 패배하여 도망쳤고,
그의 부하들도 힘자라는 데까지 뿔뿔이 흩어졌다.
　여왕 또한 자신의 진홍빛 돛배들과 함께
우박처럼 퍼붓는 돌들을 피해서 도망쳤다. 655
그녀가 그것을 견딜 수 없었던 것은 당연한 일이다.
그 불운을 목격한 안토니우스가 말했다.
"아, 태어나지 말았어야 했는데!
오늘로써 나의 모든 영예를 잃게 되었구나."
절망 속에서 그는 정신을 잃기 시작하여 660
그곳을 벗어나기도 전에[24)]
자신의 가슴을 칼로 찔러버렸다.
그의 아내는, 시저의 자비를 구할 수 없었기에,
공포와 고통 속에서 이집트로 피신했다.
그러나 들어보라, 헌신적 사랑을 떠벌리고 다니는, 665
사랑하는 이의 노여움을 사느니 차라리 죽는 편이 낫다고
거짓 맹세를 남발하는 남자들이여.
여기서 당신들은 정숙한 여성의 모습을 보게 될 테니!
슬픔에 잠긴 클레오파트라는 너무나 비통해서
아무런 말도 할 수가 없었다. 670
다음날 아침, 그녀는 더 이상 지체하지 않고
자신의 장인(匠人)들을 시켜서
이집트에서 구할 수 있는 모든 루비와
고운 보석들을 가지고 관을 하나 만들라고 했다.
그녀는 그 관에 향료를 채우고, 675

---

24) 사실은 1년이 지난 후, 알렉산드리아에서 칼로 자살했다.

안토니우스의 시신을 방부 처리하게 한 후,
그것을 가져오게 하여 관속에 안치했다.
입관한 다음 그녀는 구덩이를 파게 했다.
그 구덩이에다 자신이 구할 수 있는
모든 뱀들을 다 집어넣은 후, 이렇게 말했다. 680
"이 슬픈 가슴이 철저하게 순종을 바쳤던 님이여,
당신에게 내 모든 것을 아낌없이 바치겠다고
맹세한 그 복된 시간부터 —
그대 나의 기사, 안토니우스여 —
낮이건 밤이건, 깨어 있는 한, 685
행복하든 불행하든, 노래를 부르든 춤을 추든,
내 마음은 한 번도 당신을 잊은 적이 없었어요.
나는 스스로 계약을 맺었지요.
당신이 행복해 하면 나도 행복해 하고,
당신이 불행해 하면 나도 불행해 할 것이라고. 690
죽어서든 살아서든, 내 힘이 미치는 한,
충실한 아내로서 당신과 똑같이 느낄 것이라고 —
숨이 붙어 있는 한, 내가 그 계약을 준수함을
사람들은 똑똑히 보게 될 거예요.
나보다 더 연인에게 충실했던 여왕은 없었으니까요." 695
그 말과 함께, 벌거벗은 몸으로
그녀는 기분 좋게 뱀이 우글거리는 구덩이로 뛰어들었다.
그곳에 묻히기를 원했던 것이다.
독사들이 이내 그녀를 물어뜯기 시작했는데,
그토록 간절한 안토니우스에 대한 사랑 때문에 700
그녀는 자신의 죽음을 유쾌하게 받아들였다.

이것은 역사적 사실이지, 지어낸 이야기가 아니다.
사랑 때문에 기꺼이 목숨을 버릴 수 있는
진실하고 절개 있는 남자를 찾을 때까지,
머리 아프지 않게 해달라고 하느님께 기도나 해야지! 705

2. 〈티스베의 전설〉

세미라미스 여왕[25]이 사방에 도랑을 파고
잘 구워진 단단한 벽돌로
담장을 높이 쌓아올린 도시,
바빌로니아에서 있었던 일이다.
이 멋진 도시에 명성이 높은 710
두 귀족이 살고 있었다.
그들은 초원 위에 매우 가까이 살았는데,
그들 사이에는, 큰 도시에서 흔히 그렇듯이,
돌담이 하나 가로놓여 있었다.
그 중 한 귀족에게는 715
그 나라에서 가장 기운이 왕성한 아들이 하나 있었고,
다른 귀족에게는
동방에서 가장 아름다운 딸이 하나 있었다.
각자는 이웃에 사는 여자들의 입을 통해
그 이름을 알고 있었다. 720
그러한 나라들에서는
처녀들이 혹 어리석은 짓을 할지도 모른다고 해서,
철저히, 그리고 세심하게 보호되었다.
나소[26]에 의하면, 총각의 이름은 피라무스였고,
처녀의 이름은 티스베였다. 725

---

25) 아시리아의 전설상의 여왕. 미와 지혜로 유명하며, 바빌로니아의 창건자로 전해져 옴.

26) 오비디우스(Publius Ovidius Naso).

소문에 의해 그들의 명성이 널리 알려졌으므로,
나이가 들자 서로 사랑하게 되었다.
과년한 처녀 총각들이라
결혼할 수도 있었는데,
그러나 각자의 아버지들이 동의하지 않았다. 730
두 사람 다 사랑에 불타 있었기 때문에,
그들이 꾀를 내어 가끔씩 몰래 만나서
서로에 대한 열망을 털어놓는 것을
모든 친구들이 다 막을 수는 없는 노릇.
석탄을 덮으면 불길이 더 뜨거워지듯이, 735
사랑도 금하면 열 배는 더 맹렬해지는 법이다.
　그들 사이에 가로놓여 있는 이 벽은
쌓은 지가 오래 되었기 때문에,
꼭대기에서 아래로 틈이 나 있었다.
이 틈은 너무 좁고 작아서 740
거의 눈에 띄지 않을 정도였다.
그러나 사랑이 찾아내지 못할 것이 무엇이겠는가?
사실대로 말하면, 이 좁고 작은 틈새를
최초로 발견한 사람들이 이 두 연인이었으니!
고해를 할 때처럼 조용한 목소리로 745
그들은 그 틈을 통해서 말을 주고받았다.
용기를 낼 때마다 그 장소에 서서,
사랑의 하소연과
온갖 고통들을 털어놓았던 것이다.
피라무스는 그 담의 한쪽에 서고, 750
티스베는 다른 쪽에 서서,

서로 상대방의 달콤한 목소리를 들었는데,
이런 식으로 그들은 감시자들을 속였다.
그들은 날마다 이 벽을 위협하면서,
하느님에게 그것을 무너뜨려달라고 빌었다. 755
그들은 이렇게 말하곤 했다. "아, 너 사악한 벽아!
너의 질투가 우리를 완전히 가로막는구나.
왜 너는 두 개로 쪼개지거나 무너지지 않는 거냐?
그렇게 못한다면 최소한 우리를
한 번이라도 만나게 해주거나, 760
달콤한 키스라도 나누게 해주지 않는 거냐?
그러면 우리는 이 고통스런 근심에서 벗어날 텐데.
하지만 네가 그 회반죽과 돌들을 통하여
우리의 말을 보낼 수 있도록 허용해주는 한,
너에게 신세를 지는 셈이구나. 765
그러니 너와 함께 있음을 기뻐해야지."
이런 공허한 말들을 내뱉고서,
그들은 차가운 돌담에 키스한 후,
작별인사를 서로 나누고 그곳을 떠나곤 했다.
이런 일도 사람들에게 들킬까 봐 770
저녁 무렵이나 이른 새벽에 해야만 했다.
오랫동안 이런 식으로 지내던 중
어느 날 포에부스가 맑은 얼굴을 하고 —
오로라가 자신의 뜨거운 빛으로
젖은 풀잎에 맺힌 이슬을 말려버렸을 때 — 775
피라무스가 여느 때처럼 이 돌틈으로 왔고,
이어서 티스베도 그곳에 나타났다.

그들은 그날 밤에 야반도주를 하기로
철석같은 언약을 했다.
즉, 감시인들의 눈을 속이고, 780
그 도시를 몰래 빠져나가기로 한 것이다.
그들은 같은 시간, 같은 장소에서 만나야 했는데,
들판이 너무 넓고 크기 때문에,
니수스 왕[27]이 묻혀 있는 나무 아래에서
만나기로 약속을 정했다 — 785
우상을 숭배하던 옛 이교도들은
당시 들판에다 무덤을 쓰곤 했기 때문이다 —
이 무덤가에는 또 샘이 하나 있었다.
이야기를 좀 줄인다면,
이 약속은 놀라울 만큼 단단하게 확인되었다. 790
그들에게는 태양이 바다 아래로 내려가는데
너무 오래 꾸물대는 것처럼 보였다.
　사랑하는 피라무스를
너무나 보고 싶어 하던 티스베는
밤이 되어 약속시간이 되자, 795
얼굴을 머리쓰개로 교묘하게 가린 채,
아무도 모르게 집을 빠져 나왔다.
자신의 모든 친구들을 — 약속을 지키기 위해 —
저버렸던 것이다. 아, 얼마나 유감스러운 일인가,
여자가 남자를 믿고서 약속을 지키는 것은. 800
그녀가 그를 잘 알지 못한다면 말이다.
그녀는 재빨리 나무 있는 데로 갔다.

---

27) 세미라미스의 남편. 니네베의 창건자.

사랑이 그녀를 용감하게 만들었기 때문이다.
그녀는 샘가에 자리잡고 앉았다.
아, 바로 그때 숲에서 사나운 암사자 한 마리가 805
달려 나왔다. 다른 짐승을 잡아먹었는지,
입가에 피 칠을 한 그 암사자는
그녀의 곁에 있는 샘에서 물을 먹었다.
그 광경을 본 티스베는
공포에 질린 가슴으로 일어섰고, 810
달빛 속에서 발견한 어느 동굴 속으로
다리를 후들거리면서 달아났다.
그녀는 달려가면서 머리쓰개를 떨어뜨렸지만,
워낙 겁에 질려 있어서 그 사실을 몰랐고,
도망친 것만을 다행으로 여겼다. 815
그녀는 어둠 속에 숨어서 숨을 죽이고 있었다.
물을 잔뜩 마신 암사자는
샘가를 어슬렁거리다가
이내 머리쓰개를 발견하고는
피 묻은 입으로 그것을 갈기갈기 찢어버렸다. 820
그렇게 한 후 암사자는
더 이상 멈추지 않고 숲속으로 가버렸다.
마침내 피라무스가 나타났다.
아, 그는 집에서 너무 오래 지체했던 것이다!
달빛이 밝게 빛나서 사방이 훤했다. 825
그는 걸음을 재촉하면서
땅바닥을 내려다보고 있었다.
눈길을 아래쪽으로 두고 있던 그는

널리 찍혀 있는 사자의 발자국을 보았다.
갑자기 온몸에 전율을 느끼면서 830
그는 얼굴이 창백해지고 머리끝이 곤두섰다.
가까이 가자 찢어진 머리쓰개가 그의 눈에 들어왔다.
"아," 하고 그가 소리쳤다. "태어난 게 한이구나!
이 밤이 우리 두 연인을 죽이는구나!
어찌 티스베에게 용서를 구할 수 있을까, 835
내가 바로 그대를 죽게 만든 장본인이니.
아! 내 소원이 그대를 죽게 만들었으니.
아, 위험이 도사리고 있는 장소로
여자를 보고 한밤중에 오라고 했으니!
게다가 내가 더 늦게 왔으니. 840
내가 그대보다 더 먼저 왔어야 하는 건데!
이 숲속에 사자가 있다면,
내 몸을 찢어버려라. 사나운 짐승이 있다면,
내 심장을 물어뜯어 버려라!"
그렇게 말하고는, 머리쓰개 있는 데로 달려가서, 845
그것에 키스를 퍼붓고, 눈물을 흘리면서
이렇게 울부짖었다. "아, 머리쓰개여!
너는 티스베의 피에 젖은 것만큼
내 피에도 젖게 될 것이다!"
그 말과 함께 그는 칼로 자신의 심장을 찔렀다. 850
그러자, 도랑이 터졌을 때 물이 쏟아지듯이,
그 상처에서 피가 솟구쳐 나왔다.
　이 사실을 전혀 모르는 티스베는
겁에 질린 채 앉아서 이렇게 생각했다.

"만약에 피라무스가 이리로 와서 855
내가 없는 것을 알게 되면
내가 그를 잔인하게 속였다고 생각하겠지."
그녀는 밖으로 나와, 심장과 눈 모두를 가지고
그를 찾아 사방을 둘러보며 생각했다.
"그에게 말해줘야지. 암사자도 두려웠고, 860
내 행위도 두려웠다고."
마침내 그녀는, 땅에 발뒤꿈치를 버둥거리고 있는,
피투성이가 된 연인을 발견했다.
그 광경을 본 그녀는 흠칫 뒤로 물러섰다.
심장은 물결처럼 고동치기 시작했고, 865
얼굴은 회양목처럼 창백해졌다.
자신의 연인을 잘 아는 그녀는 순간적으로
그가 피라무스라는 것을 알았기 때문이다.
티스베가 얼마나 사색이 되었는지,
어떻게 머리칼을 쥐어뜯고 괴로워했는지, 870
땅바닥에 쓰러져서 기절을 했는지,
그의 상처 위에 눈물을 떨어뜨렸는지,
그의 피와 자신의 통곡을 뒤섞었는지,
그의 피로써 범벅이 되었는지,
그의 죽은 시신을 끌어안았는지, 875
이 비탄에 잠긴 티스베가
그의 차가운 입술에 어떻게 키스를 퍼부었는지,
아, 누가 필설로써 다 표현할 수가 있겠는가!
"누가 이런 짓을 했단 말인가? 감히 내 님을 죽이다니.
오, 말 좀 해봐요, 내 사랑 피라무스! 880

티스베가 이렇게 당신을 부르고 있잖아요!"
그러면서 그의 머리를 들어올렸다.
　아직 숨이 붙어 있던 이 불운한 남자는
울부짖는 티스베의 이름을 듣자,
천근같은 눈을 떠서 그녀를 쳐다보고는 885
다시 내리 깐 후, 숨을 거두었다.
티스베는 아무 말 없이 일어나
자신의 머리쓰개와 그의 빈 칼집,
그리고 그를 죽게 한 그 칼을 바라보면서
이렇게 말했다. "내 슬픈 손은 그 임무를 890
수행할 수 있을 만큼 충분히 강해요.
사랑이 힘과 용기를 주었으므로
내 상처를 충분히 확대할 수 있어요.
나도 당신을 따라 죽겠어요.
내가 당신 죽음의 원인이니, 동반자가 되어야지요. 895
죽음을 빼놓고는 그 무엇도
나를 당신에게서 떼어놓을 수 없지만,
이제는 죽음도 우리를 갈라놓을 수 없어요.
내가 당신과 함께 갈 것이니까요.
가증스럽고 시샘 많은 우리 아버지들이여, 900
한때는 우리가 자식들이었지만,
더 이상 심술부리지 마시고
우리를 한 무덤 속에 눕혀주세요.
사랑 때문에 이런 비참한 최후를 맞았으니까요.
정의로운 하느님께서는 참된 연인들이 905
피라무스와 티스베가 누렸던 것보다 더 많은

행복을 누릴 수 있도록 해주세요!
그리고 명문가의 규수가 용기를 내어
스스로를 위기에 몰아넣지 않도록 해주세요.
그리고 사랑을 함에 있어 910
여자도 남자 못지않게 충실하도록 해주세요.
제가 지금 그 시범을 보이려고 하니까요."
그녀는 그 말과 함께 재빨리
연인의 피가 묻어 아직도 따뜻한
그의 칼을 집어서 자신의 심장을 찔렀다. 915
티스베와 피라무스는 이런 식으로 세상을 떠났다.
내가 피라무스의 이야기를 한 것은
책에서 본 진실한 남자들 중에서
그보다 더 진실한 남자는 없었기 때문이다.
사랑에 진실하고 인정 있는 남자를 보는 것은 920
우리 남자들에게는 즐거운 일이다.
그리고 여기에서 보듯, 연인이 그 누구든,
여자도 남자처럼 지혜롭고 용감할 수 있는 법이다.

3. 〈디도의 전설〉

만투아에서 태어난 베르길리우스여,
그대 이름에 영광과 명예가 있기를! 925
아에네아스가 디도를 배신한 이야기를 앞장서 밝힌
그대의 등불을 나도 가능한 한 따르려고 하오.
그대의 《아에네이드》 및 오비디우스의 진로를 따라
그 내용을 시로 옮기려 한다오.
트로이가 그리스인들의 계략에 의해, 930
특히 가짜 말(馬)을 만들어 미네르바의 여신에게 바친
시논이라는 사람에 의해 파괴되었을 때의 일이다.
그 말 때문에 수많은 트로인들이 죽는 것을 보고
죽은 헥토르가 나타나서 그것에 불을 지르자,
불길은 걷잡을 수 없이 타올라 935
그 시의 주된 내성(內城)인
일리움의 훌륭한 탑들을 모조리 태웠다.
온 나라가 몰락하고,
프리아모스 왕이 살해되었다.
아에네아스는 비너스로부터 940
도망치라는 명을 받고서
오른 팔에는 아들 아스카니오스를 안고
등에는 안키세스라고 불리는
늙은 아버지를 업고서 도망쳤다.
그러나 도중에 아내 크레우사를 잃었고, 945
더구나 동료들하고도 헤어져

가슴이 찢어질 듯했다.
마침내 동료들을 찾은 그는
시간을 정해 준비를 갖추고는
있는 힘을 다해 바다로 나가서, 950
운명이 시키는 대로, 동료들과 함께
이탈리아를 향해 배를 띄웠다.
바다에서 그가 겪은 모험을
여기서 이야기하는 것은 적절하지 않다.
그것은 내 주제와 상관없는 일이기 때문이다. 955
앞에서도 말했듯이, 내 이야기는 시종일관
아에네아스와 디도에 관한 것이다.
　그가 짠물의 바다 위를 항해하여
간신히 리비아에 도착했을 때
그의 선단에는 일곱 척의 배밖에 남아 있지 않았다. 960
폭풍우에 시달렸던 터라
육지에 상륙한 것이 기쁘기 그지없었다.
항구에 들어서자
그의 동료들 중에서
아카테스라고 불리는 기사를 뽑아 965
그와 함께 그 나라를 둘러보기로 했다.
배들은 닻을 내려 바다에 두고,
아무 안내자도 없이
단 둘이서만 출발했다.
그들은 황량한 들판을 걸어가다가 970
마침내 여자사냥꾼을 한 사람 만나게 되었다.
그녀는 손에 활과 화살을 들고 있었고,

옷은 무릎까지 짧게 입고 있었다.
하지만 그녀는 자연이 낳은
가장 아름다운 모습을 하고 있었다. 975
그녀는 아에네아스와 아카테스를 반기면서,
이렇게 말을 걸어왔다.
"두 분이 이 땅을 활보하고 계실 때,
이 숲에서 옷을 걷어 올리고
화살통에 화살을 담은 채 980
멧돼지나 다른 짐승을 쫓으면서
옆을 지나가는 내 여동생들을 못 보셨나요?"
아에네아스가 대답했다. "아니오, 부인, 못 봤는데요.
그런데 부인의 미모로 봐서,
부인은 이 세상 여성이 아닌 것 같군요. 985
제 눈에는 페부스 여신[28]의 동생처럼 보여요.
부인이 만약 여신이시라면,
우리의 노고와 슬픔을 동정해 주시길 빕니다."
"저는 여신이 아닙니다" 하고 그녀가 대답했다.
"여기 이 나라에서는 처녀들이 990
이런 식으로 활과 화살을 가지고 다닌답니다.
두 분이 지금 계시는 이곳은
디도가 여왕으로 있는 리비아 땅입니다."—
그녀는 디도가 이곳에 오게 된 경위를
자세히 이야기해 주었는데, 995
그것을 여기에서 되풀이하고 싶지는 않다.
그럴 필요가 없는 것이, 시간낭비이기 때문이다.

---

28) 사냥의 여신 다이아나.

사실을 요약해서 말한다면,
그의 어머니인 비너스가 말을 걸어,
카르타고를 향하여 가라고 명하고는 1000
시야에서 사라졌던 것이다.
베르길리우스의 말을 낱낱이 따를 수는 있지만,
그러나 그것은 너무 시간이 걸리는 일이다.
　디도라고 불리는 이 고상한 여왕은
원래 시카이오스[29]의 아내였다. 1005
눈부신 태양보다 더 아름다운 그녀는
이 카르타고에 고상한 도시를 건설했고,
그곳을 너무나 훌륭하게 다스려
고결과 자유와 미에서
모든 여왕의 꽃으로 여겨지게 되었다. 1010
왕이든 귀족이든, 그녀를 한번 본 남자는
누구나 홀딱 반해버렸다.
모든 사람의 총애를 한몸에 받은
그녀의 아름다움은 온 세상을 불타오르게 했다.
　그곳에 온 아에네아스는 1015
그 도시의 주된 신전이 있는 곳으로
아무도 모르게 발길을 옮겼는데,
그곳에서는 디도가 기도를 올리고 있었다.
그 넓은 신전으로 몰래 오는 것이

---

29) 디도는 튀로스의 왕 벨로스의 딸이었다. 벨로스가 죽자 그녀의 오빠인 피그말리온이 왕위를 계승했다. 디도의 남편 시카이오스는 원래 큰 부자였는데, 그의 재산을 노린 처남 피그말리온에게 죽임을 당했다. 디도는 남편의 재산을 가지고 부하들과 함께 도망쳐서 아프리카의 튀니지 해안으로 갔다.

가능한지는 사실 의심스러운 일이다. 1020
그러나 비너스가 그를 보이지 않게 했다고
그 책이 말하는 것이 사실이다—
온 신전을 구석구석 둘러본
아에네아스와 아카테스는
트로이와 그 백성 전체가 멸망하는 과정이 1025
벽에 그려져 있는 것을 발견했다.
"아, 태어난 게 한이다!" 하고
아에네아스가 말했다. "우리의 치욕이 온 세상에 알려져,
도처에 그림으로 그려져 있구나.
한때는 번영을 구가했던 우리의 명예가 1030
이제는 땅에 떨어져버렸으니,
나는 비참해서 더 이상 살 수가 없구나."
그 말과 함께, 그는 너무나 애처롭게 울음을 터뜨려
보는 이의 가슴을 아프게 했다.
이 도시의 여왕인 그 꽃다운 귀부인은 1035
왕족의 신분으로 신전에 서 있었다.
그녀는 너무나 화려하고, 너무나 아름답고,
너무나 젊고, 너무나 생기에 넘치고,
너무나 예쁜 눈을 가지고 있어서,
천지를 창조하신 하느님이라도 반했을 것이다. 1040
미와 선과 여성다움과 진실함과 품위를
고루 갖춘 여자를 사랑하지 않을 남자가 어디 있겠는가?
그 반만이라도 갖춘 여자가 없는데 말이다.
세상을 움직이는 운명의 여신이 매우 빠르게
그보다 더 희한한 사건이 없을 법한 1045

새로운 사건 하나를 가져왔다.
바다에서 실종된 것으로 여겨졌던
아에네아스의 부하 일행들이
그 도시에서 멀지 않은 곳에 도착했던 것이다.
그의 최고의 귀족들 중 몇몇이 1050
우연히 그 도시의 그 신전으로 와서
여왕을 찾아 구조를 요청했다.
그녀의 고운 마음씨가
그처럼 널리 알려져 있었기 때문이다.
그들이 폭풍우와 힘겨운 조난 등, 1055
자신들이 처했던 온갖 곤경을 이야기하자,
아에네아스가 여왕 앞에 나아가
자신의 신분을 솔직하게 털어놓았다.
자신들의 주군, 자신들의 대장을 되찾은
부하들의 기쁨은 이루 말할 수 없었다. 1060
아에네아스에 대한 소문을 더러 듣고 있던 여왕은,
그들이 그에게 경의를 표하는 것을 보고,
그토록 고귀한 사람이 그런 식으로
가문의 전통을 몽땅 잃어버린 데 대해
마음속 깊이 연민의 정을 느꼈다. 1065
그 사람을 바라보니, 기사의 풍모를 갖추었고,
인격과 용기를 타고난 데다가
매우 예의바른 신사로 보였다.
그는 언변이 유창했으며,
잘 생긴 얼굴을 하고 있었고, 1070
근육과 뼈대가 잘 형성된 사람이었다.

그는 비너스를 닮아서 용모가 뛰어났는데,
용모에서는 그 반만큼도 따라갈 사람이 없어서,
누가 봐도 갈 데 없는 군주처럼 보였다.
그녀는 그가 이방인이었기 때문에 1075
그만큼 더 좋아 보였다. 하기야
어떤 사람들에게는 새 것이 달콤한 법이지.
이내 그녀의 가슴에는 그에 대한 연민이 솟아났고,
그 연민은 또한 사랑으로 발전되었다.
이와 같은 연민과 친절 덕분에 1080
그는 고통을 많이 덜게 되었을 것이다.
그녀는 그가 그처럼 위험에 처하고,
불운을 겪게 된 것이 정말 안타깝다고 말했다.
그리고는 다정한 목소리로
다음과 같이 말했다. "당신은 1085
비너스와 안키세스의 아드님이 아니신가요?
진심으로 하는 말하지만,
할 수 있는 모든 봉사와 협조를 해드리고
당신의 배와 부하들을 구해주겠어요."
그녀는 그에게 수없이 많은 다정한 말들을 건넸고, 1090
자신의 사자들에게 그날 안으로
반드시 그의 배들을 찾아가서
거기에 식량을 가득 실으라고 명했다.
그녀는 그 배들에 수많은 짐승을 보냈고,
또한 포도주를 제공했다. 1095
그녀는 서둘러 궁전으로 가서
아에네아스를 자기 곁에 있게 했다.

그 잔치를 무슨 말로 묘사할 수 있겠는가?
그는 평생 그보다 더 편안하게 느낀 적이 없었다.
그 잔치에는 산해진미가 가득했고, 1100
온갖 악기가 흥겨운 노래들을 연주했으며,
수많은 추파와 음모가 횡행했다.
아에네아스는 지옥의 입구에서
낙원으로 오게 되어, 희열 속에서
트로이 시절 자신의 신분을 회상했다. 1105
　식사가 끝난 후, 아에네아스는
화려한 소파와 장식품과 벽걸이 융단이 가득한
무도회장으로 안내되었다.
그가 여왕과 함께 자리에 앉자,
향긋한 과자와 포도주가 차례로 나왔다. 1110
이내 그는 자신이 묵을 방으로 안내되어
편안히 휴식을 취했고, 그의 부하들도 마찬가지로
자신들이 하고 싶은 대로 했다.
디도는 리비아에서 조달될 수 있는
최고로 굴레가 잘 채워진 준마, 1115
최고로 마상창시합에 알맞은 군마,
최고로 타기 쉬운 승마,
최고로 화려한 돌들이 가득 박힌 보석,
최고로 묵직하게 금이 든 자루,
최고로 밤에 잘 빛나는 루비, 1120
최고로 당당하게 왜가리를 사냥하는 멋진 매,
최고로 수사슴과 멧돼지를 잘 잡는 사냥개,
최고로 새로운 금화들이 담긴 황금의 잔 등을

아에네아스에게로 보냈다.
그리고 그가 쓴 경비를 모두 지불했다. 1125
이처럼 이 고상한 여왕은 자신의 손님들이
최고의 것을 마음껏 누릴 수 있도록 대접했다.
사실은 아에네아스도 아카테스를 배로 보내
자신의 아들을 데려오고, 홀(笏), 의상, 브로치, 반지 등
값진 물건들을 가져오라고 했다. 1130
그 중 일부는 자신이 입기 위해서였고,
일부는 자신에게 고귀한 물건들을 보내준
여왕에게 답례하기 위해서였다.
그는 아들을 시켜서 여왕을 알현하고
선물을 바치고 오도록 시킬 작정이었다. 1135
아카테스가 돌아왔을 때,
그는 어린 아들 아스카니우스를 보고 기뻐했다.
그럼에도 불구하고, 우리의 작가는,
사랑의 신인 큐피드가
하늘에 있는 어머니의 지시를 듣고, 1140
어린아이의 모습을 한 채,
이 고상한 여왕에게 아에네아스에 대한
연정을 불어넣었다고 말했다.
하지만 그 텍스트야 어찌 되었건,
나는 신경 쓰지 않겠다. 1145
사실 여왕은 이 아이를 보고서
호들갑을 떨었다는데
그것은 듣기에 놀라운 일이었다.
여왕은 그의 아버지가 보낸 선물을 받고서

진심으로 감사의 마음을 표했다.
이처럼 여왕은 이 새롭고 활기찬 1150
트로이 사람들 때문에 즐거워했고, 기뻐했다.
그녀는 아에네아스의 공훈에 대해 좀더 캐물어서
트로이의 스토리를 모두 알게 되었다.
그 두 사람은 하루 온 종일
대화와 오락에 정신이 팔려 있었다. 1155
그러는 가운데 문득 사랑의 불길이 일어
복에 겨운 디도는 이 새로운 손님인
아에네아스와 한몸이 되고 싶어 안달이 났다.
그녀는 핏기를 잃었고, 건강마저 잃게 되었다.
이 결과를 얻기 위해 나는 지금까지 1160
이 스토리를 말했으며, 앞으로도 그럴 것이다.
그 이야기는 이렇게 시작된다.
어느 날 밤, 달이 휘영청 밝았을 때,
이 고상한 여왕은 잠자리에 들었다.
내가 들은 바에 의하면, 흔히 연인들이 그렇듯이, 1165
그녀는 짙은 한숨을 내쉬며 괴로워했고,
잠이 깨어 뒤척이다가 몇 번이고 벌떡 일어나곤 했다.
마침내 그녀는 동생 앤에게
자신의 고민을 털어놓으며 이렇게 말했다.
"내 사랑하는 동생아, 꿈에서 나를 1170
깜짝깜짝 놀라게 하는 것이 무엇인줄 아니?
내 머릿속은 그 트로이 사람 생각으로 가득 차 있어.
내가 보기에 그분은 너무나 잘 생겼고,
너무나 남자답고, 너무나 점잖고,

너무나 생각이 깊은 분이어서, 1175
내 사랑과 목숨이 그분 손에 달리게 되었어.
그분의 모험담 이야기를 들어봤어?
내 진심으로 하는 말인데, 앤,
너만 괜찮다면, 나 그분하고 결혼하고 싶어.
그것이 전부야. 무슨 말을 더 하겠어? 1180
내 생사가 그분 손에 달려 있다는 것 말고는."
신중한 처녀인 동생 앤은
다소 주저하다가 자신의 생각을 말했는데,
워낙 사설이 길어서 되풀이하기 힘들 정도지만,
요약하면 다음과 같다. 그 일은 거역할 수가 없다. 1185
사랑은 어쩔 수가 없는 것이다.
그 어떤 것도 그것을 막을 수가 없다.
　새벽이 바다로부터 밝아왔다.
사랑에 빠진 이 여왕은 시종들에게
그물과 넓고 날카로운 창들을 준비하라고 시켰다. 1190
이 활기차고 젊은 여왕은 사냥을 하려고 했다.
그 새로운 달콤한 아픔이 그녀를 쑤셨던 것이다.
그녀의 활기찬 일행들이 말에 오르자,
사냥개들이 안마당으로 안내되었다.
그녀의 젊은 기사들과 1195
거대한 한 무리의 여성들이
날쌘 준마를 타고서 서성이고 있었다.
황금빛 띠의 돋을새김으로 곱게 장식된
붉은색의 안장을 얹은,
백지장처럼 희고 건장한 한 필의 승마 위에는 1200

온몸에 금과 보석을 잔뜩 두른 디도가 앉아 있었다.
그녀는 야밤에 고통을 당한 환자들을 치료해주는
눈부신 아침과 같이 아름다웠다.
불꽃처럼 껑충껑충 뛰는 한 필의 준마 위에는—
하지만 고삐를 약간만 당겨도 돌릴 수 있다— 1205
태양의 신을 닮은 아에네아스가 앉아 있었는데,
그만큼 활기차게 성장을 하고 있었다.
그는 황금빛 재갈을 단 거품 같은 굴레를 가지고서도
자신의 준마를 마음대로 다루고 있었다.
이리하여 나는 이 고상한 여왕이 1210
이 트로이 사람과 함께 사냥을 떠나도록 만들었다.
수사슴 떼는 곧 발견되었다.
"헤이! 빨리! 박차를 가해! 사냥개를 풀어!
곰이랑 사자는 왜 안 나타는 거야?
당장 이 창으로 찔러줄 텐데." 1215
젊은 사람들은 이렇게 외치며, 닥치는 대로
야생의 짐승들을 사살해 나갔다.
그러는 가운데 하늘이 우르릉거리기 시작했다.
섬뜩한 소리를 내며 천둥이 쳤다.
우박, 진눈깨비, 번개 등과 함께 빗방울이 쏟아졌다. 1220
이 고상한 여왕과 수행원들은
하늘로부터 떨어지는 불길에 혼비백산하여
모두들 줄행랑을 놓고 싶어 했다.
간단히 말해서, 폭풍으로부터 몸을 구하기 위해
여왕은 도망쳐서 작은 동굴로 들어갔고, 1225
아에네아스도 그녀와 함께 들어갔다.

다른 사람들도 함께 들어갔는지는
작가가 언급하지 않아 잘 모르겠다.
아무튼 거기에서 그들의 깊은 사랑이 시작되는데,
이것이 그들이 누린 기쁨의 첫 아침이요, 1230
슬픔의 발단이 되었다.
거기에서 아에네아스는 무릎을 꿇고
그녀에게 자신의 마음과 고통을 털어놓았다.
그는 기쁠 때나 슬플 때나 그녀에게 충실할 것을,
다른 여자 때문에 변심하지 않을 것을 굳게 맹세했다. 1235
그 거짓 연인이 그렇듯 탄식을 늘어놓자,
불운한 디도는 그의 고통을 불쌍히 여겨서
그를 남편으로 받아들였고,
살아 있는 한 영원히 그의 아내가 되기로 했다.
폭풍우가 멈추자, 그들은 기뻐하면서 1240
밖으로 나와 집으로 갔다.
　이내 아에네아스가 여왕과 함께
동굴 속으로 들어갔다는 나쁜 소문이 돌았다.
사람들은 제 좋을 대로 생각했다.
이알바스라고 불리는 왕도 그 소문을 들었는데, 1245
평소 여왕을 사랑하여
끊임없이 구혼했던 그는
너무나 비통해 하고 어두운 얼굴을 해서
보는 이의 가슴을 아프게 했다.
하지만 사랑에서는 1250
한 사람이 다른 사람의 낙담을 보고 웃는 법이다.
바로 그렇게 웃었던 아에네아스는

트로이에 있을 때보다 더 행복하고 유복했다.
　오 불운한 여자들이여,
순진하고, 연민과 성실과 양심을 가득 지닌 그대들은 1255
왜 그토록 남자들을 믿느냐?
그대들 이전에 옛 본보기들이 수없이 있는데도,
그들의 가장된 고통에 연민을 느끼느냐?
그들이 거짓으로 맹세하는 것을 보지도 못했느냐?
연인을 버리지 않고, 몹쓸 짓을 하지 않고, 1260
해악을 끼치지 않고, 약탈하지 않고,
연인에게 뽐내지 않는 남자가 어디 있더냐?
책에서도 읽었을 것이고, 직접 목격도 했을 것이다.
그러면 이 위대한 신사, 이 트로이 사람을 유의해 보라.
그는 여성을 기쁘게 해줄 줄도 알고, 1265
진실한 체, 복종하는 체할 줄도 아는 데다가,
예의도 바르고, 처신도 신중한 사람이다.
그는 또 자신의 의무를 지킬 줄 알며,
무도회나 잔치에서 연인을 즐겁게 해줄 줄도 알고,
그녀가 신전에 갔다가 집으로 올 때는 1270
귀부인을 볼 때까지 단식하며,
그녀를 위해, 내가 잘 모르는, 문장을 내걸기도 한다.
그는 또 노래를 짓기도 하고,
마상창시합 등의 무예를 선보이기도 하며,
편지, 선물, 브로치, 반지 등을 보내기도 하는데 — 1275
이제 들어보라, 그가 그녀를 어떻게 섬길 것인지를!
그가 바다 위에서 기아와 위해로부터
죽음의 위기에 처했을 때,

고국에서 못 살고 도망치는 신세가 되었을 때,
그의 모든 일행이 폭풍우에 흩어졌을 때, 1280
그녀는 그에게 자신의 몸과 영토를 바치지 않았는가?
카르타고 외의 다른 나라 여왕이 되어서
한없는 즐거움을 누릴 수 있었는데도 말이다.
이 이상 더 무엇을 바라겠는가?
굳은 맹세를 했던 이 아에네아스는 1285
얼마 가지 않아서 자신이 하는 일에 싫증이 났다.
뜨거운 열정이 식어버린 것이다.
그는 여왕 모르게 자신의 배들을 준비시키고,
야음을 틈타 몰래 가버릴 계획을 세웠다.
　디도도 이 점을 어렴풋이 느끼고 있었으며, 1290
일이 잘못되어 간다는 생각을 하고 있었다.
밤에 잠자리에 들었을 때, 그가 한숨을 내쉬었던 것이다.
그녀는 무슨 기분 나쁜 일이 있느냐고 물었다—
"여보, 제가 가장 사랑하는 사람이 당신이지요?"
　"그럼," 하고 그가 대답했다. "오늘 밤 꿈에 1295
아버지의 유령이 나를 몹시 괴롭혔소.
또 머큐리가 전갈을 보내왔소.
어서 배를 타고 가서 이탈리아를 정복하는 것이
내 어쩔 수 없는 운명이라는 거요.
그 때문에 내 가슴이 찢어지는 것 같소." 1300
그는 금세 거짓 눈물을 흘리면서
그녀를 두 팔로 꼭 껴안았다.
　"정말 그렇게 할 작정이세요?" 하고 그녀가 말했다.
"저를 아내로 맞는다고 맹세하지 않으셨나요?

아, 저를 어떻게 보고 그러시는 거예요? 1305
저는 귀부인이고 또 여왕이에요. 그런데도
당신은 부당하게 아내를 버리고 도망치시려고요?
아, 세상에 태어난 게 한이구나! 어쩌면 좋담?"
간단히 말한다면, 이 고상한 여왕 디도는
사당을 찾아가서 제사를 올렸는데, 1310
무릎을 꿇고 우는 그 모습은 말할 수 없이 불쌍했다.
그녀는 그에게 탄원했다. 그의 노예가 되겠다고,
가장 천한 신분의 종이 되겠다고 제안했다.
그녀가 그의 발아래 쓰러져서 혼절하자,
눈부신 황금빛 머리칼이 흐트러졌다. 그녀는 울부짖었다. 1315
"부디 자비를 베풀어, 저를 데려가 주세요!
내 이웃나라 왕들이, 당신 때문에,
나를 파멸시킬 거예요.
그러니 언약하신대로 지금 저를
아내로 맞아주세요. 그러고 나서 저녁 무렵에 1320
당신의 칼로 저를 죽이셔도 좋아요.
그때는 당신의 아내로서 죽는 것이니까요.
당신의 아이를 가졌어요. 그 아이를 살려주세요!
아아, 어쩌나! 불쌍한 마음을 가져 주세요!"
　그러나 이 모든 말이 아무런 소용이 없었다. 1325
어느 날 밤 그녀가 잠든 사이,
그는 몰래 빠져나가서 동료들에게로 갔다.
배반자의 몸이 된 그는
배를 타고 위대한 땅 이탈리아로 갔다.
디도를 비탄과 고통 속에 남겨둔 채, 1330

그는 그곳에서 라비니어라는 이름의 귀부인과 결혼했다.
　그는 디도가 잠든 틈을 타서 빠져나올 때
옷을 그대로 두고 왔고, 그녀의 머리맡에
칼도 그대로 세워두고 왔다.
배를 타는 데 너무나 급급했기 때문이었다. 1335
불운한 디도는 잠에서 깨자,
그 옷에 마구 키스를 퍼부으면서 말했다.
"그대 너무 향기로워 주피터를 기쁘게 했던 옷이여,
내 영혼을 꼭 붙들어 나를 이 불안감에서 벗어나게 해다오.
나는 운명의 모든 행로를 다 달려왔으니!" 1340
아, 그녀는 아에네아스의 구원을 받지 못한 채,
스무 번도 넘게 혼절했다.
그녀는 동생 앤을 찾아가서 하소연했는데 —
그 내용이 하도 애절해서
차마 글로써 옮기지 못하겠다 — 1345
그녀는 유모와 동생에게
불과 기타 물건들을 가져오게 한 후,
제사를 지내겠다고 말했다 —
때가 되었다고 생각했을 때
그녀는 제사의 불 속으로 뛰어들어 1350
아에네아스의 칼로 스스로의 심장을 찔렀다.
　작가가 전하는 바에 의하면,
그녀는 상처를 입고 죽기 전에 이렇게 말했다고 한다.
즉, 다음과 같이 시작하는 편지를 썼다는 것이다.
"하얀 백조도 죽을 때는 1355
노래를 부르기 시작하듯이,

저도 당신에게 하소연을 하겠어요.
저는 당신이 돌아오기를 간절히 희망하지만,
아무 소용없다는 것을 잘 알고 있어요.
신들이 저에게 등을 돌렸으니까요. 1360
저의 명예가 당신 때문에 실추되었기에,
당신에게 말 한마디, 편지 한 장 남겨도 되겠지요.
그런다고 해서 더 나아질 것도 없지만.
당신의 배를 실어간 그 바람이
당신의 신의마저 실어가버렸어요." 1365
이 편지의 내용을 더 알고 싶은 사람은
오비디우스를 읽어보라. 거기에 자세히 씌어져 있으니.

4. 〈힙시필레와 메데아의 전설〉

그대, 사악한 연인의 시조인 이아손 공작이여,
고귀한 여성들, 연약한 피조물들을
비열하게 괴롭히고 파멸시키는 자여, 1370
여성들을 향해 당당한 용모,
유쾌함 넘치는 언변, 가장된 성실성,
근사한 예절, 아첨과 겸손한 태도,
허울뿐인 비애와 고통 등의
후림새와 미끼들을 던져놓는 자여. 1375
남들이 한 사람을 배신하는 데 비해
그대는 두 사람을 배신하는구나!
오, 사랑을 위해서는 죽을 수도 있다고 맹세해 놓고,
추악한 기쁨 외는 아무런 아픔도 느끼지 못하는
그런 것을 그대는 사랑이라고 일컫는 것이냐! 1380
내 평생 그대 이름은 영국 천지에 퍼져나갈 것이고,
그대 같은 자들은 만방에 알려질 것이다!
그대를 쫓을 것이다, 이아손! 나팔은 울렸다!
사랑이 사악한 연인들을 그 대상으로 삼는 것은
정말 슬프고도 괴로운 일. 1385
하지만, 사랑의 대가를 톡톡히 치르거나,
전쟁에서 혈투를 치른 사람들보다도
그들이 더 좋고 유쾌한 사랑을 찾아내니 어쩌랴.
그것은 여우가 연한 수탉을 먹는 것과 같은 이치,
수탉이 사악한 여우에 속아 넘어가듯, 1390

착한 사람도 속아 넘어가서 그 대가를 치르게 되느니.
설사 정당하게 수탉에 대한 주장을 펼쳐도,
사악한 여우는 어둠 속에서 제 몫을 챙기기 마련.
힙시필레와 여왕 메데아를 농락한
그대 이아손이 바로 그 좋은 본보기구나. 1395

1. 힙시필레의 전설

기도가 우리에게 전해주는 바에 의하면,
테살리아에 아이손이라는 왕이 있었는데,
그에게는 펠리아스라는 이름의 동생이 하나 있었다.
늙어서 걷기도 힘들게 되자,
아이손은 자기 왕국의 통치를 펠리아스에게 맡기고, 1400
그를 군주 겸 왕으로 삼았다.
아이손에게는 이아손이라는 아들이 있었는데,
당시에는 온 나라를 뒤져봐도,
고상한 태도, 너그러운 마음, 굳센 체력,
그리고 원기 왕성함에서 그만큼 이름난 기사는 없었다. 1405
부왕이 죽고 난 뒤 그의 처신이 너무나 훌륭하여
아무도 그를 적으로 삼으려 하지 않았으며,
오히려 그를 존경하고 뒤따르려 했다.
펠리아스는 이 점을 크게 시기했으며,
이아손이 자기 왕국의 귀족들로부터 1410
사랑을 한몸에 받고서
아주 유리한 위치를 차지하여,

자신을 왕좌에서 밀어낼지도 모른다고 상상했다.
그래서 밤마다 머리를 짜내어,
어떻게 하면 자신의 음모가 드러나지 않으면서, 1415
즉 물의가 일어나는 일이 없도록 하면서,
이아손을 멋지게 파멸시킬 수 있을까를 궁리했다.
마침내 그는 이아손을 먼 나라로 보내어
그곳에서 죽게 만들기로 결심했다.
귀족들이 자신의 음모를 눈치채지 못하도록 1420
그는 이아손에게 온갖 애정과 성원을 아끼지 않았기에,
이것은 절묘한 꾀라고 하지 않을 수 없었다.
그러던 중 온 세상의 도처에
다음과 같은 소식과 소문이 떠돌았는데,
사실 소문이란 널리 퍼지는 것이 정상 아닌가. 1425
트로이의 동쪽 바다에
콜키스라는 이름의 섬이 있는데,
그곳에 가면 세상에서 그 짝을 찾아보기 힘든
황금빛 털을 가진 숫양을 볼 수 있다는 것이다.
그러나 그 양은 항상 용이 지키고 있었고, 1430
또 주위의 많은 괴물들, 특히 불을 뿜는,
온 몸이 놋쇠인 두 마리의 황소가 지키고 있었다.
거기에는 그 외에도 많은 것들이 있었다.
그럼에도 불구하고, 이야긴즉,
누구든지 그 양털을 갖고자 한다면, 1435
그러기에 앞서 먼저,
그 용 및 황소들과 싸워야 한다는 것이다.
그 섬의 주인은 아이에테스 왕[30]이었다.

이런 계략을 세운 펠리아스는
조카 이아손에게 1440
그 섬에 가서 신나게 놀다가 오라고 권하면서,
이렇게 말했다. "조카, 자네가 혹
커다란 영예를 누리게 되어
이 이름난 보물을 손에 넣어서
우리나라로 가져온다면, 1445
나에게는 더할 나위없는 기쁨과 영광이 될 것이니,
자네의 수고에 대해 후한 보상을 내릴 것이네.
그리고 그 비용은 모두 내가 댈 것이네.
함께 갈 사람은 자네가 뽑도록 하게.
자 어떤가, 이 항해에 한번 도전해 볼 텐가?" 1450
이아손은 혈기에 넘친 젊은이어서
이 모험을 한번 해보기로 했다.
그가 타고 갈 아르고선이 즉시 준비되었다.
헤라클레스가 그와 동행하기로 했으며,
그 밖의 많은 사람들이 뽑혔다. 1455
이아손과 함께 간 사람들이 누구인지 궁금한 사람은
《아르고 선의 일행》[31] 을 읽어보시기 바란다.
그 책에 긴 이야기가 실려 있으니까 말이다.
아무튼 바람이 순풍이 되었을 때
필록테테스가 즉시 돛을 올려서 1460
그들은 조국 테살리아를 빠져나갔다.

---

30) 콜키스 섬의 왕이자 메데아의 아버지.

31) 바렐리우스 플라쿠스(Valerius Flaccus)의 《아르고 선의 일행》(*Arogonautica*). 그 모험에 대해서 설명한 1세기의 책.

짠 바닷물 위를 오래 항해한 끝에
그들은 렘노스라는 섬에 도착했다—
기도는 여기에 대해 언급하지 않았지만,
오비디우스는 자신의 《헤로이데스》에서 적고 있다— 1465
이 섬은 젊은 여왕이 다스리고 있었는데,
그것은 다름 아닌 눈부시게 아름다운 힙시필레,
즉, 토아스라는 왕의 딸이었다.
　힙시필레는 바람도 쐴 겸
바닷가 절벽 위를 걷고 있었는데, 1470
언덕 아래에 이아손이 타고 온 배가
정박해 있는 것을 보았다.
마음이 착한 그녀는 어떤 나그네가
밤새 폭풍우에 떠밀려온 것이 아닌가 싶어서,
만약 그렇다면 구조해줄 요량으로 1475
지체 없이 사람을 아래로 내려보냈다.
너그럽고 예의바른 그녀는 평소 누구에게나
도움과 친절을 베풀었기 때문이다.
심부름꾼은 부리나케 아래로 내려가서,
기운을 되찾고 바람을 쐬기 위해 1480
거룻배로 육지에 올라와 있던
이아손과 헤라클레스에게로 다가갔다.
그날 아침은 날씨가 매우 화창했다.
두 귀족을 만난 심부름꾼은
능숙한 솜씨로 환영인사를 하고 나서, 1485
그들이 다친 데가 있거나 걱정거리가 있지나 않은지,
키잡이나 식량이 필요한지 않은지를 묻는

여왕의 메시지를 전달했다.
이것은 전적으로 여왕의 뜻이기 때문에,
필히 도움을 얻을 수 있을 것이라고 말했다. 1490
　이아손은 부드러운 목소리로 점잖게 대답했다.
"귀부인님의 친절한 마음씨에는
진심으로 감사의 말씀을 드리고 싶소.
지금 당장 필요한 것은 없고, 단지 우리가 지친 상태라
바람이 우리 여정에 유리하게 불 때까지 1495
육지에 올라 기분전환을 하고 싶을 뿐이오."
　이 귀부인이 바람을 쐬기 위해
시녀들과 함께 바닷가 절벽 위를 거닐다가
이아손과 그의 일행이 대화를 나누는 모습을
목격했음은 아까 말씀드린 바와 같다. 1500
그 귀부인이 여왕임을 알게 된
헤라클레스와 이아손은
그녀를 만나자마자 정중하게 인사했다.
그들을 주의 깊게 살펴본 그녀는
그 태도, 복장, 말씨, 표정 등을 미루어 1505
그들이 지체 높은 사람들이라는 것을 알았다.
그래서 이 낯선 사람들을
성으로 안내하여 경의를 표하면서
그들이 바다에서 겪었던
노고와 고생에 대해서 물었다. 1510
이삼일도 못 가서
그녀는 배에 타고 있던 사람들을 통해서
그들이 그 유명한 이아손과

명망 높은 헤라클레스라는 사실을 알았으며,
콜키스로 모험의 길에 나선 것을 알았다. 1515
그들이 참으로 훌륭한 사람들이라는 것을 알고서,
그녀는 그들에게 더 많은 경의를 표했고,
더 많은 시간을 보내면서, 더 많은 대접을 해주었다.
그녀는 주로 헤라클레스와 대화를 나누었는데,
그가 한결같고, 슬기롭고, 성실하고, 1520
사려 깊은 말을 하는 것 같아서 호감을 느꼈기 때문이다.
하지만 사랑의 감정을 느끼거나
망측한 상상 같은 것을 한 것은 아니었다.
헤라클레스는 이아손을
태양의 높이에까지 추켜세웠으며, 1525
하늘 아래 그 반만큼이라도
사랑에 충실한 사람은 없을 것이라고 장담했다.
이아손은 현명하고, 강건하고, 성실하면서 부유한 사람인데,
이 세 가지 점에서 그만한 사람은 없을 것이라고 했다.
너그러움과 원기 왕성함에서는 1530
산 자와 죽은 자 할 것 없이
어떤 사람도 그를 능가할 수 없으며,
왕족으로서 테살리아의 왕이 될 사람이라고도 했다.
유일한 약점이라면 사랑을 두려워하고,
숫기가 없어 말을 잘하지 못한다는 것이다. 1535
자신이 연인이 되었음을 사람들에게 들키느니
차라리 스스로 목숨을 끊을 것이라고 했다.
"그가 자신의 신분에 어울리는 아내만 맞이하게 된다면,
나는 목숨을 잃게 되지 않는 한,

그에게 살과 피까지도 줄 수도 있소. 1540
그처럼 활기에 넘친 기사와 함께 사는
그 아내도 활기찬 삶을 살게 될 테니 말이오!"
　그런데 이 모든 것은 그 전날 밤에
이아손과 헤라클레스가 짠 일이었다.
이 두 영웅은 여왕을 기만하기로 합의하고서, 1545
한 순진한 사람의 환심을 살
사악한 속임수를 생각해냈던 것이다!
이아손은 아가씨처럼 새침을 떨었고,
가여운 모습을 한 채, 아무 말도 하지 않았다.
그리고 여왕의 고문들과 관리들에게 1550
값진 선물들을 마구 뿌려댔다.
이아손이 구애하던 전 과정을
모두 읊을 시간이 있으면 얼마나 좋을까!
이 자리에 만약 가짜 연인이 있다면,
그는 온갖 가장된 행동과 술책을 다 쓸 텐데, 1555
이아손이 바로 그러한 사람이었다.
아무튼 나는 이 정도로 그치니, 그 전모를 알고 싶으면,
원저자의 작품을 읽는 수밖에 없다.
　결론은 이아손이 이 여왕과 결혼하여
그녀의 모든 재산을 차지하고, 1560
필요한 모든 것을 조달했다는 것이다.
그는 그녀로부터 두 명의 자식까지 얻었지만,
어느 날 돛을 올리고, 그녀의 곁을 떠나버렸다.
그녀는 그에게 편지를 썼는데,
너무 길어서 다 소개할 수는 없고, 1565

요점은 그의 엄청난 배신을 비난하고,
자신을 가엾게 여겨달라고 비는 것이었다.
그녀는 두 명의 자식에 대해서도 이야기했다.
남을 속일 줄 모른다는 점을 빼놓고는
모든 면에서 그를 쏙 빼닮았다고 말했다. 1570
그의 마음을 잃어버린 그녀는
어서 빨리 그의 배신을 확신하고,
그의 자식들을 자기 손으로 죽일 수 있기를,
그리고 그의 뜻을 이루게 해준
모든 사람들을 죽일 수 있기를 하느님께 빌었다. 1575
힙시필레는 평생 이아손을 배신하지 않았고,
그의 아내로서 자신의 정절을 지켰다.
그녀는 마음의 기쁨을 상실한 채,
사무치는 슬픔 속에서 그에 대한 사랑을 안고 죽었다.

2. 메데아의 전설

사랑을 게걸스럽게 먹어치운 한 마리의 용, 1580
이아손 공작은 콜키스에 도착했다.
욕망은 언제나 모양을 갖추기 마련이고,
그 모양은 또 끊임없이 형태를 바꾸기 마련이다.
바닥이 없는 우물처럼
부정한 이아손은 평온한 삶을 거부했다. 1585
고귀한 가문의 여성들을 농락하는 것,
그것이 그의 즐거움이요,

더할 나위 없는 행복이었기 때문이다.
　이아손은 콜키스의 수도인,
한때는 야코니테스라는 이름으로 불린 1590
도시로 걸어 들어갔다.
그는 그 나라의 왕인 아에테스에게
자신이 온 이유를 말하고,
할 수만 있다면, 황금의 양털을 손에 넣는
시도를 해보고 싶다고 간청했다. 1595
왕은 그 청원을 들어주고,
그의 신분에 걸맞은 경의를 표했다.
왕은 자신의 딸이자 후계자인
메데아로 하여금 이아손을 식사자리로 안내하고
식당에서 그의 옆에 앉으라고 지시했다. 1600
그녀는 사람의 눈으로는 본 적이 없을 만큼
슬기롭고 또 아름다운 여자였다.
　이아손은 점잖은 매력을 풍기고 있었고,
명성에 걸맞게 귀족다운 품위를 발휘하고 있었다.
그는 사자처럼 당당한 풍채를 지니고 있었고, 1605
언변이 훌륭했으며, 마음이 상냥했다.
책이 없어도 사랑에 대한 온갖 기술과 완전한 기교,
거기에 따른 예법들을 잘 알고 있었다.
운명이 메데아에게 짓궂은 장난을 거는 바람에
그녀는 이 남자에게 슬슬 매료되어 갔다. 1610
　"이아손님," 하고 그녀가 말했다.
"아무리 생각해 봐도 당신이 하려는
그 일은 위험하게 생각돼요.

이 모험에서 성공하려는 사람은 누구든,
제 도움이 없이는 1615
죽음을 피할 수 없을 거예요.
하지만 당신이 죽지 않고
무사히 고국 테살리아로 돌아갈 수 있도록
도와주고 싶은 것이 제 뜻이랍니다."
"진실한 나의 귀부인이여," 하고 이아손이 말했다. 1620
"저의 죽음과 고통을 그처럼 염려해 주시고,
제게 이런 영광을 베풀어 주시다니,
평생 동안 애쓰고 노력해도
그 은혜 다 못 갚을 걸로 생각됩니다.
어떻게 감사의 말씀을 드려야 할지 모르겠군요! 1625
이제 저는 당신의 사람이니,
더 이상 말할 필요 없이
저를 도와주시기를 간절히 기원합니다.
진정 목숨을 아끼지 않겠나이다."
그러자 메데아는 그에게 이 모험과 전투의 1630
위험들에 대해서 조목조목 설명해 주었다.
그리고 그가 치르게 될 불리한 싸움에서
목숨을 구해줄 사람은 자신뿐이라고 말했다.
요점만 간단히 말한다면,
이아손이 진정한 기사로서 1635
그녀와 결혼하기로 합의했으며,
밤에 그녀의 침실을 찾아갈 시간까지 정했다.
이아손은 신들을 걸고,
이유 여하를 막론하고, 밤이든 낮이든,

그녀를 실망시키지 않을 것을 맹세했으며, 1640
목숨이 붙어 있는 한, 자신을 죽음에서 구해준
그녀의 남편이 될 것을 맹세했다.
그에 따라 둘은 밤에 만났고,
맹세한 후, 함께 잠자리에 들었다.
다음 날 아침 그가 서둘러서 자리에서 일어나자, 1645
그녀는 그에게 양털을 손에 넣고
싸움에서 이길 수 있는 비법을 가르쳐 주었다.
이리하여 그녀는, 비록 마법의 힘을 빌리기는 했지만,
그의 목숨과 명예를 구해주었으며,
정복자로서의 커다란 명성을 얻게 해주었다. 1650
　양털을 손에 넣은 이아손은 보물들을 가득 싣고서
메데아와 함께 고국으로 돌아갔다.
그러나 그녀는 자신이 이아손 공작과 함께
테살리아로 간다는 사실을 아버지에게 알리지 않았다.
이아손이 나중에 자신을 배신하고 1655
자기 소생의 어린 두 자식과 함께 자신을 버리는
몹쓸 짓을 하게 되는 데도 말이다.
원래 사랑에서 최고의 배신자였던 그가
아, 이번에도 크레온의 딸을
세 번째 아내로 맞이하기 위해 1660
그녀를 헌 신짝처럼 버리는 데도 말이다.
　자기 자신보다 이아손을 더 사랑했고,
그를 위해 자신의 아버지와
아버지의 유산을 다 버렸던 메데아가
정절과 친절에 대한 대가로 1665

그에게서 받은 보답과 보상이 바로 이것이다.
그리고 그 시대에 그 땅을 밟았던
어떤 연인보다도 더 부정한 짓을 저질렀던
이아손의 무용이 바로 이것이다.
그래서 그의 부정을 비난하는 1670
그녀의 편지는 이렇게 시작된다.
"어째서 저의 명예의 영역보다도
당신의 노란 머리칼을 보는 것이 더 기뻤을까요?
어째서 당신의 젊음과 잘 생긴 얼굴,
미끈한 말솜씨가 저를 기쁘게 했을까요? 1675
아, 당신이 그 모험에서 죽었더라면,
당신의 그 많은 부정도 당신과 함께 죽었을 것을!"
오비디우스는 그녀의 편지를 운문으로 썼지만,
너무 길어서 여기에 옮길 수가 없다.

5. 〈루크리스의 전설〉

이제 나는, 오비디우스와 1680
티투스 리비우스가 이야기한 바 있는,
포악한 행동 때문에 추방된 로마의 왕들,
특히 마지막 왕 타르키니우스의 이야기를 하려고 한다.
그러나 이 이야기를 하는 진짜 이유는
진정한 아내인 정숙한 루크리스를 예찬하고, 1685
또 기억하기 위해서이다.
그녀의 진정한 아내다움과 정절에 대해서는
이 이교도들만 칭송한 것이 아니라,
우리 성인전에 아우구스티누스라고 불리는 그분도
로마 시에서 죽은 루크리스에게 1690
깊은 동정심을 표한 바 있다.
그녀가 어떻게 죽었는지에 대해서는 간단히 언급하고,
그 주된 이유를 자세히 다루겠다.
로마 군대가 아르데아[32]를
꼼짝달싹 못하도록 포위했을 때의 일이다. 1695
그 포위가 길어지자 할 일이 없어진 로마군은
빈둥거리면서 무료함을 달래고 있었다.
젊은 타르키니우스가 장난삼아
농담하기 시작했다. 입이 가벼운 그는
남자들이 아무것도 안 하고 시간을 보내게 되니 1700

32) 로마 동남쪽의 라티움에 있던 루툴리의 수도.

여편네보다 더 못한 생활이라고 말했다.
“여편네들 얘기나 해볼까. 그게 제일 낫겠어.
각자 내키는 대로 제 아내 칭찬을 해보는 게 어때.
서로 이야기나 해서 기분 풀어보자고.”
　콜라티누스라는 이름을 가진 기사가 일어나서 1705
이렇게 말했다. “아니, 말로 할 것이 아니라,
행동으로 하는 게 어때요. 제게 아내가 있는데,
그녀를 아는 모든 사람들이
괜찮은 여자라고 칭찬해 마지않는답니다.
우리 오늘밤 로마로 가서 직접 보는 게 어때요.” 1710
　타르키니우스가 대답했다. “그게 좋겠군.”
타르키니우스와 콜라티누스는 로마로 갔다.
지체하지 않고 콜라티누스의 집을 찾아간 그들은
일단 말에서 내렸다. 그 남편은
자기 집의 내부를 샅샅이 알고 있었다. 1715
문지기가 없었기 때문에
그들은 몰래 집안으로 들어가서
침실 앞에 걸음을 멈추었다.
고상한 아내는 머리를 풀고 침대 곁에 앉아 있었다.
아무런 위해를 느끼지 않았기 때문이다. 1720
책에 의하면, 그녀는 무료함을 달래기 위해
뜨개질을 하고 있었다.
그녀는 하녀들에게 할 일을 시키고서
이렇게 물었다. “무슨 소문 들은 것 없니?
공성(攻城)은 어떻게 되어 간다니? 끝나기는 한다니? 1725
제발 그 성벽이 좀 무너졌으면!

바깥양반께서는 너무 오래 도시를 비웠어.
공성과 그 장소 생각만 하면,
너무나 걱정이 되어
마치 칼로써 심장을 찔린 것 같아. 1730
하느님 제발 우리 그이를 구해주소서!"
그러면서 구슬프게 눈물을 쏟는 바람에
더 이상 뜨개질을 못하고
가만히 눈을 내리깔았다.
이 자태는 그녀와 너무나 잘 어울렸으며, 1735
덕성이 가득 담긴 눈물은
아내로서의 정숙함을 더욱 두드러지게 했다.
그녀의 얼굴은 그녀의 마음을 그대로 나타내어서
그 둘은 행위와 모습이 일치했다.
그 말을 듣고 있던 남편 콜라티누스는 1740
그녀가 미처 알아차리기도 전에 갑자기 뛰어들면서
소리쳤다. "걱정하지 마오, 나 여기 있소!"
그녀는 기쁨에 겨운 얼굴로 곧장 일어서더니,
아내들이 하는 대로, 그에게 키스했다.
　도도한 왕의 아들 타르퀴니우스는 1745
그녀의 미모와 행실, 노란 머리칼,
몸매와 거동과 얼굴빛,
한탄을 쏟아내는 말씨 등을 한눈에 알아보았다.
(그녀의 미모는 어떤 기술로도 가장할 수 없는 것이었다.)
그는 이 귀부인에 대한 욕정을 품었다. 1750
그 욕정은 가슴속에서 불길처럼 타올랐는데,
그것이 어찌나 맹렬했든지 제 정신을 잃을 지경이었다.

그녀가 남의 여자라는 것을 잘 알고 있었지만,
절망하면 할수록 그녀가 더욱 탐났고,
더 사랑스럽게 여겨졌다. 1755
그것은 완전히 눈먼 욕정이었다.
다음날 아침, 새들이 울기 시작하자,
그는 쥐도 새도 모르게 막사로 돌아와서
새로이 그녀의 이미지를 떠올리며
혼자 처량하게 걷고 있었다. 1760
"머리를 이렇게 풀고 있었지. 안색이 생기에 넘쳤지.
이렇게 앉아서, 이렇게 말하고, 이렇게 실을 자았지.
얼굴은 이랬고, 이렇게 예뻤고, 행실은 이랬지."
그의 가슴은 이런 생각들로 벅찼다.
폭풍우가 몰아치던 바다가, 1765
비바람이 그친 후에도, 하루 이틀은 넘실거리듯이,
비록 그녀의 모습이 눈앞에 없어도,
그 모습을 상상하는 데서 오는 기쁨은 여전했다.
그러나 그 기쁨은 사실 기쁨이 아니었다.
그것은 사악한 쾌감이요, 1770
흉악한 의도를 가진 부정한 욕망이었다 —
"그녀가 어떻게 생각하든 상관없이 그녀는 내 꺼야"
하고 그가 말했다. "운은 용감한 사람 편이야.
세상없는 일이 있어도 해내고 말 거야."
그는 허리에 칼을 차고 막사를 나섰다. 1775
아무도 동반하지 않고 혼자서 말을 몰아
로마로 달려간 후,
곧장 콜라티누스의 집으로 향했다.

해가 서산으로 기울어 땅거미가 지고 있었다.
그는 남의 눈에 띄지 않는 구석으로 숨어들었다. 1780
남들은 모두 잠자리에 들어
그처럼 위험한 생각을 할 수 없는 야밤에,
그는 도둑놈처럼 가만히 움직였다.
창문과 그 밖의 은밀한 수단들을 통해서
재빨리 집안으로 들어간 그는, 칼을 뽑아 든 채, 1785
그 고상한 아내 루크리스가 누워 있는 곳으로 갔다.
누군가 침대를 누르는 느낌에 잠이 깬 그녀가 소리쳤다.
"내 침대를 누르는 게 어떤 짐승이야?"
그가 말했다. "나는 왕의 아들 타르키니우스다.
네가 소리치거나 시끄럽게 굴어서, 1790
인간에게 숨을 불어넣어 준 하느님께서 창조한
어떤 생물 하나라도 깨운다면,
이 칼이 네 심장을 뚫고 들어갈 것이다."
그는 그녀의 목덜미를 움켜쥐고서
뾰족한 칼날을 그녀의 심장에 갖다 대었다. 1795
그녀는 아무 말도 못했고, 아무 힘도 없었다.
온통 정신이 나간 판에, 무슨 말을 할 수 있겠는가?
늑대가 혼자 있는 어린 양을 발견했는데,
누구에게 애도하고 한탄하겠는가?
도대체, 그녀가 힘센 기사와 한바탕 싸울 수 있겠는가? 1800
여자가 힘없는 존재라는 것은 다 알지 않는가.
도대체, 소리를 칠 수 있겠는가,
심장에 칼을 겨눈 채 목덜미를 움켜쥐고 있는 자를
밀쳐낼 수 있겠는가? 자비를 구할 뿐이었다.

그 잔인한 자가 말했다. "네가 말을 듣지 않으면, 1805
주피터가 내 영혼을 구해줄 것이라는 것만큼 확실하게,
마구간에 있는 네 말구종을 죽여서
네 침대 위에 눕혀 놓고,
네 간통 장면을 목격했다고 소리칠 것이다.
그러면 너는 죽게 되고, 네 명예도 잃게 될 것이다. 1810
다른 선택의 여지는 없다."
　당시 로마의 부인들은 명예를 소중히 여겨서
수치스러운 소문을 무척이나 두려워했다.
추문에 대한 공포 때문에, 또 죽음에 대한 공포 때문에,
그녀는 정신과 호흡을 동시에 잃었다. 1815
죽은 사람처럼 기절한 채 누워 있어서
팔이든 머리든 아무 데나 때릴 수가 있었다.
그녀는 좋고 나쁘고 간에 아무것도 느낄 수 없었다.
　혈통으로 보나, 정의로 보나,
귀족으로서 또 진정한 기사로서 행동해야 할 1820
왕의 후계자인 타르키니우스여,
어째서 그대는 기사도에 어긋나는 짓을 저지르느냐?
어째서 그대는 이 귀부인에게 몹쓸 짓을 하느냐?
아, 이것은 야비하고도 악랄한 짓이거늘!
　다시 본론으로 돌아가서, 이 불행한 일이 있은 후 1825
그가 떠난 다음서부터 이야기를 시작하자.
그 귀부인은 자신의 친구들과
아버지, 어머니, 남편 등을 부르러 보냈다.
당시의 여인들이 친구를
매장하러 갈 때 행하던 습관대로, 1830

그녀는 윤기 나는 머리칼을 풀어헤치고,
비통한 모습으로 홀에 앉았다.
친구들이 어찌된 일이냐,
누가 죽기라도 했느냐고 물었지만, 그녀는 울기만 했다.
수치심 때문에 그녀는 한마디도 할 수 없었고, 1835
그들의 얼굴조차 감히 쳐다보지 못했다.
마침내 그녀는 타르키니우스에 관한 이야기,
그 비참한 사건, 그 끔찍한 일을 그들에게 말했다.
그녀와 그녀의 모든 친구들이 함께 슬퍼했던
그 한탄의 장면을 묘사하기는 불가능한 일이다. 1840
사람들의 심장이 돌로 되었다 해도,
그녀를 동정하지 않을 사람은 없을 터였다.
그녀의 마음이 그만큼 아내다웠고 진실했기 때문이다.
자신의 죄와 추행 때문에
남편이 오명을 쓰는 일이 있어서는 안 된다고, 1845
그런 일은 절대로 용납될 수 없다고 그녀는 말했다.
그들이 대답하기를, 자신들은 진심으로
그녀를 용서한다고, 그래야 공정하다고 했다.
그것은 그녀의 죄가 아니며, 불가항력의 일이라고 했다.
그러면서 수많은 유사한 예를 들어주었다. 1850
그러나 모두가 소용없었다. 그녀는 바로 이렇게 말했다.
"그야 어찌 되었건, 용서로 말할 것 같으면,
저는 결코 용서를 받아들일 수 없어요."
그리고는 몰래 칼을 꺼내어
그것으로 자신을 찔러버렸다. 1855
쓰러지면서도 그녀는 눈을 뜨고서

자신의 복장에 신경을 썼다.
쓰러져 누웠을 때, 발 같은 것이 드러나지 않을까
계속해서 걱정했기 때문이다.
그만큼 그녀는 순수와 정절을 사랑했던 것이다. 1860
로마의 모든 시민들은 그녀를 동정했다.
브루투스는, 그녀의 순결한 피를 걸고,
그 짓을 저지른 타르키니우스와 그 일가를
추방시킬 것이라고 맹세했다. 그는 또 시민들을 소집하여
공개적으로 그 이야기를 했으며, 1865
그녀가 겁탈당한 그 끔직한 행위에서
사람들이 교훈을 얻을 수 있게끔
그녀의 관을 매고 시가행진을 하도록 시켰다.
그날 이후로 로마 시에는 왕이 없어졌다.
그녀는 성인으로 시성(諡聖) 되었으며, 1870
그녀가 죽은 날을 달력에 기념일로 표시했다.
티투스 리비우스가 증언한 바에 의하면,
고상한 아내 루크리스는 이렇게 세상을 떠났다.
　내가 이 이야기를 하는 것은, 그녀가 사랑에 충실했고,
자신의 의지로 새 연인을 구하지 않았기 때문이다. 1875
확고하고, 상냥하고, 변함없는 마음을
이러한 여인들에게서 찾을 수 있기 때문이다.
그들의 마음이 한번 자리잡은 곳에 그대로 있기 때문이다.
나는 그리스도께서, 넓디넓은 이스라엘 땅에서는,
여자에게서 더 큰 신앙을 발견하게 된다고 1880
말씀하신 사실을 잘 알고 있다.
이것은 맞는 말씀이다. 남자들로 말할 것 같으면,

그들은 매일 횡포나 부리는 사람들이다.
누구든지 그들을 한번 분석해 보라.
가장 진실한 사람은 신뢰에 완고한 법이니. 1885

6. 〈아리아드네의 전설〉

지옥의 판관[33]이요, 크레타 섬의 군주인 미노스여,
그대 차례가 왔으니, 경기장으로 나오시오.
이 이야기를 하는 것은 그대를 위해서가 아니라,
테세우스의 저 지독한 사랑의 허위를
다시 한번 상기시키기 위해서요. 1890
그 짓에 대해서는 높은 하늘의 신들도 격노하여,
그 죄를 다스린 바 있고, 수치스러움에 얼굴을 붉혔으니!
이제 그대 삶의 이야기를 시작해 보겠소.
크레타 섬의 위대한 왕인 미노스는
백 개의 크고 강한 도시들을 가지고 있었는데, 1895
자기 아들 안드로게우스를 아테네의 학교에 보냈다.
그 아들이 그 도시에서
철학을 공부하고 있을 때,
누군가의 원한을 사서 살해당하는 일이 생겼다.
내가 말한 위대한 미노스는 1900
아들의 죽음을 복수하러 알카토에로 왔다.
그는 오랫동안 맹렬하게 그 성을 포위공격했다.
그러나 성벽이 워낙 튼튼했고,
그 도시의 왕인 니수스도
기사다운 사람이어서 두려워하지 않았다. 1905
미노스와 그의 무리들을

33) 크레타 섬의 미노스를 저승의 판관인 미노스와 동일시하고 있다.

조금도 개의치 않고 있던 어느 날,
니수스의 딸이 성벽에 서서
포위공격의 현장을 보게 되었다.
소규모의 전투를 지켜보던 그녀는 1910
미노스 왕의 잘 생긴 용모와
기사다운 태도에 홀딱 빠지게 되자,
죽어야 한다는 생각이 들었다.
이 긴 이야기를 좀 생략해서 하면,
그녀는 수를 써서 미노스가 그 싸움에서 이기도록, 1915
그 성을 마음대로 손에 넣을 수 있도록,
그리고 누구의 목숨이든 좌우할 수 있도록 해주었다.
그러나 그는 그녀의 호의를 악의로 갚았고,
신들이 그녀에게 동정을 표하지 않는 바람에,
그녀는 슬픔과 고통 속에서 물에 빠져 죽었는데, 1920
그 이야기는 너무 길어서 이쯤 해두겠다.
미노스 왕은 아테네도 손에 넣었고,
알카토에를 비롯한 다른 도시들도 손에 넣었다.
그 결과 이런 일이 벌어지게 되었다.
다들 들어서 아시겠지만, 1925
미노스는 아테네 사람들을 압박하여
해마다 사랑하는 자식들을 제물로 바치게 했다.
　미노스는 사나운 괴물[34] 한 마리를 기르고 있었다.
그 짐승이 어찌나 잔혹하든지,
제 앞에 사람을 데리고 오면, 1930
저항할 사이도 없이 당장 잡아먹어버렸다.

---

34) 미노타오로스. 반은 황소이고, 반은 사람이다.

삼 년마다 어김없이
시민들은 제비를 뽑아
당첨된 사람은, 부자든 가난뱅이든,
자기 아들을 포기해야 했고, 1935
미노스에게로 데리고 가, 죽이든 살리든,
혹은 그 짐승에게 잡아먹히든, 그의 처분에 맡겼다.
미노스는 증오 때문에 이 짓을 했다.
그의 기쁨은 오직 아들의 복수를 하는 것,
자신이 살아 있는 동안 1940
해마다 아테네 시민들을 노예로 삼는 것이었다.
이 도시를 장악한 후, 그는 배를 타고 고국으로 돌아갔다.
이 흉악한 관습이 오래 지속되다가,
마침내 아테네의 왕 에게우스가 제비에 당첨되는 바람에,
자신의 아들 테세우스를 괴물에게 잡아먹히도록 1945
보내지 않으면 안 되는 일이 벌어졌다.
예외란 없었기 때문이었다.
이 비참한 젊은 기사는
미노스 왕의 궁전으로 곧장 끌려갔다.
그는 괴물에게 잡아먹힐 때까지 1950
차꼬가 채워져서 감옥에 갇히게 되었다.
　비참한 테세우스여, 왕의 아들로서
그런 신세가 되었으니, 통곡해야겠구나!
누군가 그 절체절명의 처지에서 그대를 구해준다면,
그에게 깊은 감사를 드려야겠구나! 1955
어느 여인이 있어 그대를 도와준다면,
그대는 세세연년 그녀의 노예가 되어야 하고,

그녀의 진정한 연인이 되어야겠구나!
각설하고, 다시 내 이야기로 돌아가야겠다.
테세우스가 갇힌 감옥은 1960
몹시 어둡고 놀랄 만큼 깊숙한 지하에 있었다.
그 감옥과 바닥을 사이에 둔
그 위층에는 바깥 사실이 하나 있었는데,
그것은 미노스 왕의 두 딸에게 속한 것이었다.
그 딸들은 아테네의 한길이 내다보이는 그 커다란 방에서 1965
즐거움과 편안함을 한껏 누리고 있었다.
어찌된 셈인지 모르지만, 우연히도
테세우스가 밤에 신음소리를 내고 있었는데,
아리아드네라는 왕의 딸과
그녀의 동생 파에드라가 1970
일찍 잠자리에 드는 것이 싫어서,
벽에 기대어 선 채 눈부신 달을 바라보고 있다가,
그의 한탄하는 소리를 듣게 되었다.
그들은 그의 고통에 연민을 느꼈다.
감옥에 갇힌 채 잡아먹히기를 기다리고 있는 1975
그 왕의 아들이 너무나 불쌍해 보였기 때문이다.
아리아드네가 예쁜 동생에게 이렇게 말했다.
"사랑스런 동생 파에드라야,
이 애처로운 왕자의 소리가 들리지 않니?
죄 없는 그가 얼마나 자기 친척들을 원망할 것이며, 1980
자신이 처해 있는 비참한 처지를 원망할까?
이것은 정말 애석한 일이야.
너만 괜찮다면, 어떤 수를 써서라도

그를 도와주었으면 좋겠어.”
파에드라가 대답했다. “정말, 그 누구보다도 1985
그의 처지가 가엾고 딱해 보여.
그를 도울 수 있는 가장 좋은 방법은
옥리를 몰래 오게 해서
우리와 함께 이야기를 나눈 후,
이 가엾은 사람을 데리고 오게 하는 거야. 1990
그 괴물만 극복하면, 그는 달아날 수가 있어.
딴 방법이 없는 것 같아.
그가 무기를 가지고 있는지,
그 악마와 싸워서 자신을 방어할 수 있는지,
그래서 자신의 목숨을 구할 수 있는지, 1995
철저하게 시험을 해 봐야겠어.
언니도 알다시피, 그는 계단을 내려가야 하는
감옥 속에 있지만, 짐승은 어둡지 않은 곳에 있어.
그리고 도끼, 장검, 곤봉, 단도 등을
휘두를 수 있는 여지가 있어. 2000
그러니 그는 자신의 목숨을 구해야 할 거야.
그가 사내라면 그렇게 해야 해.
우리는 그에게 밀랍과 삼실로 된 공을 만들어 줘야 해.
짐승이 사납게 입을 벌리면,
그가 그것을 목구멍에 던져 넣어 2005
괴물의 공복을 채우고, 이빨을 틀어막을 수 있어.
짐승이 숨이 막힌 것을 보는 순간,
테세우스가 달려들어 그 놈을 죽이고,
그곳을 빠져나와버리면 돼.

옥리가 그 전에 이 무기를 2010
쥐도 새도 모르게 감옥 속에 감춰놓아야지.
괴물이 사는 곳은 안팎으로 바람이 몹시 불고,
지나다니는 통로가 복잡해서 —
마치 미로와 같은 형태를 하고 있는데 —
여기에 대해서는 마음속에 대비책을 세워 놓았어. 2015
그는 실꾸리를 이용해서 자신이 갔던 길로
곧장 되돌아오면 되는 거야.
계속해서 실을 따라 가면 되는 거지.
그 짐승을 죽이고 나면,
그 끔찍한 공포로부터 벗어날 수가 있지. 2020
그는 옥리를 데리고서
자신의 집이 있는 고국으로 돌아가면 돼.
그는 위대한 군주의 아들이잖아.
이게 내 조언이야. 그가 받아들일지 어떨지는 모르지만."
더 길게 늘어놓아서 무엇 하겠는가? 2025
옥리가 테세우스를 데리고 왔다.
이 모든 계획에 합의가 이루어지자,
테세우스는 아리아드네 앞에 무릎을 꿇었다 —
"내 삶을 올바로 이끌어주시는 귀부인이시여"
하고 그가 말했다. "죽어야 할 운명에 놓인 2030
이 비참한 제가, 이 모험이 끝난 후,
제 목숨이 붙어 있는 동안,
당신 곁을 떠나지 않고, 당신을 섬길 것입니다.
저는 무명의 추방자로서, 제 심장이 멈출 때까지
당신에게 영원히 봉사할 것입니다. 2035

저는 저의 유산을 포기하고,
앞서 말씀드렸듯이,
당신 궁전의 시동이 될 것입니다.
당신께서 저에게 커다란 은총을 베풀어서
여기서 먹고 마시게 해준다면 말입니다. 2040
제 생계를 위해서는, 당신이 괜찮으시다면,
노동을 할 것입니다. 그렇게 되면 미노스도 —
자기 눈으로는 저를 보지 못할 것이기 때문에 —
그 누구도 저를 모르게 될 것입니다.
저는 교묘하게 행동할 것이고, 2045
능숙하게 초라한 모습으로 위장할 것이므로
이 세상 누구도 저를 모르게 될 것입니다.
목숨을 보존하기 위해, 그리고 이처럼 친절을 베풀어 주시는
당신 앞에 남아 있기 위해, 저는 그렇게 할 것입니다.
지금은 당신의 옥리로 있는 이 훌륭한 사람은 2050
제 아버님에게로 보낼 것입니다.
그에게 큰 상을 내려, 저의 나라에서
가장 위대한 사람들 중의 하나로 만들 것입니다.
저의 아름다운 귀부인이시여,
감히 말씀드리지만, 저는 왕자요 기사입니다. 2055
할 수만 있다면, 세 분 모두
저의 나라로 가셨으면 합니다.
저도 여러분을 동행할 것입니다.
그러면 제 말이 거짓인지 아닌지 알게 될 것입니다.
제가 여기서 당신의 시동이 되어 2060
겸손하게 당신을 섬길 것을 제의해 놓고,

만약 그곳에서 겸손하게 섬기지 않는다면,
저는 마르스 신에게 부탁하여
저에게 치욕스런 죽음을, 저의 모든 친구들에게
죽음과 궁핍을 내려달라고 하겠습니다. 2065
제가 죽고 난 뒤에는 제 영혼이
밤중에 이리저리 헤매고 다닐 것입니다.
제가 배반자라는 치욕스런 이름을 얻게 되니,
제 영혼도 떠돌이가 될 수밖에요!
또 당신께서 베풀지 않는데 2070
제가 더 높은 신분을 달라고 주장하더라도,
아까 말씀드렸듯이, 치욕스런 죽음을 당해야지요!
귀부인이시여, 자비를! 제 말은 이것뿐입니다."
　테세우스는 보기에 늠름한 기사이고,
스물세 살 난 젊은이였다. 2075
그의 안색을 보고난 사람은 누구나
그 고통에 동정하여 눈물을 흘렸을 것이다.
그 모습을 본 아리아드네는
그의 제의에 대해 이렇게 대답했다.
"왕의 아드님이자 기사인 분이 저에게 2080
그처럼 낮은 신분으로 봉사하는 것은
하느님이 금하실 거예요. 모든 여성의 수치니까요.
제게 그런 일이 일어나도록 허락하시겠어요!
그보다는 당신이 기사답게 자신을 방어하고
적을 살해할 수 있도록 은총과 용기를 주시겠지요. 2085
당신이 여기서 저와 저의 동생에게
이토록 호의를 베풀어주시니,

후회 없이 당신의 목숨을 구해드리겠어요!
당신도 저 못지않게 고귀한 신분으로 태어났고,
멀지 않은 곳에 왕국도 가졌는데, 2090
죄 없이 죽는 꼴을 보거나,
저의 시동으로 봉사하는 꼴을 보느니,
차라리 제가 당신의 아내가 되는 편이 더 낫겠어요.
그것은 당신 친척들에게도 맞지 않는 일이어요.
남자가 두려워서 못할 일이 뭐 있겠어요? 2095
내 동생으로 말할 것 같으면,
내가 떠나면 걔도 같이 가야 한답니다.
안 그러면 나와 마찬가지로 죽어야 하기 때문이지요.
당신이 고국으로 돌아갔을 때,
책임지고 걔를 당신 아들[35]과 결혼시켜주세요. 2100
이것이 이 계획의 마지막 부분이에요.
그렇게 하겠다고 뭐든 걸고 서언해주세요."
"그러지요, 나의 귀부인이시여" 하고 그가 말했다.
"아니면, 저는 내일 미노타오로스에게 찢겨죽을 텐데요!
원하시면, 제 심장의 피를 저당 잡으십시오. 2105

---

35) 히폴리토스(Hippolytus). 아테네의 왕 테세우스와 아마존의 여왕 히폴리테 사이에서 태어난 아들. 그는 사냥과, 사냥의 신 아르테미스를 숭배하는 일로 나날을 보내고 있었다. 어머니가 죽은 뒤, 크레타 섬의 왕녀로서 계모가 된 파에드라로부터 불륜의 사랑을 고백받았으나 그것을 거절한다. 이 때문에 파에드라는 히폴리토스를 무고하는 유서를 남기고 자살한다. 그 유서를 읽은 테세우스는 아들을 오해하여 추방했을 뿐만 아니라, 일찍이 해신(海神) 포세이돈이 허락했던 세 가지 소원을 사용하여 아들의 죽음을 빈다. 히폴리토스가 트로이젠 해변에서 전차(戰車)를 타고 질주하고 있을 때, 해신이 보낸 괴수(怪獸)를 보고 말이 놀라서 날뛰는 바람에 전차에서 떨어져 목숨을 잃는다.

제게 칼이나 창이 있으면,
그것을 꺼내, 거기에다 대고 서언을 하겠어요.
그래야 저를 확실하게 믿으실 테니까요.
제 신앙의 으뜸인 마르스 신을 걸겠습니다.
그래야 내일 싸움에서 확실하게 이겨 2110
목숨을 보존할 수 있을 테니까요.
제 말의 증거를 보실 때까지
저는 결코 이곳에서 도망치지 않을 것입니다.
이제 진심으로 말씀드리겠습니다.
당신은 모르실 테지만, 저는 조국에 있을 때부터 2115
오랜 세월 동안 당신을 사랑했습니다.
이 세상 그 누구보다도
당신을 보고 싶어 했습니다.
제 신앙을 걸고 맹세하지만,
저는 7년 동안 당신의 충실한 연인이었습니다. 2120
그런데 이제야 당신을 얻게 되었고,
당신도 저를 가지게 되었군요. 아테네 공작부인이시여!"
　귀부인은 그의 확고부동한 신념,
진지한 언변과 얼굴표정을 보고는 미소를 지었다.
그녀는 부드러운 목소리로 동생에게 이렇게 말했다. 2125
"나의 동생 파에드라야,
너와 나는 이제 둘 다 공작부인이 되었구나.
아테네의 왕족을 보장받았고,
앞으로는 둘 다 여왕이 되게 생겼구나.
흔히 고귀한 태생의 여성이, 할 수만 있다면, 2130
정당한 대의의 편에 서서, 대체로 도리에 맞는 일을 하는

좋은 가문 출신의 남성을 구해주는 일이 있는데,
우리가 왕의 아들을 죽음에서 구했으니,
이 일로서는 아무도 우리를 비난하지 않을 것이며,
우리에게 오명을 씌우는 일도 없지 않겠니." 2135
이 부분을 간단하게 줄여본다면,
테세우스는 그녀에게 작별인사를 했고,
이 계약의 모든 항목들이,
내가 여러분에게 이야기한 대로 이행되었다.
옥리는 그의 무기, 실뭉치 등, 2140
아까 내가 말한 모든 것을
미노타오로스가 사는 집,
테세우스가 들어갈 문의 바로 곁에 갖다 놓았다.
테세우스는 죽음의 현장으로 인도되었고,
미노타오로스 앞으로 끌려 나갔다. 2145
그는 아리아드네가 지시해준 데에 따라서
그 짐승을 물리쳤고, 그것을 죽였다.
짐승을 살해하고 난 그는
실타래에 의지해, 몰래 밖으로 빠져나왔다.
옥리를 통해 그는 짐배 하나를 구했다. 2150
거기에다 아내의 보물을 실었고,
아내와 아름다운 처제,
그리고 옥리를 태웠다.
야음을 틈타서 그는
그 셋과 함께 그 나라를 탈출하여 2155
친한 친구가 있는 오에노피아로 향했다.
그곳에서 그들은 잔치를 벌이고, 춤추며 노래했다.

그는 자신을 그 짐승으로부터 구해준
아리아드네를 꼭 껴안고 있었다.
그는 배 한 척을 또 얻어서 2160
거기에 동포들을 태우고
다시 고국을 향해 떠났다.
사나운 짐승들 외에는 아무도 살지 않는,
수많은 짐승들이 우글거리는,
사나운 바다 가운데 있는 어느 섬에다 2165
그는 배를 갖다 대었다.
그는 그 섬에 반나절을 머물면서,
거기에서 좀 쉬어가야겠다고 말했고,
그의 선원들도 그가 하자는 대로 했다.
이야기를 간단하게 줄인다면, 2170
그는 자신의 아내인 아리아드네가 잠자는 사이,
처제인 파에드라가 더 예쁘다는 이유로
그녀의 손을 잡고 배로 데리고 갔으며,
아리아드네가 여전히 잠자는 사이,
배신자처럼 몰래 도망쳤다. 2175
그는 자기 나라를 향해 재빨리 배를 몰아갔는데 —
바람이 20명의 악마가 달려들듯이 그를 몰아갔다 —
고국에 도착하자 그는 아버지가 바다에 익사한 것을 알았다.
그자에 대해서 더 말하기는 정말 싫다.
이런 부정한 연인들은 독약으로 파멸시켜야 한다! 2180
하지만 아리아드네 이야기는 계속해야지.
피곤해서 잠에 곯아떨어졌던 그녀가
잠에서 깨었을 때의 그 비참한 심정이란!

아! 내 심장이 그대에게 동정을 보내는구나!
새벽에 잠이 깨어 침대를 더듬던 그녀는 2185
아무도 없는 것을 알았다.
"아! 내가 왜 태어났던가!
이렇게 배신당했으니!" 하고 그녀가 소리쳤다.
그녀는 머리를 쥐어뜯고 맨발로 급히
바닷가로 달려가며 울부짖었다. 2190
"사랑하는 테세우스! 어디 있나요?
당신이 안 보이니, 짐승에게 물려 죽었나요?"
텅 빈 바위들만 메아리칠 뿐, 사람은 보이지 않았다.
달빛이 아직도 비치고 있었다.
재빨리 높은 바위 위로 올라간 그녀는 2195
바다 위를 미끄러져가는 배 한 척을 보았다.
심장이 식어가는 느낌을 받으며 그녀가 말했다.
"사나운 짐승이 당신보다는 더 순할 거예요!"
그녀를 이처럼 배신한 그에게 죄가 없단 말인가?
그녀가 울부짖었다. "오, 돌아와요. 그러면 죄받아요! 2200
당신 배에 사람이 다 안탔잖아요!"
그녀는 나무기둥을 세워 손수건을 매달았다.
혹시 그가 그것을 보지 않을까,
자신을 남겨두고 온 것을 기억하고
바닷가로 자신을 찾으러 오지 않을까 해서였다. 2205
그러나 그는 제 갈 길을 간 것이니, 소용없는 일이었다.
그녀는 기절해서 돌 위에 쓰러졌다.
그러나 다시 일어나 비탄 속에서
그가 지나간 발자국에다 키스했다.

그리고는 자신의 침대를 보고 이렇게 말했다. 2210
"너 침대야, 너는 둘을 받아들였으니,
하나가 아닌, 둘을 위해서 대답 한번 해 보렴!
너의 더 위대한 한쪽은 어디에 있는 거냐?
아, 이 비참한 인간인 나는 이제 어떻게 되는 거냐!
설사 배나 보트가 이곳으로 오더라도, 2215
나는 두려워 감히 내 고국으로 돌아갈 수가 없단다.
이 곤경에서 어찌할 바를 모르겠구나!"
그녀의 한탄을 더 늘어놓을 필요가 있을까?
말하기 너무 힘들고 긴 이야기니 말이다.
오비디우스는 그녀의 편지에다 그것을 기록하고 있지만, 2220
나는 서둘러서 끝을 내야겠다.
신들이 그녀를 불쌍히 여겨 구출해주었다.
우리는 황소자리에서 그녀의 왕관에 박힌 보석들이
눈부시게 빛나는 것을 볼 수 있다.
이 이야기는 여기서 그치지만, 2225
그 부정한 연인이 자신의 진실한 애인을
기만한 것은 사실이니, 악마가 보복해 주기를!

7. 〈필로멜라의 전설〉

아름다운 세상을 창조하사
사물에 형상을 부여하신 분이여, 작업을 시작하기 전에
마음속에 영원히 그것을 담고 계시는 분이여, 2230
왜 당신은 인간의 수치를 만들었나이까?
비록 그 목적을 위해 그러한 것을 창조한 것이
당신의 의도는 아니었을지라도.
왜 당신은 테레우스를 태어나게 내버려두었나이까?
사랑에서 너무나 부정하게 맹세를 저버려 2235
사람들이 그의 이름을 입에 담으면,
이 세상 모든 것이 하늘까지 더럽혀지도록 하셨습니까?
저로 말할 것 같으면, 그의 행위가 너무나 끔찍해서
그의 추잡한 이야기를 읽을 때는
제 눈도 더러워지고 쓰라리게 된답니다. 2240
그 독액의 효과가 너무나 오래 가서
테레우스에 관한 내 이야기를 읽는 사람도
틀림없이 거기에 감염될 것입니다.
그는 트라키아의 군주였고, 피 묻은 창을 들고 선
잔인한 마르스 신의 친족이었다. 2245
그는 행복에 겨운 갈채를 받으면서,
판디온 왕의 아름다운 딸과 결혼했는데,
프로크네라는 이름의 그녀는 그 나라의 꽃이었다.
주노가 그 잔치에 가고 싶어 하지 않았고,
결혼의 신인 히멘도 그랬다. 2250

사실은 세 명의 복수의 여신들이 죽음의 횃불을 들고
그 잔치에 참석하기 위해 대기하고 있었고,
고통과 불행의 예언자인 부엉이가
지붕 들보 사이에서 밤새도록 펄럭거렸다.
많은 노래와 춤으로 흥을 돋운 주연이 2255
보름 가까이 지속되었다.
그의 이야기를 하는 것이 지겨우므로,
이야기를 빨리 진척시킨다면,
그와 그의 아내는 5년 동안 같이 살았다.
그러던 어느 날, 프로크네는 여동생이 2260
몹시도 만나고 싶어졌다.
여동생을 너무나 오랫동안 보지 못해서
그 소망을 어떻게 표현해야 좋을지 몰랐다.
그녀는 남편에게 곧장 돌아올 테니
여동생을 만나러 가게 해달라고 간청했다. 2265
만약에 자신이 가는 것이 불가능하다면,
여동생을 한번 데려와 달라고 빌었다.
그녀는 아내다운 말씨와 표정을 사용해서
매일 남편에게 청원했다.
　테레우스는 배를 준비시켜서, 2270
몸소 그리스에 있는 장인에게로 갔다.
그는 장인에게 아내의 여동생인 필로멜라가
한두 달 정도 자신의 아내인
프로크네의 모습을 볼 수 있도록
허락해달라고 간청했다. 2275
"곧 돌려보내겠습니다.

가는 길 오는 길 모두 제가 동행해서
제 목숨처럼 보살필 것입니다."
　늙은 왕 판디온은 딸이 떠나는 것을
허락해 줄 생각을 하니 2280
안쓰럽고 걱정스런 마음이 되어 울었다.
이 세상에서 그 애를 가장 사랑했기 때문이었다.
그러나 마침내 허락이 떨어졌다.
오랫동안 그리워해 오던
언니를 만날 수 있게 해 달라고 2285
아버지를 두 팔로 껴안고
눈물로써 호소한 덕분이었다.
그녀는 너무나 젊고 아름다운 처녀였다.
테레우스는 그녀의 예쁜 모습과
비길 데 없이 고운 옷차림을 보았을 때, 2290
마음씨가 두 배나 착하다는 것을 알았을 때,
무슨 일이 있어도 그녀를 가져야겠다는
불같은 욕망이 가슴속에 타올랐다.
그가 머리로 계략을 꾸미면서
무릎을 꿇고 간청하자, 마침내 판디온이 말했다. 2295
"친애하는 사위여, 내 여기서 자네에게
내 생명의 열쇠를 쥐고 있는
어린 딸을 맡기네.
내 딸과 자네 처를 잘 대해 주게.
그리고 자네 처에게 휴가를 주어서 2300
내 죽기 전에 그 애를 볼 수 있도록 해주게."
판디온 왕은 사위를 위해, 그리고 지위 고하를 막론하고,

그와 함께 온 수행원들을 위해, 화려한 주연을 베풀었다.
그는 사위에게 값비싼 선물을 주고,
아테네의 번화가를 구경시킨 후, 2305
바다까지 바래다주었는데,
나쁜 일은 꿈에도 생각하지 않았다.
　노들이 빠르게 배를 밀고 가서,
마침내 트라키아에 도착했다.
테레우스는 필로멜라를 숲속으로 데리고 가서, 2310
몰래 어느 동굴 속에 집어넣었다.
그리고는, 싫건 좋건, 그 컴컴한 동굴 속에
머물러 있으라고 명했다.
그녀는 떨리는 가슴으로 말했다.
"형부, 우리 언니는 어디 있어요?" 2315
마침내 그녀는 공포에 전율하면서, 하얗게 질린 채,
비참한 모습으로 슬피 울었다.
그것은 마치 늑대에게 물린 어린 양과 같았다.
아니면, 독수리의 발톱에서 빠져나왔으나,
다시 붙잡힐까 봐 멍하니 2320
공포에 떨고 있는 비둘기 같았다.
그녀는 그렇게 앉아 있었다.
완전히 속수무책이었기 때문이었다.
이 배신자는 강제로 행동에 돌입했다.
그녀가 싫다는데도 불구하고, 2325
힘과 완력으로 그녀의 처녀성을 짓밟았다.
보라! 사내의 이 짓거리를, 정의여!
그녀는 있는 힘을 다해 소리쳤다. "언니!"

"아버지!" "하느님, 도와주세요!"
아무것도 소용이 없었다. 이 무도불측한 도적놈은 2330
이 귀부인이 자신의 추태를 세상에 떠들어서
공개적으로 망신을 줄까 봐
겁이 나서,
그녀에게 더 악랄한 해악을 끼쳤다.
즉, 칼로 그녀의 혀를 잘라버렸던 것이다.
그는 쥐도 새도 모르게 그녀를 2335
어느 성에다 영원히 가두고는
두고두고 자신의 노리개로 삼았으므로,
도저히 그를 피할 수가 없었다.
아 불운한 필로멜라, 그대 심장이 얼마나 아플까!
하느님이 복수해주시고, 그대 기도를 들어주실 거야! 2340
이제 간단하게 끝맺음을 할 시간이다.
테레우스는 자기 아내한테로 가서,
그녀를 두 팔로 끌어안았다.
그는 애처롭게 울면서 머리를 흔들고는,
가서보니 그녀의 여동생이 죽었더라고 말했다. 2345
불행한 프로크네는 너무나 비통해서
쓰라린 가슴이 두 쪽으로 찢어지는 것 같았다.
그러면 프로크네는 울게 내버려 두고,
그녀의 여동생 이야기로 옮겨 가야겠다.
이 비참한 귀부인은 어릴 적부터 2350
자수 놓는 법을 익혀 왔었다.
여성들이 오랫동안 그랬듯이,
그녀도 수틀에다 수를 짜 넣었던 것이다.

사실, 그녀는 먹고 마시는 데는 불편함이 없었으며,
바느질도 마음대로 할 수 있었다. 2355
글을 읽고 쓰는 것도 가능한 일이었지만,
펜이 없어서 글을 쓸 수가 없었다.
하지만 그녀는 글자를 수놓는 법을 알고 있었다.
그래서 그해가 다 지나갈 무렵,
그녀는 자신이 아테네에서 배에 실려와 2360
동굴에 갇히게 된 과정을
커다란 모직 천에다 수를 놓아 써넣었다.
테레우스가 한 짓을 모두 짜 넣었고,
무엇보다도 자신이 언니를 사랑했기 때문에
어떤 대접을 받았는지를 기록했다. 2365
그녀는 시동에게 반지를 하나 주고서,
손짓으로 그 수놓은 천을
여왕에게 갖다 주라고 부탁했다.
그리고 손짓으로 자신이 손에 넣는 것은 무엇이든
그에게 주겠다고 수없이 맹세했다. 2370
이 시동은 곧장 여왕에게로 가
그 태피스트리를 주면서 자초지종을 이야기했다.
그것을 본 프로크네는
슬픔과 분노 때문에 할 말을 잊었다.
그녀는 박카스의 신전으로 순례여행을 가는 체했다. 2375
잠시 후 그녀는 어느 성 안에서
혼자 앉아 울고 있는 벙어리 여동생을 발견했다.
아 그 비통함이란!
벙어리가 된 여동생을 보고

프로크네가 쏟아내던 그 한탄과 신음소리란! 2380
두 사람은 서로를 부둥켜안았는데,
그들이 실컷 슬퍼하도록 내버려 두자.
　나머지 이야기는 하지 않는 것이 좋을 것 같다.
그런 대접을 받았음에도 불구하고,
그녀는 자신이 알고 있는 이 잔인한 남자에게 2385
해악을 끼치거나 보복하지 않았기 때문이다.
남자란 조심해야 하는 존재이다.
자신의 명성을 소중히 여겨
테레우스와 같은 짓을 하지 않아도,
혹은 깡패나 살인자처럼 행동하지 않아도, 2390
잠시라도 믿어서는 안 된다 —
내 동생이라도 이것은 마찬가지다 —
그가 설사 한눈을 팔지 않는다고 해도.

8. 〈필리스의 전설〉

사악한 나무에 사악한 열매가 달린다는 것은,
여러분이 적극적으로 관심만 가지면, 2395
권위에 의해서 뿐만 아니라 경험에 의해서도 알 수 있다.
내가 이런 말을 하는 것은
부정한 데모폰의 이야기를 하기 위해서다.
그의 아버지 테세우스를 제쳐놓고,
그보다 더 악랄한 연인의 이야기를 들은 바가 없다. 2400
“하느님, 이런 자로부터 우리를 지켜주십시오!”
그의 이야기를 들은 여인들은 아마 이렇게 기도할 것이다.
트로이 시가 함락되자, 데모폰은
배를 타고 자신의 커다란 궁전이 있는
아테네를 향해 가고 있었다. 2405
그와 함께 부하들을 가득 태운
수많은 함선들과 짐배들이 왔는데,
그 부하들 중 상당수는,
오랫동안 포위공격에 참가하여,
부상당하거나 병이 나거나 수심에 잠겨 있었다. 2410
뒤쪽에서 비바람이 일어 사납게 몰아치는 바람에,
그의 돛들이 견뎌낼 수가 없었다.
이 세상 어디보다 그는 육지에 상륙하고 싶었다.
폭풍우가 정신없이 그를 쫓아왔기 때문이다.
날이 어두워서 아무데도 갈 수가 없었고, 2415
조타장치마저 물결에 망가져버렸다.

그가 탄 배의 밑바닥이
어떤 목수도 수리할 수 없을 만큼 갈라져버렸다.
밤바다가, 마치 횃불이 타오르듯이,
그를 사정없이 아래위로 흔들어대자, 2420
마침내 넵튠을 비롯하여 테티스, 코러스,
트리톤 등의 모든 해신들이 그를 불쌍히 여겨,
어느 해안에 상륙하게끔 해주었다.
그곳은 리쿠르구스의 딸인,
눈부신 햇빛 속의 꽃보다 아름다운 귀부인이요 2425
여왕인 필리스가 사는 곳이었다.
간신히 바닷가에 도착한 데모폰은
지쳐서 쇠잔해져 있었고,
그의 부하들도 피로와 기아로 기진해 있었다.
그는 거의 죽을 지경에 이르렀다. 2430
여왕에게 도움과 구조를 요청해보라고,
호의를 베풀어줄 만한 사람을 찾아보라고,
그를 고통과 재난으로부터 지켜줄
식량을 구입해보라고,
똑똑한 부하 하나가 그에게 조언했다. 2435
그는 몸이 아파서 죽을 것 같았다.
말을 할 수도 없고 숨 쉬는 것조차 힘들었기 때문에,
로도피 근처에서 휴식을 취했다.
걸음을 걸을 수 있게 되자, 그는 궁전으로 가서
구조를 요청하는 것이 최선이라는 생각이 들었다. 2440
사람들은 그를 잘 알고 있어서, 호의를 베풀어주었다.
그의 아버지 테세우스가 그랬듯이,

그가 아테네의 공작이고 귀족이었기 때문이었다.
그의 아버지는 전성기에 명성이 자자했고,
그 지역에서는 그만큼 훌륭한 사람이 없었다. 2445
그는 아버지와 용모와 체격이 비슷했고,
사랑에서 부정한 것까지 아버지를 닮고 있었다.
그 아버지에 그 아들인 셈이었다.
가르침이 없어도 천성적으로,
오리를 잡아 물가로 데려가면 헤엄을 치듯이, 2450
늙은 아버지의 수법을 알고 있었다.
그를 반갑게 맞이해준 고결한 필리스는
그의 몸가짐과 태도가 마음에 들었다.
사랑에서 거짓맹세를 한 사람들의 이야기를 쓰는데
이미 신물이 났기 때문에, 2455
(하느님이 끝낼 수 있도록 배려해 준)
나의 이 이야기를 서둘러야 하기 때문에,
이 대목을 빨리 넘어가도록 하겠다.
여러분은 테세우스가, 자신을 동정하여 목숨을 구해준
아름다운 아리아드네를 배신한 수법에 대해서 2460
충분히 들었을 것이다.
한마디로 말해서, 데모폰도
그의 부정한 아버지 테세우스가
밟았던 길을 그대로 밟았다.
그는 휴식을 취하여 몸이 완쾌되었을 때, 2465
필리스에게 결혼할 것을 맹세하고,
부부가 될 것임을 서약하여,
우려낼 수 있는 모든 재화를 우려냈으며,

필리스를 제 마음대로 농락했다.
내가 마음만 먹으면, 그의 모든 행위를 2470
시시콜콜 묘사할 수 있듯이.
그는 배를 타고 고국으로 가야한다고 했다.
그녀의 명예에 걸맞은, 그리고 자신의 명예에 걸맞은
결혼식을 준비하고 싶어서라고 했다.
공공연하게 작별인사를 하면서 2475
절대 늑장부리지 않고
한 달 안에 돌아올 것이라고 맹세했다.
그 나라에서 그는 마치 왕처럼 명령을 내리고,
사람들을 능숙하게 복종시켰으며,
자신이 타고 갈 선박들을 준비하게 하여, 2480
가장 빠른 길로 고국으로 돌아갔다.
그는 필리스에게로 다시 오지 않았다.
아! — 스토리들이 기록해 놓은 바에 의하면,
데모폰이 자신을 배신했다는 것을 알았을 때,
그로 인한 그녀의 고통이 너무나 혹독하고 쓰라려서 — 2485
그녀는 목을 매어 자살했다고 한다.
하지만 먼저 그에게 편지를 써서,
어서 돌아와 고통에서 구해줄 것을 간청했는데,
그 내용을 한두마디 소개하겠다.
사실 나는 데모폰을 위해서는 애를 쓰거나, 2490
잉크 한 방울 쓰고 싶지도 않다.
그가, 제 아비와 마찬가지로,
사랑에서 부정한 자이기 때문이다.
제발 악마가 그 둘의 영혼을 불태워버렸으면!

하지만 필리스의 편지는 일부나마 소개해야겠다. 2495
"오 데모폰, 로도페이아에 있는 당신의 애인,
당신의 필리스는 너무나 고통스러워서
당신에게 푸념을 늘어놓지 않을 수가 없네요.
당신은 약속을 어기고
우리 사이에 정한 기간을 넘기고 있어요. 2500
당신이 우리 항구에 내렸던 닻은
달이 자신의 주기를 한 바퀴 완전히 돌기 전에
반드시 돌아오겠다고 약속했지요.
당신이 이 나라를 떠난 그날 이후,
달이 네 번씩이나 얼굴을 감추었다가, 2505
네 번씩이나 이 세상을 다시 비추었어요.
그럼에도 불구하고, 트라키아의 바다 물결은 아직
아테네로부터 배를 실어온 적이 없고,
아직도 오지 않고 있네요.
저나 다른 참된 연인들이 그렇듯이, 2510
당신이 약속된 시간을 헤아리시리라 믿고,
그 전날까지 저는 정말이지 푸념하지 않았어요."
그러나 그녀의 편지 내용을 일일이 다 소개할 수는 없다.
그것이 나에게는 큰 부담이 되는 바,
그녀의 편지가 너무 길고 방대하기 때문이다. 2515
하지만 잘 쓴 대목이라고 생각되는 곳을
여기저기 골라서 운을 한번 맞추어 보았다.
"당신의 배는 돌아오지 않았고,
당신의 말도 다 거짓이었는데,
저는 당신이 오지 않는 이유를 모르겠어요. 2520

당신에 대한 저의 사랑이 너무 너그러웠나요?
당신의 거짓 맹세의 대상이 된 신들이
그것을 문제 삼아 당신에게 보복한다 해도,
당신이 형벌을 받아야 할 정도는 아니어요.
제가 너무 믿은 게 탈이지요. 2525
당신의 가문과 청산유수 같은 달변과
거짓으로 흘린 눈물을 탓해야겠지요.
어떻게 그처럼 기술적으로 울 수가 있나요?
눈물을 가식으로 흘릴 수가 있나요?
당신이 기억이라도 한다면, 2530
이처럼 순진한 처녀를 배신한 것이
당신에게는 작은 자랑거리가 될지도 모르지요!
이것이 당신에게 찾아온 가장 큰 영광과
가장 높은 명예가 되기를
하느님께 빌었고, 또 빌어드릴 게요. 2535
당신 옛 조상들의 훌륭함을 볼 수 있도록
그들의 초상을 그릴 때
당신의 초상도 그리도록 하느님께 빌게요.
사람들이 지나가면서 이런 문구를 읽게 되겠지요.
'보라, 이 사람이 생각과 행동에서 모두 2540
자신을 진실로 사랑했던 여인을
감언이설로 배신하고 비열하게 모욕한 자이니라.'
사람들이 한 가지 더 알아야 할 것은
이 점에서 당신이 아버지를 닮았다는 거예요.
당신이 나를 속였듯이, 2545
당신 아버지도 그처럼 교묘하고 교활하게

아리아드네를 속였으니까요.
결코 좋다고 할 수 없는 그 점에서
당신은 당신 아버지의 진정한 후계자라고 할 수 있어요.
이처럼 죄받을 짓을 하여 저를 속였으니, 2550
당신이 비록 돌보다 더 무정한 사람이기는 해도,
당신은 머지않아 나의 시체가
땅속에 묻히지도 못한 채,
아테네의 항구에 둥둥 떠 있는 것을 보게 될 거예요."
그녀는 이 편지를 보낸 후 2555
그가 말할 수 없이 변덕스럽고 부정한 자라는 것을 알고서
절망 속에서 스스로 목숨을 끊었다.
그처럼 어긋난 사랑을 한 그녀의 고통이 오죽했겠는가!
여인들이여, 당신의 교활한 적을 조심하라.
오늘날에도 그런 예가 더러 있으니. 2560
사랑에서는, 나 말고 그 어떤 남자도 믿지 말라.

9. 〈히페름네스트라의 전설〉

옛날 그리스에 두 형제가 살고 있었다.
그 중 하나는 다나우스라는 이름을 가졌는데,
그런 부정한 연인들이 흔히 그렇듯이,
많은 아들을 두고 있었다. 2565
그 아들들 중에서는
그가 특히 사랑하는 아들이 하나 있었다.
이 아이가 태어났을 때,
다나우스는 링케우스라는 이름을 지어주었다. 2570
다나우스의 형제인 아에깁투스는
마음 내키는 대로 거짓 사랑을 했다.
일생 동안 그는 슬하에 많은 딸을 두었는데,
그 중에는 본처로부터 얻은 귀여운 딸이 하나 있었다.
그는 막내인 그 딸의 이름을 히페름네스트라라고 지었다. 2575
별점에 의하면 그 아이는
모든 덕성을 다 갖춘 아이였다.
신들은 그 아이가 태어나기 전에
그녀가 곡식단이 될 것이라 하여 기뻐한 바 있다.
우리가 운명의 여신이라고 부르는 마녀 자매는 2580
그녀가 인정 많고, 지조 있고, 현명하고,
강철처럼 진실한 사람이 될 것을 점지했는데,
이것은 그녀와 잘 어울리는 성품들이었다.
비너스가 빼어난 미모를 주었지만,
그녀는 주피터의 영향도 함께 받아서, 2585

다정하고, 성실하고, 치욕을 두려워했으며,
현모양처로서의 자질을 두루 갖추고 있었다.
그녀에게는 이런 것들이 이승에서의 지복으로 여겨졌다.
연중 그 시기에는 비너스가 붉은 마르스의
잔인한 활동을 억누르기 때문에, 2590
그의 세력이 약해져서 사악한 힘을 빼앗기는 때였다.
비너스의 힘 및 다른 천상의 집들[36]의 압력에 의해
마르스의 독기가 저하되는 바람에,
히페름네스트라는 자기 자신을 구해야 할 경우에도,
사악한 의도를 지닌 칼을 다룰 수가 없었다. 2595
그럼에도 불구하고, 그녀가 사르투누스의
사악한 영향하에 있도록 하늘이 결정하는 바람에,
앞으로의 이야기에서 나오는 대로,
그녀는 감금되어 죽게 되는 것이다.
 다나우스와 아에깁투스는 2600
서로 형제지간임에도 불구하고 —
그 시대에는 친족혼이 문제가 되지 않았다 —
히페름네스트라와 링케우스를
결혼시키는 것이 좋겠다는 생각이 들었다.
그래서 결혼식 날짜가 정해졌고, 2605
모든 것이 손발이 척척 맞아 들어갔다.
모든 준비가 완료되었고, 그 시간이 다가왔다.
이리하여 링케우스는 삼촌의 딸과 결혼하게 되었고,
각각 상대방을 소유하게 되었다.
횃불이 타올랐고 밝은 램프가 켜져서, 2610

36) 성좌의 위치.

제를 올릴 준비가 갖추어졌다.
향불에서 달콤한 향기가 피어올랐고,
꽃다발과 화관을 만들기 위해
꽃과 잎을 뿌리 채 뽑았다.
식장에는, 그 시대의 관습에 따라, 2615
음유시인의 노래와
결혼의 연가가 울려퍼졌다.
그곳은 아에깁투스의 궁전이었는데,
그는 자신의 집안을 마음대로 지배하고 있었다.
이리하여 그럭저럭 하루가 지나갔고, 2620
하객들은 작별을 고하고 집으로 돌아갔다.
밤이 되어 신부는 침실로 가야했다.
아에깁투스는 급히 자신의 방으로 가서
아무도 모르게 딸을 불렀다.
사람들이 집을 텅 비웠을 때, 2625
그는 상냥한 어조로 딸의 얼굴을 바라보며,
다음과 같이 말했다.
"내 마음의 보물인, 내 진실한 딸아,
내 배냇저고리가 만들어진 이래,
내 운명이 운명의 여신들의 손에 맡겨진 이래, 2630
사랑하는 딸, 히페름네스트라여,
너보다 더 내 마음속 가까이 있었던 존재는 없었다!
네 아버지가 지금 하는 말을 잘 듣고,
너보다 더 현명한 사람의 뜻을 따르도록 해라.
딸아, 내가 너를 어느 정도 사랑하느냐 하면, 2635
나에게는 온 세상이 너 반만큼도 소중하지 않을 정도란다.

차가운 달 아래 모든 재화를 다 준다 해도,
나는 너에게 해가 될 충고는 하지 않을 것이다.
이렇게 단언할 수 있기 때문에,
내 마음속 생각을 솔직하게 털어놓겠다. 2640
네가 내 말대로 하지 않으면,
만물을 창조하신 그분의 이름으로 너를 죽이겠다!
간단히 말해서, 네가 내 말에 동의하지 않고,
내 지시대로 하지 않으면,
죽기 전에는 내 궁전을 못 빠져나갈 것이다. 2645
이것이 확고부동한 것임을 명심해라."
히페름네스트라는 눈을 내리깔고
사시나무 떨듯이 몸을 떨었다.
얼굴이 잿빛으로 사색이 된 채 그녀가 말했다.
"아버지, 하느님에 맹세컨대, 2650
있는 힘을 다해 아버지의 말씀을 따르겠습니다.
그것이 저에게는 수치가 아니니까요."
"다른 도리가 없다" 하고 그가 말했다.
그는 면도날처럼 날카로운 칼을 하나 꺼냈다.
"이것을 보이지 않게 잘 숨겨라. 2655
네 남편이 침대에 누워 잠이 들면,
그의 목을 두 쪽으로 잘라라. 나는 꿈속에서
내 조카가 나를 죽일 것이라는 경고를 받았다.
어느 조카인지는 모르지만,
그렇게 해야 내가 안전해질 것이다. 2660
네가 거절하면, 아까도 말했듯이, 내 서언의 대상인
그분을 걸고, 우리 둘은 원수가 될 것이다."

정신을 거의 잃을 지경이 된 히페름네스트라는
탈 없이 그 자리를 모면하기 위해
그렇게 하겠다고 했다. 다른 도리가 없었기 때문이다. 2665
아에깁투스는 병을 하나 꺼내고서 말했다.
"그가 잠자리에 들기 전에
이것을 한두 방울 마시게 해라.
이 마약과 아편이 워낙 강하기 때문에,
그는 네가 원하는 만큼 오래 잠들 것이다. 2670
그가 조바심을 낼지도 모르니, 어서 가보도록 해라."
그 신부는 밖으로 나왔다. 처녀들이 흔히 그렇게 하듯,
그녀는 수심이 가득한 얼굴을 한 채,
흥에 겨워 노래가 흘러나오는 방으로 갔다.
이야기를 끌지 않기 위해서 간단히 말한다면, 2675
링케우스와 그녀는 곧 침실로 갔고,
모든 사람들은 문간으로부터 서둘러 물러갔다.
　밤이 깊어가자, 그는 곯아떨어졌다.
그녀는 서럽게 울기 시작했다.
자리에서 일어난 그녀는 서풍에 시달리는 2680
나뭇가지처럼 두려움에 떨었다.
아르고스 시의 모든 것이 죽은 듯 잠잠했다.
그녀는 서리처럼 몸이 싸늘해져갔다.
한 맺힌 마음이 심장을 조이고
죽음의 공포가 고통을 주었기 때문에, 2685
그녀는 몸부림치며 세 번이나 쓰러졌다.
그녀는 일어나서 여기저기 비틀거리며 걷다가
자신의 손을 지그시 바라보았다.

"아, 내 손을 피로 물들일 것인가?
나는 처녀인데다, 천성적으로나, 2690
생김새로 보나, 옷차림으로 보나,
사람의 피를 빼앗기 위해
손에 칼을 들게 생기지를 않았다.
칼을 가지고 도대체 무얼 하겠단 말인가?
내 목구멍을 두 쪽으로 자를 것인가? 2695
그러면 피를 쏟고서, 아, 죽어버리겠지!
이런 일은 끝장을 보아야 해.
그 아니면 내가 목숨을 잃어야 해.
그런데 분명한 것은, 나는 그의 아내이고,
그는 나를 철석같이 믿고 있어. 2700
그러니 치욕을 안고 사는 배반자가 되기보다
내가 아내의 명예를 지키며 죽는 쪽이 낫겠어.
진심이든, 장난이든, 어느 쪽이든 간에,
그를 깨워 일으켜, 날이 새기 전에
이 홈통을 통해 도망치도록 해야지." — 2705
그녀는 얼굴이 눈물범벅이 되도록 울고는,
그를 두 팔로 껴안고서
몸을 흔들어 부드럽게 깨웠다.
그녀가 그에게 위험을 경고하고 도망칠 것을 제안하자,
그는 이층에서 창문을 통해 뛰어내렸다. 2710
링케우스는 몸놀림이 민첩하고 걸음이 가벼워서
아내보다 훨씬 빨리 뛰었다.
이 불운한 여인은, 아, 너무 연약하고 무력해서,
멀리 가지 못하고,

무자비한 아버지에게 붙잡혀버렸다. 2715
아, 링케우스, 그대는 어찌 그리 무정한가?
왜 그대는 아내를 데리고서
함께 갈 생각을 하지 못했는가?
그가 가버린 것을 알자,
자신이 그를 따라잡을 수 없음을 알자, 2720
그녀는 그 자리에 주저앉았다.
그녀는 마침내 붙잡혀서 감옥에 갇혔다.
이 이야기는 여기서 끝이 난다—

〔미완성〕

제5장

단시(短詩)들

〈에이 비 씨〉

〈에이 비 씨〉(*An ABC*)는 시토수도회 소속 수사인 기욤 드 데기빌(Guillaume de Deguilleville)의 장시 《영혼의 순례》(*Le Pèlerinage de l'Ame*) 중 성모 마리아에 대한 기도부분을 번안한 것이다. 기도가 삽입된 그 작품의 첫 부분에 "인생의 순례"(*Le Pèlerinage de la Vie humaine*)라는 제목이 붙여져 있다. 전체 23연의 각 연은 각기 다른 알파벳 문자로 시작하는데, "J"와 "U"와 "W"만 빠져 있다.

〈연민의 신에 대한 하소연〉

〈연민의 신에 대한 하소연〉(*The Complaint Unto Pity*)의 제작연대는 확실하지 않으나, 초서의 시작활동 초기에 씌어진 것으로 추정되고 있다. 퍼니볼(Furnivall)은 이 시가 "초서의 가장 초기의 작품"이라고 주장한다. 이 시의 출처는 아직 밝혀져 있지 않다. 그러나 중세 시인들 사이에 의인화의 기법이 보편적이었음을 감안할 때, 그 중심적 아이디어에 대한 출처를 굳이 찾을 필요는 없을 것 같다. 그리고 초서가 〈연민의 신에 대한 하소연〉을 썼다고 해서, 그것을 초서의 짝사랑 경험에 대한 증거로 삼을 필요도 없을 것 같다. 학자들은 이 시 내지 다른 시에서 초서가 가망 없는 사랑의 고통에 대해 언급하는 것은 관례적인 것이지 자전적인 것이 아니라는 데 동의하고 있다. 이 시의 형식인 7행연은 초서가 애호하던 운율형식 중의 하나이다.

〈연민의 신에 대한 하소연〉에서 화자는 사랑의 잔인성과 포학성을 탄식하면서 잔인의 신(*Cruelty*)에 대한 복수를 요청하기 위해 연민의 신을 찾아다닌다. 오랜 수소문 끝에 그는 드디어 연민의 신을 찾아내지만, 그녀는 이미 죽어서 어느 가슴속에 묻혀 있다. 연민의 신이 죽었으므로 화자는 잔인의 신에 의해 살해될 운명에 처한다. 그는 연민의 신이 살아 있었다면 그녀에게 털어놓았을 자신의 하소연을 자세히 적은 청원서를 작성한다. 의인화된 인물들이 많이 등장하는 정교한 노래인 그 청원서의 내용은 다음과 같다. 즉, 자신이 지금까지 심한 학대를 당해왔다는데, 연민의 신이 죽어서 모든 것이 수포로 돌아갔다는 것이다.

〈비너스에 대한 하소연〉

많은 비평가들은 〈비너스에 대한 하소연〉(*Complaint of Venus*)의 여러 부분이 원래는 서로 관계없는 단편들이었는데 우연에 의해서 현재의 형태로 결합되었다고 믿고 있다. 이 시의 화자는 여성이다. 지금 비탄에 빠져 있는 그녀는 자신의 연인인 훌륭한 기사의 여러 덕성들을 회상하고 있다. 자연이 그를 너무나 훌륭하게 만들어 놓았으므로 그녀는 영원히 그의 사람이고, 그 또한 그녀를 끔찍하게 사랑하고 있다. 화자는 사람이 사랑 때문에 고통당하고 질투하는 것은 고상한 일이지만, 질투는 여성을 번민으로 몰아넣는다고 말한다. 화자는 또 사랑은 여성을 우아하게 만들지만, 질투는 여성을 번민으로 몰아넣는다고 말한다. 어느 공주에게 보내는 그 시의 결구에서 초서는 자신이 이제 나이가 많이 들었다고 말한다. 그리고 "프랑스 시인들 중의 꽃인 그랑송"의 작품으로부터 한자 한자 옮겨서 이 작품을 만드는 데 엄청난 힘이 들었다고 말한다. 그러나 이 시의 톤과 작시법은 초서의 초기 작품들의 그것에 가까우며, 그랑송 작품의 번역도 프랑스 시의 영향하에 있던 초기의 작업으로 보아야 할 것이다.

〈로저먼드에게〉

세 개의 8행련(각운: *ababbcbc*)으로 된 발라드 〈로저먼드에게〉(*To Rosemounde*)는 이 형식으로 씌어져서 남아 있는 가장 최초의 시일 것이다. 그 시의 끝에는 'Tregentil'과 'Chaucer'라는 두 개의 이름이 적혀 있는데, 스키트 교수는 'Tregentil'이 아마 필사생의 이름일 것이라고 짐작한다. 그것은 아름답고 명랑하고 태생이 고귀한 한 귀부인에 대한 예찬의 노래이다. 화자는 자신이 그 시의 대상을 사랑하고 있다고 주장하지만, 이 말을 진실로 받아들이기는 힘들 것 같다. 자신이 술통을 가득 채울 만큼 눈물을 흘리고, 젤라틴 속에 뒹구는 곤들매기처럼 사랑에 빠져서 뒹군다고 표현하는 사람의 말을 액면 그대로 받아들일 수는 없는 노릇이기 때문이다.

〈여성의 고결함〉

세 개의 9행련(각운: *aabaabbab*)으로 구성되고 결구가 붙어 있는 시 〈여성의 고결함〉(*Womanly Noblesse*)이 초서의 작품이라는 데 대해 의문을 표시하는 비평가들이 더러 있다. 아닌 게 아니라 그 작품에는 초서 특유의 광채가 좀 덜하기는 하다. 그러나 대부분의 학자들은 그것을 초서의 작품으로 인정하는 데 주저하지 않는다. 이 작품 역시 한 귀부인의 아름다움과 덕성을 개관하는 것으로 시작되는데, 화자는 그 때문에 그녀를 끔찍하게 사랑하고 있다는 것이다. 그는 자신이 그녀에게 종속되어 있고, 자신의 의지도 그녀의 법에 따른다고 말한다. 그는 그녀에게 자신의 무지를 눈감아 주고 자신을 긍휼히 여겨달라고 청한다. 그리고 자신이 계속해서 그녀의 아름다움과 확고한 지배를 누릴 수 있게끔 해달라고 청한다.

〈초서가 필사생 아담에게 주는 말〉

〈초서가 필사생 아담에게 주는 말〉(*Chaucers Wordes unto Adam, His Owne Scriveyn*)은 '애가'(*Complaint*)라는 라벨이 붙어 있지 않지만, 애가 속에 넣고 싶어지는 시이다. 초서가 그의 모든 작품들 속에서 진정으로 하소연하는 대목이 있다면, 바로 이 시 속에서일 것이다. 초서는 아담이 《보에체》(*Boece*)나 《트로일루스와 크리세이드》 같은 작품을 필사할 때의 그 부주의함을 꾸짖고 있다. 그러나 아담이 정신 차리지 않으면 머리에 옴이 붙을 것이라는 가혹한 말의 이면에는 초서 특유의 그 유머가 비치고 있다. 상기 작품들에 대한 언급이 있는 것으로 미루어 제작연대는 1380년에서 1385년 사이일 것으로 짐작된다.

〈옛날〉

보에티우스, 오비디우스, 《장미 이야기》, 그리고 베르길리우스 등에서 유래하는 〈옛날〉(*The Former Age*)은 행사시(*occasional poem*)였겠지만, 그 행사가 어떤 것이었는지에 대해서는 알 수가 없다. 하지만 그 주제 — 인류가 아직 젊고 타락되지 않았던 여명기에는 완전성이 이 세계를 지배했다 — 는 시인들과 철학자들 사이에 항구적 호소력을 지니고 있는 것이다. 그렇기 때문에 초서가 어떤 특정한 목적을 위해 이 작품을 썼을 가능성은 그다지 높지 않다. 그럼에도 불구하고 그가 리처드 2세의 마지막 전횡 기간을 돌이켜 보면서 그것을 썼을 가능성은 엿보인다.

〈운명의 여신〉

세 개의 8행련(각운: *ababbcbc*)으로 구성되어 있고, 결구가 붙어 있는 시 〈운명의 여신〉(*Fortune*)은 발라드에서 철학적 주제가 어떻게 다루어지는가를 잘 보여주는 작품이다. 이 시는 플레인티프(Plaintiff)라는 사람이 이 세상의 화복은 운명의 여신이 지배하고 있음을 천명함으로써 시작된다. 운명의 여신은 우리의 시간과 노력을 수포로 돌릴 수 있는데도, 화자는 그녀에게 공공연한 반발을 보인다. 그는 이성이 친구와 적을 분간할 수 있기 때문에, 운명의 여신은 스스로를 제어할 수 있는 사람, 예컨대 소크라테스 같은 사람에게는 공포의 대상이 될 수 없다고 말한다. 여신은 플레인티프에게 만약 네가 나의 통제에서 벗어나 있다면,

어째서 나를 비난하느냐고 묻는다. 플레인티프로 하여금 똑똑하게 볼 수 있게 해준 것이 바로 자기라는 것이다. 더구나 그녀는 다른 사람들을 가혹하게 다룰 때에도 플레인티프에게만은 잘해주었다고 주장한다. 플레인티프는 대꾸하기를, 자기는 좋은 친구들을 지킬 것이니 믿지 못할 친구들은 데려 가달라고 말한다. 여신은 플레인티프에게 내가 내 재산의 일부를 너에게 주었는데도 네가 불평하니, 이제 그 재산을 빼앗겠다고 말한다. 너는 왜 나의 지배권에 이의를 제기하는가? 말미의 결구에서 운명의 여신은 왕자들에게 플레인티프가 자신에게 덤비지 못하도록 해주면 보답하겠다고 청원한다. 주로 보에티우스의 《철학의 위안》에 근거를 둔 이 시는 십중팔구 특별한 목적 — 그것이 무엇인지는 알 수 없지만 — 을 가지고 쓴 시일 것이다. 이 시의 제작연대에 대해서는 여러 이론들이 있지만, 왕자들에 대한 언급은 아마도 랭카스터, 요크, 글로스터의 세 공작을 염두에 둔 것일 것이다. 초서는 글로스터 진영으로부터는 별로 호의를 못 받은 것으로 알려져 있다. 이 진영은 그를 공직에서 내몰아 경제적 어려움에 처하도록 했을지도 모른다. 그렇다면 초서는 이 시를 통해서 글로스터 진영에게 잃어버린 자신의 특권들을 회복시켜 달라고 청원하고 있을 가능성이 높다.

〈진리〉

〈좋은 충고의 발라드〉(*Balade de Bon Conseyl*)라는 부제가 붙어 있는 〈진리〉(*Truth*)의 필사본이 스물두 개나 남아 있는 것을 보면, 그것이 군소 작품들 중에서는 가장 인기가 있었던 것이 아닐까 하는 짐작을 해 볼 수 있다. 대체로 보에티우스에 그 출처를 두는 이 시는 일반대중들에게 특히 인기가 높았을 것이다. 왜냐하면 여기서 말하는 좋은 충고란 타락된 장소인 궁정을 피하고, 작은 것에 만족하고, 싸움을 피하라는 것이며, 또 무엇보다도 진리를 따르라는 것이기 때문이다. 결구(스물두 편의 필사본 중에서 단 한 편에만 결구가 붙어 있다)에서 화자는 베이춰(Vache)라는 대상에게 말을 걸고 있는데, 그 말이 불어로는 '암소'라는 뜻이 되기 때문에, 오랫동안 학자들을 어리둥절하게 해왔다. 리케르트 교수는 그 말이 초서의 친구인 루이스 클리퍼드(Lewis Clifford)의 사위, 필립 드 라 베이춰(Philip de la Vache)를 가리킨다고 했다. 베이춰는 1386년에서 1389년 사이에 글로스터 진영의 미움을 삼으로써 몰락의 길을 걷게 된 사람이다. 그래서 이 시는 흔히 그 젊은 친구가 자신의 역경을 되도록 떳떳이 헤쳐 나가기를 바라는 초서의 격려로 해석되고 있다.

〈고결성〉

〈초서의 도덕적 발라드〉(*Moral Balade of Chaucier*)라는 부제를 가진 〈고결성〉(*Gentilesse*)은 결구가 붙어 있지 않은 또 하나의 발라드이다. 보에티우스, 단테, 그리고 《장미 이야기》 중 장 드 묑(Jean de Meung)의 부분에서 유래한 그 주된 아이디어는, 진정한 고결성이란 유산의 문제가 아니라 개인적 행동의 문제라는 것이다. 이것은 〈바스의 여장부 이야기〉(*Wife of Bath'Tale*)에 나오는 그 기사에게 그의 늙은 아내가 들려주는 훈계의 한 부분과 현저하게 닮아 있다. 이것이 별반 새로울 것이 없는 아이디어이기는 하지만, 그러나 이교도와 기독교도가 공히 찬동하는 아이디어이기는 하다. 각 연의 마지막 행에서 초서는 어떤 특정한 사람들을 가리키는 것처럼 보이는데, 아마도 만년에 이르러 왕으로서의 고결성을 버리고 제멋대로 행동한 리처드 2세를 가리키는 것 같다.

〈부동성의 결핍〉

〈부동성의 결핍〉(*Lak of Stedfastnesse*)에서 초서는 드러내놓고 리처드 2세의 품성을 문제 삼는다. 그는 말하기를, 이 세계는 일관성의 결여 때문에 불행한 상태에 놓여 있다는 것이다. 사람들은 분쟁을 좋아한다. 그들은 이웃들에게 죄악을 저지르고, 정의에서 눈을 돌린다. 그들은 진실 대신에 변덕을 껴안았다. 리처드 2세는 그 자신이 마음만 먹었으면 왕으로서의 처신을 제대로 할 수 있었고, 사람들을 악으로부터 떼어놓을 수 있었다. 이 시는 초서 만년의 작품으로서, 리처드가 전제정치를 일삼아 결국에는 폐위당하는 것을 보고 썼을 가능성이 높다.

〈스코건에게 주는 초서의 결구〉

〈스코건에게 주는 초서의 결구〉(*Lenvoy de Chaucer a Scogan*)는 초서의 제자이자 젊은 시인인 헨리 스코건(Henry Scogan)을 장난스럽게 힐난하는 여섯 개의 연으로 구성되어 있다. 초서가 스코건을 나무라는 이유는 그가 귀부인을 쫓아다니는 일을 포기함으로써 사랑의 신을 화나게 만들었다는 것이다. 이 결구에는 초서의 부탁이 포함되어 있다. 즉, 현재 궁정에서 잘 나가는 스코건은 현재 궁정에서 죽을 쑤고 있는 친구 초서를 도와주어야 한다는 것이다.

제 2연에 대홍수에 관한 언급이 나오는 것을 보면, 이 작품은 가을에 호우가 쏟아졌던 1393년에 씌어진 것으로 짐작된다. 이 연대추정이 맞는 것이라면, 이 시에는 혼란스러운 구석이 생긴다. 초서가 스코건을 나무라는 품으로 보아, 그를 자신과 거의 동년배로 여기는 것 같은데, 실제로 그해에 스코건의 나이는 32세였고, 초서의 나이는 50세가량이었기 때문이다. 그리고 50세의 나이는 초서가 스스로를 "백발이 성성하고 몸집이 통통한"이라고 묘사할 그런 정도의 고령은 아니라고 할 수 있다. 몸집이 통통한 것이야 나이에 상관없이 나타나는 현상이지만, 백발이 성성한 것은 상당한 고령이 되어서야 가능한 현상이다. 게다가 제 6연에서 초서는 명백하게 자신이 시작(詩作)에서 손을 떼었다고 말하고 있는데, 이 말은 곧 그가 1390년대 초반에 시인으로서의 생애를 완료했다는 뜻이 된다. 그렇게 되면 《캔터베리 이야기》는 1387년에서 1391년 사이에 씌어졌어야 하는데, 이것은 믿기 힘든 일이라 하지 않을 수 없다.

〈벅턴 경에게 주는 초서의 결구〉

〈벅턴 경에게 주는 초서의 결구〉(*Lenvoy de Chaucer a Bukton*)는 결혼을 반대하는 익살스러운 충고의 시이다. 이것은 어느 시대에나 찾아볼 수 있는 관례적 해학이기 때문에, 그것을 근거로 초서가 불행한 결혼생활을 했을 것이라고 짐작할 필요는 없다. 이 시는 바람직하지 못한 결혼생활을 영위하는 사람이 미래의 신랑들에게 주는 장난스러운 농담으로 되어 있다. 이 시의 제작연대를 추정하는 데 1396년 8월에 있었던 윌리엄 오브 에노우(William of Hainaut)의 프리슬란트 원정이 거론되었다. 프르와사르에 의하면 리처드 2세는 세 명의 영국 귀족의 지휘하에 있는 몇 명의 중기병과 2백 명의 궁수들을 그 원정에 참가시킨 적이 있다. 따라서 이 시에 나오는 "프리스에서"(in Fryse) 포로가 될 위험에 대한 언급은 바로 이 원정과 관계가 있다는 것이다. 그러나 로우즈 교수는 여기에 대해서 이의를 제기한다. 1393년에도 영국군이 프리슬란트에 원정을 갔다는 기록이 있기 때문에 포로의 위험에 대한 언급은 1393년의 일로 이해되어야 한다는 것이다. 이 시에 언급되는 '나의 주인 벅턴'(*my maister Bukton*)이 서포크의 로버트 벅턴(Robert Bukton of Suffolk)일 것이라고 주장하는 학자들이 더러 있다. 그러나 그 대상이 1397년 요크주의 몰수지 관리관이었던 피터 드 벅턴 경(Sir Peter de Bukton)일 것이라고 믿는 사람들이 더 많은 것 같다. "피터 벅턴은 초서와 그의 그룹처럼 랭커셔 종자로서, 더비 백작 헨리의 절친한 친구였다. … 따라서 백작과 그 요크인과의 밀접한 관계에 비추어 보면, 프리스 원정에 관한 언급은 모험심이 약했던 로버트에게보다는 전사인 피터 경에게 더 잘 들어맞는다"는 것이다.

〈자신의 지갑에 대한 초서의 하소연〉

〈자신의 지갑에 대한 초서의 하소연〉(*The Complaint of Chaucer to his Purse*)은 의심할 나위 없이 초서의 개인적 경험의 소산일 것이다. 이 시에서 초서는 너무나 가벼워진 자신의 지갑에게 다시 한번 묵직하게 되어줄 것을 요청하고 있다. 그리고 마지막 결구(*envoy*)에서는 앨비언 섬의 정복자인 왕이 자신의 하소연에 귀기울여줄 것을 탄원하고 있다. 이 시를 애가로 볼 것인지 아니면 단순한 구걸의 시로 볼 것인지는 어려운 문제이다. 하지만 그것이 당시에 유행하던 일반적 유형의 탄원시(*supplication*)인 것만은 분명한 사실이다. 결구로 보아서 그 시의 제작년도는 헨리 4세가 왕위에 오른 1399년 9월 30일에서 초서가 추가로 40마르크의 연금을 수령한 10월 3일 사이로 추정된다. 그러나 그 시를 쓴 시기의 초서의 경제적 형편이 특별히 나빴던 것은 아니다. 초서는 평생 각종 연금과 하사금으로 생활했던 사람이다. 그런 돈을 얻기 위한 가장 확실하고도 보편적인 방법은 돈을 요청하는 것이다. 따라서 이 시도 그런 일상적 요청의 일환에 지나지 않지만, 다만 그것이 통상적인 경우보다 훨씬 더 멋지게 표현되어 있다는 것뿐이다.

〈초서의 격언들〉

〈초서의 격언들〉(*Proverbs*)은 저자가 확실치 않은 시들로 분류되는데, 거기에 대해서는 별다른 이의가 없다. 사실 그 운문들에는 이렇다 하게 내세울 구석이 없어 보인다. 다만 한 가지 흥미 있는 사실은 두 번째 격언의 아이디어가 〈멜리베 이야기〉에도 반복되어 있다는 것이다. "격언에 이르기를, 너무나 많은 것을 껴안는 자는 막상 손아귀에 쥐는 것이 많지 않다고 했어요"(《캔터베리 이야기》 IIV. 1214).

1. 〈에이 비 씨〉

A: 전능하고(*Almighty*) 자비로운 여왕이여,
온 세상 만물이 구원을 얻으려 하거나,
죄와 고통과 근심에서 벗어나려 할 때 찾게 되는,
내가 잘못을 저지르고 쩔쩔맬 때 찾게 되는,
꽃 중의 꽃, 영광스런 동정녀여. 5
위대하고 인자하신 귀부인이여, 저를 도와주고 구해주소서.
저의 이 위험한 무기력증을 불쌍히 여기소서.
무자비한 적이 저를 패배시켰습니다.

B: 관대(*Bounty*)의 신이 당신 가슴에 진을 치고 있기에,
저는 당신이 저를 구해 주실 것을 믿고 있습니다. 10
경건한 마음으로 도움 청하는 자를
당신은 결코 저버리는 법이 없으니까요.
당신의 가슴은 넓디넓어서, 더 없는 행복,
안전한 피난, 그리고 평온과 안식을 제공하지요.
보십시오. 일곱 도둑[1]이 저를 쫓아오고 있습니다. 15
도와주소서. 눈부신 귀부인이여, 제가 탄 배가 파선되기 전에.

C: 안락(*Comfort*)은 당신에게만 있습니다.
친애하는 귀부인이여, 보시옵소서.
당신 앞에 나타나서는 안될 저의 죄와 혼란이,

1) 7대 죄(교만, 질투, 탐식, 음욕, 분노, 탐욕, 나태).

엄격한 정의와 저의 절망을 근거로, 20
저를 중죄인으로 고발하지 않았습니까.
천상의 축복받은 여왕인 당신의 자비가 없으면,
저는 마땅히 벌을 받아야 할 사람이라는
저들의 주장이 백 번 옳을 것입니다.

D: 의심(*Doubt*) 할 나위 없습니다. 특면(特免) 의 여왕인 25
당신이 지상의 은총과 자비의 원천이라는 것은.
하느님은 당신을 통해서 우리와 융화해주시니까요.
그리스도의 친애하는, 거룩하신 어머니여,
정의와 분노의 활이 애초에 휘어졌던
그런 식으로 지금도 휘어진다면, 30
정의로운 하느님은 자비에 귀 기울이지 않으시겠지요.
하지만 당신을 통해서 우리는 바라는 은총을 얻습니다.

E: 영원히(*Ever*) 제 위안의 희망은 당신에게 있습니다.
당신께서는 여태까지도 여러 가지 방식으로
저를 면계(免戒) 시켜 주셨습니다. 35
하지만, 귀부인이여, 우리가 지고한 심판관 앞에 서야 할
최후의 심판 날에도 저에게 은총을 내리소서.
그때 저에게서는 아무런 업적도 찾아볼 수 없을 테니,
그날 이전에 당신이 저의 죄를 고쳐주지 않으면,
엄격한 정의에 의해 저의 죄가 저를 파멸시킬 것입니다. 40

F: 도망쳐서(*Fleeing*) 저는 당신의 막사로 갑니다,
구원을 얻기 위해, 공포의 폭풍우로부터 몸을 숨기기 위해.

연약한 몸이지만, 저를 피하지 마시기를 엎드려 빕니다.
아, 위급한 저를 도와주소서!
제가 의지와 행동에서 짐승같이 굴었지만, 45
귀부인이여, 당신의 은총으로 저를 감싸주소서.
당신의 적과 저의 적이 — 조심하소서, 귀부인이여 —
저를 죽음으로 몰아가려 하고 있습니다!

G: 영광에 넘치는(*Glorious*) 처녀이자 어머니여,
지상에서나 천상에서나 결코 모질지 않고, 50
친절과 자비로 가득한 분이여,
하느님 아버지께서 저에게 진노하지 않도록 도와주소서.
당신께서 말씀해주소서, 저는 그분을 쳐다보지도 못합니다.
아, 저는 이 지상에서 못된 짓을 많이 했기에,
당신이 구원해주지 않으면, 55
하느님이 제 영혼을 지옥으로 내쫓을 것입니다.

H: 그분(*He*)에게 말씀드리소서. 그분은 자신의 뜻에 의해
인간이 되어, 저희들의 동지가 되어주셨습니다.
그리하여 자신의 귀중한 피로써 십자가 위에다
자신을 믿고 따르는 모든 참회자들의 60
죄를 용서한다는 사면장을 쓰셨나이다.
눈부신 귀부인이여, 우리를 위해 기도해주소서!
그러면 당신은 그분이 싫어하는 모든 것을 잠재우고,
우리의 적으로부터 먹이를 낚아채게 될 테니까요.

I: 저(*I*)는 잘 알고 있습니다, 관대함이 넘쳐흐르는 65

당신께서 우리를 구원해 주리라는 것을.
한 인간이 죄에 빠지면, 당신은 동정심을 발휘하여
그를 다시 끌어내어 놓으니까요.
그를 자신의 주와 화해하게 만들고,
그를 잘못된 길에서 벗어나게 해주니까요. 70
당신을 사랑하는 사람은 누구든지, 삶이 끝날 때까지,
그 사랑이 헛되지 않다는 것을 알게 될 것입니다.

K: 달력(*Kalenderes*)[2] 이요 그림책입니다, 이 세상에서
당신의 이름으로 밝혀진 그들은.
올바른 길을 통해 당신에게로 가는 이는 75
영혼이 불구될까 봐 염려할 필요가 없습니다.
그런데 위안의 여왕이여, 당신은 제가 치료약을 구하러
찾아가야 할 바로 그분이므로,
저의 적이 저의 상처를 다시 건드리지 않게 해주소서.
저는 제 건강을 전적으로 당신의 손에 맡겼습니다. 80

L: 귀부인(*Ladi*)이여, 십자가 아래서 당신이 느꼈던 슬픔과
그분이 겪었던 극심한 고통을 저는 가늠할 길이 없습니다.
그러나 바라옵건대, 두 분이 겪은 고통의 힘으로
두 분[3] 께서 비싸게 구입한 것들을
자신의 치명적 목록 속에서 격파해버렸다고 85
우리의 적이 뽐내지 못하도록 해주소서,
제가 애초에 간청했듯이, 우리 존재의 근본인 당신께서

---

2) 교회의 달력은 중요한 축제일을 붉은 글씨나 채색 글씨로 표시한다.
3) 마리아와 그리스도.

저희에게 계속 맑은 동정의 눈길을 보내주소서.

M: 모세(Moses)는, 잔가지 하나 소실된 적이 없던 숲이
붉은 화염으로 타오르는 것을 보고서, 90
당신의 순결한 처녀성의 징후로 생각했지요.
모세가 불타는 것으로 여겼던,
성령이 강림했던 그 숲이 바로 당신입니다.
그것이 하나의 상징이었으니까요.
그러니, 귀부인이여, 지옥에서 영원히 타오르게 될 95
그 화염으로부터 우리를 막아주소서.

N: 고상한(*Noble*) 왕녀여, 우리에게 위안이 있다면,
그것은 그리스도의 친애하는 모친이며,
이 세상에 적수가 없는 당신이 주는 것입니다.
우리는 역경 속에서 다른 멜로디나 노래를 즐기지 못합니다. 100
다른 어떤 옹호자도 우리를 위해
그처럼 기도하려 들지 않을 것이기 때문입니다.
당신께서는 너무나 적은 보답에도
저희를 위해 꼭 아베마리아 한두 곡을 불러주십니다.

O: 오(*O*) 멀어버린 눈의 진정한 빛이여, 105
오 수고와 고생의 진정한 기쁨이여,
오 인류에게 내리는 은총을 보관하는 분이여,
하느님은 당신의 겸손을 사서 성모로 점지하셨지요!
하느님은 당신에게 우리의 청원을 대행시키려고,
하느님의 하녀에서 하늘과 땅의 여주인으로 승격시켰지요. 110

당신은 곤궁에 처해 있는 자를 외면한 적이 없기에,
이 세상은 당신의 선행을 기다리고 있습니다.

P: 저에게는 목적(*Purpose*)이 있습니다, 무엇 때문에
성령이 당신을 찾았는지, 그리고 언제 가브리엘[4]의 목소리가
당신의 귀에 들려왔는지를 알아내고자 하는. 115
성령이 그 경이를 행한 것은 우리와 싸우기 위해서가 아니라,
나중에 그가 대속하게 될 우리를 구하기 위해서였습니다.
그래서 우리는 자구(自救)의 무기가 필요 없고,
다만, 우리가 스스로를 구하지 못할 때,
자비를 요청하고 수령하기 위한 참회가 필요할 뿐이지요. 120

Q: 위안의 여왕(*Queen*)이여, 하지만
그분과 당신에게 죄를 지었다는 느낌이 들 때,
그래서 지옥에 떨어져야 마땅하다는 생각이 들 때,
아, 비열한 겁쟁이인 저는 어디로 도망쳐야 합니까?
연민의 원천이신 당신 말고 도대체 누가 125
당신 아드님과 제 사이의 중재자가 되어 주겠습니까?
당신은 우리의 역경에 대해 이 세상 그 어떤 혀보다도
더 많은 동정의 말을 할 수 있습니다.

R: 저를 개조해(*Reform*) 주고 단련시켜주소서,
어머니여, 하느님 아버지께서 내리시는 130
징벌을 저는 견딜 수가 없습니다.
그분의 정의로운 응보는 너무나 소름끼칩니다.

---

4) 수태고지(受胎告知)를 한 천사.

인간을 위해 솟아나는 모든 자비의 원천이신 어머니여,
당신이 저의 심판관, 제 영혼의 의사가 되어주소서.
당신에게는 자신에게 동정을 비는 135
모든 이들에게 베풀어줄 동정심이 넘쳐나고 있습니다.

S: 진실로(*Soth*) 하느님 아버지께서는 당신 없이는
어떤 동정도 내려주시지 않습니다. 그분은
당신 마음에 들지 않는 어떤 용서도 베풀지 않습니다.
그분은 당신을 온 세상의 대목(代牧)이자 여주인으로, 140
그리고 천국의 여왕으로 삼으셨습니다.
그분은 당신의 뜻을 좇아서 자신의 징벌을 억제하시고,
그 징표로서 당신의 머리 위에
왕족의 의식으로 영예의 왕관을 씌워주셨습니다.

T: 경건한 신전(*Temple*)에 거주하시는 하느님은 145
이단자들이 그곳에 출입하는 것을 금하십니다.
저는 회개하는 저의 영혼을 당신에게로 가져갑니다.
저를 받아주소서 — 저는 더 이상 도망칠 수가 없습니다.
오 천국의 여왕이여, 저는 오래 전 이 땅에 저주로서 내렸던,
치명적인 독가시에 사정없이 찔렸습니다. 150
당신이 보고 있듯이, 저는 어찌할 바를 모르고 있습니다.
그 상처의 고통이 그만큼 쓰라리기 때문입니다.

V: 당당하게 행동하는 동정녀(*Virgine*)여,
당신은 저희들을 낙원의 드높은 탑으로 인도해줍니다.
과오와 부정의 늪에 빠져 있는 제가 155

어떻게 당신의 은총과 구원을 얻을 수 있는지를
당신은 조언해주고 인도해 줍니다.
귀부인이여, 저를 당신의 법정이라고 일컫는,
오 생기 넘치고 꽃이 만개한 그 궁정으로 소환해주소서.
그곳에는 언제나 자비가 머무르고 있으니까요. 160

X: 그리스도(*X*ristus), 즉 당신의 아드님은
십자가의 수난을 당하러 이 세상에 오셨습니다.
롱기누스[5]가 그분의 심장을 찔러,
그 심장에서 선혈이 흘러나오게 했지요.
이 모두가 다 저를 구원해 주기 위해서였습니다. 165
그런데도 저는 그분에게 거짓되고 매정하게 굴었습니다.
하지만 그분은 저의 파멸을 원하지 않았습니다—
그러니 만인의 구원자이신 당신에게 감사드릴 수밖에요!

Y: 젊은(*Young*) 이삭[6]은 그분의 죽음의 표상이었습니다.
이삭은 자기 아버지의 말씀에 복종하여 170
죽임을 당하는 것도 개의치 않았습니다.
당신의 아드님도 어린 양처럼 죽는 것을 원했습니다.
자비로 넘쳐나는 귀부인이여, 그분이 자비에 후하셨듯이,
당신도 자비를 베푸는 데 인색하지 마옵소서.
당신께서 언제나 천벌에 대한 저희들의 방패가 되어주심을 175
저희 모두는 노래하고 또 표현할 것입니다.

---

5) 자신의 창으로 그리스도의 옆구리를 찌른 것으로 여겨지는 눈먼 백부장(百夫長).
6) 제물로 바쳐진 이삭(〈창세기〉 22장)은 십자가에 못박힌 그리스도의 예표로 여겨졌다.

Z: 스가랴(Zacharie)[7] 는 당신을 일컬어
죄 많은 영혼의 죄를 씻어줄 샘이라고 했습니다.
당신의 상냥한 가슴이 아니었다면,
저희들은 파멸하고 말았을 것임을 꼭 말하고 싶습니다. 180
눈부신 귀부인이여, 당신은 아담의 자손들에게
자비를 베풀 수 있고, 또 베풀려 하기에,
자비를 받으려는 참회자들을 위해 세워진
그 궁전으로 부디 저희들을 데려가 주소서. 아멘.

---

7) 기원전 6세기 후반 히브리의 예언자. 구약의 〈스가랴 서〉는 그의 예언을 적은 것이다.

2. 〈연민의 신에 대한 하소연〉

연민의 신, 나는 그분을 쓰라린 가슴과
에이는 듯한 아픔으로 오랫동안 찾았다.
이 세상에 살았던 사람 치고, 나보다 더
비참한 사람은 없었기 때문이다 — 사실대로 말한다면,
내 목적은 충성을 받쳤음에도 나를 살해하는 5
사랑의 신의 학대와 횡포를
연민의 신에게 하소연하고자 하는 것이다.

나는 지난 몇 년 동안 계속해서
말할 기회를 엿보다가,
마침내 잔인의 신에 대한 복수를 요청하기 위해 10
눈물범벅이 되어 연민의 신에게로 달려갔다.
그러나 말을 꺼내기도 전에,
내 쓰라린 고통을 말하기도 전에,
그녀가 죽어서 가슴속에 묻힌 것을 알았다.

장례의 불빛을 보자, 나는 기절해 쓰러졌고, 15
의식을 잃고서 돌처럼 꼼짝하지 못했다.
나는 사색이 된 채 일어났고,
그녀의 관을 참담한 눈길로 쳐다보았다.
나는 그녀의 시체에 좀더 가까이 다가가서,
영혼을 위해 기도하기 시작했다. 20
죽은 것이나 다름없는 나는 할 말을 잊었다.

연민의 신이 죽었기 때문에, 나도 살해되었다.
아, 그날, 그날이 올 줄이야.
어떤 사람이 감히 고개를 쳐들겠는가?
이제는 누구에게 슬픈 마음을 전하겠는가? 25
잔인의 신이, 헛된 희망만 지니고 있는,
고통에서 해방될 길이 없는 우리를 죽이려 드는데,
그녀가 죽었으니, 이제 누구에게 하소연한단 말인가?

그런데 이상한 생각이 자꾸 드는 것은,
그녀가 그리 갑작스럽게 죽은 것도 아닌데, 30
나 말고 그녀의 죽음을 아는 사람이 없다는 것이다 —
그녀의 생전에는 많은 사람들이 그녀를 알고 있었다 —
하기야 나는 철들고 난 이후, 부지런히
하루도 빠짐없이 그녀를 찾았다.
그런데 만나보기도 전에 그녀가 죽은 것이다. 35

그녀의 관 주위에는, 아무런 슬픔도 없는 듯이,
화려하게 무장을 한, 완벽한 관대의 신,
생기에 넘친 미의 신, 관능의 신, 환락의 신,
확신에 찬 예절의 신, 청춘의 신, 명예의 신,
지혜의 신, 고위의 신, 위엄의 신, 품행의 신 등이 40
유대와 혈연의 끈으로 서로 연합을 한 채,
행복한 모습으로 서 있었다.

나는 연민의 신에게 바치는 하소연의 글을
청원서로 작성해서 손에 들고 있었다.

그러나 나에게 도움을 주기는커녕 45
내 소명을 깡그리 무시하는 이 무리를 발견하고서,
그 하소연을 비밀에 부치기로 했다.
연민의 신이 없으면, 그들에게 바치는
어떤 청원도 소용없을 것이기 때문이었다.

그래서 나는, 아까 말했던, 관을 내려다보고 있는, 50
연민의 신이 제외된 그 미덕들의 곁을 떠났다.
그들은 잔인의 신이 드리운 끈으로 동맹을 맺고서,
나를 살해해야 한다는 데 합의하고 있었기 때문이다.
나는 적들에게 청원서를 보여주고 싶지 않아서,
그 하소연을 거두어들였는데, 55
그 내용을 요약해 보면 다음과 같다.

청원서

가장 겸손한 마음과 공손한 태도를 가진,
자비로운 꽃이자 모든 미덕의 왕인 분이여,
당신의 종은 — 저는 감히 저를 그렇게 부릅니다 — 60
왕자다운 명예를 지닌 당신에게
제가 입은 치명상을 보여드리려고 합니다.
그 상처는 저의 불운 때문에 입은 것이기도 하지만,
또한 당신의 명성 때문에 입은 것이기도 합니다.

사연인즉 이렇습니다. 미의 탈을 쓰고 있는 —
그래서 사람들이 그의 횡포를 잘 모르는 — 65

당신의 적인 잔인의 신이, 당신의 권위에 대항하여,
관대의 신과 고결의 신,
그리고 예절의 신과 연합하여,
"은총에 알맞은 미"라고 일컫는
당신의 지위를 박탈해버렸습니다. 70

천성적으로, 그리고 순수한 유전에 의하면,
당신은 관대의 신과 가까운 사이입니다.
진실로 당신은 진리가 역경에 처해 있을 때,
당신의 능력을 발휘해야 합니다.
그러니까 당신이 미의 여왕이기도 한 것이지요. 75
이 둘에게 당신이 부족해지면,
이 세상이 파멸하게 되니, 더 이상 할 말이 없지요.

자비로운 피조물인 당신이 없으면,
품행의 신과 고결의 신인들 무슨 소용이 있겠습니까?
잔인의 신이 당신 애인이 될 수 있겠습니까? 80
아, 어떤 가슴이 그런 것을 오래 견디겠습니까?
그럴 경우, 당신이 한시 바삐 신경을 써서
저들의 위험한 동맹을 깨지 않으면,
당신에게 순종하는 사람들을 죽이게 됩니다.

게다가 당신이 그런 것을 허용한다면, 85
당신의 명성은 순식간에 훼손되어버리고,
사람들은 연민의 신이 누구인지도 잘 모르게 됩니다.
아, 당신의 명성이 그렇게 곤두박질치다니!

그러면 당신은 잔인의 신에게 자신의 유산을 박탈당하고,
그가 당신의 지위를 차지하게 되니, 90
당신의 은총을 바라던 우리는 절망할 수밖에 없지요.

복수의 여신을 누르는 여왕이시여, 당신을 그토록
오랫동안 간절하게 찾아온 저에게 자비를 베푸소서.
당신을 점점 더 사랑하고 두려워하는 저에게
한 줄기 빛을 비추어주소서. 95
저는 말할 수 없는 슬픔에 잠겨 있습니다.
제 한탄에는 한 점 거짓이 없으니,
하느님의 사랑을 위해 제 고통에 자비를 베푸소서.

제 고통이란, 원하는 것은 아무것도 가질 수가 없고,
따라서 아무것도 좋아할 수가 없다는 것입니다. 100
욕망이 제 가슴에 불을 질렀기 때문이지요.
다른 한편으로 제가 어디를 가더라도,
찾지도 않았는데 손쉽게 손에 넣을 수 있는 것은
제 고통을 증가시켜주는 것들뿐입니다.
이제 죽음과 관 말고는 아무것도 필요 없게 되었습니다. 105

제 고통의 일부라도 보여드릴 필요가 있을까요?
마음이 상상할 수 있는 온갖 고통에 시달리는 저는
감히 당신에게 한탄할 수가 없습니다.
당신은 제가 물에 빠져 죽든, 헤엄을 치든,
상관 않는 분이라는 것을 자나 깨나 잘 알고 있습니다. 110
설사 그렇더라도, 보시면 아시겠지만,

저는 죽을 때까지 당신에 대한 충성을 지킬 것입니다.

다시 말해서, 저는 영원히 당신의 것입니다.
당신이 당신의 적인 잔인의 신을 통해 저를 죽인다 해도,
어떤 고통과 고민을 얻게 되더라도, 115
제 영혼은 당신에 대한 봉사를 놓을 수가 없습니다.
그런데 당신이 죽었으니 — 아, 그런 일이 일어날 수 있다니 —
쓰린 가슴으로, 그리고 에이는 듯한 아픔으로
당신의 죽음을 슬퍼하며 한탄할 수밖에요.

3. 〈비너스에 대한 하소연〉

1
마음이 울적할 때는,
제가 평생 동안 사랑해야 할
그분의 인격과 덕성,
충절과 신념에 대해서,
느긋한 마음으로 생각해 보는 것만큼 5
위안이 되는 것은 없답니다.
아무도 내 말에 반대하지 않을 것에요.
누구나 다 그분의 고결성을 칭찬하니까요.

그분은, 우리의 지혜가 생각해낼 수 있는 것 이상으로
친절한 마음씨, 현명함, 자제력을 지니고 있어요. 10
행운이 기꺼이 그분을 밀어주어서
그분은 최고 기사도의 모범이 되고 있어요.
명예의 신이 그분의 고결성을 높이 사고,
자연의 여신이 그분을 너무나 멋지게 빚어 놓아서,
저는 제가 영원히 그분의 것이라고 다짐해 놓고 있어요. 15
누구나 다 그분의 고결성을 칭찬하니까요.

그처럼 훌륭한 분이심에도 불구하고,
나를 향한 그분의 고상한 마음씨는
말씨에서나 행동에서나 안색에서나 너무나 겸손하고,
나를 섬기는 데 온갖 정성을 다 쏟기에, 20

내 마음 너무나 안심이 된답니다.
나를 섬기고 기리는 것이 그분의 즐거움이기에,
나는 순조로운 내 운명을 축복해야 합니다.
누구나 다 그분의 고결성을 칭찬하니까요.

2

사랑의 신이여, 사람들이 당신의 고상한 선물을 25
값비싸게 사는 것은 당연한 일입니다.
밤에 잠 못 이루고, 식사를 거르고,
웃음 속에 눈물짓고, 탄식하며 노래 부르고,
눈길과 얼굴을 아래로 향하고,
때때로 안색이 붉으락푸르락하고, 30
잠자다가 한숨짓고, 춤추면서 꿈을 꾸고,
편안한 마음과는 정반대의 짓을 해야 합니다.

질투의 신은 밧줄에 목을 매달아야 합니다!
그녀는 뭐든 정탐을 해서 알고 싶어 하니까요.
사람들이 이치에 닿지 않은 짓들을 하기 때문에, 35
그녀가 온갖 악행들을 생각해 내게 됩니다.
그래서 우리는 이따금씩 마구 인심을 쓰는,
슬픔은 남아돌고 기쁨은 모자라는,
사랑의 신이 주는 선물을 값비싸게 사야 하지요.
편안한 마음과는 정반대의 짓을 해야 합니다. 40

사랑의 신이 주는 선물을 즐길 시간은 적고,

그것을 사용하는 부담은 큽니다.
기만으로 가득 한, 음흉한 질투의 신이
때때로 불안을 조성하기 때문이지요.
그래서 우리는 언제나 두려움과 고통 속에 있고, 45
불확실 속에서 초췌해지고 괴로워하며,
힘든 고난의 길을 걷게 되지요.
편안한 마음과는 정반대의 짓을 해야 합니다.

3
하지만 사랑의 신이여, 제가 당신의 그물을
벗어나고 싶어서 이렇게 말하는 것이 아닙니다. 50
저는 오랫동안 당신을 섬겼기 때문에,
그 일을 그만두고 싶지 않습니다.
질투의 신이 아무리 저를 괴롭힌다 해도,
저는 그분을 만날 수만 있으면 그것으로 만족합니다.
그래서 제 목숨이 다하는 그날까지 55
그분을 힘껏 사랑한 것을 후회하지 않을 것입니다.

사랑의 신이여, 사람들의 온갖 신분을 고려해 볼 때,
당신은 그 고결한 인격을 통해서,
저로 하여금 최상의 선택을 할 수 있도록 해주셨습니다.
그러니 마음이여, 너 힘껏 사랑하라. 60
너는 결코 사랑을 그만둘 수 없어.
질투하는 사람들은, 경험을 통해, 내가 절대로
사랑을 부정하는 말을 하지 않는다는 것을 알게 될 거야.

그분을 힘껏 사랑한 것을 후회하지 않을 거야.

마음이여, 사랑의 신이 이 세상에서 가장 훌륭한 분, 65
내 영혼에 가장 잘 어울리는 분을 선택하도록
너에게 특별한 은총을 베푼 데 대해서 만족해야지.
저는 이처럼 제 선택에 만족하기 때문에,
큰 길이든 골목길이든,
더 이상 나아가려고 하지 않을 것입니다. 70
그래서 이 하소연의 노래를 끝내려고 합니다.
그분을 힘껏 사랑한 것을 후회하지 않을 것입니다.

결 구

공주[8]여, 제 모자라는 머리를 짜내어
당신의 친절에 대한 보답으로 드리는 이 애가를
어여삐 여겨 받아주소서. 75
나이가 들어 정신이 우둔해지고,
기억력마저 쇠퇴해지니,
글 쓰는 재주도 무디어져버렸습니다.
게다가 영어에는 각운이 드무니,
프랑스 시인들 중의 꽃인 그랑송[9]의 기교를 80
한마디 한마디씩 좇아가는 것이
저에게는 힘겨운 고행이 됩니다.

---

8) 카스티야 왕국의 페드로 왕의 딸. 나중에 요크 공작부인이 된 이사벨.
9) 오통 드 그랑송(1397년 사망). 초서시대 프랑스 발라드의 대가.

4. 〈로저먼드에게〉

발라드

부인이여, 당신은 세계만방에 있는
모든 미가 모인 아름다움의 전당이오.
그것은 당신이 수정처럼 눈부시게 빛나기 때문이고,
당신의 둥근 뺨이 마치 루비와 같기 때문이오.
게다가 당신은 쾌활하고 명랑해서, 5
파티에서 춤추는 모습을 보고 있으면,
당신이 내게 상냥한 눈길을 주지 않아도,
마치 상처에다 연고를 바르는 것 같소.

설사 내가 술통을 가득 채울 만큼 눈물을 쏟더라도,
그 아픔이 내 가슴을 소스라치게 할 수는 없소. 10
당신의 고운 목소리가 너무나도 부드럽게 흘러나와
내 생각을 기쁨과 은총으로 채워주기 때문이오.
사랑의 포로가 된 나는 아주 정중한 태도로
고통스런 나 자신에게 이렇게 말하지요.
"로저먼드, 당신은 내게 상냥한 눈길을 주지 않지만, 15
당신을 사랑하는 것만으로 만족하오."

젤라틴[10]에서 뒹구는 곤들매기[11]도

---

10) 닭고기·송아지 고기 등의 뼈를 바르고 향미료를 넣어 삶은 음식.
11) 주둥이가 뾰족한 물고기.

내가 사랑에 빠진 만큼 그렇게 빠지진 않았을 거요.
그래서 나는 내가 트리스탄[12] 2세가 아닌가
그런 생각을 자주 해보고 있소. 20
내가 항상 사랑의 기쁨에 불타고 있기 때문에,
내 사랑은 결코 식을 수가 없소.
마음대로 하시오. 내게 상냥한 눈길을 주지 않아도,
나는 항상 당신의 노예로 있을 테니까.

트레젠틸[13] ——————//—————— 초서

---

12) 중세 로맨스에 나오는, 이졸데의 이상화된 연인.
13) 고유명사 혹은 별명처럼 보이는 이 단어는 초서의 필사생의 이름일 것으로 여겨지고 있다.

5. 〈여성의 고결함〉

초서의 발라드

당신의 완벽한 아름다움과 한결 같은 자제력,
온갖 미덕과 고결성에 대한 기억에
제 마음 사로잡혀 있기에,
제 모든 기쁨은 당신을 섬기는 데서 나옵니다.
당신의 여성다운 태도, 청순한 자태, 아름다운 얼굴에서 5
한없는 기쁨을 느끼는 저는,
진정 한결같은 마음으로,
어떤 고난에도 변하지 않는 마음으로,
당신을 평생 애인으로 모시겠다고 다짐했습니다.
밤낮없이 부지런히 섬기면서, 10
한마디 불평도 없이,
이 목숨 다 바쳐 경의를 바칠 것이기에,
부디 저를 당신의 기억 속에 새겨 주십시오.
제 쓰린 가슴은 한없는 고통에 시달리고 있습니다.
제가 얼마나 황송하게, 일편단심으로, 15
제 뜻을 당신의 법에 맞추고 있는지 보십시오.
당신은 마음먹으면 얼마든지 제 고통을 덜 수 있습니다.

당신을 섬김에서, 제가 얼마나 좌불안석인지
한번 생각해 주십시오. 당신의 고운 마음이
제 고통을 덜어줄 은총을 기다리는 것, 20

당신의 연민이 저를 고무시켜
제 무거운 마음이 훨씬 가벼워지기를 기다리는 것,
그것이 제 운명입니다.
아무런 불복종이 없으면 극단을 피하는 것이
여성의 고결함이라는 것을 25
저는 이성적으로 믿고 있습니다.

결 구

올바른 예절의 원천이요, 기쁨의 귀부인이며,
미의 지배자요, 여성다움의 꽃인 분이여,
제가 당신의 완벽한 미와 한결같은 자제력을
기억 속에 깊이 간직해 온 사람임을 염두에 두시고, 30
저의 무지 같은 것은 괘념치 마시고,
부디 선의를 베푸시어, 이 시를 받아주십시오.

6. 〈초서가 필사생 아담에게 주는 말〉

나의 필사생 아담이여, 자네가 《보에체》나
《트로일루스와 크리세이드》를 다시 쓰게 되었을 때,
내 시행들을 보다 정확하게 베끼지 않으면,
자네 머리카락 밑에 옴이 생길지도 몰라.
나는 하루에도 몇 번씩 자네에게 새로 일을 시킬 것이네. 5
양피지를 고치고, 지우고, 긁어내고 말이야.
그것이 다 자네의 부주의와 서두름 때문에 생긴 일이니까.

7. 〈옛날〉

옛날에는 사람들이
평화롭고 즐겁고 복된 삶을 누렸다.
그들은 들판이 자연적으로 제공하는
과일을 먹는 데 만족했고,
배가 터지도록 먹는 법이 없었다. 5
맷돌이나 방앗간 같은 것은 알지도 못했다.
갖가지 나무열매들을 주워다 먹었고,
찬 샘에서 물을 마셨다.
땅이 쟁기질에 의해 상처 나는 법이 없었고,
옥수수는 씨를 안 뿌려도 땅에서 돋아났다. 10
그 껍질을 벗겨 먹었지만, 배부르게 먹지는 않았다.
아무도 자기 땅이 고랑지는 것을 몰랐고,
부싯돌에서 불이 켜지는 것을 몰랐다.
포도넝쿨은 전정(剪定) 되거나 경작되지 않았다.
아무도 포도주나 소스에 넣기 위해 15
양념 같은 것을 갈지 않았다.
아무도 염료가 나오는 나무들을 알지 못했고,
양털은 천연 그대로의 색깔이었다.
살이 칼이나 창의 공격을 받는 일이 없었고,
가짜니 진짜니 하는 동전도 없었다. 20
배가 푸른 물결을 가르는 법이 없었고,
상인들이 외국 물건을 가지고 오는 일도 없었다.
사람들은 전쟁의 나팔소리를 듣지 못했고,

네모지거나 둥근 탑과 성벽을 알지 못했다.

전쟁을 일으켜 봐야 무슨 소용이 있겠는가? 25
아무런 이득도 전리품도 없는데 말이다.
사람들이 어둠 속에 묻혀 있는 금속을 캐려고
맨 처음 땀 흘리며 애쓰던 그 시간이,
맨 처음 강물 속에서 보석을 찾던 그 시간이
나는 저주스럽기 짝이 없다. 30
아, 우리에게 처음으로 슬픔을 가져온
그 저주스런 탐욕이 그때 생겨나왔으니 말이다.

디오게네스가 말하듯,
폭군들은 궁핍한 황야나 덤불숲을 얻기 위해
전쟁하는 것이 아니다. 35
그곳에는 나무열매나 사과 말고는
먹을 것이 별로 없기 때문이다.
그들은 돈 가방과 기름진 음식이 있는 곳이면,
무리들과 함께 도시를 습격하는 죄도
서슴지 않는 것이다. 40

그때는 궁전의 홀이나 침실 같은 것이 없었다.
이 복된 사람들은 담장이 없는 동굴이나 숲속에서,
풀이나 나뭇잎을 깔고 완전한 평화를 누리며,
달콤하고 편안한 잠을 잤다.
새의 깃털이나 새하얀 시트 같은 것은 몰랐지만, 45
안심하고 안전하게 잠을 잤다.

원한 같은 것이 없는 그들의 마음은 하나였고,
서로가 서로를 굳게 믿고 있었다.

갑옷이나 투구 같은 것이 벼르진 적이 없었다.
악을 모르는 순한 양 같은 사람들은 50
서로 다툴 생각이 전혀 없었고,
서로가 서로를 소중히 여길 뿐이었다.
오만도 시기도 허욕도 없었고,
권력이 없어서 폭군에 의한 과세도 없었다.
겸손과 평화와 신뢰와 덕의 여왕이 있을 뿐이었다. 55

호색한의 첫 아버지, 변덕쟁이 주피터는
아직 이 세상에 나타나지 않았다.
지배의 욕망을 가진 니므롯[14]은 아직
높다란 탑들을 쌓지 않았다.
아, 그런데 마침내 인간이 통곡하게 되었으니! 60
탐욕, 의심, 배신, 질투가 판을 치게 되었고,
독살과 모살 등 온갖 살인이 횡행하게 된 것이다.

---

14) 도시의 건설자. 바벨탑을 세운 사람.

8. 〈운명의 여신〉

그림 없는 얼굴에 관한 발라드

1. 운명의 여신에 도전하는 플레인티프

행복하다가 불행해지고, 궁핍하다가 부유해지는
이 가증스런 세상의 무상함은,
아무런 질서도 납득할 만한 이유도 없이
변덕스런 운명의 여신에 의해 지배되고 있다.
하지만, 내가 여신의 호의를 상실하여 5
설사 죽는 한이 있어도, 다음 노래는 부르지 않겠다.
"내 시간과 노력은 수포로 돌아갔다."
그래서 여신이여, 당신에게 한번 도전해 보려 하오.

나에게 아직 이성의 빛이 남아서
내 거울에 비추어 적과 친구는 구분할 수 있소. 10
당신이 하도 위아래로 흔드는 바람에,
내가 순식간에 배우게 된 것이오.
사실, 스스로를 지배할 줄 아는 사람에게는
당신의 엄격함이 잘 통하지 않소.
내 자부심이 나를 도와주기 때문이오. 15
그래서 여신이여, 당신에게 한번 도전해 보려 하오.

오 소크라테스여, 운명의 여신은

확고한 신념의 투사인 당신을 무너뜨릴 수 없었소.
당신은 여신의 압제를 두려워하지 않았으며,
여신의 성원에도 기뻐하지 않았소. 20
여신의 유쾌한 안색 뒤에 속임수가 있다는 것을,
그 최대의 권위가 거짓말이라는 것을 꿰뚫고 있었소.
나 역시 여신이 그릇된 위선자라는 것을 잘 알고 있소.
그래서 여신이여, 당신에게 한번 도전해 보려 하오.

2. 플레인티프에 대한 운명의 여신의 대답

스스로 그렇게 생각하지 않으면, 아무도 불행하지 않다. 25
스스로를 지배하는 사람은 자부심을 가진다.
너는 스스로 내 통제를 벗어났는데,
왜 내가 너에게 가혹하게 굴었다고 하느냐?
이렇게 말해야지. "당신이 내게 복을 준 데 대해서는
정말 고마워하고 있소." 왜 싸우려 드느냐? 30
내가 너를 계속 밀어줄지 어떻게 아느냐?
너의 가장 절친한 친구들은 아직 살아 있지 않느냐.

진정한 친구와 외관상의 친구를 구분하는 법을
내가 너에게 가르쳐주지 않았느냐.
침침한 눈의 수고를 치료해줄 35
하이에나의 담즙이 너에게는 필요하지 않다.
너는 이미 어둠속에서도 잘 보고 있으니까.
너의 닻은 굳건하며, 너는 관대의 신이
내 재산의 열쇠를 쥔 그 항구로 올 수가 있다.

너의 가장 절친한 친구들은 아직 살아 있지 않느냐. 40

네가 즐겁게 생활할 수 있도록 네게 주던 생계비를
내가 몇 번이나 거절했다고 그러느냐.
내가 너의 명령에 따르라는 법령을
너의 여왕인 나에게다 적용할 작정이냐?
너도 변화무쌍한 내 영역에서 태어났기에, 45
다른 사람과 함께 운명의 바퀴를 돌려야 한다.
나의 가르침은 역경의 해악보다 더 많은 이익을 줄 수 있다.
너의 가장 절친한 친구들은 아직 살아 있지 않느냐.

3. 운명의 여신에 대한 플레인티프의 대답

나는 당신의 가르침이 싫소. 그것은 쓰디쓸 뿐이오.
눈먼 여신이여, 당신은 내 절친한 친구들을 앗아갈 수 없소. 50
하지만, 빈말하는 친구를 알게 해준 것은 고맙게 생각하오.
그들을 데려다가 잘 붙들어 두시오.
그들이 재산에 대해 인색하게 구는 것은
당신이 그들의 성채를 습격할 수 있는 구실이 되오.
사악한 욕망은 항상 질병에 앞서는 법이오. 55
이 법은 어디에서나 유효한 것이오.

플레인티프에 대한 운명의 여신의 대답

너에게 내 재산의 일부를 빌려주었다가
이제 물러서려 한다고 해서,

너는 나의 무상함을 트집 잡는구나.
내 당당한 권위를 너는 왜 비난하려 드느냐? 60
바다도 조수간만이 있고,
하늘도 맑을 때, 비올 때, 우박 내릴 때가 있는 법.
내가 불안정한 것이 당연한 일이 아니더냐.
이 법은 어디에서나 유효한 것이니라.

보라, 만물을 정의의 눈으로 굽어보는 65
신의 섭리의 파괴력을.
너는 그것도 '운명'이라고 부르겠느냐,
이 눈먼, 무지한 짐승들아.
천국은 원래 확고부동한 것이고,
이 세상은 언제나 불안정하게 진통하는 법이야. 70
따라서 최후의 날까지 나는 너의 운명에 개입할 거야.
이 법은 어디에서나 유효한 것이니라.

운명의 여신의 결구

왕자들[15] 이여, 고귀한 당신들에게 바라옵건대,
이 자가 나에게 트집을 잡으며 대들지 못하게 하시오.
당신들 중 세 명이든 두 명이든, 75
내 요구를 들어주면, 보상을 톡톡히 하겠소.
당신들이 정 그를 말릴 생각이 없으면,
그의 절친한 친구에게 부탁하시오,
어디 더 나은 자리 하나 있으면 찾아봐 주라고.

---

15) 랭카스터, 요크, 글로스터의 세 공작을 염두에 둔 것으로 여겨지고 있음.

9. 〈진리〉

좋은 충고의 발라드

군중에서 벗어나 진리와 함께 살아라.
아무리 작더라도, 자기 것에 만족하며 살아라.
탐욕은 증오와 불안정의 상승을 초래하고,
군중은 악의를, 부유함은 사방에 맹목을 가져온다.
분수에 맞는 것 이상을 탐하지 말라. 5
타인에게 충고하듯 자기 자신을 다스려라.
진리가 너를 자유롭게 하리라는 것을 의심하지 말라.

공처럼 도는 운명의 여신을 믿고서,
구부러진 것을 똑바로 펴려고 애쓰지 말라.
걱정이 적으면, 휴식이 많아지는 법. 10
가시를 발로 차지 않도록 조심하라.
단지를 벽에다 대고 던지지 말라.
타인의 행위를 통제하듯, 자신을 통제하라.
진리가 너를 자유롭게 하리라는 것을 의심하지 말라.

너에게 주어지는 것을 고분고분하게 받아라. 15
세상과 씨름해 봤자 패망이 있을 뿐이다.
그러면 안식처는 사라지고, 황무지가 있을 뿐이다.
나가라, 순례자여, 나가라! 나가라, 짐승이여, 너의 우리를!
네 고향을 알고, 고개 들어 만사를 하느님께 감사하라.

네 영혼이 이끄는 대로 큰 길을 따라가라. 20
진리가 너를 자유롭게 하리라는 것을 의심하지 말라.

결 구

그러므로 너 베이취[16]여, 네 그 구습을 버려라.
이제는 더 이상 노예가 되지 말라.
선의에서 너를 빈털터리로 만든 자를 위해
행운을 빌고, 특별히 그에게 다가가라. 25
평소에는 너를 위해 기도하지만,
하늘의 보상을 받으려면 남을 위해 기도하라.
진리가 너를 자유롭게 하리라는 것을 의심하지 말라.

16) 초서의 친구인 루이스 클리퍼드의 사위, 즉 필립 드 라 베이취를 가리키는 것으로 해석되고 있음.

10. 〈고결성〉

초서의 도덕적 발라드

고결해지기를 원하는 사람은
고결성의 첫 선조이자 아버지 —
그분의 발길을 좇아 선을 따르면서,
악을 피하는 데 온갖 정신을 쏟아야 한다.
분명히 말하지만, 권위는 선인에게서 나오는 것이다. 5
주교관이나 왕관, 황제의 관을 쓴 사람이라도,
결코 악인에게서 나오는 것이 아니다.

고결성을 보인 첫 선조는 정의에 넘쳤고,
거짓말을 안했으며, 진지하고, 인정 많고, 관대했다.
그는 또 정신이 맑았고, 근면성실했으며, 10
나태에 빠지지 않고, 정직하게 일했다.
그의 후손이라 할지라도, 선을 사랑하지 않으면,
설사 부유하게 보이고, 주교관과 왕관과
황제의 관을 쓴 사람이라도, 고결해지지 않는다.

조상의 재산은 악인에게도 물려줄 수 있지만, 15
우리가 보아왔듯이, 이 세상 그 누구도,
주교관과 왕관과 황제의 관을 쓴 사람이라도,
자신의 덕과 고결성을 후손에게 물려줄 수는 없다.
(자신의 마음에 드는 존재를 후계자로 삼으시는,

지고하신 하느님 아버지를 제외하고는, 20
그것이 어떤 한 신분의 전유물이 아니기 때문이다.)

11. 〈부동심의 결핍〉

발라드

한때는 이 세상이 너무나 한결같고 안정되어서,
사람의 말이 증서처럼 확실했다.
그러나 이제는 그것이 너무나 그릇되고
기만적인 것이 되어버려서,
말과 행동이 사실상 별개가 되어버렸다. 5
온 세상이 뇌물과 이기심에 뒤집혀져버렸고,
부동심의 결핍이 만사를 헛되게 하고 말았다.

사람들이 알력을 즐긴다는 사실만 빼고,
왜 세상은 이처럼 끝없이 변해야만 하는가?
요즈음 세상에서는, 음모를 꾸며 10
자기 이웃을 해치거나 괴롭히지 않으면,
무능한 사람 취급당하고 만다.
바로 그 야비한 이기심이 초래한
부동심의 결핍이 만사를 헛되게 하지 않는가?

진리는 땅에 떨어졌고, 이성은 우화처럼 여겨진다. 15
미덕은 지배권을 상실했고,
연민이 추방되어 사람들은 자비심을 잃어버렸으며,
탐욕 때문에 분별력의 눈이 멀어버렸다.
정의에서 부정으로, 성실에서 불성실로,

세상이 변질되고 만 것이다. 20
부동심의 결핍이 만사를 헛되게 하고 말았다.

리처드 왕에게 바치는 결구

임금이시여, 영예를 중히 여기시고,
백성들을 긍휼히 여기시고, 수탈을 혐오하소서.
전하의 영토에서는 전하에게 폐해가 되는
어떠한 일도 용납하지 마옵소서. 25
응징의 칼을 내보이시고, 하느님을 두려워하시고,
법을 집행하시고, 진리와 가치를 사랑하시고,
전하의 백성이 다시금 부동심과 맺어지도록 하소서.

12. 〈스코건에게 주는 초서의 결구〉

영원히 지속되도록 제정된
천국의 지고한 법이 깨져버렸네.
나는 일곱 개의 빛나는 행성들이
지상의 필멸의 인간처럼, 울부짖고, 흐느끼며,
괴로워할 수 있음을 목격했네. 5
아, 어떻게 이런 일이 가능해졌는가?
나는 이러한 일탈을 보고 두려워서 죽을 뻔했네.

영원한 말씀에 의하면, 제 5천계[17] 에서는
눈물 한 방울 흘릴 수 없는 것이
고래로 정해진 법이었다네. 10
그러나 이제는 비너스가 자신의 천계에서
지상의 우리를 익사시킬 정도로 눈물을 흘린다네.
아, 스코건, 이것이 다 자네의 반칙에서 생긴 일이라네.
자네가 이 역병을 퍼트리는 홍수의 원인이란 말일세.

자네는 건방지게 혹은 지극히 경솔한 태도로 15
이 여신을 모독하면서, 사랑의 법칙에서는
그런 일이 안 통한다고 말한 바 있지?
자네의 귀부인이 자네의 번민을 외면했기 때문에,
미가엘 축일 때 그녀를 포기했다면서?

---

17) 비너스의 천계. 8천계 중 밖에서부터 안으로 세어서 다섯 번째 천계.

아, 스코건, 늙은이건 젊은이건, 20
여태까지 자네의 발언을 트집잡은 사람은 없었지.
자네는 스스로 내뱉은 반항적인 말들의 증인으로
장난삼아 큐피드를 내세웠는데,
그 때문에 그가 자네의 주인 노릇을 그만둔 것이네.
그리고 스코건, 그의 화살은 부러질 수가 없는 것이네. 25
자네나 나나 혹은 우리들 중 누군가에게
화살을 겨냥해도, 그는 보복당하지 않는다네.
우리는 그에게 상처를 낼 수도, 치료를 할 수도 없으니까.

오히려, 친구여, 나는 자네 때문에 닥쳐올 불운이 두렵네.
자네의 잘못 때문에, 사랑의 신의 보복이 30
백발의 살찐 사람들, 사랑에 쉽사리 빠져버리는
우리들에게 튀지 않을까 말일세.
그러면 우리의 수고는 수포로 돌아가버리고 말겠지.
그러면 자네는 이렇게 대답하겠지.
"이봐, 백발노인도 얼마든지 시를 지으며 놀 수 있어." 35

아니야, 스코건, 그렇게 말하지 말게. 나는 시를 써서 —
하느님 저를 도와주소서 — 용서받을 수가 없네.
내 칼이 칼집 속에서 평화로이 녹슬고 있는 형편인데,
내가 어찌 시신(詩神)을 깨울 수 있겠는가.
젊었을 때는 나도 시신을 대중 앞으로 끌어낼 수가 있었지. 40
그러나 글재주는 쇠퇴해지기 마련.
사람에게는 다 한때가 있는 법이야.

결 구

스코건, 자네가 모든 명예와 영광과 은총이 흘러나오는
강의 원천[18]에서 임금님을 배알하고 있을 때,
나는 쓸쓸한 황야에서 사람들에게 잊힌 채, 45
죽은 사람처럼 말없이 그 하구[19]에 머물고 있네.
하지만, 스코건, 툴리우스[20]의 〈우정〉을 생각하고,
친구들에게 상기시켜 주게, 그 결실이 있을 거라고!
잘 있게. 다시는 사랑의 신에게 덤비지 않도록 조심하게.

---

18) 테임즈 강의 원천, 즉 윈저 성.

19) 즉, 그리니치.

20) 마르쿠스 툴리우스 키케로.

13. 〈벅턴 경에게 주는 초서의 결구〉

벅턴 경에게 주는, 결혼에 관한 초서의 충고

나의 주인 벅턴은, 우리 주 그리스도에 대해
진실 혹은 성실이 무엇이냐는 질문을 받았을 때,
한마디도 대답하지 않았다. 했다면 아마도
“이 세상에 완전하게 진실한 사람은 없다”였을 것이다.
따라서 내가 비록 결혼생활의 비애와 5
고통을 묘사하겠다고 약속은 했지만,
다시 한번 망령을 부리게 될까 봐,
그 폐해에 대해서는 감히 기술하지 못하겠다.

따라서 그것이 어떻게 해서 사탄이 끊으려고 애쓰는
그 사슬이 되는지는 말하지 않겠다. 10
그보다는, 사탄이 그 고문에서 풀려나면,
다시는 묶이려들지 않을 것이라는 점만 말하겠다.
사실 감옥에서 빠져나오지 않고 다시 묶이려는,
망령이 난 바보가 있다면,
하느님이 그를 고통에서 구해주시지 않을 것이며, 15
그가 통곡해도, 아무도 눈 하나 깜짝하지 않을 것이다.

최악이 겁나거든 아내를 얻어라.
불에 타서 죽는 것보다는 결혼하는 편이 나으니까.
그러나 현자들이 말하듯, 평생토록 몸이 고단할 것이며,

아내의 종살이를 못 면할 것이다. 20
그리고 성서가 제대로 가르쳐주지 않으면,
경험이 가르쳐줄 것이다.
결혼의 덫에 또 걸리기보다는
프리지아[21]의 포로가 되는 편이 차라리 나을 것이라고.

결 구

격언인지 알레고리인지 모를 이 작은 글을 25
경에게 보냅니다. 명심하시기 바랍니다.
좋은 시절을 유지하지 못하면 바보가 되니까요.
지금 안전하시면, 굳이 위험에 뛰어들지 마십시오.
가지고 계신, 이 문제에 관한
바스의 여장부의 프롤로그를 꼭 읽어보시기 바랍니다. 30
하느님이 자유로운 생활을 허용해 주셨는데,
노예가 되어 살 필요는 없지 않겠습니까.

---

21) 프리슬란트. 네덜란드 북부의 주.

14. 〈자신의 지갑에 대한 초서의 하소연〉

다른 사람이 아닌 당신에게 하소연합니다.
당신이 나의 친애하는 귀부인이니까요.
당신이 가벼워져서 속상해 죽겠어요!
이런 내 사정을 심각하게 여겨주지 않는다면,
관 속에 눕는 편이 차라리 낫겠어요. 5
그래서 당신의 자비를 소리쳐 빕니다.
다시 묵직해지세요. 그렇잖으면 나는 죽어야 해요.

당신이 짤랑거리는 소리를 내가 들을 수 있게,
여태까지 노랗게 보인 적이 없는 당신의 색깔이
태양처럼 빛나는 것을 내가 볼 수 있게, 10
영원한 밤이 되기 전, 오늘 허락해 주세요.
당신은 나의 생명, 당신만이 내 마음을 인도할 수 있어요.
만족의 여왕, 친목의 여왕이여,
다시 묵직해지세요. 그렇잖으면 나는 죽어야 해요.

지금까지 이 세상에서 내 인생의 유일한 빛이요, 15
유일한 구세주인 지갑이여,
당신의 힘으로 나를 이 도시에서 내보내 주세요.
당신이 내 출납관이기를 거부했으니까요.
나는 수사가 머리를 깎이듯, 돈이 말라버렸습니다.
하지만 당신의 호의를 빌어봅니다. 20
다시 묵직해지세요. 그렇잖으면 나는 죽어야 해요.

초서의 결구

오 앨비언 섬[22] 을 정복한 분[23] 이시여,
혈통에 의해, 우리들의 자유선택에 의해 왕이 되신
전하에게 이 노래를 바칩니다.
전하께서는 우리의 고통을 덜어줄 수 있는 분이시니, 25
부디 저의 이 탄원에 유념해주시기를 빕니다.

22) 브리튼 섬.
23) 헨리 4세.

15. 〈초서의 격언들〉

1
이 옷들은 왜 이렇게 종류가 많으냐?
여름날의 열기는 너무나 뜨겁지만,
뜨거운 더위 다음에는 추위가 오기 마련.
그래서 털옷을 내버릴 수가 없다.

2
이 세상의 널따란 공간이 5
내 짧은 두 팔 속에 들어올 리가 없다.
너무 많은 것을 껴안으려 하면,
결국 아무것도 가지지 못하게 될 것이다.

1. 〈공작부인 이야기〉

〈공작부인 이야기〉의 서두에 등장하는 사람은 초서 자신이다. 그는 시종일관 1인칭대명사인 '나'(I)로서 자신을 대변한다. 그는 한 여인을 8년간이나 짝사랑했으나 그녀가 그 사랑을 받아주지 않아서 밤마다 잠을 못 이루고 있다. 이 불면증에서 벗어나기 위해 장기놀이를 할까 독서를 할까 망설이다가 결국 그는 오비디우스의 《변신 이야기》(*Metamorphosis*) 제 11권에 나오는 케익스(Ceyx)와 알키오네(Alcyone)에 관한 옛 이야기를 읽기로 한다.

초서는 그 이야기의 내용을 다음과 같이 요약한다. 왕인 케익스가 왕비 알키오네를 집에 두고 여행을 떠난다. 그녀는 남편과의 이별을 몹시 슬퍼한다. 케익스는 배를 타고 항해하던 도중 폭풍우를 만나 수행원들과 함께 물에 빠져 죽는다. 그가 돌아오지 않자 수심에 잠긴 알키오네는 여신 주노(Juno)에게 왕의 소식을 알려달라고 간곡히 기도한다. 여신은 알키오네의 기도를 들어주기로 하고 그녀를 깊은 잠에 빠지게 한다.

여신은 자신의 사자를 꿈의 신인 모르페우스(Morpheus)에게 보내 다음과 같은 분부를 전하게 한다. 즉, 모르페우스가 죽은 왕의 시체 속으로 들어가 왕의 모습을 하고 알키오네 앞에 나타나서 자신의 죽음을 알리라는 것이다. 사자는 그 임무를 완수했고, 모르페우스는 주노의 분부를 완수했다. 알키오네는 꿈속에서 남편의 죽음에 대한 소식을 듣고서 소스라치며 깨어난다. 사랑하는 남편의 죽음을 애통해하던 알키오네는 사흘 만에 스스로의 목숨을 끊는다.

그 이야기를 읽고 난 초서는 여신 주노가 알키오네를 꿈의 세계로 인도한 것처럼 사랑의 고뇌 때문에 잠 못 이루는 자신을 꿈의 세계로 인도해주기를 갈망한다. 그는 자신이 잠들 수만 있다면, 잠의 신 모르페우스에게 아름다운 깃털 침대를 선물로 주겠다고 제안한다. 그 말이 떨어지자마자 그는 잠이 들어 꿈을 꾸게 된다. 그 꿈의 내용이 그 시의 나머지 부분을 이루게 된다.

5월 어느 날 새벽, 한 아름다운 방에서 잠자고 있던 초서는 새들의 노랫소리와 사냥꾼들의 뿔나팔 소리에 눈을 뜬다. 그가 누워 있는 방의 벽에는 트로이 전쟁, 이아손과 메데아, 그리고 《장미 이야기》에 나오는 사건 등을 묘사한 그림들이 걸려 있다. 그는 문득 사냥을 가고 싶다는 생각이 들어서 급히 자리에서 일어나 옷을 입는다. 그는 방안에서 자신의 말 위에 오르고, 그 말을 탄 채로 밖으로 나간다. 그 사냥이 옥타비아누스 황제가 주선한 것이라는 사실을 알게 된 그는 사냥꾼들과 합세해서 들로 나간다. 얼마 지나지 않아 그들은 야생동물들이 우글거리는 멋진 숲속에 당도한다. 그때 돌연 수사슴 한 마리가 나타난다. 사냥꾼들이 일제히 그 수사슴의 뒤를 쫓아서 사라진다.

사냥꾼과 헤어진 초서가 숲속을 홀로 거닐고 있을 때, 길 잃은 새끼 강아지 한 마리가 그에게 다가온다. 강아지는 초서가 마치 낯익은 사람인 것처럼 그에게 재롱을 부린다. 강아지의 귀여운 행동에 어루만져 주고 싶은 충동이 일어 그가 손을 내밀자 강아지가 도망치기 시작한다. 초서는 강아지를 따라 숲속 깊숙이 들어가게 된다. 거기서 강아지는 사라지고, 그는 큰 참나무 밑에 앉아 있는 흑의의 기사를 발견한다. 그 기사는 초서가 온 줄도 모르고 비통한 표정으로 자신의 귀부인에 대한 사랑 노래를 부르고 있다. 그 기사의 슬픈 노래를 듣고 있던 초서는 마음속에 동정심이 일어 그의 슬픔을 덜어주고자 마침내 그에게 말을 건넨다. 처음에 그 사람은 체스게임의 상징을 동원하여 자신이 여왕을 잃었다고 말한다. 하지만 초서는 그 말이 미심쩍어서 이 모든 고통의 원인이 고작 체스 말 하나를 잃은 것이냐고 묻는다. 그 사람은 자신이 모든 덕성을 고루 갖춘 매우 아름다운 한 여인을 사랑했노라고 말한다. 그리고 그녀가 자신의 사랑을 받아주었을 때, 오래 끌어온 그의 고통이 지복으로 변했다고 말한다. 그처럼 귀감이 될 만한 인물에 관심이 있던 초서는 그녀가 지금 어디에 있느냐고 묻는다. 그녀가 죽어서 이 세상에 없다는 대답을 듣자, 초서는 말없는 공감 속에서 그 사실을 받아들인다. 이때 수사슴을 쫓아갔던 사냥꾼들이 돌아오고, 성에서는 때를 알리는 종소리가 들려온다. 그 종소리에 초서는 잠이 깨어, 자신이 케익스와 알키오네의 이야기책을 손에 들고 잠이 들었다는 사실을 알게 된다. 그 시의 마지막 단락은 다소 우회적 표현으로 그 흑의의 기사가 존 오브 랭커스터임을 밝힌다. 우리는 물론 그 사람이 존 오브 곤트이고, 그의 귀부인인 화이트(White)가 블랜치 오브 랭커스터라는 사실을 알고 있다.

2. 〈명성의 집〉

초서 자신이 다시 한번 주인공으로 등장하는 〈명성의 집〉의 제 1권은 "서문"(*Proem*)과 함께 시작된다. "서문"에서 시인은 우선 《장미 이야기》의 서두에서처럼 꿈에 대한 고찰을 해본다. 꿈은 왜 꾸게 되는가? 미래를 예시하는 꿈과 허위에 불과한 꿈은 어떻게 구분될 수 있는가? 그런 다음 그는 〈공작부인 이야기〉에 등장했던 잠의 신 모르페우스를 지하 동굴로부터 불러낸다. 그리고는 그 신에게 자신의 꿈을 좋게 해석하는 사람에게는 복을 내려주고, 나쁘게 해석하는 사람에게는 화를 내려달라고 기원한다. 우리는 초서가 12월 10일(아마도 잘못된 계절?)이라는 날짜에, 그것도 수면용 책을 침대 곁에 두지 않고서 잠자리에 든 것을 보고 잠시 어리둥절해진다. 그러나 그가 꿈속에서 벽에 베르길리우스의 《아에네이드》(*Aeneid*)의 이야기가 그려져 있는 비너스의 신전으로 들어가는 것을 보고, 이 시도 역시 '사랑의 환상'에 속할 것이라는 예상을 하게 된다. 그리고 그 《아에네이드》의 이야기가, 〈공작부인 이야기〉에서 케익스와 알키오네의 전설이 그랬듯이, 이 시에서 어떤 종류의 역할을 하게 될 것이라는 짐작을 하게 된다. 《아에네이드》의 이야기가 이 시에서는 주로 디도를 배신한 아에네아스의 일화(제 4권)에 초점이 맞춰져 있기 때문이다. 그러나 이러한 예상은 철석같은 언약을 해놓고 아침에 떠나버리는 사람들의 목록이 열거되면서 희석되어버린다. 거기에 베르길리우스의 설명 — 이탈리아에 새로운 제국을 건설하는 것이 아에네아스의 운명이므로 그의 카르타고 체재는 기껏해야 하나의 재미있는 삽화에 불과하다는 — 이 사족으로 붙여진다. 초서가 마침내 그 신전에서 나온다. 그의 눈앞에 모래투성이의 들판이 펼쳐진다. 그가 하늘을 올려다보는 순간, 거대한 독수리 한 마리가 공중에서 내려와 그를 덮친다.

제 2권에서 독수리는 발톱으로 '제프리'를 낚아채어 하늘 높이 올라간다. 독수리는 놀라서 얼이 빠져 있는 시인에게 자신이 주피터의 명령을 받고서 그를 "명성의 집"으로 데리고 가는 중이라고 설명해 준다. 독수리가 시인을 그곳을 데리고 가는 이유는 두 가지이다. 하나는 시인이 그동안 사랑의 신에게 시적 공헌을 많이 했기 때문이다. 또 하나는 시인이

직장에서는 '계산'에 몰두하고(세관에서?), 퇴근 후에는 집에서 책에 몰두하다 보니 연애하는 사람들의 동정은커녕 이웃사람들의 동정조차 알 수 없는 상황에 처해 있기 때문이다. 그가 "명성의 집"에서 듣게 될 '소식'은 주로 '연애하는 사람들'에 관한 것이다. "명성의 집"으로 가는 도중 독수리는 제프리에게 중력과 음파에 대한 설명을 길게 늘어놓는다. 즉, 음향은 그 속성상 땅과 공기와 바다의 중간쯤에 위치해 있는 명성의 집으로 자연스럽게 몰려들게 되어 있다는 것이다. 독수리의 이러한 설명은 장 드 묑의 '지식보급'을 상기시킨다. 하늘의 경이에 대한 설명이 좀 더 있은 후, 그 둘은 "명성의 집"에 도착하게 되고, 독수리는 시인의 곁을 떠난다.

전 시의 반 이상을 차지하는 제 3권에서 초서는 "명성의 집"이 '얼음 바위' 위에 서있음을 보게 된다. 전당의 내부에서는 엄청나게 시끄러운 소음이 들려온다. 얼음의 바위에는 많은 이름들이 새겨져 있다. 햇볕 쪽에 새겨져 있는 이름들은 많이 녹았지만, 그늘진 쪽에 있는 것들은 아직 녹지 않은 것도 있다. 정교한 고딕 모형으로 지어져 있는 그 전당 안에는 음악가들, 마술사들, 이야기꾼들이 무리지어 살고 있다. 마침내 초서는 명성의 여신을 보게 된다. 온몸이 눈으로 뒤덮여 있는 그녀는 몸의 크기를 자유자재로 변화시키는 존재이다. 바람의 신 이올루스(Aeolus)가 그녀를 수행하고 있는데, 그는 칭찬의 트럼펫인 클레어 로드(*Clere Laude*)와 치욕의 트럼펫인 스클라운드르(*Sklaundre*)를 가지고 있다. 아홉 무리의 청원자들이 차례대로 명성의 여신에게 다가온다. 그들 중에는 명성에 값하는 사람도 있지만, 치욕을 당해야 할 사람도 있다. 그들 중에는 또 명성을 원하는 사람도 있고, 명성에는 관심이 없는 사람도 있다. 명성의 여신은 이올루스에게 명하여 어떤 때는 클레어 로드를 불게 하고, 어떤 때는 스클라운드르를 불게 한다. 그녀는 청원자들의 요구의 정당성과는 관계없이 기분 내키는 대로 상을 주기도 하고 벌을 주기도 한다. 하지만 이올루스는 판결이 내려지는 대로 지상의 사방팔방에 그들의 평판을 퍼뜨린다. 이때 초서에게 질문이 주어진다. 그대는 무엇 때문에 이곳에 있는가? 그대는 여전히 명성을 찾고 있는가? 초서는 자신이 '사랑의 소식'을 찾고 있는데, 아직까지 발견하지 못했노라고 대답한다. 그래서 그는 다시 "작은 가지의 집"(*House of Twigs*) — 지름이 60마일이나 되고, 소용돌이 모양의 고리버들 세공으로 된 건물 — 으로 안내된다. 사방에 입구가 있는 그 집은 서로에게 '소식'을 속삭이는 사람들로 가득 차 있다. 주피터의 명령을 받고 독수리가 잠깐 다시 나타나 초서를 안으로 데리고 들어간다. 이 건물 속에서는 아무리 조용한 속삭임일지라도 지상에서 말해진 것은 모조리 들을 수 있다. 그러나 그 말들은 이 사람 저 사람에게로 옮겨지면서 알아볼 수 없을 정도로 변질된다. 독수리와 제프리는 다시 그들의 일을 결정해 줄 명성의 여신에게로 날아간다. 초서는 사람들이 '사랑의 소식'(여행의 원래 목적)을 주고받는 그 집의 모퉁이 쪽으로 간다. 여기서 그는 이름을 알 수 없는 '대단히 권위 있는'(*great authority*) 사람을 보게 되는데, 그 순간 시는 미완성인 채로 중단되어버린다.

3. 〈새들의 회의〉

〈새들의 회의〉는 세 부분으로 이루어져 있다. 제 1부는 사랑의 힘과 신비에 대한 짧은 성찰과 더불어 시작된다. 시인은 사랑을 행동으로 경험하려는 시도를 포기하겠다고 말하는데, 사랑에 대한 그의 이러한 두려움은 사랑에 관한 책들을 읽은 데서 비롯된 것이다. 〈스키피오의 꿈〉에 대한 초서의 요약은 두 가지 점을 강조하고 있다. 즉, 공익을 위해서 일하는 것의 중요성과 천상에서의 삶과 비교했을 때 지상에서의 삶의 무의미이다. 공익을 위해 일하는 사람들은 사후 지복의 곳에 가게 되고, 범법자들과 호색가들은 사후 정죄의 고통을 겪게 될 것이라고 그 책은 경고한다. 이 책을 종일 읽다가 지친 초서는, 앞선 두 작품과는 달리, 모르페우스의 도움을 받지 않고서도 쉽게 잠이 들어 꿈을 꾸게 된다.

그 꿈은 당연히 스키피오에 관한 것이다. 스키피오는 초서가 '나의 너덜너덜한 고서'를 아껴준 데 대한 보답으로 그를 이끼 낀 돌벽으로 둘러싸인 어느 공원으로 데리고 간다. 그 공원의 출입구에 선 초서는 두 짝의 문 위에 새겨진 명각들을 보고서 어리둥절해한다. 그 하나에는 그 길이 은총의 샘과 온갖 행복으로 향하는 길이라고 적혀 있고, 다른 하나에는 그 길이 '죽음의 창의 일격'으로 향하는 길이라고 적혀 있다. 그러나 스키피오는 이 명각들이 초서에게는 해당되지 않고 '사랑의 신의 노예들'에게만 해당된다고 말하면서 그를 정원 안으로 데리고 들어간다.

정원을 묘사하는 그 시의 제 2부는 《장미 이야기》의 환경과 매우 흡사하다. 거기에는 온갖 꽃들이 피어 있고, 물고기들이 헤엄을 치고, 새들이 노래하며, 사슴과 작은 토끼들이 뛰어 놀고 있다. 거기에는 병자도 늙은이도 없고, 어둠도 없으며, 맑은 날만 계속되는데, 이 모두는 낙원의 정원을 연상시켜 준다. 정원 안을 돌아다니던 초서는 큐피드가 나무 아래서 화살을 다듬고 있는 모습을 목격한다. 그리고 《장미 이야기》에서 사랑을 추구하는 것과 관련되었던 많은 우의적 인물들을 만나게 된다. 황동의 신전에는 프리아푸스(Priapus)가 '손에 홀을 들고 높은 데에' 서 있고, 근처의 '은밀한 구석에는' 비너스의 여신이 나른한 모습으로 침상에 몸을 눕히고 있다. 이 남근의 신과 비너스의 모습은 초서가 이상적인 사랑의 신전에 있는 것이 아니라 육욕의 장소에 있다는 것을 의미한다. 불행한 사랑을 나누다 비참하게 죽은 지상의 연인들 목록이 그 점을 더욱 강조해 주고 있다. 초서는 육감적인 비너스의 모습에 잠시 매혹되지만, 그럼에도 불구하고 그곳을 빠져 나와 정원의 신선한 공기 속으로 돌아온다.

정원으로 돌아온 그는 꽃이 만발한 언덕의 빈터에 앉아 있는 '고상한 자연의 여신'을 보게 된다. 그녀는 성 발렌타인의 축일에 자신의 짝들을 찾으러 온 새들의 모임을 주재하고 있다. 그 새들의 토론이 이 작품의 제 3부를 이룬다. 그 새들은 인간의 계급을 본떠서 4계급으로 분류되는데, 맹금류들이 가장 높은 곳에 자리잡고 있고, 그 아래에는 벌레를 잡아먹는 새들이, 또 그 아래에는 물새들이, 그리고 가장 아래에는 씨앗을 먹는 새들이 자리잡고 있다. 초서는 얼마나 많은 종류의 새들이 그 자리에 출석해 있는지를 헤아려본다.

'자연의 여신' 앞에서 벌어지는 새들의 토론의 핵심은 한 마리의 암독수리를 두고 벌어지는 세 마리의 귀족 수독수리들 사이의 경쟁이다. '자연의 여신'은 손 위에 아름다운 암독수리 한 마리를 얹어 놓고서 왕자다운 수독수리부터 구혼해보라고 명한다. 고귀한 수독수리는 자신이 그 귀부인의 자비와 은총을 얻기 위해 끊임없이 헌신할 것을 약속하고 절대로 배신하거나 오만하게 굴지 않을 것임을 맹세한다. 그리고 자신보다 더 그녀를 사랑하는 자가 없기 때문에 그녀는 당연히 자신의 차지가 되어야 한다고 주장한다. 그러자 등급이 낮은 다른 수독수리 한 마리가 그 선택에 이의를 제기한다. 자신이 첫 번째 수독수리보다 그녀를 더 깊이 사랑하고 있고, 더 오래 섬겨왔으며, 앞으로도 더 충실하게 섬길 자신이 있다는 것이다. 그러자 이번에는 세 번째 수독수리가 나서서, 자신이 그녀를 사랑한 기간은 오래 되지 않았지만, 사랑의 크기는 그 누구보다도 강렬하므로 자신도 그녀를 차지할 자격이 있다고 말한다.

논쟁이 여러 시간 동안 계속되자 낮은 신분의 새들이 항의하기 시작한다. 귀족 새들의 짝짓기가 빨리 끝나야 그들도 짝짓기를 할 수 있기 때문이다. '자연의 여신'은 그들의 의견을 고려하여, 새들의 4계급으로 하여금 대표들을 뽑아서 토론하게 하고 짝짓기를 빨리 매듭짓고자 한다. 맹금류를 대표하는 숫매는 가장 훌륭한 기사, 가장 혈통이 좋은 수독수리가 암독수리의 마음에 든다면 그 짝이 되는 것이 합당하다고 말한다. 이에 대해서 물새를 대표하는 거위는 만약 암독수리가 그 수독수리를 탐탁하지 않게 여기면 그 수컷이 다른 암컷을 선택하도록 하자고 제안한다. 이에 대해서 씨앗을 먹는 새를 대표하는 산비둘기는 한 수컷이 한 암컷을 사랑하게 된 이상 그 짝을 바꿀 수 없는 법이므로 죽는 날까지 일생을 홀로 살게 하는 것이 마땅하다고 주장한다. 벌레를 먹고사는 새들의 대변인 격인 뻐꾸기는 자신이 평화롭게 짝을 찾을 수만 있다면 누가 누구를 선택하던 상관하지 않겠다고 말한다. 어린 수독수리 한 마리가 끼어들어 그 문제를 결투에 의해 해결하자는 제안을 한다. 어른 수독수리들은 그 제안에 동의하지만, 그러나 유혈극이 벌어지지는 않는다. 정의와 조화와 덕성을 촉진시키는 것이 주된 임무인 '자연의 여신'—중세적 사물의 체계에서는 하느님의 의중의 대리인이다—은 마침내 그 선택을 암독수리에게 일임하겠다고 선언한다. 암독수리는 얼굴을 붉히면서 자신은 아직 결정내릴 마음의 준비가 되어 있지 않다고 대답한다. 그러자 '자연의 여신'은 그 세 구혼자들에게 1년을 기다릴 것을 명하고, 다른 모든 새들에게는 자신이 좋아하는 상대와 짝을 이루어 그 장소를 떠나도록 허용한다. 사랑하는 짝을 얻게 된 새들은 서로 포옹하고 '자연의 여신'에게 머리 숙여 감사를 표한다. 그들은 하늘로 날아오르기 전에 겨울의 종식과 여름의 개시를 촉진하는 노래를 부른다. 론도풍의 그 노래는 우주의 주기적 운행 속에서 행복한 짝짓기가 이루어졌음을 확인하는 노래이다. 이것은 초서가 그들의 활동과 노래를 통해 우주적 조화와 창조의 본질적 요소인 정의로운 사회에서의 공개적 사랑—은밀한 궁정적 사랑과 대립된다—을 예찬하고 있음을 시사하고 있다. 아무튼 초서는 이 새들의 요란한 노랫소리 때문에 잠에서 깨어나게 된다.

4. 〈열녀전〉

프롤로그

“프롤로그”를 구성하는 ‘꿈의 환상’은 시인 자신의 주제선택에 관한 문제를 다룬다. 그것은 옛 책들이 지닌 불변의 가치를 공포함으로써 시작된다. 그 책들로부터 눈을 돌리게 할 수 있는 것은 5월의 봄기운뿐이다. 봄은 특히 데이지를 피어나게 하는 계절이다. 초서는 데이지에 관해서 애정을 가지고 자세하게 묘사한다. 그 때문에 그는 궁정연애에 대한 글을 쓰려는 의지를 잠깐 접어두게 된다. 그는 사랑 속에서 아름답게 그러나 잠시 동안 피어나는 ‘꽃’의 추종자들과 소박하고 순결하나 오랫동안 남아 있는 ‘잎’의 추종자들 사이에서 중립을 지키겠다고 선언한다. 그는 오히려 ‘그러한 분쟁이 시작되기’ 이전에 씌어진 옛 책들 속의 스토리들, 다시 말해서 로맨스의 관례들이 적용되기 이전에 씌어진 그리스와 로마의 스토리들에 더 관심이 있다. 그러나 그가 잠든 후, 그의 하인들이 그의 침상에 꽃을 뿌리자, 그는 마침내 꽃이 만발하고 새가 노래하는 예의 그 ‘사랑의 정원’으로 가게 된다.

이윽고 종달새가 ‘사랑의 신’의 도래를 알린다. 그는 화려하게 수놓은 푸른 비단옷을 입고 장미와 백합으로 만들어진 관을 쓰고 있다. 그의 손에는 두 개의 불화살이 쥐어져 있다. 그러나 초서가 정작 관심을 갖는 대상은 그가 아니라, 그의 손을 잡고 오는 여왕이다. 그녀는 죽을 운명에 처한 남편을 대신해서 죽고 헤라클레스에 의해 구출되었던 바로 그 알케스테스 여왕이다. 하얀 꽃잎들로 꾸며진 관을 쓰고 있다는 점에서 그녀는 데이지와 흡사하다. 그녀와 ‘사랑의 신’의 뒤에는 왕족의 의상을 입은 열아홉 명의 귀부인들이 따르고 있다. 그리고 그 뒤에는 사랑에 충실했던 수많은 여인들이 따르고 있다. 그들은 알케스테스를 둘러싸고

춤을 춘다. 그들은 그녀를 찬양하는 발라드를 노래한다. 그런 다음 그 무리는 '사랑의 신'이 법정을 펼 수 있도록 자리를 만든다. 그는 당장 언덕의 중턱에 숨어 있는 시인을 찾아낸다. '사랑의 신'은 초서가 그의 시에서 여성을 모독하는 글을 썼음을 비난하고 거기에 대해 벌을 내릴 것을 선언한다. 그는 고전시대 이후 일련의 작가들 이름들을 잇달아 거명한다. 그 명단에는 초서가 작가로서 본받아야 할, '순결한 처녀들', '진실한 아내들', 그리고 '정절을 지키는 미망인들'에 대한 다수의 글을 쓴, 오비디우스도 포함되어 있다.

그러자 알케스테스가 나서서 시인을 옹호하는 발언을 한다. 그는 단지 원작자의 글을 그대로 옮긴 번역자에 불과하다는 것이다. 따라서 그것 때문에 그를 벌하는 것은 전제적인 군주의 짓이다. 신이나 왕은 사자와 같아서 파리와 같은 미물을 해치는 것을 삼가야 한다. 초서는 젊었을 때 그 자신도 연인이었고, 또 그의 시를 통해서 '사랑의 신'의 율법을 촉진시킨 바 있다. 따라서 시인에게 자신의 입장을 변론할 기회를 주어야 한다. 그렇게 말한 다음 그녀는 여성들이 호의적인 모습으로 그려져 있는 초서의 작품들, 즉 〈공작부인 이야기〉, 〈새들의 회의〉, 그리고 《캔터베리 이야기》의 아이디어가 떠오르기 전에 쓴 것이 분명한 두 편의 이야기들을 갖다 댄다. 즉, 나중에 〈기사의 이야기〉로 발전하는 '팔라몬과 아르시타', 그리고 나중에 〈지도신부의 이야기〉로 발전하는 '성 세실리아의 생애'가 그것들이다. 알케스테스는 또 초서가 번역한 보에티우스의 산문과 지금은 없어진 다른 두 편의 경건한 작품들에 대해서도 언급한다.

여왕에게 보내는 '사랑의 신'의 답변은 궁정의 관습을 따르고 있다. 그는 그녀에게 경의를 표하고 판결의 권한을 그녀에게 위임한다. 시인은 그녀의 앞에 무릎을 꿇고 자신이 크리세이드에 대한 글을 쓴 목적은 그 반대의 예를 가르침으로써 '사랑의 진실성을 촉진시키는 것'이었다고 변론한다. 그러자 알케스테스는 그에게 속죄할 기회를 주면서, 앞으로는 '일생 동안 사랑에 충실했던/훌륭한 여인들, 처녀들, 그리고 아내들의/영예로운 이야기들을 짓는 데' 시간을 바치라고 명한다. '사랑의 신'이 그와 같이 관대한 판결을 내려준 데 대해 그녀를 칭찬하고 그녀의 아름다움에 경의를 표하자, 그녀는 수줍게 얼굴을 붉힌다. '사랑의 신'은 시인이 앞으로 묘사하게 될 덕성 있는 여성들 속에 반드시 그녀를 포함시키도록 지시한다.

열 전

클레오파트라

클레오파트라(Cleopatra)는 '사랑의 신'이 큐피드의 성자들 중 제 1위로서 내세울 것을 주장한, 그래서 이후 영문학에서 그 자리를 굳힌 고상한 여왕이다. 초서는 클레오파트라와 안토니우스가 역사의 주역으로 등장하여 만나게 되는 간단한 경위를 소개한다. 안토니우스는 목숨을 걸고 클레오파트라를 사랑하게 되어 마침내 그녀를 아내로 맞이하게 된다. 초서는 결혼식의 묘사는 생략하겠다고 한다. 옥타비우스는 안토니우스가 자신과 자신의 누이를 배반한 데 대해 분노하여 군사를 일으킨다. 악티움 해전에 대한 자세한 묘사가 이어진다. 격렬한 싸움 끝에 마침내 안토니우스와 클레오파트라의 연합군이 패배하여 제각기 도망친다. 이듬해 안토니우스가 자살했다는 소식을 접한 클레오파트라는 필설로 다할 수 없는 슬픔에 잠긴 후, 그의 시신을 거두어 성대하게 장사를 지내준다. 그리고는 그의 무덤 옆에 구덩이를 파고 거기에 독사들을 집어넣은 후 알몸으로 그 속에 뛰어들어 자살한다.

티스베

클레오파트라처럼 나중에 셰익스피어에 의해 새로운 스토리로 태어나게 되는 티스베(Thisbe)와 피라무스(Pyramus)의 전설은 젊은이들의 애처로운 사랑에 대한 아름다운 이야기이다. 바빌로니아에서 태어난 두 사람은 서로 이웃집에 살면서 사랑하는 사이가 되지만, 양가 부모들의 사이가 나빠서 결혼할 수가 없는 처지이다. 그들은 두 집 사이를 갈라놓은 담장에 생긴 작은 틈을 통해 사랑을 나누다가, 마침내 니노스 왕의 무덤에서 만날 약속을 한다. 저녁 어둠을 틈타서 티스베가 먼저 도착했으나, 근처에 있는 샘가에 암사자 한 마리가 나타난다. 공포에 질린 그녀는 머리쓰개를 떨어뜨리고 도망친다. 사자는 다른 먹이를 먹다가 생긴 피투성이의 입으로 그녀의 머리쓰개를 찢어놓고 사라진다. 뒤늦게 도착한 피라무스가 갈가리 찢긴 티스베의 피묻은 머리쓰개를 보게 된다. 그는 티스베가 야수에게 잡아먹힌 줄로 알고 옆구리에 차고 있던 칼을 빼어 그 자리에서 자살해버린다. 다시 그 장소로 돌아온 티스베는 피라무스의 시체를 보고는 처절하게 울부짖다가 그의 몸에서 칼을 빼어 자신도 자살해버린다.

디 도

디도(Dido) 또한 티스베처럼 감상적 설화의 여주인공이다. 트로이가 멸망한 후 아에네아스는 배를 타고 이탈리아 정복 길에 오른다. 갖가지 모험을 치른 끝에 그는 어느 날 리비아라는 섬에 상륙한다. 그는 일행들과 함께 섬을 살펴보다가 아름다운 여자사냥꾼 한 사람을 발견한다. 그녀는 아에네아스 일행을 반기면서, 자신이 그곳의 여왕인 디도라고 소개한다. 디도는 그들을 어느 신전으로 안내한다. 그 신전의 벽에는 트로이 멸망을 묘사한 그림들이 그려져 있는데, 그것을 본 아에네아스는 통곡을 금치 못한다.

바다에서 실종되었던 그의 무리들이 우연히 그 섬에 상륙하여 그 신전을 찾아온다. 그들을 통해 디도는 아에네아스가 대단히 훌륭한 인물이라는 것을 알게 된다. 그녀는 아에네아스가 치른 역경을 위로하기 위해 성대한 잔치를 베푼다. 그녀는 그 영웅에게 값진 보물들을 선사하고, 아에네아스도 그 답례로서 그녀에게 보물들을 선사한다. 아에네아스에게서 트로이의 이야기를 듣다가 디도는 그에게 마음이 끌리게 된다. 그녀는 아에네아스에 대한 자신의 사모의 정을 여동생 앤(Anne)에게 털어놓는다.

다음 날 아침 디도는 아에네아스 일행과 함께 화려한 행차를 지어 사냥 길에 오른다. 사냥이 한창 무르익어갈 무렵 갑자기 번개가 치고 하늘에서 폭우가 쏟아진다. 폭우를 피하여 디도와 아에네아스는 함께 어느 작은 동굴 속으로 뛰어 들어간다. 동굴 속에서 아에네아스는 무릎을 꿇고 디도에게 사랑을 고백한다. 영원한 사랑을 맹세하는 그의 말을 믿고 디도는 그를 남편으로 받아들인다.

그들이 함께 동굴 속에 있었던 일이 소문으로 퍼진다. 평소 디도를 연모했던 인근에 있는 섬의 왕인 이알바스(Iarbas)가 그 소문을 듣고 한탄해 마지않는다. 두 연인은 더할 나위 없이 행복한 나날을 함께 보낸다. 그러나 남자의 말을 쉽게 믿은 것이 잘못이었던가! 섬의 생활에 싫증이 난 아에네아스는 몰래 배를 준비하여 밤을 도와 도망칠 계획을 세운다. 그는 디도에게 꿈 이야기를 한다. 꿈속에 머큐리 신이 나타나서 자신에게 한시 바삐 배를 타고 떠나 이탈리아를 정복하라는 명령을 내렸다는 것이다. 아에네아스가 자신의 곁을 떠나겠다는 말을 들은 디도는 자기도 함께 데려가 달라고 울부짖다가 그의 발밑에 혼절한다. 그러나 어느 날 밤 아에네아스는 디도가 잠든 틈을 타서 기어이 배를 타고 도망친다. 도망치면서 그는 그녀의 머리맡에 칼을 놓아둔다. 아에네아스가 없어진 것을 안 디도는 장작불을 피워서 그 속에 뛰어 들어가 그가 남긴 칼로

써 자신의 심장을 찌른다. 그녀는 죽으면서 자신을 배신한 남자를 원망하는 편지 한 장을 남겨 놓는다.

힙시필레와 메데아

이 두 여인은 이아손(Jason)의 연속적 희생물로서 다루어지고 있다. 이아손은 이 전설의 프롤로그에서 닭을 잡아먹는 여우에 비유되고 있다.

테살리아의 왕 아이손(Aeson)은 나이가 들어 정치에 싫증이 나자, 아들 이아손이 성년이 될 때까지라는 조건으로 왕위를 아우인 펠리아스(Pelias)에게 맡긴다. 이아손이 성장하여 숙부에게 왕위의 반환을 요구할 때가 되자, 펠리아스는 조카에게 황금의 양털을 찾기 위한 영광스러운 모험을 해보기를 암암리에 권유한다. 그 양피는 콜키라는 섬에 있는데, 그것은 그들 일족의 소유물이다. 이아손은 그 제안을 흔쾌히 받아들여 바로 원정준비에 들어간다. 그는 모험을 좋아하는 그리스의 청년들을 모집하는데, 모여든 사람들은 전부가 헤라클레스와 같은 영웅들이다. 그는 이 영웅들과 함께 테살리아의 해안을 떠나 렘노라는 섬에 기항하게 된다. 이 섬에는 아름다운 여왕 힙시필레(Hypsipyle)가 살고 있다.

힙시필레는 바람을 쐬러 나갔다가 이아손 일행이 타고 온 배를 보게 된다. 그녀가 사자를 보내어 도움이 필요한지를 물어보자, 이아손은 잠시 쉬어가겠다는 대답을 보낸다. 힙시필레가 몸소 그들에게로 와서 환영인사를 하고, 그들을 자신의 성으로 안내하여 정중히 대접한다. 그녀는 헤라클레스와 많은 이야기를 나누면서 그에게 신뢰를 느낀다. 헤라클레스는 힙시필레에게 입이 닳도록 이아손의 칭찬을 늘어놓는다. 그는 더할 나위 없이 훌륭한 기사인데, 다만 사랑에는 소질이 없다고 능청을 떤다. 그러나 그 둘은 이미 여왕을 속이기로 합의를 본 바 있다. 이아손은 온갖 수단을 동원하여 힙시필레를 유혹, 그녀와의 결혼에 성공한다. 그는 그녀로부터 항해에 필요한 온갖 물품들을 얻어내며, 그녀와의 사이에 두 아들까지 낳는다. 그는 마침내 배에 돛을 올리고 콜키스를 향해 떠나간다. 힙시필레는 떠나간 남편에게 그의 배신을 원망하는 편지를 보낸다. 그리고는 이아손에 대한 정절을 굳건히 지키다가 슬픔 속에서 죽어간다.

콜키스에 상륙한 이아손은 그 섬의 왕 아이에테스(Aeetes)에게 황금의 양털을 가지러 온 자신의 사명을 말하고 도움을 청한다. 왕은 자신의 딸 메데아(Medea)로 하여금 이아손의 식사시중을 들게 한다. 이아손의 기사다움에 반한 메데아는 황금양털을 손에 넣는 일이 얼마나 위험한 일인가를 설명하고, 자신이 그 일을 도와주겠다고 말한다. 메데아의 호의에 감격한 이아손은 그녀에게 결혼을 신청한다. 그들은 밤에 만나서 사랑을 맹세하고 함께 잠자리에 든다. 이아손은 메데아가 가르쳐준 대로 마법을 사용하여 황금양털을 손에 넣는다. 그는 아이에테스 왕에게 알리지도 않은 채, 배에 보물을 가득 싣고 메데아와 함께 고국으로 돌아온다. 테살리아에 온 메데아는 이아손에게 두 명의 아이까지 낳아주었으나, 이아손은 크레온의 딸과 세 번째 결혼을 위해 메데아를 버린다. 아버지와 조국을 배반하면서까지 사랑을 바친 이아손에게 버림받은 메데아는 그를 깊이 원망하는 편지를 쓴다.

루크리스

로마인들이 아르데아를 포위공격하고 있을 때의 일이다. 오랜 공성에 지친 타르키니우스(Tarquinus) 왕의 아들 섹스투스는 지루함을 달래기 위해 병사들에게 각기 자신의 아내에 대한 이야기를 해보라고 한다. 콜라티누스(Collatinus)가 나서서 자신의 아내를 말로 설명할 것이 아니라 직접 보여주겠다고 제안한다. 그들은 야음을 틈타서 로마에 있는 콜라티누스의 집으로 간다. 그의 아내 루크리스가 뜨개질을 하면서 하녀들을 향해 남편 걱정을 털어놓다가 눈물을 흘린다. 콜라티누스가 참지 못하고 방안으로 뛰어 들어가 루크리스를 포옹한다. 이때 타르키니우스는 루크리스의 재색과 정숙함에 마음을 빼앗겨 엉큼한 욕정을 품는다.

다음날 아침에 막사로 돌아온 타르키니우스는 눈앞에 루크리스의 얼굴을 떠올리다가 마침내 자신의 욕망을 채우기로 결심한다. 그는 칼을 차고 로마로 향하여 곧장 콜라티누스의 집으로 간다. 어두워지자 그는 루크리스가 잠든 침실에 침입한다. 인기척에 놀란 루크리스가 깨어나자 타르키니우스는 그녀의 멱살을 잡고 심장에 칼을 겨누며 소리를 지르면 죽이겠다고 위협한다. 그리고 마구간에 있는 마부도 함께 죽여서 그녀의 침대에다 끌어다 놓고 두 사람의 간통을 세상에 알리겠다고 위협한다. 연약한 여자의 몸으로서 공포에 질린 루크리스는 속수무책으로 겁탈당하고 만다.

다음날 아침 루크리스는 남편을 비롯하여 부모형제들과 친구들을 불러 모은다. 그녀는 친구의 장례식에 온 여자처럼 산발을 한 채 통곡한다. 그녀는 마침내 자신이 타르키니우스에게 겁탈당한 일을 고백한다. 하지만 거기에 모인 사람들은 그것이 불가항력적인 일이었다고 하면서 그녀를 용서해주겠다고 말한다. 그러나 그녀는 몰래 숨겨두었던 칼을 꺼내 자신을 찌르고 만다. 그녀는 죽어가면서도 행여 자신의 맨발이 남들에게 보일까 봐 걱정한다. 그만큼 그녀는 순결과 정숙을 사랑했던 것이다. 그 일이 로마인들에게 알려지자 브루투스가 나서서 로마시민의 이름으로 장례를 치러준다. 그리고는 폭동을 일으켜 타르키니우스 일족을 로마에서 몰아낸다. 이 일을 계기로 로마는 왕정에서 공화제로 바뀐다.

아리아드네

이 전설의 스토리는 아테네의 영웅인 테세우스(Theseus)에 관한 것이다. 크레타의 왕 미노스(Minos)는 아들 안드로게우스(Androgeus)를 아테네로 유학보낸다. 철학공부를 하던 그 아들이 어떤 사람의 원한을 사는 바람에 살해당한다. 미노스 왕은 아들의 복수를 위해 알카토에 성을 포위 공격한다. 그러나 성주 니수스(Nisus)가 용감하게 맞서 그 성은 좀처럼 함락되지 않는다. 그때 그의 딸이 전황을 살펴보러 성벽 위에 올랐다가 미노스 왕의 용모와 용맹에 반한다. 그녀의 도움으로 미노스는 그 성을 점령하는 데 성공하지만, 그녀를 물에 빠져죽게 한다.

미노스 왕은 아테네를 비롯하여 그 밖의 성들도 함락시킨다. 아들의 죽음에 복수의 화신이 된 그는 아테네 시민들로 하여금 3년마다 제비를 뽑아 그 자식을 공물로서 바치게 명한다. 그 아이들은 미노스가 기르는 괴물의 먹이로 희생된다. 이 일이 계속되던 어느 해 아테네의 왕 아에게우스(Aegeus)의 아들 테세우스가 제비뽑기에서 당첨되어 공물로서 정해진다. 그는 미노스 왕에게 보내져 지하 감옥에 갇힌다. 그가 갇혀 있는 감옥 위에는 미노스의 두 딸, 즉 아리아드네(Ariadne)와 파에드라(Phaedra)가 기거하는 방이 있다. 테세우스가 자신의 운명을 한탄하며 슬퍼우는 소리를 우연히 듣게 된 그 자매는 그에게 동정을 느낀다.

아리아드네는 동생 파에드라에게 이 죄 없는 청년을 구할 길이 없는가를 묻는다. 파에드라는 옥리의 도움을 얻으면 구할 수 있다고 대답한다. 옥리가 괴물이 사는 동굴 입구에 칼을 갖다 놓으면, 테세우스가 그 칼로 괴물을 죽이면 되는 것이다. 또한 옥리가 밀랍과 삼실로 만든 공을 갖다 놓으면 테세우스가 그 공을 괴물의 아가리에 던져 넣어 괴물의 이빨을 못 쓰게 할 수 있다. 그리고 괴물이 사는 동굴은 미로와 같아서 한 번 들어가면 못나오게 되어 있는데, 테세우스가 실타래를 가지고 들어가면 나중에 그 실을 따라 나올 수가 있다. 그러고 나서 테세우스는 그

옥리를 데리고 고국으로 돌아가면 된다는 것이다.

옥리가 이 계책에 동의하자 테세우스는 아리아드네에게 무릎을 꿇고 평생 은혜를 잊지 않겠다고 맹세한다. 그리고 자신이 최선을 다해 일을 성공시키면 세 사람을 자신의 고국으로 데려가 호강시키고, 또 자신이 아리아드네의 시동 노릇을 하겠다고 말한다. 이에 대해 아리아드네는 고귀한 태생의 당신이 내 시동이 되는 것보다는 차라리 내가 당신의 아내가 되겠다고 대답한다. 테세우스는 사실 자신이 고국에 있을 때부터 7년 동안이나 당신을 사랑했다고 말한다. 이에 대해 아리아드네는 그들이 무사히 아테네로 가게 되면, 각기 신분에 걸맞은 지위를 달라고 말한다.

당일 날 모든 일이 차질 없이 진행되어 테세우스는 괴물을 죽이고 동굴을 빠져나오는 데 성공한다. 그리고 옥리가 마련해 놓은 배에 아내와 처제와 옥리를 태우고 밤에 몰래 그 섬을 탈출한다. 그들은 오에노피아라는 섬에 잠깐 들러 배를 갈아탄 후 고국으로의 항해 길에 오른다. 도중에 그들은 풍랑을 만나 사람이 살지 않는 어느 섬에 기항한다. 테세우스는 그 섬에서 하룻밤을 묵고 가겠노라고 말한다. 그러나 얼굴이 더 예쁜 파에드라에게로 마음이 기운 테세우스는 아리아드네가 잠든 사이에 그녀만 남겨 두고 그 섬을 떠나버린다.

새벽에 잠이 깬 아리아드네는 자신이 배신당한 것을 알고 통탄해 마지않는다. 그녀는 높은 벼랑 위로 기어 올라가 남편이 탄 배가 멀리 떠나가는 것을 바라본다. 그녀는 행여 테세우스가 돌아볼지도 모른다는 기대에서 자신의 스카프를 나무기둥에 묶어놓는다. 테세우스에 대한 사모의 정에 그녀는 모래 위에 찍힌 그의 발자국에 키스한다. 그리고는 조국으로 돌아가지도 못하게 된 자신의 신세를 한탄한다. 신들이 동정하여 그녀를 구출해준다. 신들이 그녀에게 준 화관에 박힌 보석은 성좌가 되어 황소자리에서 눈부시게 빛나고 있다.

필로멜라

필로멜라(Philomela)의 전설은 아마도 고전신화들 중에서 가장 소름끼치는 이야기일 것이다. 트라키아의 왕 테레우스(Tereus)는 판디온(Pandion) 왕의 아름다운 딸 프로크네(Procne)와 결혼한다. 그 피로연에는 복수의 여신 세 자매가 참석하고, 재앙과 불행의 예언자인 부엉이가 천장에서 밤새도록 날개를 퍼덕인다. 5년의 세월이 흐른 뒤 프로크네는 오랫동안 보지 못한 동생 필로멜라가 보고 싶어진다. 그녀는 남편에게 동생을 보러가게 해주든지, 아니면 그가 가서 동생을 데려오든지 해달라고 간청한다. 이에 테레우스는 그리스로 배를 타고 가서 장인 판디온에게 아내가 처제를 몹시 보고 싶어 한다는 말을 전한다. 그리고는 처제를 한두 달만 트라키아로 보내달라고 청한다. 그러면서 가고 올 때 자신이 책임지고 처제를 보호하겠다는 약속을 한다. 언니가 보고 싶은 필로멜라의 간청에 판디온 왕은 마지못해 허락하면서, 죽기 전에 프로크네를 한 번 보고 싶다고 말한다. 그런데 필로멜라를 본 테레우스는 그녀의 미색에 반해 어떤 일이 있더라도 그녀를 자신의 손아귀에 넣어야겠다고 마음속으로 다짐한다.

테레우스는 트라키아로 돌아오자 필로멜라를 숲속으로 데려가 컴컴한 동굴 속에 가두고, 겁에 질려서 떠는 그녀를 겁탈한다. 그녀는 겁탈당하면서 언니와 아버지의 이름을 처절하게 부른다. 테레우스는 그녀가 그 사실을 폭로할까 봐 두려워서 칼로 그녀의 혀를 도려낸다. 그리고는 성 안의 은밀한 감옥에다 그녀를 가두고 농락을 계속한다. 테레우스가 거짓말로 아내에게 처제는 죽었더라고 말하자 프로크네는 말할 수 없는 슬픔에 잠긴다. 감옥에 갇힌 필로멜라는 아테네에서 가져온 천에다 자신이 테레우스에게 당한 일을 자수로 짜넣기 시작한다. 그녀는 시동을 시켜 그 태피스트리를 여왕에게 갖다 주게 한다. 프로크네는 그것을 보고 할 말을 잊는다. 당장 필로멜라를 찾아낸 그녀는 벙어리가 된 그녀를 안고 오열한다.

필리스

필리스(Phyllis)는 디도나 힙시필레처럼 폭풍우를 만난 바람둥이를 구원해주는 또 다른 섬의 여왕이다. 트로이가 멸망하자 데모폰은 자신의 선단을 이끌고 아테네로 돌아오다 폭풍우를 만난다. 엄청난 비바람을 겪은 후 그들은 천신만고 끝에 어느 섬에 표착한다. 그 섬은 리쿠르구스(Lycurgus)의 딸인 필리스가 여왕으로 있는 곳이다. 죽을 고비를 넘긴 그는 여왕에게 도움을 청하여 로도페 산 근처에 있는 그 섬에서 휴식을 취하게 된다. 테세우스의 아들인 그는 아버지를 닮아서 거짓된 사랑에 능한 호색한이다. 필리스는 그런 줄도 모르고 그의 용모와 품행에 마음이 끌린다. 그런 필리스에게 데모폰은 사랑을 맹세하고 결혼을 신청하여 그녀를 손에 넣는다.

데모폰은 결혼준비를 해야 한다는 명목으로 고국에 다녀오겠다고 말한다. 그는 한 달 안으로 돌아오겠다는 약속을 하고 필리스의 곁을 떠나지만 다시는 돌아오지 않는다. 데모폰에게 속은 것을 깨달은 그녀는 밧줄에 목을 매어 자살한다. 그녀는 죽기 전에 데모폰을 원망하는 장문의 편지를 남긴다.

히페름네스트라

이 열전에서 마지막 사랑의 순교자인 히페름네스트라(Hypermnestra)는 점성학적 예정설과 꿈의 예언에 좌우되는 여인이다. 그리스에 두 형제가 살고 있었다. 형인 다나우스(Danaus)는 많은 아들들을 두었는데, 그 중에서 가장 사랑하는 아들이 링케우스(Lynceus)이다. 동생인 아에깁투스(Aegyptus)는 많은 딸들을 두었는데, 그 중에서 가장 어린 딸이 히페름네스트라이다. 그녀는 아름다움과 정숙함을 고루 갖춘 처녀이다. 이 두 남녀는 사촌간이지만, 부친들에 의해 결혼하게 된다. 아에깁투스의 궁전에서 성대하게 결혼식을 치른 두 사람은 마침내 첫날밤을 맞이하려 한다. 그런데 아에깁투스가 몰래 자신의 방으로 딸을 불러낸다. 그는 딸에게 칼을 주면서 자신이 하라는 대로 하지 않으면 그녀를 죽이겠다고 위협한다. 즉, 신랑에게 술을 먹여서 잠에 곯아떨어지면, 그 칼로 그의 목을 자르라는 것이다. 꿈속에서 자신이 조카에 의해 살해당할 것이라는 예언을 들었다는 것이 그 이유이다. 겁에 질린 히페름네스트라는 일단 아버지의 말에 동의한다. 초야의 침실로 돌아온 그녀는 신랑이 잠든 후 공포에 떨면서 울기 시작한다. 그리고는 칼을 손에 들고 한없이 갈등을 일으키다가, 남편을 배신하고 살인자가 되느니 차라리 정숙한 아내로서 죽는 길을 택하겠다고 결심한다. 마침내 남편을 깨워서 위험을 알리자, 그는 아내를 돌아보지도 않고 창문으로 뛰어내려 도망쳐버린다. 남자처럼 빨리 뛸 수가 없는 그녀는 남편이 무사히 도망치는 것을 보고 방바닥에 주저앉아 아버지의 복수를 기다린다.

제프리 초서 (Geoffrey Chaucer, 1340?~1400)

중세 영국 최고의 시인. 존 드라이든에 의해 “영시의 아버지”로 불린 근세영시의 창시자. 1340년경 런던에서 부유한 포도주 상인의 아들로 출생하여 1400년 웨스트민스터 대사원에서 작고할 때까지 국왕의 향사, 공무원, 외교관, 치안판사, 국회의원, 공사장 현장감독, 삼림감독관 등을 역임했고, 에드워드 3세, 리처드 2세, 헨리 4세 등으로부터 연이어 신임을 받았다.

하지만 그의 이름이 후세에 길이 기억되고 예찬되는 것은 말할 것도 없이 그의 문학적 업적 때문이다. 초서 문학의 주된 특징은 중세문학의 모든 소재, 장르, 어조, 문체들을 다 아우르는, 그리고 중세의 모든 인간유형들을 다 아우르는 그 다양성과 복합성에 있다고 할 수 있다. 그의 작품들은 우리의 삶에 내재된 인간조건의 부조리와 모순을 깊이 있게 천착하지만, 궁극적으로는 삶에 대한 낙관적 자세를 잃지 않고 있으며, 현실을 관찰하는 눈에서 관용과 유머를 일관되게 보여주고 있다. 사랑을 묘사함에서도 그는 정염에 의한 애정편력에서부터 신과의 영적 결합에 이르기까지 폭넓은 소재를 다루고 있다. 그의 문학의 이러한 특징들로 인해서 우리는 인간 상호간의 관계 및 인간과 신의 관계에 대한 깊이 있는 통찰력을 얻을 수 있으며, 동시에 인간의 고귀한 측면뿐만 아니라 나약하고 어리석은 측면에 대해서도 너그러운 이해심을 얻을 수 있다.

김 재 환

서울대학교 문리과대학 영어영문학과를 졸업하고 고려대학교 대학원 영어영문학과를 수료하였으며, 현재 한림대학교 인문대학 영어영문학과 교수로 재직중이다. 한국 중세영문학회 회장을 역임한 바 있다.

저서로는 《제프리 초서의 문학세계》, 《'캔터베리 이야기' 연구》가 있으며, 역서로는 《노튼 영문학개관》(I, II), 《이론의 적용과 문학읽기》, 《트로일루스와 크리세이드》가 있고, 논문으로는 “M/W: 바스의 여장부에 대한 한 해체론적 글읽기”, “과거의 몸/몸의 과거 — 면죄사의 경우” 등이 있다.